M
dc

d'entrer dans le journalisme – éditorialiste à *L'Express*, directeur de la rédaction du *Matin de Paris* – et d'occuper d'éminentes fonctions politiques : député de Nice, parlementaire européen, secrétaire d'État et porte-parole du gouvernement (1983-1984). Depuis plusieurs années, il se consacre à l'écriture, menant de front une œuvre d'historien, d'essayiste et de romancier.

Ses œuvres de fiction s'attachent à restituer les grands moments de l'Histoire et l'esprit d'une époque. Parallèlement, il est l'auteur de biographies de grands personnages historiques, abondamment documentées (*Napoléon* en 1997, *De Gaulle* en 1998, *Cesar Imperator* en 2003), écrites dans un style extrêmement vivant qui donne au lecteur la place d'un spectateur de premier rang.

CÉSAR
IMPERATOR

DU MÊME AUTEUR
CHEZ POCKET

NAPOLÉON
1. LE CHANT DU DÉPART
2. LE SOLEIL D'AUSTERLITZ
3. L'EMPEREUR DES ROIS
4. L'IMMORTEL DE SAINTE-HÉLÈNE

LA BAIE DES ANGES
1. LA BAIE DES ANGES
2. LE PALAIS DES FÊTES
3. LA PROMENADE DES ANGLAIS

DE GAULLE
1. L'APPEL DU DESTIN (1890-1940)
2. LA SOLITUDE DU COMBATTANT (1940-1946)
3. LE PREMIER DES FRANÇAIS (1946-1962)
4. LA STATUE DU COMMANDEUR (1962-1970)

BLEU, BLANC, ROUGE
1. MARIELLA
2. MATHILDE
3. SARAH

VICTOR HUGO
1. JE SUIS UNE FORCE QUI VA !
2. JE SERAI CELUI-LÀ !

MAX GALLO

CÉSAR
IMPERATOR

XO ÉDITIONS

Le Code de la propriété intellectuelle n'autorisant, aux termes de l'article L. 122-5, (2° et 3° a), d'une part, que les « copies ou reproductions strictement réservées à l'usage privé du copiste et non destinées à une utilisation collective » et, d'autre part, que les analyses et les courtes citations dans un but d'exemple et d'illustration, « toute représentation ou reproduction intégrale ou partielle faite sans le consentement de l'auteur ou de ses ayants droit ou ayants cause est illicite » (art. L. 122-4).
Cette représentation ou reproduction, par quelque procédé que ce soit, constituerait donc une contrefaçon sanctionnée par les articles L. 335-2 et suivants du Code de la propriété intellectuelle.

© XO Éditions, Paris, 2003
ISBN : 2-266-14765-X

*Pour Bernard Fixot,
en souvenir d'un autre Empereur...*

CAESAR
Cowards die many times before their deaths;
The valiant never taste of death but once,
Of all the wonders that I yet have heard,
It seems to me most strange that men should fear,
Will come when it will come[1].

William Shakespeare,
Julius Caesar, II, II.

On parle beaucoup de la fortune de César : mais cet homme extraordinaire avait tant de grandes qualités, sans pas un défaut, quoiqu'il eût bien des vices, qu'il eût été bien difficile que, quelque armée qu'il eût commandée, il n'eût été vainqueur ; et qu'en quelque république qu'il fût né, il ne l'eût gouvernée.

Montesquieu,
Considérations sur les causes
de la grandeur des Romains
et de leur décadence,
chap. XI.

---

[1]. *Le lâche meurt cent fois bien avant de mourir ;*
Le courageux ne goûte à la mort qu'une fois,
De tous les faits étranges que j'aie jamais appris,
Aucun n'est plus curieux que la peur de mourir,
Quand on sait que la mort est la fin nécessaire,
Et vient quand elle veut.

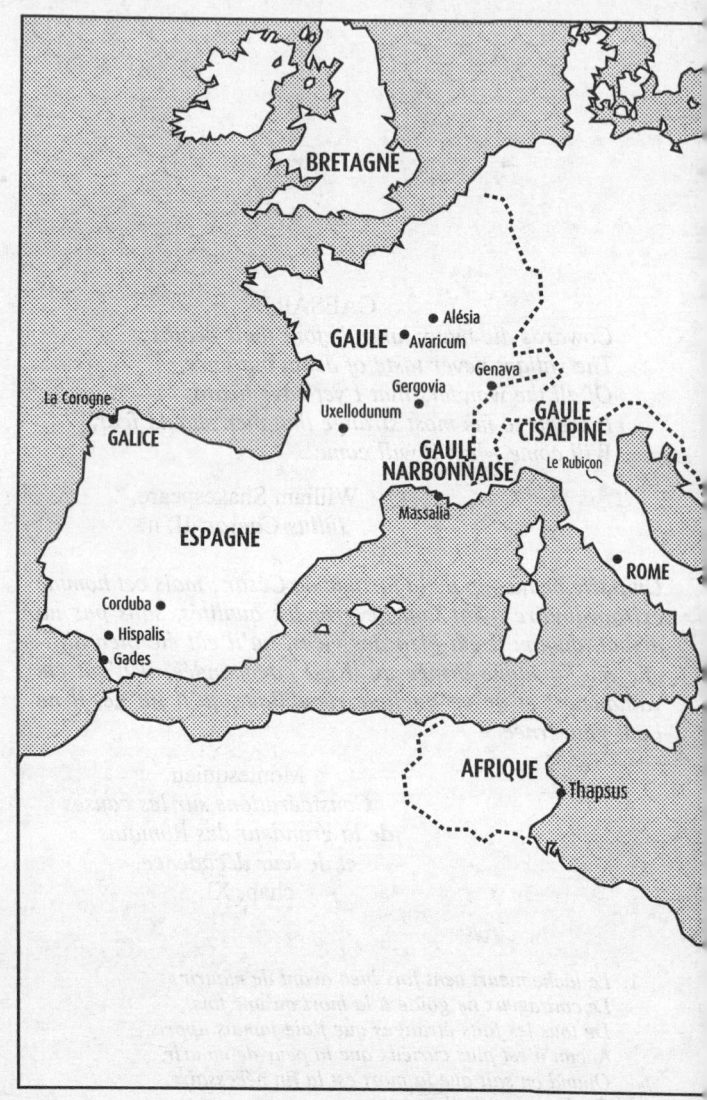

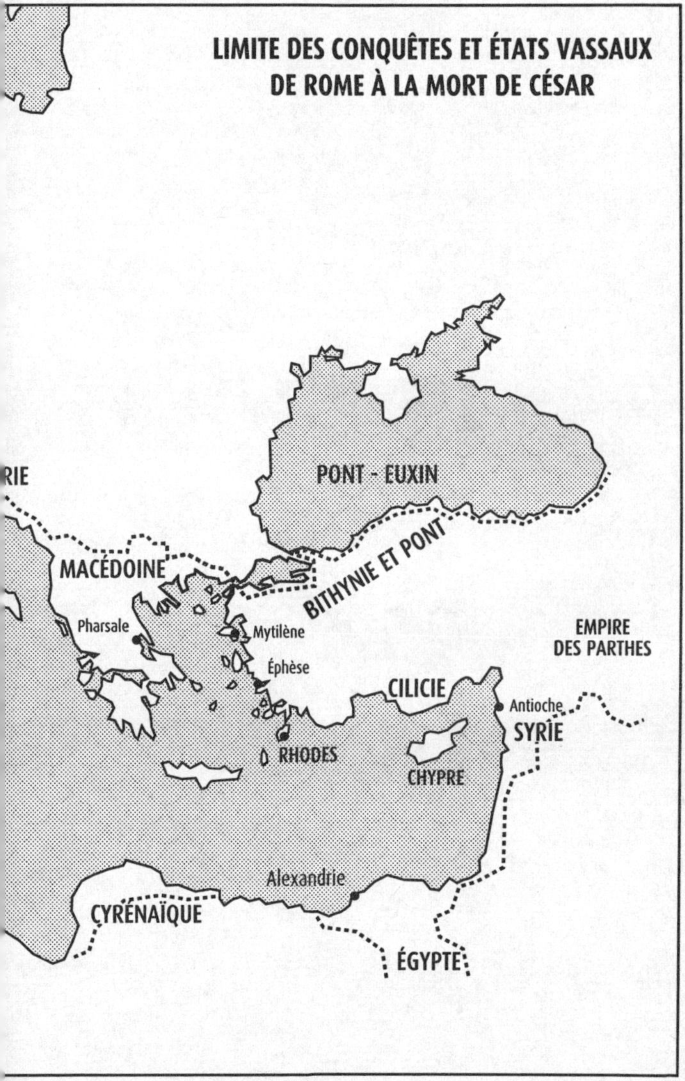

Prologue

Allons où nous appellent les signes des Dieux et l'injustice de nos ennemis ! *Alea jacta est !*

Le proconsul Caius Julius Caesar parcourt les rues de Ravenne. Il retient avec ses bras croisés les pans de sa toge que soulève le vent glacé de cette journée d'hiver. Il entend les murmures des centurions de sa XIIIe légion qui le suivent à quelques pas. Asinius Pollion, un jeune homme aux cheveux bouclés en qui il a toute confiance, marche auprès de lui. César s'arrête au bord des pâturages qui entourent la ville.

L'herbe est couchée par les rafales du vent, et on devine à l'extrémité de cette étendue mamelonnée les courtes vagues grises de l'Adriatique.

C'est dans cette mer que se jette le Rubicon, une petite rivière, un torrent qui roule depuis les Apennins des eaux boueuses et marque la frontière entre la Gaule cisalpine et l'Italie.

La loi romaine est précise : un proconsul qui passe, à la tête de ses troupes, de la rive nord de la Cisalpine à la rive italienne du Rubicon devient un criminel proscrit de la République.

Faut-il prendre ce risque ?

César se souvient du rêve qu'il a fait cette nuit, de cette femme au visage dissimulé par un voile. Elle l'a invité, lascive, offerte, à le rejoindre sur sa couche, à l'aimer. Il s'est avancé vers elle, l'a enlacée comme un amant impétueux, éprouvant un plaisir intense, peut-être le plus fort qu'il ait jamais connu — et cependant il a possédé tant de corps de femmes et d'hommes... Mais au moment où il s'est redressé, la femme a dévoilé son visage et il a reconnu les traits de sa mère, Aurelia Cotta.

Il s'est réveillé le corps couvert de sueur, essayant de comprendre le sens de ce songe incestueux. Et il s'est souvenu d'un rêve semblable, en Espagne, au début de sa carrière, il y a presque vingt ans de cela. Mais aujourd'hui, que signifie cette union avec sa mère? Doit-il violer l'interdit, pénétrer avec ses légions en Italie, puis dans Rome?

Jules César lève les yeux. Le ciel de ce 11 janvier 49[1] est d'un bleu sombre, presque noir au-dessus de la mer. Les Dieux y traceront-ils un signe? Parleront-ils? L'inviteront-ils à traverser le Rubicon pour devenir maître de Rome, pour ne plus être seulement un ambitieux de cinquante-deux ans, ce proconsul qui vient de conquérir la Gaule d'au-delà des Alpes, qui a envoyé à Rome butin et prisonniers, et parmi eux l'Arverne Vercingétorix qui, sous les murs d'Alésia, est venu s'agenouiller devant lui, jetant ses armes aux pieds de son vainqueur?

Cette victoire n'est-elle pas le signe? La Fortune ne l'accompagne-t-elle pas depuis sa naissance, le 13 juillet 101, dans une famille qui prétend avoir des origines divines? Et n'est-ce pas lui l'héritier, et donc le descendant de Vénus, le grand pontife de Rome depuis 63?

Comment les Dieux pourraient-ils l'abandonner,

---

1. 49 avant Jésus-Christ. Toute la vie de César (Rome — 101 / id. — 44) se déroule avant la naissance du Christ.

alors qu'il veut couronner sa vie, lui donner un sens, en rassemblant autour de Rome, autour de lui, toutes les terres conquises, les provinces d'Orient et l'Espagne, la Grèce et cette Gaule qu'il vient de faire plier, la rattachant à Rome ?

Il doit franchir le Rubicon !

Que peut-il attendre de ces sénateurs qui gouvernent à Rome, dans ce qui n'est plus qu'une ombre de la République ?

César se tourne. Il appelle à ses côtés d'un mouvement de la tête les hommes qui viennent d'arriver à Ravenne après avoir fui Rome. Il dévisage Curion, Antoine, Cassius, Hurtius — peut-être le plus fidèle, le chef de son secrétariat. Certains ont dû quitter la ville sous des déguisements, de crainte d'être arrêtés, assassinés. Hurtius a décrit la détermination des sénateurs à priver César de tout pouvoir tant ils craignent ses légions, sa volonté de gouverner seul, de s'appuyer sur le peuple. Ils ont choisi Pompée, l'*imperator* vainqueur en Orient, pour l'écraser. Ce n'est pas la République qu'ils défendent mais leur influence, leurs biens, leurs affaires. Ils ne veulent pas des réformes de César. Que deviendraient-ils si ce dernier instituait la monarchie à son profit !

César se penche, écoute Curion répéter que les sénateurs ont décidé le 7 janvier de lui retirer le proconsulat de la Gaule. Ils ont désigné pour le remplacer l'un de ses ennemis, Domitius Ahenobarbus. Que lui restera-t-il ? Que pourra-t-il sans ses légions ? Il n'aura plus d'avenir politique. Et s'il ne cède pas, il sera l'ennemi public de Rome !

César serre ses bras, il a froid. A-t-il jamais éprouvé cette sensation qu'une poigne glacée lui écrase la nuque ? Et pourtant il a souvent combattu au premier rang de ses légions. Il a arraché les enseignes aux mains des fuyards pour se jeter en avant. Il a chassé son cheval du champ de bataille pour montrer à tous qu'il allait se battre son glaive à la main, comme un simple légionnaire. Il a affronté les pirates, navigué sur l'Océan, le long des côtes d'Armorique. Il a franchi la mer pour poser le premier pied romain sur la terre de grande Bretagne. Et deux fois, il a passé le plus large des fleuves, celui qui borde les forêts de Germanie, le Rhin.

Cependant il hésite à traverser ce torrent, ce Rubicon...

Il chuchote en approchant sa tête d'Asinius Pollion :

— Renoncer à franchir cette rivière fera mon malheur, mais la franchir fera peut-être celui de l'humanité.

Il faudra combattre, légion contre légion, Romains contre Romains. Il faudra conduire la guerre contre le Sénat et Pompée. Mais y a-t-il d'autres lois que celles de la force ? Comment la Fortune et la Victoire choisiraient-elles un homme qui renoncerait à la force ?

César saisit la poignée de son épée. Tant de fois depuis ses premiers combats, quand il avait à peine vingt ans et qu'il faisait la guerre en Orient, il a eu ce geste, prononcé cette phrase qu'il répète à nouveau, d'une voix rauque, serrant l'épée :

— Voilà qui me protégera.

C'est la lame qui doit trancher.

Il parle rapidement à ses hommes qui l'entourent.

Que des centurions et des cavaliers, des hommes sûrs et éprouvés, traversent le Rubicon sous la conduite de Quintus Hortensius...

Il pose sa main sur l'épaule du jeune homme.

Qu'ils aient pour seules armes leurs épées, qu'ils se saisissent de la première ville d'Italie au-delà de la rivière, Ariminum (Rimini). Qu'ils ne créent aucun tumulte, qu'ils ne tuent ni ne blessent personne, et que, maîtres de la ville, ils attendent.

César pèse sur l'épaule d'Hortensius. Il éprouve en sentant le corps jeune se tendre comme une corde d'arc une excitation mêlée d'émotion. Il est le chef, celui que les hommes suivent et pour qui ils sont prêts à donner leur vie parce qu'il incarne la force, la Fortune, la Victoire. Et qu'ils l'ont déjà vu vaincre Arioviste le Germain et Vercingétorix le Gaulois.

— Allez, ordonne-t-il.

Les hommes s'éloignent.

Maintenant, il faut donner le change tout au long de cette journée du 11 janvier 49, car les espions de Pompée et du Sénat doivent grouiller dans Ravenne, et la force est multipliée par la surprise.

César s'assied sur les gradins d'un petit amphithéâtre. Dans l'arène, les gladiateurs s'affrontent au milieu des cris. Il semble suivre leurs duels alors qu'il regarde au loin, vers ces pâturages que traverse le Rubicon, vers cette mer où la rivière s'engloutit.

Puis il examine, en s'efforçant de donner tous les signes de l'intérêt, les plans d'une école de gladiateurs. De temps à autre, il lève la tête vers le ciel qui s'assombrit. La nuit tombe. Ce sera le moment du choix. Mais les Dieux parleront-ils ?

D'un pas lent, il quitte l'amphithéâtre. On le suit avec respect. Il va chez lui se préparer pour le souper.

Les esclaves se pressent. La pièce où il entre est envahie par la vapeur chaude. Il s'allonge. On le masse. Les mains glissent sur sa peau, sur sa tête chauve, son corps osseux et musclé. Il aime ce moment où chaque muscle se détend sous la caresse des doigts, la pression des paumes. Il ferme les yeux.

Mais l'heure n'est pas à ces plaisirs auxquels il s'est si souvent abandonné. Quelle plus grande jouissance que la Victoire couronnant la force ?

Il se redresse lentement, les yeux mi-clos, les lèvres serrées. D'un geste, il demande qu'on verse de l'eau froide. Tout son corps se bande, il se sent jeune et invincible.

Il entre dans la salle où il a convié quelques proches à souper. Il sourit. Il observe. Il attend sans impatience que la nuit soit enfin pleine.

Il sera temps alors de tromper les convives, de les inviter à continuer de dîner. Il sortira, sera rejoint par quelques hommes avertis, leur donnera rendez-vous au bord du Rubicon, à l'aube, puis partira dans la direction opposée dans une voiture attelée de mulets empruntée au boulanger voisin.

La nuit du 11 au 12 janvier 49 est une masse noire et glacée. Les Dieux vont-ils parler ?

Le pas des mulets est lent, hésitant. Le vent froisse les buissons. On se perd. Est-ce un signe ? Un avertissement divin ? Un homme passe qui indique le chemin vers la rivière.

Voici les rives du Rubicon qui sortent peu à peu de la nuit, mais restent enveloppées d'un brouillard épais. César saute de la voiture, marche vers le petit pont qui enjambe la rivière. Il distingue, rassemblées à quelques pas, les cohortes de la XIIIe légion, leurs enseignes brillant dans la grisaille. Il se sent à la fois résolu et hésitant.

— Maintenant, nous pouvons encore revenir en arrière, murmure-t-il, mais une fois que nous aurons franchi ce pont, tout devra être réglé par les armes.

Il pose la main une nouvelle fois sur la poignée de son épée.

Il avance vers la rive qui se dégage du brouillard. Des pâturages descendent en pente douce vers la rivière qui, au moment des crues, les irrigue. Il fait un geste, donne un ordre : qu'on lâche un troupeau de chevaux, qu'ils aillent paître au bord du Rubicon, que ce soit là comme une offrande pour rendre les Dieux propices.

— À tout prendre, dit-il en regardant longuement les chevaux galoper, se frotter les uns contre les autres, brouter puis hennir, levant haut leur tête, il n'y a qu'un coup périlleux à jouer. Poussons en avant !

Voilà la vie. Elle n'est rien si on ne la parcourt pas aussi librement que ces chevaux. Leur galop le long du Rubicon est l'image de ce qu'est le destin d'un homme que les Dieux ont choisi pour vaincre.

Tout à coup, un son aigu s'élève, venant de la rive.

Un homme est là, assis, presque nu malgré le froid, ses cheveux se mêlant à sa barbe bouclée. Il joue du chalumeau, ses doigts agiles courent le long du tuyau, faisant naître un chant qui peu à peu emplit l'aube.

Des bergers se sont approchés de lui, et bientôt des soldats se joignent à eux. Certains de ces légionnaires portent accrochée au cou leur trompette.

César observe la scène que le jour peu à peu éclaire d'une lumière vive. Brusquement, le joueur de chalumeau se lève. Il est de grande taille, et sa beauté dans le soleil naissant est éclatante.

Est-ce enfin le signe ?

L'homme saisit la trompette d'un légionnaire et commence à se diriger vers le Rubicon en sonnant la marche avec une puissance allègre et entraînante.

Il passe sur l'autre rive du fleuve où il continue de jouer. Il faut saisir cet instant.

César s'avance vers le petit pont. À chaque pas qu'il fait, il sent que sa poitrine s'ouvre, s'emplit de force, que son corps se jette en avant.

Il se retourne vers les cohortes.

— Allons où nous appellent les signes des Dieux et l'injustice de nos ennemis ! s'écrie-t-il. *Alea jacta est !* Le sort en est jeté !

PREMIÈRE PARTIE

I.

Tu ne dois pas seulement apprendre à te battre avec tes bras mais aussi avec ta parole et ton esprit...

César se souvient d'abord de sa mère.

Il la voit droite et fière recevant les visiteurs dans la grande villa romaine du quartier de Subure que dominent les collines de l'Esquilin, du Viminal et du Quirinal. Il fait chaud, étouffant. Mais le jardin de la villa est vaste. La rumeur des rues commerçantes, les voix qui tombent des immeubles de plusieurs étages où s'entasse la plèbe, les cris des bouviers sont en partie recouverts par le bruit des fontaines du parc.

C'est près de l'une d'elles, ornée d'une statue de Vénus, que sa mère se tient, dans l'ombre d'un pin dont la voûte haute couvre tout un angle du jardin.

Les visiteurs qui, par la voie d'Argileta, descendent des villas patriciennes bâties sur l'Esquilin s'inclinent devant elle, Aurelia Cotta, petite-fille et fille de consul, cousine de trois sénateurs.

César attend qu'elle pose sa main sur son épaule, qu'elle dise d'une voix claire et ferme :

— Voici mon fils, Caius Julius Caesar, qui par son père descend des fondateurs de Rome, de Iule, fils d'Énée, prince troyen, lui-même fils de Vénus.

Il sent la main maternelle qui appuie comme si elle voulait qu'ainsi ce qu'elle dit pénètre en lui, qu'il n'oublie jamais qu'il est d'une lignée, d'une famille, une *gens* apparentée aux Dieux et à l'un des derniers rois légendaires de Rome, Ancius Marcius.

Il entend. Il est héritier des Dieux, héritier des rois.

Il faut qu'il soit digne de sa mère, de la famille, de la *gens* Julii, de ce père, donc, Caius Julius, magistrat de Rome mais seulement questeur puis préteur. L'homme est silencieux, effacé, souvent absent pour de longues périodes, voyageant en Grèce, semblant à son retour ne pas remarquer ce fils au corps maigre, aux cheveux noirs, aux yeux perçants brillant dans la peau pâle.

Alors c'est vers sa mère que César se tourne après avoir dans le jardin pris sa leçon de maniement d'armes, montrant sa vivacité en parant tous les coups, son agilité en bondissant, sa force en frappant durement sur le bouclier du maître d'armes qui le félicite puis l'oblige à courir, à nager, à lutter, et qui, lorsqu'il faiblit, lui dit qu'il porte le nom de Caesar.

L'un de ses ancêtres a choisi pour la première fois ce patronyme pour rappeler qu'il avait tué un éléphant carthaginois, et le mot éléphant se disait « caesar » dans la langue de la ville rivale, aujourd'hui détruite. Qu'il se souvienne qu'il est aussi descendant de héros, de l'un de ceux qui ont défendu Rome et vaincu Carthage. De cela aussi, il doit être digne.

Sa mère s'approche, elle ne le félicite pas comme il l'espérait mais l'entraîne loin du maître d'armes, dans cette partie du jardin que le soleil n'atteint jamais. Là les buissons sont denses, l'eau coule en cascade. César s'assied près d'elle sur un banc de marbre.

Elle dit :

— Tu ne dois pas seulement apprendre à te battre avec tes bras mais aussi avec ta parole et ton esprit. Tu ne pourras servir Rome et honorer ta lignée que si tu sais agir avec toutes les forces que tu as en toi. Écoute...

Elle se lève, l'entraîne vers le mur de brique qui entoure le jardin. Des esclaves taillent des arbres, bêchent. Ils s'écartent.

— Écoute, répète-t-elle.

Des cris, des hurlements viennent aussi battre le mur, comme des vagues puissantes.

Il faut, dit Aurelia Cotta, que son fils sache que la vie d'un descendant des Dieux et des rois est comme une traversée sur une mer déchaînée. Mais il ne peut rester au port. Il doit faire le voyage en se servant de sa force, de son esprit, et alors la Fortune et la Victoire seront à ses côtés. Il sera guidé par Venus Victrix, la Vénus victorieuse.

Elle lève la main, montre les collines, le Forum voisin, le quartier de Subure, et reprend :

— On se bat dans Rome. On pourchasse des hommes, on égorge. Les proscrits sont traqués.

Lui, César, doit comprendre même s'il n'est qu'un enfant, né il y a si peu d'années, sept seulement.

Elle s'interrompt, lui confie que c'était au plus chaud de l'année 101, quand les blés sont mûrs, l'air immobile, que tous, son père, elle, espéraient qu'enfin, après la naissance de deux filles, un garçon naîtrait. Et il est venu, Caius Julius Caesar.

Il est donc le descendant de la *gens* Julii, et sa tante Julia, la sœur de son père, est mariée au consul Marius, le soldat qui avec ses légions a arrêté les Teutons et les Cimbres, sauvé Rome des Barbares germains l'année même de sa naissance.

— Le peuple l'a voulu consul, ajoute-t-elle, et six fois le Sénat s'est incliné devant la plèbe, mais les sénateurs, les puissants qui s'appellent *patres*, Pères de la patrie, craignant pour leurs privilèges, ont cette fois choisi contre lui Sylla, et depuis on se bat, on se tue, guerre de Romains contre Romains qui affaiblit Rome, et les peuples jadis soumis se soulèvent contre elle, en Grèce, en Orient !

César écoute. Elle lui parle de Cinna, l'allié de Marius dans cette guerre civile du peuple qui se laisse séduire, acheter, qui va de l'un à l'autre. Et ce sont ceux qui disposent de l'argent et des légions qui l'emportent...

Les cris deviennent plus aigus. Les esclaves ont arrêté leur travail, ils sont aux aguets, baissant la tête comme pour cacher leurs yeux étincelants, leur rictus de haine.

— Ils se sont soulevés en Sicile, poursuit Aurelia Cotta. La force seule peut imposer la loi de Rome.

L'enfant suit sa mère qui s'éloigne puis s'immobilise près de la fontaine au centre de laquelle se dresse Vénus.

Sa mère le fixe, lui caresse les cheveux, les joues, puis annonce d'une voix sourde :

— Tu vas vivre dans le temps des guerres. Elles ont commencé, elles ne cesseront que le jour où un homme fort, victorieux, protégé par les Dieux, empêchera les Romains de s'entre-tuer. Mais tu es si jeune, mon fils, que tu devras d'abord voir les Romains affronter d'autres Romains, partisans de Marius et de Cinna contre les soldats de Sylla, alors que le peuple se divisera. Et il faudra faire aussi la guerre aux Barbares.

Elle a enveloppé de son bras l'épaule de son fils, elle regarde autour d'elle.

— Sylla a été désigné par le Sénat pour commander les légions qui vont se battre contre le roi Mithridate qui fait égorger tous les citoyens romains et tous ceux qui sont clients de Rome. Et toi aussi, un jour, tu devras affronter les Barbares, ceux d'Orient, et ceux des forêts du Nord...

La rumeur du quartier de Subure s'est faite plus forte. Hurlements de femmes, injures de soldats, ordres de centurions, menaces de chefs de bande aussi violentes que des aboiements de chien.

— Il faudra donner au peuple sa part, continue Aurelia Cotta. Les riches, les sénateurs, les patriciens — elle montre les villas qui s'étagent sur la colline de l'Esquilin — ne peuvent se réserver le butin des conquêtes de Rome, les terres. C'est sagesse de partager. Tout citoyen romain doit pouvoir survivre sur la terre de Rome !

Il la suit dans le péristyle.

L'heure est venue de rejoindre dans la bibliothèque Marcus Antonius Gniphon qui doit déjà avoir disposé la tablette de cire et le stylet pour les exercices d'écriture, et le boulier pour apprendre à compter. Puis viendra le moment de la lecture, celui que préfère César quand il doit répéter les phrases d'Homère.

Il aime cette langue grecque qui, jour après jour, lui devient aussi familière que le latin. Enfin Marcus Antonius Gniphon l'obligera à déclamer, à parler de la voix forte des orateurs. Et César aperçoit sa mère qui se tient sur le seuil de la bibliothèque et l'écoute. Il se redresse alors, prend de l'assurance, improvise en grec ou en latin pour voir sur son visage cette expression de ravissement qui le comble.

Après, Marcus Antonius Gniphon lui parlera de la Gaule cisalpine d'au-delà du Pô, celle qui est séparée de l'Italie par le Rubicon, puis de la Gaule Chevelue, au-delà des Alpes, que se partagent les tribus gauloises, qui est menacée au nord par les Germains et que flanque au sud, le long de la Méditerranée, la Gaule narbonnaise.

Le *grammaticus* Gniphon évoque avec flamme ces pays, lui dont les origines sont gauloises, puis il raconte ses voyages à Alexandrie, à Athènes, à Rhodes, là où sont les grandes écoles de rhétorique, où l'on apprend à connaître les écrivains et les philosophes grecs.

Ces leçons du *grammaticus*, César les reçoit chaque jour après les exercices du corps, l'apprentissage du combat et du maniement des armes.

Ensuite viendront les heures douces et parfumées des bains et des massages. Des femmes et de jeunes hommes le lavent, répandent une huile qui efface la fatigue, détend et assouplit les muscles, et leurs mains n'ignorent aucune partie du corps.

Parfois, César devine que sa mère le guette et, nu dans la chaleur qui emplit la pièce d'une vapeur grise, il est troublé par cette silhouette qui se tient devant l'entrée.

Elle s'avance, César se raidit. Il sait qu'elle va exiger qu'on l'asperge d'eau glacée et qu'elle va lui dire qu'il ne doit pas grelotter, qu'il doit rester aussi insensible qu'une statue de marbre. C'est à cette condition qu'il sera fort, qu'il vaincra.

— Car tu devras combattre, Caius Julius Caesar, des Romains, des Barbares, et te méfier de tous, de ceux-là aussi — elle désigne les esclaves — qui guettent la faiblesse des hommes libres, comme des chacals.

Il marche à nouveau près d'elle sous le péristyle. Il regarde ces fresques qui dans l'ombre des colonnes font surgir Vénus, Mars, Apollon, Jupiter, Dieux tutélaires des rois, fondateurs de Rome, des scènes de batailles livrées par Rome contre les Gaulois, les Teutons et les Cimbres. Et l'une des mosaïques montre le premier des Julii Caesares, tuant de son javelot l'éléphant carthaginois.

— Tu dois être plus fort que chaque bête sauvage, que chaque homme, dit encore Aurelia Cotta. Et si tu ne peux pas l'être par le corps, sois-le par l'agilité de ton esprit. Tu es fils de Dieu, fils de roi, fils de deux *gentes* glorieuses, celles des Cottae et des Julii. Tu es mon fils, Caius Julius Caesar.

II.

> Il n'a pas seize ans... Il sait déjà que l'argent est, avec le glaive et la parole, l'une des sources du pouvoir.

César se retourne, il cherche sa mère des yeux. Aurelia Cotta se tient à deux pas derrière lui et, d'un regard, elle l'encourage. Elle a le visage grave. Autour d'elle, ces hommes en toge blanche, ces femmes parées, sénateurs et patriciennes, membres de la famille des Julii et des Cottae, et au premier rang de cette petite foule qui a envahi l'atrium, Marius et Cinna, les maîtres de Rome depuis que Sylla est parti avec ses légions combattre Mithridate dans ce royaume du Pont qui borde la mer Noire et en Grèce où, dit-on, les troupes du Barbare ont égorgé plus de quatre-vingt mille citoyens romains.

Il se retourne encore. Sa mère incline la tête, l'invite à avancer, à s'approcher des Dieux Lares, à déposer dans ce foyer du sacrarium devant eux la bulle d'or contenant l'amulette que son père lui avait accrochée au cou le jour de sa naissance, afin de le protéger durant toute son enfance.

Mais aujourd'hui, c'en est fini de l'enfance. Les esclaves ont apporté ce matin la toge virile, blanche. Et sa mère est entrée peu après dans sa chambre, soulevant avec émotion la robe prétexte, blanche mais bordée d'une large bande pourpre.

César fait quelques pas, dépose la bulle d'or dans le

foyer des Lares, puis fait face à sa mère, à la foule des proches. La cour est inondée par la lumière du soleil de mars qui pénètre à travers l'ouverture centrale de l'atrium.

Aurelia Cotta s'approche, l'embrasse, mais il semble qu'elle n'a plus la même attitude. Elle est plus distante, manifestant une sorte de respect. Il ressent ce changement avec fierté, exaltation et une légère tristesse.

À lui de prendre la tête du cortège qui, précédé par des esclaves qui ouvriront un passage dans la foule de Subure, se rendra jusqu'au Forum où il a été inscrit sur la liste des citoyens de Rome.

Il avance à pas lents, sans regarder autour de lui cette cohue bigarrée, bruyante, la plèbe où se retrouvent les citoyens romains et les Italiens qui ont fait la guerre pour obtenir de Marius ce titre et ces mêmes droits. Ils veulent comme citoyens le droit de vote dans les comices, afin d'élire les tribuns de la plèbe. Ils réclament une part dans la distribution des terres, des grandes propriétés ou des colonies que Marius et Cinna, contre l'avis de la plupart des patriciens, de la majorité des sénateurs, veulent mettre en œuvre, grande loi agraire qui rappelle ce qu'ont cherché à réaliser, il y a presque une cinquantaine d'années, les tribuns de la plèbe Tiberius et Caius Gracchus, tous deux morts, l'un assassiné, l'autre, vaincu, demandant à un esclave de le tuer.

César sent, malgré le tumulte, que la plèbe de Subure lui est favorable parce qu'il est le neveu du consul Marius, qu'il appartient à ce groupe des patriciens qui, comme Cinna aussi, sont favorables à la loi agraire et gouvernent avec l'appui de la plèbe, favorisant les plus pauvres.

On applaudit le cortège qui entre dans le Forum, on

salue les *populares*, on houspille les sénateurs *optimates* qui refusent la loi agraire et qui se tiennent à l'écart, sur les marches qui conduisent à la Curie.

C'est là, dans cette partie nord du Forum, que Caius Julius Caesar va devenir citoyen de Rome. Il n'a pas seize ans.

Il contemple les hautes colonnes des temples qui bordent la via Sacra. Il sait que sa vie va se dérouler là, dépendre de ce qui se décidera dans la Curie, dans ces conciliabules de sénateurs, dans ce jeu d'intrigues. Et que le peuple, dans ses assemblées, pèsera lui aussi sur son destin. La plèbe choisit les candidats à certaines magistratures. Elle peut se rebeller. Il faut la séduire, l'acheter, la nourrir pour que, la faim apaisée, elle ne devienne pas enragée. Et il faut aussi la contenir, et savoir la punir.

Tout cela, César, dans ce jour de mars, le pressent. Il faut qu'il apprenne l'art de la politique afin d'être digne de ses origines.

Il regagne la villa. Dans les jardins de l'atrium, les esclaves sont seuls, effaçant les désordres de la fête. Ils s'inclinent avec respect et humilité lorsqu'il passe près d'eux.

Ils ne sont rien.

Lui doit aller au plus haut. Et pour cela, comme il a appris le maniement des mots et des armes, il faut qu'il retourne au Forum, qu'il assiste aux séances du Sénat, aux assemblées des comices, qu'il côtoie les patriciens de la plèbe, qu'il connaisse les questeurs et les préteurs, qu'il écoute parler les meilleurs orateurs, qu'il sache qui sont ces chevaliers plébéiens, membres de l'Ordre équestre, dont il a compris en écoutant son père qu'ils détiennent l'argent, qu'ils prennent à ferme les impôts, qu'ils s'enrichissent en prêtant à tous, en dépouillant les plus pauvres et en spéculant sur le prix du blé ou la valeur des terrains.

Il sait déjà que l'argent est, avec le glaive et la parole, l'une des sources du pouvoir. Peut-être la plus puissante. Il faut donc qu'il possède cela aussi : l'argent.

Il entre dans la bibliothèque, se souvenant de cette phrase que Marcus Antonius Gniphon lui a enseignée. L'auteur en est un philosophe grec, Platon : « *L'or et la vertu sont comme deux poids mis dans les plateaux d'une balance* », a-t-il écrit selon Gniphon. L'un ne peut monter sans que l'autre s'abaisse.

Mais est-ce la vertu qui donne la force ?

Souvent César se mêle à la foule qui emplit le Forum, à celle qui entoure la Curie. Il écoute, adolescent maigre aux cheveux courts, les discours des sénateurs, les réquisitoires des tribuns de la plèbe. Il ne fuit pas quand surgissent des bandes d'hommes en armes qui pourchassent les partisans de Marius et de Cinna, et celles qui, à d'autres périodes, traquent les soutiens de Sylla, dont on dit qu'il va rentrer dans Rome à la tête des légions après avoir vaincu le roi Mithridate.

Marius, un temps menacé, a fui, échappant à la mort. César le voit reparaître, les vêtements lacérés, la barbe hirsute mais entouré de ses soldats. Et ceux-ci, sur son ordre, égorgent les hommes de Sylla. Les sénateurs soumis, terrorisés, désignent Marius pour la septième fois à la charge de consul.

La force peut tout ! Elle contraint les hommes à changer d'opinion, à élire Marius avec Cinna après les avoir proscrits. Et la plèbe va au gré de ceux qui la paient, qui lui donnent la terre ou le blé, qui savent l'émouvoir, la convaincre ou la terroriser.

César est fasciné par ces oscillations du peuple qui va et vient comme la houle. Il a l'impression qu'on peut utiliser ce peuple comme on le fait d'un glaive pour atteindre l'adversaire, ces patriciens aveugles, ces *optimates* soucieux non de Rome mais de leurs biens, de leur pouvoir.

Il observe. Il reste parfois de longues heures sur le champ de Mars parmi la foule qui se presse devant les listes de proscriptions afin de lire les noms des victimes que font afficher successivement Sylla, Marius et Cinna.

Et sur les dalles de pierre, sur les colonnes de marbre, il voit les traces de sang. Ne peut-on arrêter ce massacre entre Romains ? Faut-il sans fin s'entr'égorger ?

Ne pourrait-on calmer la tempête, et une fois le pouvoir conquis régner par la clémence sans rien abandonner de la force ?

Quand il entre dans la villa de Subure, il sent l'inquiétude. Les légions de Sylla sont en marche ; si elles l'emportent, la terreur s'abattra sur les partisans de Marius et de Cinna. Et César, neveu de Marius, sera menacé... On veut le protéger. Marius songe à le désigner pour occuper la charge de prêtre de Jupiter, *flamen Dialis*. Ce sacerdoce le mettrait à l'abri des vengeances. Il faut pour être élu à cette dignité appartenir à une famille patricienne.

César est tenté par cet honneur qu'on lui offre, cette fonction qui d'emblée le placerait parmi les dignitaires de Rome, lui, l'adolescent qui vient à peine de revêtir la toge virile.

Ému, il marche seul dans le jardin de la villa, un peu ivre de cette gloire nouvelle qui se présente. Il voit sa mère approcher. Il s'étonne de la violence avec laquelle elle l'interpelle, de la sévérité de son expression.

Il ne faut pas qu'il accepte, dit-elle d'une voix cassante. La charge exige qu'il ne quitte pas l'Italie, qu'il ne passe jamais plus de deux nuits hors de Rome. Il lui serait interdit de monter à cheval, de se saisir d'une épée ou de commander à des hommes armés. Est-ce là un avenir pour le descendant des Dieux et des rois, pour un fils qui doit accéder aux plus hautes fonctions et dont l'ambition doit être de gouverner Rome ?

Mais comment refuser cette dignité sans rompre avec Marius et Cinna, avec le parti de la plèbe, sans paraître rejoindre le camp de Sylla ?

Il écoute sa mère, qui le force à s'asseoir près d'elle. Elle parle les lèvres à peine entrouvertes en le fixant de ses yeux immobiles.

— Il faut, dit-elle, vouloir tout et subordonner chaque acte à ce but, écarter tout ce qui peut entraver le destin.

Il baisse la tête. Il ne sera pas prêtre de Jupiter. Il se soumet à la décision d'Aurelia Cotta.

Il suffit de quelques jours pour que sa mère organise un mariage avec la fille de l'un de ces chevaliers, manieurs d'argent, dont la richesse est la seule noblesse. Elle est là, cette Cossutia, brune timide, encore enfant. Mais elle est plébéienne, et cela interdit à César d'occuper la charge de prêtre. Le stratagème est habile !

César dévisage Cossutia, troublé par sa passivité, son regard soumis, et il se sent pour la première fois tenté de saisir une jeune fille, de se serrer contre elle dont il imagine la peau fraîche, les mains douces comme celles de ces esclaves qui le massent lorsqu'il a terminé ses exercices de maniement d'armes.

Il est enfin seul avec elle, qui reste immobile, le corps comprimé dans sa tunique. Il éprouve une sensation si intense qu'il ferme les yeux. Le désir l'empoigne comme l'une des expressions de la force.

Il lui retire d'un mouvement lent le grand châle qu'elle porte sur les épaules.

Il veut ce corps nu.

La vie est force, donc désir, la victoire, c'est aussi conquérir un corps, le posséder comme on doit dominer le pouvoir.

Après une semaine, sa mère dit : « Assez de jeux... » Elle a organisé le mariage. Elle veut le divorce vite, puisque César ne peut plus être *flamen Dialis*.

Comment ne pas se soumettre une nouvelle fois ? Elle insiste : « Il faut prendre ton envol ! » Marius vient de mourir. Et peu de jours après, le père succombe aussi. On accompagne ces corps vers leur tombeau, hors de Rome, les esclaves portant les portraits de cire des défunts cependant que les pleureuses hurlent, couvrant de leurs lamentations les fanfares et les chants.

César, au côté de sa mère, suit le corps de son père. Aurelia Cotta avance, le visage figé. César ne peut voir ses yeux, mais il entend sa voix qui murmure que les orages approchent.

On a compris, assure-t-elle, que son fils est une force et on veut le briser avant qu'elle se déploie. Le grand pontife Metellus, maître de la religion, a chargé César d'amendes pour avoir épousé Cossutia la plébéienne. On veut ruiner César, le priver de ce pouvoir que donne l'argent. Et Marius n'est plus là pour le protéger.

Il faut, elle élève un peu la voix, qu'il épouse la fille de Cinna, Cornelia : ainsi il aura des alliés dans cette famille puissante et riche. Telle est sa décision.

Et si Sylla regagne l'Italie, il faudra se battre. Et s'il triomphe par les armes et rentre dans Rome, il faudra le vaincre par la force de l'esprit.

III.

Qui peut se fier à la parole de Sylla, qui vient de se déclarer dictateur ?

César tend à Cornelia le gâteau d'épeautre que doivent partager l'homme et la femme le jour de leur mariage. Il a hâte que cette cérémonie finisse, tant l'atmosphère est lourde. Seule sa mère sourit, paraît heureuse de voir son fils entrer dans la famille de Cinna qui, depuis la mort de Marius, règne en dictateur sur Rome, terrorisant la ville, imposant sa politique au Sénat, favorisant les chevaliers, la plèbe, contestant la suprématie de la noblesse, organisant des distributions de blé pour les plus pauvres, faisant décréter Sylla ennemi public.

Mais il suffit que César le voie, le visage tendu, pour qu'il sache que Cinna craint le retour d'Asie de l'ancien consul. On sait que Sylla a conclu un traité à Dardanos. Les clauses en sont légères pour le roi du Pont. Mais Sylla et ses légions ont mis l'Asie au pillage, exigeant des villes de lourds tributs. Il a rempli ses coffres. Il a gavé ses soldats, qui lui sont donc fidèles, et il ne songe qu'à débarquer à Brindes (Brindisi), sur la côte adriatique de l'Italie, pour reprendre le pouvoir à Rome. Il a écrit au Sénat, annonçant qu'il vengerait ses amis, tous ceux qui ont souffert du gouvernement des *populares*, de la terreur exercée par Marius et par Cinna. Et le Sénat, les *optimates*, attendent son retour pour prendre eux aussi leur revanche, annuler les mesures en faveur de la plèbe.

Chacun de ceux qui entourent Aurelia Cotta sait cela et songe à la terreur qui va changer de sens. Les maîtres d'aujourd'hui seront les proscrits de demain !

César lit la peur sur les visages. Cinna est entouré de gardes, comme s'il craignait que les assassins à la solde de Sylla ne viennent déjà le pourchasser jusqu'ici dans la villa des Julii, le jour où il marie sa fille. Julia, veuve de Marius, la tante de César, se tient à l'écart, exprimant par toute son attitude un mépris hautain. César va vers elle. Il aime et respecte cette femme qui montre, dans cette assemblée de pleutres, de la dignité. Mais personne ne s'est approché d'elle, comme si l'on craignait de se compromettre aux yeux de ceux qui, dans cette petite foule, deviendront les courtisans de Sylla s'il rentre dans Rome en vainqueur.

César serre sa tante contre lui, puis il embrasse sa mère. Il n'éprouve aucune inquiétude. Il n'a que dix-sept ans, il ne peut imaginer que sa vie s'arrête à l'orée d'un destin que les Dieux ont patronné en le faisant naître dans ces familles distinguées par la Victoire et la Fortune.

Il se sent joyeux, plein d'élan. Il voudrait déjà se retrouver seul avec Cornelia. Il sait depuis son mariage avec Cossutia quel est le goût du corps d'une femme. Il ne conçoit même plus d'être privé de cette jouissance et il a, durant les jours qui ont suivi son divorce, demandé à de jeunes esclaves, toutes expertes, de le satisfaire. Il a aimé, restant les yeux mi-clos, dans la chaleur humide de la salle des thermes de la villa, se laisser caresser, s'efforçant de rester immobile pour mieux se concentrer sur son plaisir qui peu à peu rayonnait dans tout son corps. Et il a éprouvé une sensation aiguë, presque douloureuse, à retarder le plus possible l'instant de la satisfaction, fier de se maîtriser, heureux de pouvoir imposer sa volonté à son corps, jusqu'à l'extrême limite.

Il a découvert que l'amour aussi, comme la parole et le maniement des armes, comme la politique, l'art de mener les hommes, de les séduire ou de les combattre, exigeait un apprentissage, et que l'esprit, la volonté y tenaient comme dans toutes les autres actions humaines la première place.

Il a compris que son corps, pour se plier à l'âme, devait garder la flexibilité et la dureté du métal.

Il devait rester maigre, tranchant, acéré, il devait refuser de devenir l'un de ces gros sénateurs, de ces hommes lourds et repus que la graisse enveloppait autant que la peur qu'ils avaient de perdre leur vie.

Il tend à Cornelia un morceau du gâteau d'épeautre. Mais le grand pontife et la plupart des prêtres de Jupiter qui devraient dévoiler les augures, prononcer les phrases qui protègent l'union des époux, sont absents. Eux aussi attendent le retour de Sylla et pensent que leur sacerdoce ne les mettra pas à l'abri des égorgeurs au service du vainqueur de Mithridate s'ils ont donné des gages à Cinna.

César, avant de rejoindre sa chambre en compagnie de Cornelia, regarde ces hommes et ces femmes qui s'empressent de quitter l'atrium, de fuir cette villa des Julii, de s'éloigner de Cinna, de la veuve de Marius, pour tenter de faire oublier qu'ils se sont soumis à la dictature des chefs des *populares*, qu'ils ont courbé la tête sous le joug de la terreur et qu'ils s'apprêtent à rejoindre le camp de Sylla et celui des *optimates*, parce qu'une nouvelle terreur va les courber.

Tels sont les hommes, et César ressent pour eux du

mépris et de la pitié. C'est avec cette lâcheté-là, avec cette terre humaine, qu'il lui faut bâtir son destin.

Il entraîne Cornelia.

Il doit être une lame de fer affûtée et un bloc de marbre aux angles vifs, puisque les hommes sont de sable et de boue.

Il apprécie le corps de Cornelia. Le plaisir avec elle n'a pas la même intensité que lorsque les esclaves le font surgir, lentement, entre leurs doigts et leurs lèvres, mais la douce jeune femme se laisse aimer et paraît heureuse, épouse à l'âme et au corps aussi clairs que l'eau d'une fontaine. Elle semble sans exigences, satisfaite d'attendre le retour de l'époux.

Et depuis son mariage, César est rarement présent dans la villa de Subure où il a installé, aux côtés d'Aurelia Cotta, sa jeune épouse. Il se doit de parcourir le Forum et la ville, d'assister aux séances du Sénat dans la Curie. Il se mêle à la plèbe. Il observe les sénateurs qui acceptent les lois que leur impose Cinna, ce consul qui s'est désigné lui-même sans prendre leur avis et qui tente de s'appuyer sur les *populares*, sur la plèbe qu'il flatte et nourrit pour s'opposer au retour de Sylla.

César se tait, il apprend la politique. Il apprend les hommes, le pouvoir, donc il apprend la trahison et la lâcheté, la flatterie et la vanité, l'ambition et l'avidité, et aussi la précarité de la force.

Il voit Cinna essayer de lever des troupes, d'engranger du blé, de faire rentrer les impôts pour organiser sa défense contre les légions de Sylla dont les navires approchent de Brindes. Mais qui pourra, si elles débarquent, résister à des soldats rendus plus impatients encore par le butin qu'ils ont acquis en Asie et leur désir d'obtenir, après toutes ces années de guerre loin de l'Italie et de Rome, de l'argent, des terres, les droits des vétérans ?

César n'est pas surpris quand il apprend que Cinna, qui s'était rendu à Ancône pour prendre la tête de ses troupes, a été assassiné au cours d'une mutinerie. Que faire, alors que les galères de Sylla ont débarqué à Brindes six légions, près de trente-six mille hommes décidés à vaincre et bénéficiant dans Rome de l'appui des *optimates*, de la majorité du Sénat, de tous ceux qui ont eu à souffrir de la loi agraire ou qui n'ont accepté que contraints l'attribution par Marius de la citoyenneté romaine à tous les Italiens vivant au sud du Pô ? Les Gaulois de la Cisalpine réclament déjà le même avantage ! Et les *optimates*, qui ont vu la suprématie de la noblesse remise en cause, souhaitent aussi la victoire de Sylla.

César ne veut pas participer aux combats que livrent les derniers partisans de Cinna avec des troupes formées pour une bonne part d'Italiens. Comment pourraient-elles vaincre les légions aguerries ?

Il attend. Il jouit de ces jours incertains. Cornelia est déjà grosse d'un enfant à naître. Une fille, qu'il nommera Julie et qui voit le jour alors que les troupes de Sylla entrent dans Rome.

On entend leurs cris de triomphe depuis les jardins de la villa des Julii. Elles ont tout au long de leur marche, de Brindes à Rome, égorgé, exterminé les populations des villes qui résistaient.

Maintenant, elles veulent répandre le sang dans Rome. Elles massacrent, non loin du quartier de Subure, plusieurs milliers de prisonniers qui ont été conduits au Circus Flaminius, proche du Capitole, du Forum et de la Curie.

Les sénateurs, comme César dans sa villa, entendent les hurlements et les supplications des victimes.

Des bandes parcourent les rues, menaçantes, tuant qui leur paraît hostile, choisissant au hasard mais se jetant le plus souvent sur les riches chevaliers qui ont soutenu Marius et Cinna et qu'ils vont tuer afin de les dépouiller de leurs biens, butin qu'ils se partagent cependant que Sylla se fait désigner comme dictateur par un Sénat soumis une fois de plus.

César a décidé de ne pas fuir. Qui peut échapper à son destin ? Et son destin est de monter au sommet, comme un fils des Dieux et des rois, et non de périr à dix-huit ans, sous la lame d'un mercenaire de Sylla.

Il reste souvent près de sa fille Julie, ou bien il continue ses exercices de maniement d'armes dans le jardin.

Puis il sort, arpentant la ville, insoucieux du danger, protégé par quelques esclaves. Qui oserait s'en prendre à un descendant de Vénus et de Mars ? À un jeune homme qui n'a encore assumé aucune charge politique, qui semble n'avoir de goût que pour les plaisirs de la vie, et dont on commence à dire qu'il aime plus que de raison les jouissances du corps, qu'il est toujours en quête d'une femme, et peut-être d'un jeune garçon.

Certes, il est le neveu de Julie, la veuve de Marius, et il a épousé Cornelia, la fille de Cinna. Mais il n'a pas pris part à la terreur. Et il est patricien, membre d'une des plus nobles familles de Rome. Il sait que sa mère fait agir tous les membres de la *gens* des Cottae pour qu'ils obtiennent de Sylla qu'il n'attente pas à la vie d'un jeune homme inoffensif. Mais qui peut se fier à la parole de Sylla, qui vient de se déclarer dictateur ?

Au sénateur qui lui demande de faire connaître la liste des futures victimes « car nous ne voulons pas te prier de pardonner à ceux que tu as délibéré de faire mourir, mais bien d'ôter le doute à ceux que tu as résolu de sauver », Sylla répond qu'il ne sait pas encore qui il a résolu d'épargner.

— Déclare au moins ceux que tu veux faire mourir, insiste-t-on.

On dit à César que Sylla a souri, accepté de publier des listes de proscrits, mais seulement de ceux dont le nom lui était revenu, quatre-vingts noms un jour inscrits sur des affiches, mais deux cent vingt le lendemain. Et Sylla a dit au peuple rassemblé qu'il « proscrirait à la journée ceux qui lui viendraient en souvenance ».

César écoute.

Les Dieux décideront seuls de son destin. Mais il faut savoir aider les Dieux.

Il ne se laissera donc pas égorger comme un mouton.

IV.

> C'est la première fois que sa vie est menacée, la première fois qu'il est allé au-devant de la décision des Dieux...

César marche dans les rues de Rome, loin du Forum, de la Curie. Il regarde les filles, se laisse attirer, les suit, succombe à leurs attraits. Il sort de leurs étreintes sa toge « mal ceinturée », comme l'un de ces jeunes jouisseurs qui passent des bras d'une femme à ceux d'un garçon, et, à la manière dont il se parfume, dont il se fait épiler, raser plusieurs fois par jour, masser, dont il veille à ce que son corps soit toujours enduit d'une huile odorante, ne peut-on croire en effet qu'il est l'un de ces héritiers qui préfèrent le plaisir au pouvoir, la jouissance et le luxe à la vertu ?

Il aime les jeux du corps mais il reste aux aguets, il donne ainsi le change, essayant de se faire oublier par les égorgeurs, tous ceux qui tuent pour Sylla, qui recherchent les proscrits afin de toucher une prime ou pour acheter leurs biens vendus à bas prix aux enchères.

Il veut qu'on ne le considère que comme un jeune homme insouciant de moins de vingt ans, qui en grec et en latin récite des poèmes antiques.

Mais lorsqu'il rentre dans la villa de Subure, sa mère lui confie ce qu'elle sait des mesures prises par Sylla. Tuer, voilà le ressort de son gouvernement, et rendre au Sénat les pouvoirs acquis par les chevaliers et les tribuns de la plèbe tout en s'attachant les vétérans des légions, et même le peuple, en distribuant des parcelles agricoles ou en ne revenant pas sur le droit de citoyenneté accordé aux Italiens. Et tenir le Sénat ployé, même si les *populares* sont vaincus.

Il faut que chacun sache que le pouvoir est entre les mains d'un seul : Sylla, dictateur sans limites.

César écoute les récits de sa mère. Celui qui tue un proscrit touche une prime de deux talents. Même si l'homme qu'il a assassiné est son père, son fils, son frère ou son maître. Oui, l'esclave aussi est récompensé pour le meurtre d'un citoyen ! Et l'homme généreux qui a accueilli ou caché un proscrit est proscrit à son tour. Les enfants du proscrit sont eux-mêmes condamnés, leurs biens confisqués. Et l'on apparaît sur les listes de proscription parce que des assassins veulent s'emparer des biens du condamné. On dit que Quintus Aurelius, qui n'avait jamais pris parti dans les querelles politiques, a découvert son nom sur les listes de proscrits et s'est écrié : « Ô malheureux que je suis ! Hélas ! Ma maison d'Albe me fait mourir ! »

Aurelia Cotta se penche vers lui, ajoute doucement que Quintus Aurelius n'a pu faire que quelques pas : on le guettait et on l'a tué.

César se tait.

Pourra-t-il échapper à la proscription ? Aux massacres ? On dit que Sylla s'est rendu dans la ville de Préneste et qu'il a ordonné le rassemblement de douze mille hommes afin qu'ils soient tous passés au fil de l'épée ! Car la terreur qu'il inspire, le butin qu'il distribue, le vol, les dépossessions qu'il autorise lui attirent des soutiens.

À Rome, parmi les assassins, l'un d'eux, Lucius Sergius Catilina, s'est distingué en faisant inscrire sur la liste des proscrits son propre frère qu'il avait tué avant le retour de Sylla ! Et pour remercier le dictateur, il a tué l'un de ses adversaires !

Aurelia Cotta baisse la voix, reprend :

— Enfin, il en a apporté la tête publiquement, la remettant à Sylla assis au milieu du Forum. Et cela fait, il alla laver ses mains souillées de sang dans une vasque sacrée au temple d'Apollon tout proche.

Tout le monde accepte cette terreur.

Ainsi Marcus Licinius Crassus, après avoir aidé les troupes de Sylla à rentrer dans Rome, s'enrichit en dépouillant les proscrits, en rachetant leurs biens lors des ventes aux enchères, en devenant l'un des hommes les plus riches de Rome. Sylla s'en réjouit, comme il se félicite de l'adhésion d'un jeune homme riche, Pompée, qui a rassemblé des hommes pour combattre à ses côtés et les a organisés en légion. Sylla lui a décerné le titre d'*imperator* mais a exigé qu'il répudie sa femme. Et Pompée a accepté, tant la crainte qu'inspire Sylla est grande.

César assiste, mêlé à la foule, au triomphe du dictateur. Il considère les visages de ces hommes et femmes de la plèbe romaine que le spectacle des dépouilles royales entassées sur les chars, des prisonniers enchaînés, et surtout des puissants patriciens que Marius et Cinna avaient bannis et qui, rétablis dans leurs droits, font cortège à Sylla, l'appelant leur père et leur sauveur, fascine.

La plèbe est versatile, adore le miroitement de l'or, les parades et les fanfares. Et celui qui détient la force, l'argent, peut toujours la séduire, l'entraîner.

César s'éloigne vers le quartier de Subure.

Comment un Sylla, au point où il est parvenu, animé par cette détermination vindicative et exterminatrice, pourrait-il oublier que César est l'époux de la fille de

Cinna et le neveu de Marius ? Il attend, persuadé que la vie dissolue qu'il mène et affiche ne peut duper longtemps le dictateur.

Il ne s'est pas trompé. Les envoyés de Sylla se présentent à la villa, menaçants. Ils exigent que César répudie son épouse, ce sera le gage de son ralliement, de sa rupture avec les *populares* et la famille de Cinna. S'il refuse, il sera inscrit sur les listes de proscription, ses biens et la dot de Cornelia Cinna seront confisqués. Et, naturellement, sa tête sera mise à prix.

César n'hésite pas.

Celui qui cède à la menace, celui qui se renie et abandonne ses proches pour sauver sa vie, celui-là rompt le lien avec les Dieux et avec la Fortune. Il faut donc fuir pour sauver plus que sa vie, son destin. Sa mère le serre contre elle, l'approuve, puis viennent Cornelia et une esclave qui porte Julie. Il faut fuir vite, alors que la nuit dure encore. Il va gagner la région des monts Sabins, parcourue de vallées étroites et crevée de grottes, qui se trouve au nord et à l'est de Rome.

Mais des bandes d'assassins traquent les proscrits et chaque nuit il faut changer de lieu, se terrer dans la journée, attendre.

Au bout de quelques jours, il sent son corps faiblir, il est couvert de sueur. Est-ce l'eau bue ? La proximité des marécages ? Il perd conscience. Quand il rouvre les yeux, des hommes sont autour de lui. Ce sont les chasseurs de Sylla, avec à leur tête Cornelius Phagita.

César, à la vue de ces hommes aux visages sauvages et cruels, sent ses forces revenir. C'est ici qu'il faut montrer aux Dieux que l'on est digne de leur choix. C'est maintenant qu'il faut appeler la Fortune en défiant le sort.

Il ne doute pas. Il parle avec autorité et devine que

son calme, sa logique impressionnent le chef des mercenaires. Il se sent si supérieur à lui, comme s'il appartenait à une autre race, celle des hommes choisis.

Il propose à Cornelius Phagita de lui payer à l'instant plus que la prime que devrait lui procurer sa capture. Que ferait-il d'un homme malade qu'il lui faudrait transporter jusqu'à Rome, et qui peut lui assurer que, parvenu devant Sylla, celui-ci n'aurait pas changé d'avis ? Car dans son entourage, plusieurs de ses familiers s'emploient à obtenir que Sylla revienne sur la prescription de Caius Julius Caesar...

— Sais-tu qui je suis, quels sont mes ancêtres ?

Cornelius l'écoute, César n'insiste même pas, il doit l'emporter. Et Cornelius Phagita accepte le marché.

César ne s'est jamais senti aussi fort. C'est la première fois que sa vie est menacée, la première fois qu'il est allé au-devant de la décision des Dieux. Et il a vaincu avec l'aide de la Fortune. Il a plus que jamais la certitude que les Dieux le laisseront aller jusqu'au bout de son destin.

Il peut maintenant regagner Rome. De toutes parts, on est intervenu, ses parents, Caius Aurelius Cotta, puis Mamercus Æmilius Lepidus. Et les vierges qui sont les prêtresses de la déesse Vesta ont cédé aux pressions des familles des Julii et des Cottae, et elles, qui sont les gardiennes de la flamme sacrée dans leur temple du Forum, ont réussi à faire céder Sylla.

César apprend cependant que le dictateur s'est emporté.

— Triomphez et gardez-le ! s'est-il écrié, mais sachez que cet homme dont le salut vous est tant à cœur causera un jour la perte du parti aristocratique que vous avez défendu avec moi : il y a dans Caesar plusieurs Marius !

César se fait répéter cette phrase. Elle le frappe comme un oracle. Les Dieux veillent sur lui. Mais il faut chaque fois aller à leur rencontre, provoquer leur intervention, relever les défis qu'ils lancent. Agir, leur montrer ainsi qu'on est digne de leur confiance.

Il se concerte avec sa mère. Il ne faut pas rester à Rome, répète Aurelia Cotta. Sylla est cruel et fantasque, sensible aux pressions de son entourage, et les biens des Julii et des Cinna peuvent attirer les convoitises des assassins.

Il ne faut pas fuir mais partir loin, en se mettant au service de Rome, rejoindre la province d'Asie gouvernée par un proprêteur proche de Sylla, le général Marcus Minucius Thermus. Mais là-bas, c'est Rome que l'on défend, et non son dictateur d'un instant.

Va, Caius Julius Caesar, va, suis ton destin !

DEUXIÈME PARTIE

V.

> Il brûle d'intervenir. On hausse les épaules. Il n'a que dix-neuf ans, aucune expérience de la guerre...

César est debout à la proue de la galère. Il regarde s'avancer vers lui cette côte rocheuse qui, dans les couleurs pourpres du crépuscule, se dresse comme une muraille noire au-dessus d'une mer qu'incendie encore le soleil.

Il doit maîtriser son émotion. Voilà des semaines qu'il attend ce moment, l'arrivée à Colophon, ce port de la province d'Asie où réside le général Marcus Minucius Thermus.

Depuis le départ de Brindes, depuis qu'il a vu la côte italienne s'éloigner, il est impatient, dissimulant aux centurions qui sont du voyage, au capitaine de la galère, à tous ceux dont il sent la curiosité et qui le guettent, ce qu'il ressent.

Il a dix-neuf ans. C'est la première fois qu'il quitte l'Italie, qu'il navigue en haute mer, qu'il côtoie ces hommes rudes, galériens, marins et soldats. Il regarde quelques légionnaires dormir, enveloppés dans leur cape, la tête posée sur leur bouclier ou sur le sac qui contient un petit fourneau sur lequel ils font cuire leur bouillie de froment.

Ils savent sans doute qu'il est le neveu de Marius, le consul qui a été l'un des grands généraux de Rome, qui a réorganisé l'armée, exigé que le mérite plus que la naissance y soit reconnu, que les pauvres *proletarii* y soient admis et que, dans chaque centurie, dans chaque manipule, dans chaque cohorte, les meilleurs soient récompensés. Ces hommes qui vont rejoindre l'armée d'Asie l'observent mais ne s'adressent jamais à lui. Il est l'un de ces jeunes nobles qui s'en vont servir auprès du général pour y découvrir, avant de commencer leur carrière, le fonctionnement de l'armée. Ces centurions, ces principales savent qu'il vivra dans l'entourage du général, dans son état-major, qu'il partagera sa tente avec d'autres jeunes nobles et que, sans avoir jamais combattu, il sera traité avec les égards qu'on doit à un tribun militaire.

César a mesuré le respect un peu hostile dont il est l'objet, il a donc tout au long de ce voyage caché ses sentiments. Il faut qu'il soit impassible, qu'on ne devine pas son exaltation à voir défiler la côte de Grèce, à distinguer dans chacune des îles entre lesquelles la galère se glisse ces temples, ces amphithéâtres, ces statues dressées à la pointe des caps, ces témoins de marbre de la grandeur grecque, aujourd'hui soumise à la puissance de Rome.

Il est fier de ces conquêtes romaines que le navire longe, de ces ports où l'on fait parfois relâche. Et sur la jetée, gardant les galères de combat amarrées, il remarque les soldats armés de leur épée courte, de leur javelot, de leur bouclier.

Rome est partout présente. *Mare nostrum*. Notre mer.

Que reste-t-il à conquérir ? L'Égypte. Mais il faut d'abord défendre les provinces.

Au moment de quitter Brindes, un courrier est venu annoncer que la guerre contre Mithridate avait repris, que des combats se déroulaient sur les côtes du Pont-Euxin, cette mer qu'on dit Noire.

César a eu hâte dès cet instant de participer à la guerre, heureux de s'éloigner de Rome pour la retrouver, puissante, unie, disciplinée, incarnée dans une armée où il va servir.

Il lui a semblé que Rome devait être comme un navire, guidée d'une main sûre, commandée pour le bien de tous, chacun à son poste. Le capitaine ayant droit de vie et de mort sur les rameurs, l'équipage, et connaissant la route, devant éviter les récifs et vaincre l'ennemi ou se dérober à lui par une feinte.

Car les guetteurs tout au long du voyage, et dès qu'ils sont sortis de l'Adriatique pour s'engager dans la mer Ionienne, ont plusieurs fois crié pour signaler la présence d'une voile suspecte, peut-être l'un de ces rapides navires pirates qui infestent la mer...

César a serré les poings quand le capitaine a donné l'ordre de changer de cap, de se glisser derrière une île.

Un Romain peut-il fuir ?

Il faudrait qu'en chaque lieu où Rome gouverne, l'ordre et la loi soient respectés. C'est cela qu'il a affirmé. Mais il a deviné l'ironie du capitaine et des centurions. Les pirates sont une vermine qui s'est répandue partout. Ils viennent de Cilicie où ils s'abritent dans de petites rades. Ils débarquent sur les côtes, y compris celles de l'Italie. Ils pillent les villas isolées, même si elles sont proches de Pouzzoles, d'Ostie ou de Brindes. Ils s'emparent des navires marchands, capturent les passagers, les égorgent ou les vendent comme esclaves ; ou bien ils exigent de leurs familles, si elles sont riches, une rançon.

César s'indigne. Il faut que s'impose la paix romaine ! Il brûle d'intervenir. On hausse les épaules. Il n'a que dix-neuf ans, aucune expérience de la guerre.

Et il n'a commandé qu'à ses esclaves, non à des soldats qui vont se battre et doivent donc accepter le risque de mourir.

Il veut se battre aussi ! Il veut manifester la force ! Il sait que le premier ordre politique, c'est l'ordre militaire. Il n'est pas de pouvoir sans légions. Pour imposer la paix, la loi à Rome, et parmi tous les peuples qu'elle domine, il faut d'abord être chef d'armée.

Il veut agir, dit-il au général Marcus Minucius Thermus qui l'accueille avec bienveillance tout en lui faisant comprendre qu'il n'ignore rien des raisons qui l'ont conduit à quitter Rome. Il n'est pas venu ici pour découvrir la province d'Asie et l'art de la guerre. Il a voulu s'éloigner de Sylla, n'est-ce pas ? Mais, dit Marcus Minucius Thermus, je me soucie ici d'abord de la grandeur de Rome, et donc de vaincre ses ennemis.

César l'approuve. Dès les premiers moments, il comprend que Marcus Minucius Thermus, compagnon de Sylla lors des guerres contre Mithridate, ne lui tiendra pas rigueur de ses origines. Ici, face aux Barbares, on est d'abord citoyen romain. Les luttes pour le pouvoir à Rome paraissent lointaines, seules comptent la rigueur et l'intelligence que l'on met à servir.

César aime cette vie militaire. Il est présent à toutes les réunions des tribuns des légions autour de Thermus. Il partage les soupers dans la grande salle du palais. Le luxe ne le cède pas à celui des plus riches villas romaines. Les mets sont parfois inconnus. Les esclaves, hommes et femmes, nombreux et beaux, au regard sombre, à la peau brune, aux cheveux noirs. Il semble à César que la vie s'est brusquement ouverte et agrandie. Qu'il respire de manière plus ample.

Il chevauche à côté du général dans les montagnes arides qui surplombent la mer. Du sommet des crêtes, on aperçoit la mer Égée et les grandes îles qui sont comme des avant-postes, une ligne de forts protégeant la province d'Asie.

Là est Rhodes, dit Thermus en montrant cette grande ligne sombre. C'est dans cette île, se souvient César, que, selon son *grammaticus* Gniphon, se donne le meilleur enseignement du monde. C'est là que les philosophes grecs parlent à des élèves venus de toutes les provinces de Rome. On y apprend l'éloquence, l'histoire de la Grèce, on y étudie les savantes déductions de Pythagore, les textes d'Homère ou d'Eschyle et de Sophocle, et la sagesse héroïque des stoïciens qui savent mourir.

Là, face au port de Colophon, est Samos, et, ajoute Thermus tendant le bras vers l'horizon, vers ce sillon étroit qui sépare l'Europe de l'Asie et qu'on appelle l'Hellespont, là sont Lesbos et sa ville orgueilleuse comme un État, Mytilène.

La voix de Thermus a changé. Mytilène est une écharde dans le talon de Rome, dit-il, il faut l'arracher !

César l'écoute. Il apprend qu'il suffit parfois d'une infime blessure pour paralyser un homme, et Mytilène qui contrôle l'Hellespont, qui s'est alliée à Mithridate, qui refuse de se soumettre à Rome, est cette plaie.

— Qu'attend-on ? demande-t-il.

Il est dans le palais qu'occupe Marcus Minucius Thermus, dont le péristyle ouvre sur le port de Colophon.

Marcus s'est approché. Il montre le bassin du port où seules deux galères sont amarrées. Comment vaincre Mytilène sans navires pour en faire le blocus ? Thermus a pris César par l'épaule. Il parle de cette flotte que le roi de Bithynie, allié de Rome, doit envoyer pour participer à l'attaque contre Mytilène. Mais le roi tarde, se dérobe.

Thermus fait face à César. Sait-il seulement, ce jeune noble à la peau rasée et parfumée, au corps épilé, à la peau tendue, aux muscles fermes, qui est le roi de Bithynie ? Il se nomme Nicomède. Il est retors, corrompu, habile. Il règne sur la rive sud du Pont-Euxin. Il aime le luxe et le plaisir, et dans son palais de Nicomédie il a entassé les tapis, les statues, les coffres, tout ce que ses navires pirates ont rapporté de leurs rapines.

— Mais il est notre allié contre Mithridate, ajoute Thermus. Il se paie en butin, en droits de passage prélevés sur les navires qui empruntent l'Hellespont. Il est rusé et pervers.

Thermus entraîne César dans sa marche de long en large entre les colonnes du péristyle.

— Nicomède IV, poursuit-il, s'est réfugié à Rome durant la guerre entre Sylla et Mithridate. Il connaît nos vices et nos plaisirs, notre force et nos divisions. Il a promis l'appui de sa flotte de guerre contre Mytilène, mais si nous gardons l'écharde enfoncée dans le talon, nous boiterons, juste assez pour qu'il ait plus de liberté sans que cela pourtant nous empêche de le protéger contre Mithridate. Il faut le convaincre de tenir ses engagements. Il a la nostalgie de Rome et des Romains, murmure Thermus.

Ce n'est qu'un frisson, mais César connaît cette sensation, une irritation qui glisse sous la peau, tout au long du dos. Il l'a ressentie déjà, chaque fois qu'il a affronté une situation nouvelle, approché un corps nouveau qui s'offrait à son désir.

Cela tient du plaisir et de l'inquiétude, peut-être même de la peur. Et ce frisson naît chaque fois qu'il doit relever un défi où il devine que les Dieux l'observent, pour savoir une fois de plus s'il est digne de leurs espérances.

— Il serait flatté, honoré, séduit qu'un jeune Romain

de ta lignée, Caius Julius Caesar, se rende auprès de lui et lui rappelle ainsi ses devoirs envers Rome, reprend Thermus.

César tressaille. Pourquoi refuser cette aventure que les Dieux lui offrent ? Enfin agir, enfin servir Rome, enfin montrer ce que l'on peut faire, réussir. Et devenir la voix et le visage de Rome dans ces royaumes barbares, qui attirent comme des lieux étranges, où le danger côtoie le plaisir, où tout est possible.

Il part pour rencontrer Nicomède IV, roi de Bithynie, en son palais des rivages du Pont-Euxin.

VI.

Vis comme tu l'entends, tout est pour toi ici si tu le veux, dit Nicomède en s'allongeant près de lui...

César avance à pas lents dans cette galerie dont les murs sont couverts de tissus dorés. De place en place, des niches peintes en bleu abritent des statues de marbre et d'or, leurs yeux brillant comme des diamants.

Il a l'impression de pénétrer dans un monde soyeux, doux comme ces tapis dans lesquels ses pas s'enfoncent. Des pétales de rose sont dispersés ici et là.

Il se sent ivre tant le parfum est entêtant, la musique grêle obsédante. Il lui semble dans son souvenir que la ville et les bâtiments de Rome sont austères, froids, des entassements de blocs de marbre, alors qu'ici, dans le palais du roi de Bithynie, tout est léger comme ces voiles qui rendent plus désirables ces jeunes esclaves dont les corps sont si graciles, si verts encore qu'on ne peut dire s'ils sont ceux de jeunes garçons ou de jeunes filles. Leurs silhouettes paraissent frôler le sol tant leur grâce et leur agilité sont grandes.

Ici sont le luxe, le désir, le plaisir.

Un homme au visage aminci par une barbe taillée en pointe, aux cheveux noirs crépus, des boucles pendues à ses oreilles, aux doigts bagués, une tunique de soie ouverte sur son torse vigoureux, huilé, s'avance vers lui, mains tendues.

— Tu es l'envoyé de Marcus Minucius Thermus. Bienvenue à toi dont le corps a la beauté de Rome !

C'est le roi Nicomède IV. César se laisse entraîner dans une vaste salle au centre de laquelle les danseurs virevoltent cependant que des esclaves nus remplissent les coupes. Des hommes gras sont étendus sur des coussins et des tapis. Il reconnaît des citoyens romains, marchands venus acheter sur les rives du Pont-Euxin de la soie, de l'or, des bijoux, des armes. Il croise leurs regards ironiques. Il retrouve, un instant, à les voir, l'atmosphère de Rome où les commérages, les intrigues, les calculs lient ou divisent les hommes. César tourne la tête. Peu importe. On lui sert du vin sucré. Des esclaves se penchent, le caressent.

— Vis comme tu l'entends, tout est pour toi ici si tu le veux, dit Nicomède en s'allongeant près de lui.

César sent la main du roi sur sa cuisse. Il n'a jamais connu à Rome ce faste, cette débauche de corps qui se proposent, il n'a jamais bu un vin aussi doux, et il n'a jamais approché un roi qu'il doit convaincre, séduire.

Nicomède se penche encore vers lui.

— Veux-tu te retirer, envoyé de Rome ?

D'un geste impérieux, Nicomède invite des gardes et des esclaves à s'approcher afin de guider le jeune et beau noble romain jusqu'à la chambre du roi, pour qu'il s'y repose de sa longue traversée.

César se lève, il traverse la grande salle, puis longe à nouveau des couloirs. Il s'arrête sur le seuil d'une chambre dont on vient de lui ouvrir les portes. Le lit est couvert de tissus d'or, sur lesquels sont posés des vêtements de couleur pourpre.

De jeunes esclaves le conduisent dans les pièces voisines où l'eau coule, fraîche et parfumée. Il se laisse dévêtir par ces mains qui l'effleurent à peine puis commencent à huiler légèrement son corps.

Il est le descendant de Vénus, il peut et même il doit s'abandonner au plaisir et au luxe. La jouissance est une célébration de la divinité, une manière de l'honorer, de célébrer cette vie qu'elle marque de son empreinte et protège.

Il boit. Il revêt cette tunique pourpre. Il s'allonge sur un lit d'or.

On allume des torches, le jour est donc fini. Le temps glisse comme une eau légère qui caresse le corps. Il s'endort. Il se réveille. On lui sert à boire. Des jeunes gens le massent, des filles le frôlent de leurs seins nus. Puis voici, dans la lueur des torches que l'on vient d'allumer, le roi qui s'avance et qui s'allonge. Son corps est nerveux, son étreinte est douce.

— Tu es l'envoyé de Rome. Je suis l'allié de Rome. J'aime Rome.

César sent les mains de Nicomède glisser sur son torse, entre ses cuisses. Il s'abandonne. Il est au pays de Vénus, d'Apollon et de Dionysos. Les Dieux ont voulu qu'il soit ici, couché au côté de ce roi barbare et fastueux, qui l'enlace, le pénètre, lui donne cette jouissance que César n'a pas encore connue et à laquelle il s'abandonne.

Il boit à nouveau. Le roi se lève. Et César le suit dans la salle du banquet. Il s'empare d'une amphore, en verse à boire au roi qui sourit, les yeux mi-clos, et tend sa coupe.

Il fait jour, puis nuit, et dans la lueur des torches, César aperçoit les visages goguenards des marchands romains. Il entend leurs murmures, il devine leurs propos. « Prostitué », dit l'un en le désignant d'un mouvement de tête ; « Reine de Bithynie », dit l'autre en riant. Il n'est qu'une fille... Il a tenu la place d'une esclave... Et ils boivent en ricanant, saisissant la taille des jeunes filles qui passent près d'eux, les forçant à s'agenouiller.

César s'éloigne, il ne peut être blessé, même s'il sait qu'ils répandront leurs ragots dès qu'ils auront touché le sol de l'Italie et qu'ils retrouveront Rome, ses coteries, ses rivalités. On se servira de leurs propos pour l'empêcher de jouer un rôle politique, mais il est sans inquiétude, la Fortune veille sur lui. Et il aime ce plaisir des sens, ces corps qui le serrent, jeunes et vigoureux, et celui du roi, si puissant et pourtant encore juvénile.

Les Dieux, Vénus et Apollon, Dionysos et Jupiter ne peuvent qu'approuver son désir de jouir et de se laisser aimer par ce roi allié de Rome. Il honore ainsi son hôte, il le séduit. Et il rend un culte au plaisir, à l'amour, dont les Dieux ont gratifié les hommes.

Il ne compte plus les jours et les semaines. Il n'en finit pas de parcourir les labyrinthes de la jouissance. Il aime que son corps soit aimé. Et il aime se laisser envelopper par les voiles, les draps tissés en fil d'or, et entourer par les bras du roi.

Enfin vient le temps de parler. César commence :

— Les navires que tu dois à Rome, ton alliée, afin qu'elle soumette Mytilène, dit-il, cette flotte que tu t'es engagé à envoyer à Marcus Minucius Thermus, quand le feras-tu ?

César s'étonne lui-même de l'aisance avec laquelle il abandonne le plaisir du corps pour ce plaisir de l'esprit qu'est la réussite d'une action.

Mais cela aussi, ce sont les Dieux qui le rendent possible. Vénus, divinité de la jouissance, et aussi Venus Victrix, déesse de la Victoire.

— Prends les navires et conduis-les, répond Nicomède.

Il a accompli sa mission ! Vaincre est la jouissance suprême.

Il gagne le plus grand des navires. Il prend la tête de la flotte. Il regarde l'étrave ouvrir dans la mer de Propontide ce sillon noir ourlé de blanc. Puis ce sera l'Hellespont, et enfin la mer Égée.

Il voit les côtes de Lesbos. Il aperçoit les murs de Mytilène. Bientôt il rencontrera les navires qu'il attend.

J'ai donné à Rome les armes pour vaincre. Qu'importent les moyens !

VII.

Telle est la loi. Le vaincu meurt ou devient esclave. Quiconque se dresse contre Rome doit connaître ce sort...

Il veut être aux côtés des centurions, des porte-enseignes, des légionnaires de la première centurie qui bondissent des navires sur la jetée de Mytilène. Il brandit son épée courte, ce *gladius* qu'il a tant de fois manié dans le jardin de la villa de Subure avec son maître d'armes. Mais il ne s'agit plus d'exercice. Des grêles de flèches, des volées de pierres jaillissent des remparts de la ville, frappent les soldats, ricochent sur le bouclier.

Il court avec ses hommes de la première ligne d'assaut, et il est plusieurs fois rejeté en arrière par les flèches qui heurtent sa cuirasse. Mais il n'éprouve aucune crainte. Il ne sera pas tué. Les Dieux ne le veulent pas, il en a la certitude.

Des Grecs sortent d'une porte de la ville en hurlant, lances levées. Ils encerclent un groupe de quelques soldats romains, ils vont les massacrer ! César se jette en avant, entraîne des soldats avec lui, attaque les Grecs qui, surpris, reculent, rentrent dans la ville mais n'ont pas le temps de repousser les portes. Déjà d'autres centuries débarquent, rejoignent l'avant-garde, s'élancent en colonnes serrées et font irruption dans les ruelles de Mytilène. L'odeur fade du sang se répand, cependant que les corps tombent, que les gémissements s'élèvent et que déjà l'on égorge les vaincus.

Il a vingt et un ans. Il se bat pour la première fois. C'est une jouissance nouvelle. Il marche jusqu'au temple de Vénus et d'Apollon qui se dresse dans la partie la plus haute de la ville. Les Grecs se sont rassemblés tout autour. Ils jettent leurs armes, s'agenouillent, implorent qu'on leur laisse la vie sauve. Mais les légionnaires leur enfoncent le glaive dans la gorge, les Grecs s'effondrent l'un après l'autre, le sang bouillonnant, tachant de rouge sombre leur tunique. César observe les légionnaires qui entrent dans les maisons, pillent, traînent les femmes par les cheveux. Il entend ces dernières hurler, puis leurs voix faiblissent. Il est calme et serein. Rien de ce qu'il voit ne le surprend. Telle est la loi. Le vaincu meurt ou devient esclave. Quiconque se dresse contre Rome doit connaître ce sort. C'est cela l'ordre du monde.

Des tribuns et des centurions l'entourent. On le dévisage avec respect et étonnement. Qu'imaginaient-ils donc ? Qu'il aurait peur comme une femme, qu'il serait l'un de ces jeunes nobles efféminés qui ne savent que jouir du plaisir d'un corps de fille ou d'adolescent ? Ignorent-ils que Vénus a deux visages, qu'elle est aussi Venus Victrix, la combattante victorieuse, et qu'il a aussi dans sa lignée des rois légendaires, et Mars, dieu de la Guerre ?

Il s'efforce de ne laisser paraître aucun sentiment, et pourtant l'orgueil et la joie l'habitent. Il est un soldat. Il a vu et fait couler le sang des ennemis de Rome !

Il n'est pas cette « reine de Bithynie » dont les marchands se sont moqués, cette « prostituée » qui a offert son corps au roi Nicomède pour obtenir de lui qu'il livre ses navires aux Romains.

Il peut tout ! Il veut tout !

Il voit Marcus Minucius Thermus qui s'approche. Il reste impassible, écoutant le général le féliciter pour son courage. Il a par son assaut sauvé des citoyens romains, ces soldats encerclés. Il mérite la *Corona Civica*, qui attestera aux yeux de tous qu'il est un valeureux, un héroïque fils de Rome, digne de servir dans ses légions. César ne répond pas.

— Que veux-tu de plus, Caius Julius Caesar ? demande Thermus.

César est sûr que le ton du général a changé, comme si lui aussi avait été surpris et qu'il regardait désormais comme un légionnaire aguerri ce jeune combattant qui avait montré calme et indifférence devant la mort.

— Que veux-tu ? répète-t-il.

César s'avance d'un pas. Il songe aux jouissances qu'il a éprouvées dans le palais de Nicomède, au luxe et au faste dont le roi l'a entouré. Après l'odeur du sang, il veut respirer à nouveau les parfums de la luxure. Il dit qu'il lui faut retourner en Bithynie, qu'il doit recouvrer une créance auprès d'un affranchi. Les mots sont venus sans même qu'il ait eu besoin de les rechercher.

Thermus hésite. Qui peut croire à ce prétexte ? Mais l'apparence est aussi une vérité.

— Fais ce que tu crois, dit Thermus.

César va donc retrouver Nicomède, les tissus de fil d'or, les coupes remplies de vin sucré. Il lui semble qu'il rend grâce ainsi à Vénus, qui vient de lui donner sa victoire par le glaive.

Il revient après quelques semaines, le corps heureux et léger d'avoir connu l'amour après la guerre. Il surprend l'ironie dans le regard de Thermus et des tribuns, mais il suffit qu'il fixe ses interlocuteurs pour que ceux-ci baissent les yeux. Et il a l'impression qu'autour de lui, même les hommes les plus valeureux ou les plus pervertis, ceux qui ont fait les campagnes contre Mithridate aux côtés de Sylla et ceux qui ne songent qu'à détourner le butin à leur profit et à se vautrer jour après jour dans la débauche, tous ceux-là reconnaissent qu'il est différent d'eux. Et il se sent en effet, quand il les voit, quand il devine leur avenir borné, leurs ambitions limitées, d'une autre trempe, un homme à part, destiné à l'exceptionnel.

Choisi par les Dieux, il a été l'amant d'un roi. Il vient à peine d'avoir vingt et un ans. Est-ce pour cela qu'il n'éprouve aucune impatience ? Les Dieux sont les maîtres du temps, ils disposeront à leur guise les obstacles à franchir. Ils prépareront les circonstances qu'il devra utiliser pour atteindre un nouveau degré le rapprochant du terme de son destin.

Ce chemin qu'il doit parcourir est une œuvre issue de la volonté commune des Dieux et de la sienne. À lui de savoir reconnaître les signes et les desseins divins, les défis qu'ils lui lancent, les portes qu'ils lui ouvrent. Mais il sera seul à choisir, seul à décider s'il devra s'engager dans cette voie-là ou dans cette autre.

La vie est un labyrinthe que les Dieux dessinent, mais que l'homme parcourt. Et le seul fil dont il dispose pour échapper aux périls est sa confiance en soi et dans les Dieux, son intelligence et son obstination.

Rien ne sert d'aller tête baissée, comme un taureau aveugle qui racle le sol de ses sabots. Chaque pas suppose réflexion et apprentissage.

Il faut donc accepter, sans rechigner, de rester de longs mois à l'état-major de Marcus Minucius Thermus, à s'occuper de tâches sans gloire. Mais il apprend ainsi comment on tient une légion, comment on oublie de servir Rome afin de se servir soi-même. Il mesure la puissance des publicains, ces chevaliers qui avancent à Rome le montant de l'impôt qu'ils se chargent ensuite de lever à leur profit dans les provinces. Il démasque le tribun qui détourne la solde et le butin des soldats. Et il découvre que partout l'avidité ronge la République, que la puissance de l'argent est aussi forte que celle des légions.

Les prêteurs sur gages étranglent à leur guise le plus valeureux des centurions. Les chevaliers entassent dans leurs greniers le blé dont Rome a besoin, afin que les prix montent. Et puis il y a les hommes qui ont le don de se faire obéir et aimer. Mais c'est aussi un art. Il faut être le plus courageux au combat, montrer que l'on n'est pas avare de sa vie. Il faut séduire, donner, promettre. Et aux vétérans, usés par les combats, il faut offrir une parcelle de terre, et il faut distraire le peuple par des jeux qui lui font oublier sa condition.

Là, devant une foule enthousiaste et fascinée, on livre des prisonniers barbares aux bêtes qui les dévorent. Ici, on organise un combat de gladiateurs jusqu'à ce que la mort de chacun d'eux survienne. Et le seul survivant est à son tour livré, sous les cris de la foule, à une meute enragée à laquelle il ne peut échapper.

César regarde, impassible. Telles sont donc les lois du gouvernement des hommes.

Il se rend, à la suggestion de Thermus, auprès du proconsul de Cilicie, Publius Servilius Vata, que l'on nomme l'Isauricus parce qu'il a vaincu l'Isaurie.

Dans cette province des côtes sud de l'Asie Mineure, César est fier de découvrir que Rome, si lointaine, à plusieurs semaines de traversée, règne.

Il arpente avec le proconsul le pont des galères qui pourchassent jusqu'au fond des criques les navires des pirates. Ces détrousseurs sont habiles et cruels, ils savent qu'il n'y a pas de pardon pour eux. César assiste à la crucifixion de ceux qui sont capturés. Il voit ces hommes mourir sans que rien frémisse en lui. La mort est la sanction de la défaite. Et il faut tuer si l'on veut que la loi romaine soit respectée.

Il l'apprend sur les côtes de Cilicie. Et il a le sentiment que chaque jour qui passe, chaque combat livré, chaque femme possédée, le sang versé et le plaisir pris, le transforment.

Il n'est plus le jeune homme qui quittait Rome pour échapper à la vindicte de Sylla. Près de quatre années sont passées. Son corps, à la peau tannée par les vents de la mer, s'est encore musclé. Il est maigre, son visage est osseux. Il sait jouir du combat et de l'amour.

Quand, un jour de l'an 78, il apprend que Sylla vient de mourir, il a hâte de rentrer à Rome. Ce n'est que dans la ville, au cœur du pouvoir, qu'il pourra déployer cette force qu'il sent en lui. Car c'est à Rome, sur le Forum, dans la Curie, par les voix de la plèbe et du Sénat, que l'on peut recueillir les fruits de la gloire acquise avec les légions sur les frontières de la République.

TROISIÈME PARTIE

VIII.

> C'est Pompée qu'il faudra vaincre ! Quand il sera à terre, le glaive brisé, le Sénat sera sans pouvoir...

César marche dans les rues de Rome. Il lui semble qu'il parcourt pour la première fois cette ville qui l'enivre. Il en reconnaît les monuments, les odeurs, la rumeur faite de cris, du grincement des charrois, des jurons et des appels des marchands de vin, des boutiquiers et des entremetteurs. Ces derniers se tiennent sur le seuil de pièces sombres. Et César distingue ces femmes dénudées qui s'avancent vers la rue puis reculent en faisant un geste de la main pour l'inviter à entrer. Il est tenté de les rejoindre, de les posséder comme pour se rendre maître de cette ville, celle de ses ancêtres royaux.

Mais il poursuit sa route. Il veut aller au Capitole, il veut revoir la Curie, le Circus Maximus, le champ de Mars, les temples. Il n'avait pas oublié et cependant il n'avait plus conscience de la puissance de cette cité, immense, populeuse, avec sa plèbe, ces femmes prostituées innombrables et ces femmes parées, ces sénateurs qui passent, ces litières, ces marchands et cette multitude d'esclaves, d'affranchis, de vétérans que l'on devine affamés, à l'affût d'un larcin, d'une aumône, d'une émeute.

Il songe à ces villes de Bithynie, de Cilicie, de la province d'Asie, à Mytilène, que Rome pourrait toutes contenir.

Elle est la capitale du monde et celui qui s'empare d'elle devient le maître de l'univers.

Il rentre dans sa villa. Ses proches sont là, à l'attendre, à l'entourer. Il s'avance vers son épouse Cornelia, pour laquelle il ressent de la tendresse. Mais il a tant connu de jeunes corps, des plaisirs si aigus, qu'il n'éprouve plus de désir pour elle. Il l'observe. Elle ne demande rien. Elle lui sourit. Elle parle de Julie, leur fille. Et puis tout à coup, César aperçoit sa mère qui se tient un peu à l'écart. Il va vers elle, s'incline, l'embrasse. Aurelia Cotta recule tout en le prenant par les épaules, il a l'impression que son regard le pénètre, qu'elle sait déjà tout de la vie qu'il a menée durant ces quatre années loin du quartier de Subure. On lui a sûrement rapporté qu'il s'était rendu auprès du roi Nicomède... Il se trouble, mais Aurelia semble ne rien remarquer.

— Rome a besoin de toi, dit-elle, ne l'oublie jamais où que tu sois, quoi que tu fasses !

Il s'assied. Les esclaves déposent devant lui des fruits et du vin frais. Il veut comprendre ce qui s'est passé depuis son départ. Les nouvelles ne lui sont parvenues que des semaines après que les événements avaient eu lieu. Sylla est mort, mais qu'en est-il de la République, des deux consuls nommés par le Sénat, Lepidus et Catulus ? Est-il vrai que Sylla a d'abord quitté volontairement le pouvoir, abdiqué ?

On se penche vers lui, on raconte. Il ferme à demi les yeux. Comment Sylla a-t-il pu renoncer à la force, lui qui avait terrorisé Rome, pourchassé et assassiné ses ennemis ? Quelle folie l'a saisi ? N'avait-il pas compris que le pouvoir une fois conquis, on ne l'abandonne pas, que c'est faire injure aux Dieux qui ont permis la victoire que de le déserter ?

Il hoche la tête quand on lui explique que le Sénat, après avoir retrouvé, grâce à Sylla, son autorité et ses privilèges, l'avait en fait contraint à se retirer. Il sourit. Il pourrait s'exprimer, dire que si un jour il est au faîte de la puissance, il y demeurera tant qu'un souffle de vie l'habitera. Ce qu'on a acquis avec l'aide des Dieux vous appartient, le rejeter est sacrilège ! Sylla ne méritait pas le pouvoir. Et d'ailleurs, la manière dont après sa victoire il a persécuté et dépouillé de leurs biens tous ceux qui ne faisaient pas allégeance a révélé sa nature, son aveuglement.

César se souvient des jours et des nuits durant lesquels il a dû se terrer, de l'obligation dans laquelle il s'est trouvé de quitter l'Italie pour la province d'Asie.

Il murmure :

— Sylla n'était pas digne des honneurs et de la puissance. L'homme fort, celui qui sait qu'il est habité par le destin, qui a reçu les messages des Dieux, ne renonce jamais à ce qu'ils lui ont accordé.

Il regarde chacun des hommes qui l'entourent. Ce sont des parents. Ils appartiennent à la famille des Aurelii Cottae ou à celle des Julii. Ils ont lié leur destin au sien, ils attendent de lui qu'il agisse vite. Ils veulent retrouver les biens dont Sylla les a dépouillés. Ils expliquent que le consul Lepidus, après avoir été l'un des partisans de Sylla, a changé de camp dès le départ du dictateur. Il n'a pas rendu les richesses qu'il avait volées aux proscrits mais il a flatté la plèbe. Il a fait voter une loi frumentaire qui accorde gratuitement aux pauvres de Rome plus de quarante-trois litres de blé par mois. Il incite maintenant les *populares* à se venger des riches. Il a levé une armée, cependant que l'autre consul, Catulus, s'est mis au service du Sénat. Et les puissants ont fait appel à ce jeune général Cnaeus Pompée que ses soldats ont couronné du titre d'*imperator*.

César, tout en fermant à demi les paupières, continue de les écouter. Ils parlent avec passion. César perçoit l'inquiétude dans leurs voix. Ils s'interrogent : ont-ils choisi le bon camp ou vont-ils être une fois de plus vaincus ? Ils répètent avec insistance que Lepidus leur a envoyé des émissaires. Il veut rallier à lui tous les anciens ennemis de Sylla. Il voit en César le neveu de Marius, l'époux de Cornelia Cinna. Il sait que la plèbe au nom de César se souviendra de ces deux hommes qui avaient œuvré pour elle.

Maintenant, ils ne cachent plus leur impatience. Ils disent que César ne peut rien gagner à attendre. S'il avait assisté aux funérailles de Sylla, organisées par le Sénat, par le consul Catulus et par l'*imperator* Pompée, il saurait que les *optimates* ne veulent rien céder, qu'il faut briser leur puissance. Et qu'il les trouvera sur sa route.

— Si tu avais vu, Caesar, intervient Æmilius, un jeune homme qui lui sert de secrétaire et de conseiller, les vétérans de Sylla... Ils se sont regroupés autour de leurs enseignes sur le champ de Mars. Elles brillaient dans les fumées de l'encens qui brûlait dans des vasques posées sur deux cent dix brancards. Et les sénateurs ont déposé plus de deux mille couronnes d'or ! Comment veux-tu, Caesar, vaincre seul cette force ? Et Cnaeus Pompée est si glorieux que ses soldats en Afrique l'ont appelé Grand Pompée !

César ouvre les yeux. Il a senti que sa mère l'observait.

— Pompée *imperator*, le Grand Pompée, reprend Aurelia Cotta, est un jeune homme. Sais-tu qu'il se coiffe de manière à ressembler à Alexandre ? Et qu'autour de lui les flatteurs, qui grouillent comme de la vermine, lui répètent qu'il est un conquérant, comme le Grand Alexandre ?

Il y a un long silence, puis Æmilius poursuit d'une voix plus aiguë :

— Si tu ne trouves pas des alliés, Caesar, tu ne pourras rien. Lepidus demande que tu le rejoignes, que tu entraînes avec toi le peuple qui a gardé la mémoire de Marius et de Cinna. Lepidus songe aussi à faire alliance avec un lieutenant de Marius, Sertorius, qui continue à se battre en Espagne et a obtenu l'aide des pirates. Si toutes ces forces forment un faisceau, alors elles pourront triompher. Et tu seras le vainqueur ! Car Lepidus n'a rien...

César se lève, commence à marcher dans le jardin. Il est étonné par le calme qui l'habite. Il lève les yeux vers ce ciel d'un bleu plus léger que celui qu'il a regardé durant ces années passés loin de Rome.

— Ce n'est pas encore le moment, dit-il à voix basse.

Il sourit. Il mesure, à la manière dont ceux qui l'écoutent baissent la tête, leur déception.

— Je commence à peine à m'engager sur le chemin, reprend-il.

Il s'éloigne de quelques pas. Il pourrait expliquer qu'il n'a aucune confiance dans ce Lepidus, cet homme qui change de camp, de principes, selon ses intérêts. Qui cherche aujourd'hui l'alliance des Cottae et des Julii, qui exalte le souvenir de Marius et de Cinna, et qui pourra, demain, rejoindre Pompée.

— Cnaeus Pompée a six ans de plus que moi, poursuit César. Il est *imperator*. Qui suis-je ?

Il ouvre les mains, montre ses paumes.

— Tu peux ce que tu veux ! lance la voix forte d'Aurelia Cotta.

César secoue la tête en s'approchant de sa mère.

— Je veux pouvoir garder ce que j'aurai conquis, dit-il. Sylla en abdiquant s'est montré indigne. Il ne faut pas décevoir les Dieux lorsqu'ils vous ont accordé leur confiance, et il faut également gagner l'alliance des hommes. Donc rassembler autour de soi non seulement ceux qui vous aiment, qui ont choisi de se battre avec vous, mais aussi ceux qui vous ont haï et qu'il faut rallier à son enseigne. L'homme fort est celui qui pardonne, qui préfère la clémence à la terreur. Voilà ce qu'il faut à Rome, et non les ruses tortueuses d'un Lepidus, l'alliance d'un Sertorius avec les ennemis de la République, ces pirates que j'ai combattus en Cilicie. Qu'on les laisse à Mithridate !

— Tu parles comme celui qui sait et qui peut..., dit Aurelia Cotta.

César s'approche d'elle.

— Le moment n'est pas venu, répète-t-il.

Il perçoit alors qu'il s'éloigne, quittant le jardin, rentrant dans la maison, des exclamations étouffées et la voix d'Aurelia Cotta qui tente de calmer les hommes déçus. Il traverse le péristyle, puis l'atrium. Il aperçoit Cornelia et leur fille, mais il s'engage dans le vestibule. Il entend déjà les bruits de la rue. Au moment de sortir et alors que les esclaves s'apprêtent à l'entourer pour l'accompagner, lui ouvrir le passage, il s'immobilise.

Il a un instant la tentation de retourner sur ses pas, de rejoindre ses proches dans le jardin, de répondre à leur impatience, de leur dire qu'ils peuvent avertir Lepidus, lui annoncer que Caius Julius Caesar s'engage à ses côtés. Et qui sait, peut-être bousculeraient-ils ensemble, avec l'aide de ce Sertorius en Espagne, les légions de Pompée, les forces du Sénat ? Il suffirait de déchaîner la plèbe... S'il parlait ainsi, on l'embrasserait, on le féliciterait pour sa détermination.

Il fait un pas vers la rue. Il sait bien qu'il est trop tôt pour agir. Qu'il faut au contraire donner le change, paraître se désintéresser de cette lutte pour le pouvoir entre le Sénat, le consul Catulus et Pompée d'une part, et de l'autre Lepidus et Sertorius.

Ceux-ci vont perdre parce que Lepidus est un homme veule et médiocre, parce que Sertorius est prêt à s'allier aux ennemis de Rome. Et parce que Pompée a la jeunesse et la confiance de ses soldats.

César sort dans la rue, ébloui par la lumière, assourdi par les cris. Il se sent tout à coup irrité. Il ne faut pas qu'il pense à Pompée, à cet homme jeune qui est déjà Grand et *imperator*. Voilà un vrai rival, une vraie menace ! Même si, face à Sylla, il s'est incliné, acceptant de répudier sa femme.

C'est Pompée qu'il faudra vaincre ! Quand il sera à terre, le glaive brisé, le Sénat sera sans pouvoir et Rome appartiendra à celui qui les aura vaincus.

Mais il faut attendre le signe des Dieux. Et c'est de la patience que naît la force. C'est dans l'ombre de la ruse qu'elle grandit.

Il veut apparaître comme le jeune homme qui cherche les corps, les jouissances, qui offre des banquets munificents.

La table est dressée dans le jardin de la villa sous les grands pins. Des tapis d'Asie ont été étalés, des femmes dansent. César refuse, quand ses invités l'interrogent, de répondre aux questions qu'on lui pose sur les combats qui se poursuivent en Italie entre les troupes de Lepidus et celles de Pompée et de Catulus. Il montre les jeunes danseuses et leurs instruments, les ondulations de leurs corps. Il applaudit, se montre prodigue.

Mais sa fortune est déjà dissipée. Il convoque les manieurs d'argent, des prêteurs. Il a besoin d'argent, il ne discute pas les taux d'intérêt. Il lui faut des sesterces, des talents, de l'or, tout ce qui permet de jouir, de faire de chaque journée une nouvelle fête. Peu importent les dettes ! Si on lui prête des sommes de plus en plus élevées, c'est bien qu'on croit qu'un jour il sera si puissant, il aura accumulé tant de butins, qu'il pourra rembourser ses usuriers.

Il les observe, obséquieux et avides, mielleux mais précis dans leurs calculs. Ils forment une toile d'araignée à laquelle aucun Romain n'échappe, les plus puissants comme les locataires les plus misérables des *insulae*, ces immeubles sordides de plusieurs étages. Il les traite avec morgue. Il montre à son intendant les sacs d'argent qu'ils viennent de déposer sur la table, dans la bibliothèque. Les prêteurs parient sur lui. Ils sont donc liés à lui, contraints de l'aider pour obtenir un jour le remboursement de ces sommes énormes qu'il leur doit.

Et derrière tous ces prêteurs, il y a Crassus le rapace, l'homme le plus riche de Rome, le grand manieur d'argent aux ambitions immenses, qui rachète les reconnaissances de dettes puis envoie ses hommes chasser de leur logis les pauvres. Crassus s'empare de leurs biens pour se rembourser au centuple des emprunts que ces malheureux ont été contraints de faire. Et sans doute Crassus est-il déjà à l'affût, s'interrogeant sur ce Caius Julius Caesar que l'on imaginait plein de projets politiques, se lançant dans la mêlée avec ses jeunes forces, et qui au contraire banquette, se pervertit dans les mauvais lieux, reçoit chez lui dans le luxe, et parfois dans la débauche, tous ceux qui comptent à Rome.

Devant sa villa, la plèbe se rassemble pour voir entrer ces litières, ces femmes dont on devine le corps sous les voiles, ces sénateurs et ces tribuns. Parfois, de la foule quelqu'un lance : « La reine de Bithynie reçoit ! »

et tout le monde s'esclaffe. Ils disent que cette villa est un lupanar, et le jeune Julius une prostituée.

César entend, mais pas un trait sur son visage ne tressaille. Il aime ces fêtes, cette débauche, ces jeunes corps, et en même temps ce sont des masques qui le protègent.

Qui pourrait croire que cette « reine de Bithynie » aspire à gouverner Rome ?

On lui rapporte que l'un des plus brillants orateurs du Sénat, un homme jeune auquel tout le monde promet un grand avenir, Cicéron, a péroré, au milieu d'un groupe de sénateurs :

— Caius Julius Caesar ! a-t-il lancé. Quand je considère ses cheveux si bien peignés et si curieusement disposés, que je lui vois gratter sa tête du bout d'un doigt seulement, j'estime qu'un tel homme, contrairement à ce que l'on a pu penser, ne pourra jamais mettre en sa tête la malheureuse ambition de ruiner la chose publique romaine !

César se tait, ramène d'un mouvement lent de la main ses cheveux vers le front de manière à masquer cette calvitie naissante qui le préoccupe, l'irrite, et qu'aucune lotion, aucun massage ne semble pouvoir empêcher de gagner.

Puis il lève sa coupe, salue les convives, les invite à boire avec lui à la grandeur et à la gloire de Rome.

IX.

Il faut que le peuple romain sache que Caius Julius Caesar est bien le descendant orgueilleux de Vénus...

César lève la main pour qu'Æmilius se taise, mais sans doute n'a-t-il pas mis assez d'autorité dans son geste car ce dernier poursuit son récit avec tant de fougue et de passion qu'il laisse retomber son bras. Il aime ce jeune secrétaire enthousiaste dont l'admiration et le dévouement sont sans réserves. Il n'a pas vingt ans, et son corps est musclé, brun. Il porte les cheveux longs, rejetés en arrière, et lorsqu'il parle il accompagne ses phrases d'un mouvement de tout son corps. Il est beau. Néanmoins, César a le sentiment que rien ne le surprend dans ce récit des derniers jours et de la mort de Lepidus.

Que pouvait cet homme sans principes, sans rigueur, tour à tour partisan des *optimates*, complice de Sylla puis flattant la plèbe, lui distribuant gratuitement du grain et levant le drapeau de la révolte contre les riches, lui qui s'était gavé des biens des proscrits ? Les légions du Sénat commandées par Catulus et celles de Pompée l'ont contraint, de défaite en défaite, à gagner la Sardaigne.

La voix d'Æmilius tremble. Lepidus, raconte-t-il, a été abandonné par ses plus proches compagnons. Il s'est caché dans les grottes, et c'est là qu'il est mort de désespoir. On a jeté son corps nu sur un bûcher fait de sarments ramassés au hasard. Et personne n'a dispersé ses cendres qui sont retombées comme de la poussière dans le foyer. Malheur à lui !

César perçoit le trouble du jeune homme.

Le secrétaire était de ceux qui voulaient que César rejoigne Lepidus, s'engage à ses côtés, et il avait à plusieurs reprises manifesté sa déception, le regard plein de reproches et d'incompréhension, quand César avait rejeté les offres du consul.

— Les Dieux, soupire-t-il, ont été généreux. Ils ont éclairé pour vous l'avenir. Vous les avez écoutés. J'étais aveugle et sourd.

César hoche la tête. Il pose la main sur l'épaule d'Æmilius.

— Les Dieux ne parlent que rarement. Ils attendent. Ils observent. Celui qui se trompe de chemin n'est pas digne de leur confiance et ils l'abandonnent. Au moment du choix, on est seul.

Æmilius semble désemparé. Qu'imaginait-il ? Que les Dieux prenaient l'homme par la main et le conduisaient là où il rêve d'aller ?

— Lepidus semblait maître du jeu, murmure-t-il en baissant la tête. Il avait séduit la plèbe. Il se proclamait continuateur de Marius et de Cinna...

César effleure du bout des doigts sa joue presque imberbe.

— La plèbe est aussi changeante que la mer, dit-il.

Il sort de l'atrium, traverse le péristyle, fait quelques pas dans le jardin. Il a besoin de respirer l'air léger du matin. Il a depuis quelques mois le sentiment d'être entravé, de refaire chaque jour et chaque nuit les mêmes gestes. Les corps et les visages changent mais il a l'impression d'avoir déjà tout connu de la jouissance. Il a besoin d'elle comme de l'eau que l'on boit, mais on ne vit pas pour se désaltérer.

Il cherche des yeux son secrétaire qui le suit à quelques pas, respectant sa méditation.

— Que penses-tu de notre vie, Æmilius ? demande César en s'arrêtant.

Mais il n'attend pas la réponse.

Il ne regrette pas un seul de ses actes. Il a bu le plaisir dans le palais du roi Nicomède et dans tous les lupanars de Rome. Il faut que le peuple romain sache que Caius Julius Caesar est bien le descendant orgueilleux de Vénus, et qu'il honore cette divinité chaque fois qu'il s'abandonne au plaisir. Aimer, c'est lui être fidèle. Il sourit. Sa réputation est déjà bien établie. On lui propose à chaque instant des plaisirs nouveaux, de jeunes esclaves vierges, des rouées venues des confins de l'Asie, et les épouses l'aguichent. Il est celui qu'on appelle « le séducteur chauve ».

Il s'arrête. Est-ce là son destin ? Il songe à Cnaeus Pompée et ressent aussitôt une déception, de l'amertume. Le Grand Pompée et le Sénat sont les vainqueurs redoutés de Lepidus. On ne peut les attaquer ouvertement. L'avenir est-il donc entre leurs mains, et faudrait-il se contenter de dominer des corps consentants ou rétifs, de ne combattre que dans l'arène du plaisir ?

— Crois-tu que je ne sois fait que pour cela, Æmilius ?

Il lit la surprise sur son visage.

— Vous êtes le plus grand, clame Æmilius avec ferveur.

— Pompée est grand, répond César, puis il reprend sa marche sous les pins.

Il faudrait commencer à construire autour de Pompée et du parti des sénateurs des places fortes afin de les encercler pour, plus tard, quand le moment sera venu, les submerger.

César attend qu'Æmilius l'ait rejoint. Il l'interroge. Que sait-on de Cornelius Dolabella ?

Æmilius reste un instant silencieux, puis tout à coup il s'enflamme.

— Vous voulez...

Ses yeux brillent. César ne peut refréner un geste d'affection. Il saisit Æmilius par l'épaule.

— Que crois-tu ? Que je ne sais vaincre que dans un lit ?

Il s'écarte. Il a l'impression que tout son corps s'est tendu, que ses pensées sont aussi acérées qu'une arme.

Il a aperçu Dolabella il y a quelques jours sur le Forum, entouré d'une cour de sénateurs parmi lesquels les meilleurs orateurs de Rome, Quintus Hortensius et ce parent, ce cousin qu'il croyait son allié, Caius Aurelius Cotta. Et il s'est souvenu de ces Macédoniens qui s'étaient exilés dans la province d'Asie pour fuir Dolabella, proconsul en Macédoine. Ces sujets de Rome s'étaient lamentés, accusant Dolabella de les écorcher vifs, pillant leurs biens, suçant leur sang. Était-ce cela, un magistrat de Rome ? Ils étaient prêts, avaient-ils dit, à témoigner contre lui, mais ils avaient besoin d'un citoyen romain pour porter l'accusation.

— On va me connaître ! dit César.

Il prend Æmilius par le bras.

— C'est le moment.

Il oublie les banquets, les vierges, les épouses adultères, il s'enferme dans la villa. Il sera l'avocat des Macédoniens, leur porte-parole contre Dolabella ! Il sait que celui-ci a choisi pour défenseurs Hortensius et Aurelius Cotta. Qu'il se répand dans Rome, se moquant de ce citoyen romain qui est devenu « la rivale de la reine de Bithynie », qui s'est couché dans la litière du roi Nicomède.

Æmilius est indigné. Comment gagner ce procès contre l'un des maîtres de Rome, qui peut acheter les juges, s'offrir les meilleurs orateurs, dont les esclaves courent la foule et répandent les calomnies ?

— Que croyais-tu ? demande César.

Il se sent si calme. Il sait depuis l'adolescence que la lutte politique est une guerre où l'on ne fait pas de quartier. On tue les faibles, on les achève s'ils sont blessés. Il n'est pas surpris par les attaques de Dolabella. Il est moins menaçant qu'un Sylla qui avait des égorgeurs à sa solde.

— Celui qui a connu Sylla..., commence César.

Il s'interrompt. Il ne faut pas se laisser aller aux confidences, rappeler qu'il a malgré les menaces refusé de répudier son épouse Cornelia.

— Pompée, dit-il seulement, s'est soumis, a rejeté sa femme comme Sylla le lui demandait.

Le Grand Pompée peut donc être faible et lâche. Et il est cent fois plus fort que Dolabella.

Peu importe que ce dernier gagne son procès. César écoute Hortensius et Cotta déclamer leurs plaidoiries.

— Cotta m'arrache des mains la meilleure des affaires pénales, affirme-t-il.

Il va falloir payer les frais du procès, subir une amende, emprunter donc, et être un peu plus encore entre les griffes des créanciers.

Mais il ne se sent pas vaincu. Il a affronté les puissants de Rome, les meilleurs orateurs, le parti sénatorial. Il s'est montré l'adversaire résolu des *optimates*, le digne parent de Marius et de Cinna. Le défenseur aussi de la loi romaine et des sujets de Rome qui, dans les provinces, subissent l'injustice de représentants corrompus de la République.

On l'entoure. Veut-il défendre des villes grecques qui ont été saignées par Caius Antonius au prétexte qu'elles devaient contribuer à la guerre contre Mithridate ?

Antonius n'a pas respecté les limites qu'impose la loi de Rome, il a ruiné à son profit les villes, il a dévalisé les temples.

César accepte à nouveau. Et la foule venue l'entendre est encore plus dense. Il a le sentiment qu'il plaide avec plus de force. Il peut gagner ce second procès... Puis, tout à coup, les envoyés des tribuns de la plèbe viennent proclamer que Caius Antonius ne peut être jugé, que le procès a été engagé à tort, et qu'Antonius doit donc être acquitté.

César se tourne vers la foule qui proteste, qui injurie les tribuns. Il la calme d'un geste.

— La loi de Rome doit s'appliquer à tous ! lance-t-il en s'éloignant.

On l'approuve. On le félicite. Il n'a pas remporté de victoire politique, mais il n'est plus seulement ce riche patricien à la recherche chaque jour de nouveaux plaisirs.

Sa mère l'attend sur le seuil de la villa.

— On sait qui tu es maintenant, s'écrie-t-elle en lui prenant les mains. Mais Rome n'est pas encore prête à te reconnaître !

Il répond — et les mots sont venus sans qu'il y réfléchisse — qu'il va quitter la ville pour la Grèce, l'Asie.

Aurelia Cotta l'embrasse.

Il est tenté de lui avouer qu'il se sent, après ces trois années à Rome, emprisonné. Il étouffe. Cette République est un marécage où grouillent les intrigues, les complots, les jalousies. C'est ici qu'il faut vaincre, mais on acquiert la force ailleurs, là où les horizons sont vastes.

Et il a besoin d'horizon.

Et il veut voir à nouveau l'étrave des navires creusant la mer Noire du Pont-Euxin.

Il songe au palais du roi Nicomède.

X.

> Tu dois réclamer mille huit cents kilos d'or. Car tu m'insultes en exigeant si peu !

César croise les bras, dévisage lentement ceux qui l'entourent. Il ne ressent aucune inquiétude, il considère les pirates avec une curiosité presque amusée. Ces hommes ne valent pas plus que des bêtes sauvages, il faut les dompter même lorsqu'on est tombé entre leurs mains.

Leur chef s'avance. C'est lui qui a sauté le premier sur le navire romain, alors que les côtes de Cilicie étaient en vue. Il a tué le capitaine. C'est un homme râblé, au teint basané. Il a la tête enveloppée par un turban en tissu rouge.

César ne bouge pas quand l'homme pointe un poignard sur sa gorge, puis rit. Il veut, répète-t-il dans son grec rocailleux, vingt talents, soit sept cent cinquante kilos d'or comme rançon pour libérer le noble Romain. Il parle avec ironie. Jusqu'à ce que la rançon soit versée, les prisonniers seront gardés ici, dans l'île de Pharmacuse.

César montre Æmilius et deux esclaves.

— Ceux-ci restent avec moi, dit-il. Les autres — il désigne les esclaves de sa suite —, conduis-les jusqu'à la côte, ils rassembleront l'argent.

Puis il laisse les conciliabules qui rassemblent les pirates et leur chef se terminer.

Il fait quelques pas sur cette terre sèche couverte de buissons. L'île est un bastion rocheux, crevé ici et là de criques où se dissimulent les navires des pirates. Après, quand la rançon aura été versée, il faudra revenir pour châtier ces Barbares qui insultent à la dignité et à la gloire de Rome.

Il se retourne. Le chef des pirates s'approche, donne son accord, dit que la vie du noble Romain est entre les mains de ses esclaves. S'ils ne réussissent pas à obtenir des villes de Cilicie, d'Asie ou de Rome, la somme exigée, rien ne pourra sauver ce pauvre noble Romain, ni les légions ni les Dieux.

— D'abord, nous écorcherons devant toi celui-là.

Il touche de la pointe de son sabre Æmilius.

César fixe le pirate. Il faut faire baisser les yeux de cet homme, lui faire comprendre, dès cet instant, à qui il a affaire.

— C'est toi qui seras crucifié, j'en fais le serment ! Toi et tous tes hommes, dit César.

Il s'est efforcé de parler d'une voix calme, presque douce.

Le pirate s'esclaffe, traduit pour les hommes de sa bande, qui rient, brandissent poignards et sabres, se font menaçants.

— Pourtant, tu seras payé d'abord, reprend César. Mais tu ne sais pas qui je suis. Je ne vaux pas vingt talents, mais cinquante. Tu dois réclamer mille huit cents kilos d'or. Car tu m'insultes en exigeant si peu ! Pour moi, les villes, les magistrats de Rome paieront ce que tu demanderas. Exige cinquante talents, crois-moi, pirate !

Puis il s'éloigne, mais il sent la surprise de l'homme qui se tait.

Il lui fait face de nouveau.

— Tu gagneras mille huit cents kilos d'or, puis je reviendrai, et toi et les tiens serez suppliciés. Voilà ce que je te promets.

L'homme marmonne, rit, hurle :

— Cinquante talents, oui, je vais demander cela !

Il ordonne qu'on débarque les esclaves du noble Romain sur la côte de Cilicie, et de là qu'ils gagnent Milet, qu'ils obtiennent cinquante talents et qu'ils reviennent.

— Tu vivras avec nous, Romain, comme nous, dans notre île.

— Là où se trouve un citoyen romain, là est Rome, dit César.

Il faut dresser ces bêtes sauvages.

Il s'approche d'Æmilius.

— Nous vivrons ainsi.

Il faudra chaque jour exercer son corps comme son esprit. On déclamera. On composera des vers.

— Commençons, ajoute-t-il.

Il jouit de l'étonnement des pirates que parfois il prend à témoin. César mesure le respect dont, après quelques jours, ils l'entourent. On le sert, comme si ces hommes étaient ses esclaves. Ils font silence quand il l'exige. Ils étendent des tapis sur la terre pour qu'il puisse lutter avec Æmilius. Ils écoutent, les yeux étonnés, sans comprendre ses harangues et les vers qu'il récite. Il lui est aisé de s'imposer aux hommes.

Ce don-là est le présent suprême que lui ont fait les Dieux.

Le chef des pirates aussi détient cette force. Il se fait obéir par ses hommes sans même qu'il ait à donner des ordres, et César a pour lui une sorte d'estime. Cet homme-là aurait pu entrer au service de Rome, il aurait pu lui-même traquer les pirates, connaissant mieux que quiconque leurs habitudes, leur force, leurs criques.

César s'adresse à Æmilius.

— On ne peut vaincre, dit-il, qu'en s'alliant au frère de son ennemi. Comprends-tu ?

Il poursuit :

— Mais il faut châtier, parce que la peur de la mort conduit à l'obéissance. Les peuples doivent obéir à Rome. Et ne pas ignorer qu'ils seront jugés s'ils se dressent contre elle.

Il ne voit pas passer les jours, il ne connaît ni l'impatience ni l'angoisse. Les villes ont dû verser la rançon... D'ailleurs, il n'a pas le sentiment d'être prisonnier. Il ne craint pas ces pirates, ils le libéreront dès qu'ils auront touché leur or. Ils ne paraissent même pas craindre un châtiment, comme s'ils imaginaient que respecter leur promesse allait les protéger.

Et cependant que le navire transportant la rançon lance ses amarres, César ne veut rien leur cacher de sa détermination. Au fur et à mesure qu'il parle, il devine l'inquiétude d'Æmilius. Mais il veut annoncer leur destin à ces hommes. Les Dieux les aveuglent. Ils ne croient pas ce qu'il leur promet : la mort par la crucifixion. Ils rient. En trente-huit jours de vie côte à côte, ne sont-ils pas devenus proches ?

César les regarde au moment où le bateau sur lequel il vient d'embarquer s'éloigne. Les pirates sont sur le rivage, au fond de cette crique qui est comme une entaille dans la falaise. Ils saluent, ils crient, ils festoient, ils dansent autour des coffres remplis de pièces. Ils n'imaginent pas ce qui va advenir.

César demande à Æmilius de noter chaque détail de la côte, afin qu'on puisse retrouver la crique.

— Ils vont subir notre vengeance !

Il ne ressent contre eux aucune haine, mais la punition est nécessaire. Et ce ne peut être que la mort. Celui qui défie Rome, qui porte atteinte aux droits d'un citoyen romain, commet un sacrilège.

Il est pris comme il ne l'a jamais été par la volonté d'agir afin de surprendre les pirates avant qu'ils aient quitté leur repaire de l'île de Pharmacuse. Il emprunte dans les villes de Cilicie de l'argent pour recruter des marins et des soldats. Il affrète des navires.

Et il se tient à la proue, pour être le premier à sauter sur les rochers. Il bondit, le glaive à la main, vers ces pirates qui s'égaillent dans la rocaille, tentent à peine de résister, paralysés qu'ils sont par l'étonnement, une sorte d'accablement, comme s'ils étaient victimes d'une fatalité qui les condamne.

Dans leurs regards, César saisit l'effroi. Il lance des ordres : qu'on les enchaîne, qu'on s'empare de leurs rapines, qu'on fouille les grottes où ils cachent leurs biens. Il les situe en quelques phrases, il a repéré les lieux lors de sa détention. Il s'approche de ces hommes, de leur chef qui semble le plus accablé, comme s'il se sentait responsable.

— Maintenant, dit César sans hargne, d'une voix posée, tu connais la valeur de Caius Julius Caesar. Tu recevras tout ce que je t'ai promis.

— Tu vas nous tuer, murmure l'homme en redressant la tête.

— Ce que j'ai dit sera fait, répond César.

Il les regarde, attachés les uns aux autres, s'enfoncer dans la cale des navires. Il a demandé qu'ils soient conduits à Pergame. Il lui faut voir le préteur Junius, qui a le pouvoir de les juger.

Quelques semaines plus tard, il n'est pas surpris par les dérobades du préteur qu'il faut aller rencontrer en Bithynie, dans le palais du roi Nicomède. Le roi est mort. César parcourt ces salles désormais sombres où passent les hommes du préteur soucieux de s'emparer de l'héritage. Il suffit d'un regard pour découvrir que le préteur n'est qu'un homme avide qui veut s'approprier le trésor des pirates, mais ne se soucie pas de les condamner. César ne répond pas à ses questions. Il rentre à Pergame. Les hommes et leurs biens sont à lui. Il a emprunté pour payer sa rançon et amener sa petite flotte, organiser l'expédition. Il lui faut aussi de l'argent pour lever une milice afin de combattre les lieutenants de Mithridate qui s'aventurent dans la province d'Asie. Et il n'a pas à attendre les ordres de Rome ou du préteur pour s'opposer aux Barbares.

Il parcourt les rangs de cette milice. Il aime sentir sur lui le regard des hommes, découvrir son ascendant sur eux. C'est dans ces yeux-là qu'il lit le mieux, le plus clairement, son destin. Et il est sûr de l'attention que les Dieux lui portent.

Ces soldats lui obéissent au péril de leur vie parce qu'ils perçoivent qu'il est un homme « choisi » par les divinités pour accomplir de grands desseins.

Et lorsqu'il s'approche des pirates emprisonnés, leurs yeux apeurés lui révèlent la même conviction. Eux aussi vont mourir parce qu'il en a ainsi décidé. La vengeance de Rome doit s'accomplir. Ils ne tentent même pas d'implorer son pardon. Il est leur fatalité.

César regarde dresser les croix du supplice. Il se souvient de ces hommes que durant trente-huit jours il a côtoyés sur l'île. Ils ont pêché du poisson et cueilli des figues pour lui. Ils lui ont apporté de l'eau de source, fraîche et claire. Ils ont respecté leurs engagements.

Il doit tenir les siens qu'il ne leur a pas cachés. Il ne les trahira pas.

Il hésite un instant. Il se retourne vers Æmilius.

— Qu'on les étrangle, dit-il. Puis qu'on les crucifie. C'est la seule grâce qu'il peut leur accorder.

Maintenant, il peut se rendre à Rhodes, le but de son voyage. Il découvre cette île paisible, fleurie et vaste, renfermant de nombreux temples et des bâtiments où enseignent les rhéteurs Apollonios, fils de Molon, et Poseidonios. C'est ici le lieu où se retrouvent tous ceux qui à Rome veulent connaître la pensée grecque.

Pour conquérir Rome, il faut être venu à Rhodes où ont séjourné Cicéron et Pompée.

César parcourt l'île en compagnie d'Apollonios et de quelques-uns de ses élèves. C'est une autre jouissance que d'écouter, que de dialoguer avec ce philosophe, puis de lire et de commenter les textes anciens.

Mais comment pourrait-on aussi s'en contenter ?

César voudrait tout savoir, tout sentir, aimer un corps jeune et jouir, combattre et éprouver la griserie de la victoire, penser, et aussi gouverner les hommes.

Tout faire, tout comprendre, et ne rien laisser en friche de ce qu'offre le destin.

Il a vingt-sept ans. Il est temps qu'il rentre à Rome, car approche le moment où il pourra accéder aux magistratures de la République.

Il vient d'apprendre qu'il a été désigné pour siéger au collège des pontifes. Sa mère doit être à l'origine de cette cooptation... Il remplace ce neveu de sa mère, Aurelius Cotta, qui a défendu Dolabella.

Peut-être veut-on de cette manière le séduire, l'inciter à rallier le parti des sénateurs et des *optimates* ?

Peut-être souhaite-t-on lui rappeler qu'il fait partie lui aussi de la noblesse romaine, la plus ancienne, et qu'il a tout intérêt à servir sa cause.

— Je suis moi, murmure-t-il en annonçant à Æmilius leur départ pour Rome.

QUATRIÈME PARTIE

XI.

> La plèbe crie qu'elle veut un autre combat. Alors il faut lancer, debout, tourné vers elle : « Citoyens de Rome, je vous l'offre ! »

César regarde sa mère. Aurelia Cotta est à demi allongée dans l'exèdre, ce salon dont l'une des portes donne sur le jardin et l'autre sur le péristyle de la villa familiale. Il ne sait que penser. Elle paraît à la fois lasse, vieillie, et cependant pleine d'énergie et de détermination. Il guette chacun de ses mouvements et de ses expressions. Elle est appuyée sur le coude droit, la joue reposant sur sa paume. Elle soupire, appelle une esclave afin qu'on lui apporte des coussins. Elle se plaint. La République agonise, dit-elle. L'argent, la débauche, les mœurs grecques corrompent les citoyens. La plèbe vit de l'aumône qu'on lui verse chaque mois. Si elle ne reçoit pas la part de blé qu'elle estime qu'on lui doit, elle s'insurge. Mais les magistrats élus, les questeurs, les tribuns, les préteurs, les consuls, sont pires encore que les pauvres citoyens. Ils achètent les voix, et eux-mêmes se vendent.

Elle s'interrompt, lui confie :

— Je suis si vieille déjà. J'ai craint de ne pas te revoir...

César est étreint par l'émotion et l'inquiétude. Il a besoin d'elle. Devine-t-elle ce qu'il ressent ? Aurelia se redresse, repousse les coussins, s'emporte contre les esclaves ; l'intendant, dit-elle, n'ose plus les châtier.

Elle se lève, va d'une porte à l'autre, s'arrêtant devant son fils.

— N'oublie jamais, dit-elle, que tu es le fils des Julii et des Cottae.

Elle a orgueilleusement haussé son menton, fermé à demi les yeux.

— Tu fais partie du collège des pontifes, c'est la première marche.

Elle tend le bras.

— S'ils avaient refusé de te désigner à la place d'Aurelius Cotta, je les aurais dévorés !

Elle rit silencieusement.

— Mais ils ont accepté aussitôt. Ils espèrent t'étouffer en t'embrassant. Ils te craignent déjà. Ils savent comment tu as châtié les pirates.

Elle secoue la tête.

— On dit que tu as été clément. Que ce sont des cadavres que tu as fait clouer sur les croix.

Elle s'approche. César frissonne quand elle lui touche l'épaule. Elle reprend :

— Que la clémence ne t'empêche jamais de donner la mort. C'est elle la souveraine devant laquelle les hommes s'agenouillent. Ne refuse jamais de l'appeler, elle t'obéira. Elle est soumise à ceux qui ne la craignent pas. Et toi et moi, mon fils, nous sommes de ceux-là.

Elle s'éloigne. Il lui semble qu'une silhouette imprécise marche près d'elle sous les colonnes du péristyle. Il se détourne, regarde vers le jardin qu'envahit le crépuscule.

Depuis qu'il est de retour à Rome, il a le sentiment que la mort l'environne. Elle rôde ici, dans la villa. Lorsqu'il a aperçu Cornelia, il a été surpris par les cheveux gris, la peau fripée de son épouse. Elle est jeune pourtant, mais il a eu l'impression qu'un oiseau noir avait posé ses serres sur ses épaules et qu'il labourait sa chair, creusant des rides, l'obligeant à marcher voûtée, vieille déjà. Et que dire de la tante Julia... La veuve de Marius est devenue si maigre que ses voiles paraissent n'envelopper qu'une ombre.

Il a la certitude que Cornelia et Julia sont promises à une mort prochaine. Et il les fuit, s'enfonçant dans les ruelles du quartier de Subure, respirant à nouveau les parfums âcres de Rome. La ville lui paraît encore plus vaste, plus bruyante, surpeuplée. Mais partout il sent que la mort rôde, aux aguets, prête à bondir sur celui qui n'est pas sur ses gardes. Les regards des passants sont chargés de haine. À chaque pas, des rixes éclatent. Les esclaves prennent des attitudes insolentes.

La foule hurle tout à coup, se précipite pour acclamer les gladiateurs qui passent, guidés par leurs maîtres, ces lanistes, des entrepreneurs de spectacles qui ont le rictus des bêtes de proie.

Cent paires de gladiateurs vont se battre au Circus Maximus, crie-t-on autour de lui. Au coin des rues, on ouvre des paris. Il y aura, dit-on, des scènes de chasse, on lâchera des lions et des éléphants d'Afrique, des ours de Thrace, des loups d'Asie. Les jeux ne cesseront que lorsque la terre jaune sera tachée du sang de ces hommes et de ces bêtes.

César suit la foule qui gesticule. Les esclaves de sa maison le protègent, mais parfois des insultes jaillissent d'un groupe. On crie même « à mort ! ». Puis on l'acclame parce qu'il est le parent de Marius et de Cinna, un défenseur de la plèbe, un *populare* qui a combattu Sylla.

Il ne ressent aucune crainte. Il marche au contraire plus lentement pour tout voir, tout éprouver. La plèbe est un fauve qu'il faut contenir, dompter afin de lui apprendre à servir son maître. Elle sautera alors à la gorge de ceux qui le menaceront. Mais il faut la nourrir, la distraire. Et s'il faut lui offrir des jeux, il les organisera. Il fera combattre non plus cent, mais trois cents paires de gladiateurs. Il lâchera dans le cirque plusieurs dizaines de lions, s'il le faut. Il gavera la plèbe de blé et de sang, si elle a besoin de cela, et quand elle sera repue, comblée, elle se couchera à ses pieds et qu'on vienne alors tenter de l'attaquer !

Et dans les provinces, il faudra des légions fidèles pour vaincre les Barbares, faire d'eux des esclaves, des sujets. Alors on pourra chasser la mort de Rome, lui rendre sa gloire, rassembler les citoyens et mettre fin à ces guerres civiles par où le sang de Rome s'écoule comme du flanc d'une agonisante.

Il convoque Æmilius, le fait s'allonger près de lui, dans la bibliothèque de la villa. Qu'on serve des fruits et du vin sucré. Qu'Æmilius raconte ce qu'il a appris.

Æmilius se lève, parle avec exaltation. Il va et vient dans la pièce envahie par la pénombre. César l'observe. Le corps du jeune homme est si léger qu'il semble effleurer à peine les dalles de marbre. Æmilius se lamente :

— César ne m'écoute pas, dit-il d'une voix plaintive.

Il faut le rassurer d'un geste. Æmilius reprend alors son récit.

Au Sénat, dans les comices, sur le Forum, partout dans Rome, on ne parle que de la victoire du Grand Pompée en Espagne, contre Sertorius qui est resté fidèle au souvenir de Marius. On raconte que les derniers mois, Sertorius, allié aux pirates de Cilicie, avait conclu un pacte avec Mithridate, et qu'il vivait comme un pourceau, vautré dans l'orgie, chaque jour plus cruel, égorgeant ses proches, les otages, pour finir à son tour poignardé par son lieutenant Perpenna. Et Pompée a fait tuer ce dernier. Mais il n'a pas voulu lire les archives, les lettres des sénateurs qui s'étaient alliés à Sertorius.

— Il est plus sage que Sylla, reconnaît César. Il sait se faire craindre en se montrant généreux.

César ferme les yeux. Voilà le rival. Le Sénat tremble devant Pompée et l'utilise comme glaive et bouclier. Et Pompée se sert du Sénat, le menace et le ménage.

— Pompée, dit Æmilius en s'approchant et en s'asseyant sur le bord du lit, peut tout. Ses légions lui sont dévouées, les sénateurs chantent ses louanges. La plèbe l'attend pour l'acclamer.

César est touché par la jeunesse et la faiblesse d'Æmilius. Il lui prend la main. Elle est fraîche et fine.

— Ne t'illusionne pas, Æmilius, Jupiter seul peut tout, mais parfois les Dieux accordent à un homme ce pouvoir. Pompée n'est pas cet homme-là.

César aime le regard admiratif que lui lance Æmilius.

— Pompée va rentrer dans Rome, reprend le secrétaire. Il fait ériger au sommet de l'un des cols qui permettent de franchir les Pyrénées un trophée célébrant ses victoires. Il prétend avoir conquis six cent soixante-seize villes ou châteaux. Il veut donner la citoyenneté romaine à tous ceux qui ont combattu dans ses légions.

— Il est habile, murmure César.

Il caresse la nuque d'Æmilius.

— Grand, *imperator*, poursuit-il d'une voix ironique, sage, rusé, victorieux, respecté et craint par le Sénat, que lui manquet-il ?

Æmilius s'abandonne, laissant tomber sa tête en arrière, offrant son visage, ses lèvres entrouvertes.

— L'appui des Dieux, chuchote Æmilius, ton appui, Caius Julius Caesar.

César se tait. Il couvre de sa main la bouche d'Æmilius. Puis tout à coup, il se lève avec vivacité.

— Je suis le neveu de Marius et le gendre de Cinna. Le peuple se souvient d'eux, Æmilius. Le peuple doit être à moi !

César s'installe sur les gradins du Circus Maximus. Il faut que la plèbe le voit assister aux combats de gladiateurs, se dresser quand un Gaulois lève son glaive pour trancher la gorge d'un Thrace et que le laniste lâche sur lui un tigre. Et la foule bondit, enthousiaste, encourage le Gaulois qui n'est plus bientôt qu'un corps lacéré, déchiré en lambeaux. Et la plèbe crie qu'elle veut un autre combat. Alors il faut lancer, debout, tourné vers elle : « Citoyens de Rome, je vous l'offre ! » Et la plèbe d'acclamer.

Il faut acheter ce peuple. C'est la plèbe qui vote dans les comices. Il faut la regarder, le visage impassible. Ne pas craindre ses aboiements. Ne pas se laisser tromper par ses jappements de joie. L'utiliser pour franchir toutes les marches, tribun militaire, questeur, préteur, consul et enfin proconsul, gouverneur d'une province ! Et il faut obtenir aussi l'appui du Sénat, celui du tribun de la plèbe. Se souvenir que l'on n'occupe ces charges qu'une seule année à Rome, cinq en province. C'est là, comme proconsul, que l'on peut enfin s'enrichir, amasser le butin enlevé aux Barbares et rembourser les dettes que l'on a contractées.

Mais jusque-là il faut vivre, harcelé par les créanciers, et les appâter par l'évocation des profits futurs, obtenir d'eux de nouveaux prêts en les faisant rêver au pouvoir que l'on va conquérir, à la province qu'on exploitera pour soi, pour Rome, pour eux. Qu'ils se convainquent qu'ils ne seront remboursés que s'ils ouvrent à nouveau leur bourse.

César veut voir Crassus. Cet homme-là, le plus riche de Rome, l'ambitieux qui étrangle qui il veut parce que même les plus puissants sont ses débiteurs, doit comprendre ce langage.

Crassus est là, dans sa grande villa, entouré d'esclaves, d'affranchis qui manient le bouclier, de courtisans qui quémandent, de jeunes femmes et de jeunes garçons qui offrent leur corps pour une aumône. Et, à quelques pas, la main sur la poignée de leur épée, des gardes qui le protègent.

César s'immobilise. Il a affronté les écorcheurs de Cilicie, les flèches des Grecs de Mytilène et des soldats de Mithridate. Il ne craint pas Crassus.

Celui-ci se lève, ouvre les bras.

— Sois le bienvenu, dit-il. Que puis-je pour toi ?

Il rit. Il sait bien ce qu'on vient lui demander.

— Tu gouvernes notre religion et nos rites, reprend-il. J'ai entendu Cicéron, notre meilleur orateur, notre penseur, affirmer, et il pensait à toi, j'en suis sûr, que nos aïeux n'ont jamais été plus sages ni mieux inspirés des Dieux que lorsqu'ils ont décidé que les mêmes personnes présideraient à la religion et gouverneraient la République.

César ne bouge pas quand Crassus lui prend le bras, rit à nouveau.

— Mais tu ne gouvernes pas encore la République, tu es jeune, Caius Julius. Que veux-tu ? De qui as-tu besoin ?

— Je me propose d'ajouter ma force à la tienne, dit César.

Crassus hausse les épaules. Il marmonne « force... force... », puis il s'écarte. César soutient son regard.

— Tu dois beaucoup d'argent, dit Crassus.

— L'avenir me donnera beaucoup, répond César en s'éloignant.

Il fait quelques pas. Il faut que Crassus le rappelle, lui offre l'argent nécessaire pour payer les électeurs de la plèbe et conquérir ainsi cette première charge de tribun militaire.

César a atteint sans se retourner l'extrémité du vaste bassin qui occupe le centre du jardin. Il aperçoit dans les eaux claires des murènes qui glissent, se frôlent, se menaçant de leurs dents aiguës. Crassus est-il de ceux qui les nourrissent en leur donnant des esclaves, comme tant d'autres le font ? La chair des murènes, dit-on, en devient succulente, douce et souple, rose.

— Attends, attends, orgueilleux Caius Julius !

César s'arrête. Il entend les pas de Crassus derrière lui. Il se tourne. Crassus est là, souriant, bras à nouveau ouverts.

— Sais-tu que moi aussi, je crois à ton avenir, dit-il. Je suis prêt à miser sur toi, Caius Julius.

César regarde le bassin. Le dos des murènes affleure à la surface de l'eau.

— Elles ne se dévorent pas entre elles, dit Crassus.

— Parce qu'elles sont repues, réplique César. Mais la faim rend cruel.

XII

> Ils ont mis en déroute plusieurs milliers de soldats... Ils ont choisi pour chef un ancien berger thrace, Spartacus !

César écoute les acclamations de la foule rassemblée sur le Forum. Il croise les bras. Il s'efforce de ne rien laisser paraître de ce qu'il ressent lors de cette première élection à une charge de la République. Il est donc tribun militaire.

Il entend Caius Popilius, son rival, que les électeurs ont écarté, maugréer, rageur, insultant, lançant d'une voix de plus en plus forte que l'argent de Crassus a seul provoqué sa défaite, et qu'il a honte pour Rome de voir élire au tribunat militaire un débauché, un prostitué, « la reine de Bithynie, l'amant de toutes les femmes et la maîtresse de tous les maris », l'habitué des lupanars de Rome, le pervers, le séducteur chauve.

Popilius tend le bras, montre Æmilius, crie en ricanant :

— Voici le rival de Cornelia, voici l'épouse de Caius Julius Caesar que vous avez élu contre moi !

Il ne faut pas répondre, mieux vaut tourner le dos, mépriser le vaincu, retenir Æmilius qui veut s'élancer, et se convaincre que la lutte politique est plus cruelle encore qu'un combat les armes à la main.

César est tout à coup surpris par le mouvement de la foule qui se précipite vers la tribune, située devant le

Comitium, les bâtiments où se sont réunis les comices. Des premiers rangs, on lance des pierres contre Caius Popilius. On crie : « À mort ! » On brandit des gourdins et des poignards.

Il ne faut pas que le sang souille cette élection. Clémence pour le vaincu qui n'est plus rien !

César lève les mains. Il doit haranguer la foule. Il éprouve en commençant à parler un plaisir nouveau. Les mots surgissent, il les lance vers ces hommes aux visages déformés par la haine. Peu à peu, il les voit refluer. Il les voit applaudir. Il cherche Caius Popilius, mais celui-ci s'est enfui.

Maintenant seulement, il peut vraiment jouir de ces acclamations, de cette élection.

Sa mère l'attend dans l'exèdre, l'embrasse.

— Pontife, tribun militaire, répète Aurelia Cotta, personne ne pourra plus arrêter ta marche !

Il voudrait lui dire qu'il est patient. Il n'a que vingt-neuf ans. Il n'a pas encore l'âge d'être élu questeur ou préteur, et il est criblé de dettes. Il faudra compter avec Crassus l'usurier et le Grand Pompée, tous deux gonflés d'ambition, incapables d'imaginer qu'un tribun militaire à peine élu, un homme jeune n'ayant pour tout laurier qu'une couronne civique et qui n'est que l'un des membres du collège des pontifes, aspire comme eux au gouvernement de Rome. Lorsqu'ils le comprendront, ils deviendront enragés. Et il n'a pas encore les moyens de les empêcher de l'égorger s'ils le veulent !

Il hésite à parler à sa mère. Mais Aurelia Cotta lui sourit comme si elle l'avait entendu penser.

— Crassus, Pompée, je sais, dit-elle à mi-voix. Ils sont forts, mais ils sont faibles parce qu'ils sont rivaux. Ils se haïssent et s'épient. Et plus l'un deviendra puissant, plus l'autre voudra l'être. Tu ne peux les vaincre aujourd'hui, mais ils auront besoin de toi. Sois le poison qui les paralyse, continue-t-elle. Approche-toi d'eux comme le serpent. Chacun d'eux pensera que tu peux le servir contre l'autre. Ils se détruiront et tu resteras seul, et tous les citoyens te rejoindront.

Il se tait. Il regarde avec étonnement et reconnaissance cette vieille femme si frêle mais dont la voix est si forte.

— Sois patient, ajoute-t-elle. Ils vont venir vers toi.

Il la suit du regard cependant qu'elle s'éloigne. Elle est sur le seuil de l'exèdre.

— Imaginer ton avenir me fait vivre ! lance-t-elle avant de disparaître dans le jardin.

Il se souvient de chaque mot prononcé par sa mère. Elle est celle par qui il se rattache aux Dieux et aux rois. Et la confiance qu'elle a dans son avenir est comme un augure que les événements confirment.

Crassus veut le rencontrer, vite. Il faut le faire attendre plusieurs jours, prétexter que l'on doit exercer les fonctions de tribun militaire — et apprendre ainsi à l'état-major de la légion, où César se rend, que deux cents gladiateurs d'une école de combat de Capoue se sont rebellés et enfuis. Ils ont d'abord utilisé comme seules armes des broches et des coutelas volés dans une rôtisserie. Puis ils ont désarmé des miliciens lancés à leur poursuite, et avec leurs glaives ils ont mis en déroute plusieurs milliers de soldats envoyés de Rome. Ils ont choisi pour chef un ancien berger thrace, Spartacus. Ils sont exaltés par les propos de la compagne de Spartacus, Thrace elle aussi. Elle leur promet la victoire, elle danse devant eux, elle célèbre des rites.

César écoute. Il sent l'inquiétude qui saisit les préteurs et les sénateurs. Il lui semble que, dans les rues de Rome, le regard des esclaves a changé. Ils savent eux aussi que les gladiateurs révoltés se sont réfugiés sur les pentes du Vésuve, qu'ils ont massacré les soldats envoyés pour les capturer. Et que de toutes parts des milliers d'esclaves les rejoignent, mettent à sac les villas, pillent les villes isolées et les petites bourgades. Spartacus et sa sorcière distribuent à chacun des parts égales du butin. On dit que Spartacus a servi comme auxiliaire dans l'armée romaine, puis qu'il a déserté et, une fois repris, qu'il a été vendu comme gladiateur. C'est un homme de courage et de ruse. Il promet maintenant à tous ceux qui l'ont rejoint, esclaves gaulois, thraces ou germains, de les conduire dans leurs pays en traçant un sillon de sang dans toute l'Italie. Et son armée sauvage remonte en effet vers le nord, bousculant les légions qui sont envoyées contre lui pour l'arrêter.

César s'indigne, la peur et la mort sont là toutes proches de Rome, s'insinuant dans la vie. Est-il possible que Rome soit submergée par cette tourbe ?

Il se rend chez Crassus.

Il l'aperçoit qui gesticule, qui crie, et lance en le voyant :

— Caius Julius Caesar, tu es tribun militaire, tu t'es battu en Asie, tu as vaincu et châtié les pirates. Je te veux avec moi ! Sais-tu ce que font ces loups ?

Spartacus a contraint quatre cents prisonniers romains à s'affronter comme des gladiateurs, dans un duel à mort.

— Des citoyens romains, hurle Crassus, des centurions obligés par des esclaves à se battre comme des esclaves, comme des bêtes ! Et il n'y a eu aucun survivant. Ils ont égorgé tous ceux qui étaient restés debout !

Crassus marche le long de son bassin.

— Je les jetterai aux murènes, dit-il. Je vais lever dix légions et j'en prendrai la tête. Je suis préteur, tu seras avec moi.

Il serre le bras de César.

— Je sauverai Rome, dit-il. Et Rome s'en souviendra comme je n'oublierai pas que tu m'as aidé.

On chevauche dans une campagne dévastée. On voit s'avancer un nuage de poussière. Ce ne sont pas les troupes de Spartacus mais des soldats de Rome qui fuient la bataille, ayant abandonné leurs enseignes, leurs glaives, leurs cuirasses et leurs casques.

Crassus donne des ordres. Qu'on les rassemble. Cinq cents hommes sont bientôt là, apeurés, épuisés.

— Qu'on les divise en groupes de dix ! ordonne Crassus.

César devine ce que Crassus a décidé. Il ne veut pas détourner la tête. Il faut qu'il apprenne la manière cruelle dont on rétablit l'ordre dans une troupe. Ces fuyards se comportent déjà comme des bêtes affolées que la terreur et l'attente paralysent. Des centurions s'approchent de chaque groupe, choisissent un homme sur dix et lui tranchent la gorge d'un coup de glaive. César regarde ces corps. Les survivants, les yeux hagards, s'alignent, se mettent en marche au commandement. Crassus exulte.

— Le châtiment rend le courage ! Tu vois, Caius Julius Caesar, plus personne n'oserait décimer une troupe de lâches. Moi, je le fais. Et regarde-les, ils vont se battre comme des lions, et je serai à leur tête ! Et je te veux à mes côtés.

César galope à la droite de Crassus dans cette guerre qui parfois, quand les bandes de Spartacus sont défaites et s'égaillent, ressemble à une chasse aux animaux sauvages.

Et sont-ce des hommes, ces esclaves hirsutes qui ont pour vêtements des peaux de bêtes et dont certains combattent nus, armés parfois de morceaux de bois affilés et durcis au feu ?

César est surpris par leur acharnement. Il voit l'un d'eux qui, les jambes percées de flèches, agenouillé, continue à se battre contre deux légionnaires, réussissant à en tuer un, et tout à coup, son arme brisée, offrant sa gorge dans un mouvement de défi.

Il aperçoit Crassus qui s'élance, son cheval couvert du sang des corps qu'il piétine. L'homme est courageux, emporté par une sorte de rage, hurlant, tuant, poussant ses légions à l'assaut. C'est un chef de guerre, désordonné mais qui risque sa vie. Peut-on commander à des hommes si l'on n'est pas prêt à affronter les mêmes dangers qu'eux ?

Il faudra être ainsi, mais ne point se laisser emporter par l'ivresse du sang.

César voit Crassus passer et repasser devant des milliers de prisonniers qui n'ont pas pu ou n'ont pas su mourir. Il veut, dit-il, que leur châtiment ne soit jamais oublié par les esclaves, et qu'ainsi Rome ne soit plus menacée par une guerre servile.

— Qu'on dresse des croix tout au long de la via Appia entre Capoue et Rome ! Je veux autant de croix que de prisonniers. Il faut que ces bêtes souffrent !

César avance au pas entre ces deux rangées de croix qui, de part et d'autre de la via Appia, sont plantées, si proches l'une de l'autre qu'elles ferment l'horizon.

Crassus caracole, c'est une marche triomphale. Mais il y a une odeur de sang si forte que César a un mouvement de dégoût.

Peut-on rétablir l'ordre sans cruauté ?

Il a l'impression en rentrant dans Rome que la ville est emportée par la folie. La foule festoie. On a appris que le Grand Pompée avait massacré l'une des dernières bandes d'esclaves révoltés, égorgeant ceux qui s'étaient rendus. On vient l'accueillir sur la via Valeria et lorsqu'on aperçoit ses enseignes, on se précipite pour l'acclamer dans les rues où il défile, fier, clamant : « Crassus a vaincu le mal, moi j'en ai extirpé la racine ! »

César devine la colère de Crassus, la jalousie qui le ronge. Pompée a obtenu du Sénat un triomphe, lequel n'a accordé à Crassus qu'une ovation. N'est-il pas pourtant le vrai vainqueur de Spartacus ? Crassus proteste, obtient d'être nommé consul pour l'année 70, en même temps que Pompée. Et la plèbe applaudit leur réconciliation.

César les observe. Ils répondent côte à côte aux acclamations du peuple, ils jurent ensemble de le servir, d'en finir avec ce qui reste des lois de Sylla, favorables au Sénat.

Et la plèbe redouble d'enthousiasme.

César s'éloigne. Il marche jusqu'aux portes de la ville, là où commence la via Appia. Des nuées de corbeaux tournoient autour des croix. La mort est le prix payé pour la victoire. Telle est la loi.

Il le sait désormais : s'il veut vaincre, sa route, comme la via Appia, sera jalonnée de cadavres.

XIII.

Mon frère ne t'aime pas, tu es, dit Caton, le débauché, le Grec, la reine de Bithynie, tu veux être roi à Rome...

César devine dans son demi-sommeil qu'on le regarde. Il ne bouge pas. Il ne ressent aucune frayeur. Et cependant, il imagine que l'un des esclaves de la villa, l'un de ceux qui ont accès à sa chambre, peut-être l'une de ces femmes qui le massent, lui enfoncera un poignard dans le flanc puis se tuera pour échapper au supplice.

Il ne croit pas à ce destin. Les Dieux ne peuvent pas le permettre, et pourtant il a le sentiment que quelque chose a changé en lui depuis ces combats contre les esclaves révoltés de Spartacus. Peut-être est-il plus intimement persuadé que la vie n'est rien, à peine un souffle qu'une lame de fer peut interrompre. Et l'homme n'est plus qu'un poids de chair que les charognards lacèrent. Alors tout faire dans cette vie, avant qu'elle cesse.

Il ouvre les yeux.

Ce n'était que sa maîtresse Servilia qui l'observait, appuyée sur ses coudes, le corps cambré. Il voit ses seins lourds. Elle a le cou long, des cheveux noirs qu'un peigne d'ambre décoré de pointes de diamants retient. Elle penche un peu la tête, s'écarte, glissant vers le bord de cette large couche où ils sont étendus depuis le début de l'après-midi. Maintenant que la nuit est tombée, un léger souffle d'air commence à soulever les voiles tendus devant les portes et les fenêtres, et à faire reculer la chaleur moite qui pèse sur Rome durant tout l'été.

— Mon frère ne t'aime pas, dit Servilia.

Elle se rapproche. Elle semble hésiter, se contente de secouer la tête, la bouche entrouverte.

— Caton n'aime personne, murmure César.

Il se lève. Ce Caton est un maigre comme les envieux. Il a le corps osseux et des pensées aigres. Ce sénateur, arrière-petit-fils du grand Caton l'Ancien, se veut le défenseur de la vertu. À l'entendre, Rome n'est plus qu'un lupanar grec, corrompu par les plaisirs, les jouissances, l'argent. Il se prétend défenseur de la République, mais quelle République ? Celle des sénateurs soucieux de profits, lâches, qui tremblent pour leurs biens et leur vie. Et qui ont accepté de désigner Crassus et Pompée comme consuls, alors que ni l'un ni l'autre, selon la loi de Rome, n'aurait pu accéder à cette charge. Mais qu'importent les lois de la République, puisque Crassus est l'homme le plus riche de Rome, qu'il est le créancier de chaque Romain, et qu'il a des légions à sa solde ! Quant à Pompée, comment contester les désirs de l'*imperator* qui commande des milliers de soldats et qui vient avec ses légions de rétablir l'ordre en Espagne et d'en finir avec les bandes de Spartacus ?

Alors Caton, le stoïcien héroïque, le demi-frère de Servilia, peut bien lancer ses harangues de sa voix haut perchée, ce sont Crassus et Pompée qui imposent leurs vues, qui démantèlent les lois de Sylla, qui rétablissent le pouvoir des tribuns de la plèbe et réduisent l'influence des sénateurs dans les tribunaux. Et les diatribes de Caton, ou les discours de son ami Cicéron, n'empêchent rien.

Le pouvoir glisse vers les mains de ceux qui détiennent la force des légions et peuvent se concilier l'appui de la plèbe. C'est le cas de Crassus, capable d'acheter chaque citoyen de Rome, et de Pompée.

César se rassied, commence à caresser Servilia. Il aime ce corps, ce regard, même si chaque jour il connaît une nouvelle femme, et parfois plus d'une.

Il a recommencé sa vie de jouissances. Æmilius lui organise des rencontres avec de jeunes affranchis, ou des vierges qui ont été achetées dans les provinces d'Asie ou en Grèce. Et puis il y a ces Romaines qui l'attirent, Postumia, Lollia, femme d'Aulus Gabinius, tribun de la plèbe, Tertulla, l'épouse de Crassus, et Mucia, l'épouse de Cnaeus Pompée...

Il éprouve à les séduire une sensation qui va au-delà du plaisir. Elles sont les épouses de ces consuls, de ces sénateurs, de cet *imperator*, et elles cèdent si vite devant lui, elles gémissent, elles se mettent à son service comme des esclaves. Elles se proposent de l'aider. Et il se sert d'elles pour approcher leurs maris, les influencer.

Il faut que Pompée, comme l'a fait Crassus, soit persuadé qu'il a besoin de lui, qu'il peut être un allié dans cette rivalité cachée qui l'oppose à Crassus et dans sa volonté de conquérir tout le pouvoir. Alors il doit voir son épouse infidèle, Mucia, la cajoler, la rassurer, la convaincre que Pompée ne peut trouver de meilleur soutien que César. Lui mentir, donc, la tromper... Mais c'est cela la guerre.

César lit dans les yeux d'Æmilius de l'étonnement, peut-être de la jalousie. Il le console, lui murmure qu'il n'est pas oublié, et lui cite ce vers d'Euripide : « *S'il faut être injuste, que ce soit pour régner. Autrement, pratiquez la pitié.* »

Il veut régner. Et ne doit rien négliger pour y parvenir.

César s'allonge auprès de Servilia. Elle est celle vers laquelle il revient toujours. Et qu'elle soit sa maîtresse tout en étant la demi-sœur de Caton le stoïcien est un piment supplémentaire. Lorsqu'elle répète : « Mon frère ne t'aime pas, tu es, dit-il, le débauché, le Grec, la reine de Bithynie, tu veux être roi à Rome comme Nicomède ou Mithridate ou Pharaon le sont en Asie ou en Afrique », il se laisse caresser.

— Il n'aime pas non plus Crassus et Pompée, continue Servilia. Il les accuse de vouloir comme toi étrangler la République, comme on le fait avec un prisonnier.

Elle fait glisser ses ongles sur son torse.

— Il mourra pour la défendre, ajoute-t-elle.

— Rome a besoin de moi...

Il s'interrompt. Il pourrait ajouter : « Elle n'a plus besoin de Caton. » Et il pense : Je suis le seul qui peut mettre fin aux divisions et aux faiblesses de Rome. Pourquoi Caton ne comprend-il pas que l'on ne peut plus gouverner un empire qui s'étend de l'Océan au Pont-Euxin, du Rhône à la Cilicie, de la façon dont on gouvernait une cité, ou l'Italie ?

Il faut donc régner. C'est une longue patience, une longue route, et César sait qu'il ne doit rien négliger.

Il se fait épiler, raser, masser, parfumer chaque jour, parce que c'est ainsi qu'il pourra séduire celles et ceux dont il a besoin.

Et puis il aime que son corps soit lisse, maigre, nerveux.

Il sent sur lui le regard des femmes, des jeunes hommes. Il reçoit chez lui, dans la villa de Subure, et il veut étonner par le faste de ses réceptions. Mais il faut de l'argent, et il emprunte aux agents de Crassus. Jamais il n'essuie un refus. Il est trop endetté pour qu'on lui serre la gorge. Il faut qu'il avance dans la carrière des magistratures pour qu'enfin un jour il puisse rembourser.

On lui prête donc pour qu'il paie les électeurs des comices, puisque, en 70, il décide d'être candidat à la fonction de questeur. S'il est élu, il sera chargé du contrôle des finances de Rome ou d'une province pour l'année 69, celle de son trente-deuxième anniversaire. C'est l'âge requis. Il ne doit donc rien laisser au hasard. Il paie. Il flatte. Il annonce qu'il soutiendra la proposition de loi d'amnistie pour ceux qui ont été contraints de s'exiler afin de fuir les persécutions de Sylla. Et parmi ces hommes, dont certains se sont réfugiés en Espagne et ont combattu Rome aux côtés de Sertorius, il y a Lucius Cinna, le frère de son épouse Cornelia.

S'il est choisi comme questeur, il pourra accéder aux autres charges, devenir édile, préteur, consul, proconsul, et entrer au Sénat.

Il pense souvent au déroulement de cette carrière qu'il veut accomplir. Pourrait-il n'être qu'un magistrat de Rome parmi d'autres ? Assurer seulement ses charges une année, et puis devenir l'un de ces sénateurs qui traînent leur corps adipeux de la Curie à la couche de leur villa ?

Son destin ne peut pas être cela. Il sait qu'il ne s'en contentera pas.

Il a fait démolir la villa qu'il avait voulu posséder dans la proximité de Rome, sur les rives d'un petit lac. Il ne veut pas se laisser enfermer dans le luxe et la jouissance. Le pouvoir est le plaisir des plaisirs, et c'est celui dont il veut remplir sa vie. Mais alors il faut devenir celui vers lequel le peuple tourne ses regards. N'est-il pas le descendant de Marius, l'adversaire de Sylla ? S'il a le peuple avec lui, il restera à obtenir le commandement des légions, devenir lui aussi *imperator* sur le champ de bataille. Alors il pourra affronter Pompée et Crassus !

Il ne veut pas montrer sa joie quand il entend les acclamations qui saluent son élection à la charge de questeur. Il s'avance. Il faut qu'il prononce une harangue pour qu'il apparaisse comme le chef du parti des *populares*. L'homme qui est l'élu de la plèbe la défend. Mais en même temps il ne souhaite pas être réduit à ce rôle. Sa famille est l'une des plus anciennes de la noblesse romaine, il faut qu'on s'en souvienne. Il est d'une autre origine qu'un Pompée ou un Crassus. Et il n'a jamais été comme ils le furent au service de Sylla, et donc des *optimates* dont aujourd'hui Crassus et Pompée veulent limiter les pouvoirs pour mieux asseoir le leur. Ils veulent être dictateurs et même rois.

Lorsqu'il apprend peu après, sans en être surpris, que sa tante Julia est morte, il convoque Æmilius. Il désire faire de ses funérailles un événement politique. Il prononcera un discours depuis cette large tribune élevée à trois mètres au-dessus du sol sur le Forum, non loin du Comitium, où se réunissent les assemblées électorales. C'est de cette tribune des Rostres qu'il veut parler pour dire qui il est, et ainsi ce que sont ses ambitions.

Il faut que le peuple de Rome le découvre.

Il a veillé à chaque détail des funérailles.

Il marche derrière le char sur lequel repose le corps de la veuve de Marius. Il a fait prévenir le peuple de l'heure de la cérémonie par des crieurs qui ont parcouru la ville. Et la foule est là, fascinée par le spectacle des porteurs de torches et les lamentations des pleureuses.

Des acteurs dont les masques de cire rappellent le visage des ancêtres suivent le cercueil.

Mais César a voulu davantage et il tressaille quand il entend les cris puis les applaudissements de la foule qui découvre la silhouette de Marius, le proscrit, le défenseur de la plèbe mort depuis dix-sept ans.

Chacun reconnaît son portrait, chacun sait que Marius a été décrété ennemi de Rome par le Sénat, et que l'exposer ainsi c'est revendiquer son héritage, défier les sénateurs, s'affirmer fidèle à une politique, choisir d'être le porte-parole de la plèbe.

Maintenant, César monte d'un pas lent vers la tribune des Rostres, dont le nom rappelle les éperons des navires de guerre pris à l'ennemi en 338, lors de la bataille navale d'Antium.

Il regarde la foule. Il veut faire comprendre qu'il est l'héritier de toute l'histoire de Rome. Il dit :

— Du côté de sa mère, ma tante Julia descend des rois, du côté de son père, elle se rattache aux Dieux immortels. C'est en effet d'Ancus Marcius que sont sortis les Marcius Rex, et tel fut le nom de sa mère, c'est de Vénus que descendent les Julii, et nous sommes une branche de cette famille. Elle unit donc au caractère sacré des rois, qui sont les maîtres des hommes, la sainteté des Dieux, de qui relèvent même les rois.

Il tend le bras, montre le portrait de Marius. Il n'a pas besoin de le nommer pour qu'on saisisse qu'il veut associer Marius, homme de la plèbe, devenu maître de Rome par son courage et sa politique, aux Dieux et aux rois.

Il a le sentiment qu'il vient de marquer son entrée officielle dans la politique romaine. Et aucun sénateur, aucun partisan de Sylla n'a osé s'élever contre son initiative. Il faut donc continuer l'offensive.

Lorsque, rentrant dans sa villa de Subure, il voit sa mère en larmes, qu'il l'entend annoncer que Cornelia son épouse s'est éteinte, il s'enferme dans la bibliothèque. Il doit surmonter sa peine, utiliser encore une fois ce décès pour frapper l'opinion, et donc organiser des funérailles aussi grandioses que celles qui ont accompagné le corps de sa tante.

Il ne sera plus alors le débauché, le prostitué, le séducteur chauve, mais l'époux qui pleure sa jeune femme, qui marche au côté de sa fille Julie, qui prononce l'éloge d'une compagne aimée.

Et la plèbe est là, émue, l'entourant de sa compassion.

Il contemple cette foule rassemblée au pied de la tribune des Rostres. Les hommes sont graves, les femmes se lamentent, certaines sanglotent, mêlant leurs soupirs à ceux des pleureuses qui invoquent le nom de Cornelia, fille de Cinna, épouse bien-aimée et regrettée de Caius Julius Caesar.

Il en est sûr : le peuple a besoin de craindre, de respecter et d'aimer celui qui veut le gouverner.

CINQUIÈME PARTIE

XIV.

Il pense tout à coup qu'Alexandre avait déjà accompli son destin glorieux, presque divin, à trente-trois ans…

César se penche hors de la voiture. Il aperçoit les croupes des deux chevaux et, marchant à pas lents, les soldats de l'escorte, leur glaive au côté, le javelot sur l'épaule. Il secoue Æmilius qui somnole assis près de lui et il descend de la voiture.

La via Aurelia que l'on suit depuis Rome semble avalée par le village, disparaissant entre les maisons de pierres sèches et la paroi rocheuse qui tombe, presque à la verticale, dans la mer. Les masures s'accrochent et s'étagent sur ce flanc des Alpes comme des coquillages gris en partie recouverts par le rouge délavé des tuiles.

César s'arrête. Des centurions l'entourent. Il entend Æmilius dire que le village marque la frontière entre la Gaule cisalpine et la Narbonnaise. Il faudra près de dix jours encore avant d'atteindre l'Espagne où le propréteur, Caius Antistius Vetus, attend son questeur.

César s'approche de l'une des bornes qui jalonnent la via Aurelia, il suffirait d'un pas pour rouler dans la pente et que la vie s'arrête. Il est ébloui par le miroitement de la mer. Il sent monter l'inquiétude. Est-ce que son destin ne va pas s'interrompre à s'éloigner ainsi de Rome, alors que la ville bruissait de son nom, que l'on célébrait son courage d'avoir osé brandir le portrait de

Marius, et que l'on vantait son amour pour son épouse ? Ses funérailles avaient été imposantes, acte audacieux puisque personne n'avait jamais ainsi célébré une jeune morte.

Que d'événements peuvent se produire pendant son absence ! On peut même l'oublier... Il n'est qu'un jeune questeur, envoyé en Espagne pour lever au nom du gouverneur Antistius Vetus les impôts et rendre la justice. Quelle gloire peut-il gagner à ces fonctions subalternes ? Peut-être pourra-t-il prélever sur l'argent recueilli une part, comme il est d'usage, et rembourser ainsi ses créanciers qui, au moment de son départ de Rome, ont montré leurs crocs ? Il a fallu qu'il voie Crassus et lui demande de tirer sur la laisse de ces chiens de créanciers avides.

Il atteint les premières maisons.

En continuant de marcher sur les pavés de la via Aurelia, il a l'impression de s'enfoncer dans une grotte tant l'ombre est fraîche, apaisante après la montée du col. Il se tourne vers Æmilius dont le visage exprime l'abattement, du mépris et du dégoût. Il est vrai que ces masures ressemblent à des niches puantes. Et qu'il faut faire plusieurs pas avant de trouver une maison, avec les statuettes des Dieux Lares. Un homme maigre, le corps serré dans une toge tachée, les pieds nus, s'avance, dit qu'il est l'édile de ce village, sujet de Rome. Et pourtant il a servi dans l'armée de Marius, autrefois. Pourquoi n'est-il pas citoyen ?

César l'écoute. Cela fait plusieurs fois déjà, lors de la traversée de la Gaule cisalpine, qu'on l'a interpellé, qu'on a réclamé le droit d'être citoyen de Rome. Il jette un regard à Æmilius. Il devine que ce dernier va de nouveau s'inquiéter.

— Je suis Caius Julius Caesar, dit-il en posant la main sur l'épaule de l'édile. Je suis questeur. Je me rends en Espagne. Mais je te promets de faire entendre ta voix, et de soutenir ton désir. Tu as le droit d'être citoyen de Rome. Donne ton nom à mon secrétaire.

L'homme s'incline, le visage radieux. Et tout au long de la via Aurelia, la même réponse a suscité la même joie reconnaissante.

César entraîne Æmilius jusqu'à la sortie du village. La via Aurelia est comme une longue cicatrice qui descend lentement du sommet du col vers la mer.

— Chaque homme compte, murmure César. Ceux de Gaule cisalpine et de la Narbonnaise, et dans quelques jours ceux d'Espagne, doivent me connaître, savoir que je vais parler en leur nom. Rome est la tête, les provinces sont le torse et les membres. Celui qui a la maîtrise du corps, celui-là peut gouverner Rome.

César perçoit les doutes d'Æmilius qui hoche la tête. Il lui prend la main, l'entraîne vers le bord de la paroi. Des oiseaux s'élancent dans de grands battements d'ailes.

— Il faut voler de Rome aux provinces et de celles-ci au Forum, afin de ne jamais se laisser oublier.

Il se retourne, montre le village, le regarde longuement.

— Mais quant à moi, ajoute-t-il, j'aimerais mieux être ici le premier que le second à Rome.

Il doit chasser cette pensée, il sera le premier à Rome, aucune autre idée ne doit obscurcir sa volonté. Il faut que chaque pas qu'il accomplit le rapproche de ce but, que chaque homme rencontré, qu'il soit soldat, édile d'un village ou propréteur, se souvienne de lui et s'attache à sa personne.

Il se souvient de cela en s'inclinant devant Caius Antistius Vetus qui l'accueille sur le seuil de sa résidence de Corduba (Cordoue). Il faut l'assister de manière exemplaire, mais sans servilité. Le voudrait-il qu'il ne le pourrait pas. Et d'ailleurs, il découvre qu'Antistius Vetus le traite avec la considération que l'on doit à un jeune homme promis aux plus hautes charges, à un membre de l'aristocratie romaine dont le nom est déjà connu.

Il faut que Vetus devienne un allié fidèle. Il faut le flatter, le recevoir avec faste, exécuter ponctuellement les missions qu'il donne, et lui verser les impôts levés dans les villes les plus éloignées où l'on doit se rendre. Et là se montrer attentif aux plaintes des habitants, leur promettre de les défendre, nouer avec eux des amitiés qui pourront, plus tard, être utiles. Il faut aussi séduire les femmes, les vierges et les épouses, cette lourde brune qui a été la maîtresse d'Antistius Vetus et qui s'abandonne, permettant d'obtenir du propréteur le droit pour César de se rendre jusqu'au temple d'Hercule, au bord de l'Océan, non loin du détroit.

Car il veut voir les colonnes d'Hercule, ce lieu de passage d'une mer à l'autre, cette extrémité d'un monde.

Il est à Gadès (Cadix). Il regarde mourir sur la plage la longue houle océane. Et il découvre, dressé devant le temple d'Hercule, un buste d'Alexandre le Grand, le conquérant du monde. Il fixe ce visage de marbre aux traits volontaires et juvéniles. Il pense tout à coup qu'Alexandre avait déjà accompli son destin glorieux, presque divin, à trente-trois ans.

L'âge qui est le mien...

César sent un poids sur la nuque. Il a l'impression que ses jambes fléchissent. Il a trente-trois ans, et qui est-il ? Un questeur parmi tant d'autres que Rome dépêche dans toutes ses provinces, qui accomplissent tous les mêmes tâches obscures. Et devant qui s'ouvre un long chemin, coupé d'étapes obligées. Comment parvenir à la gloire d'Alexandre ?

Il baisse la tête et il sent que les larmes remplissent ses yeux. Il ne peut s'empêcher de gémir, comme s'il était gravement blessé. Il l'est. Il a envie de vomir, comme s'il voulait rejeter sa vie. Il n'a encore rien fait de mémorable à l'âge où Alexandre avait déjà soumis toute la terre !

Lorsqu'il se redresse, il voit Æmilius qui l'observe, le visage marqué par le désarroi. Mais il ne faut pas s'abandonner à la complaisance, il ne doit pas laisser parler Æmilius. Personne ne peut consoler Caius Julius Caesar ! C'est en lui seul qu'il doit trouver la force d'aller vers son destin.

Maintenant il doit rentrer à Rome, vite. Il ne peut pas laisser Crassus ou Pompée, ou Cicéron, ou Caton, ou un quelconque ambitieux, jouer sans lui leur partie ! Il doit être présent pour saisir toutes les occasions de se signaler à l'attention de la plèbe. Il ne pourra quitter Rome que lorsqu'il occupera une charge qui lui donnera le commandement des légions et le gouvernement d'une province. Questeur est une fonction trop humble pour qu'elle vaille qu'on s'éloigne de la Curie, des assemblées de citoyens du Comitium et du Forum.

Il va demander à Vetus un congé pour quitter sa charge avant le terme d'une année.

Vetus accepte, peut-être le désir d'éloigner un questeur trop entreprenant a-t-il pesé dans sa décision. Et il faut à présent, pour les dernières nuits, combler la lourde maîtresse brune de plaisirs et de présents, lui dire qu'il la recevra à Rome, car il ne faut pas laisser d'ennemis derrière soi. Il faut que l'espoir d'obtenir un profit, un appui, maintienne l'alliance et la confiance.

Il convoque Æmilius. Il veut, sur la route du retour,

dans la Gaule cisalpine, s'adresser aux habitants des villes situées le long de la via Aurelia et s'engager à les faire accéder à la citoyenneté. Ils échapperont ainsi à l'autorité du Sénat, et ils auront les mêmes droits que les Romains.

Il doit s'attacher les Gaulois de Cisalpine, nombreux, industrieux, valeureux. Il pourra plus tard constituer avec eux des légions combatives.

En attendant, il ferme les yeux, s'endort. Il rêve qu'une femme s'approche de lui, ouvre ses bras et sa bouche. Il la pénètre, et éprouve une jouissance douce et cependant intense. Il reconnaît tout à coup le visage de cette femme, celui de sa mère ! Aurelia Cotta lui sourit, presse ses seins, et le lait qui jaillit le recouvre.

Il se réveille. Il veut rencontrer avant de quitter l'Espagne les devins qui sauront lui révéler le sens de ce songe.

Ils sont trois vieillards, chuchotant entre eux après qu'il a raconté sa vision nocturne.

Il attend, et il sent que son corps vacille, comme si des mains puissantes le faisaient tournoyer. Il résiste à ce mouvement qui l'entraîne vers la terre.

Peu à peu, il retrouve son équilibre, fixe le plus vieux des devins, un homme au visage émacié, aveugle, et dont les cheveux gris tombent sur les épaules. Il parle grec, d'une voix grave, qui étonne dans ce corps grêle. Elle semble sortir d'une caverne.

— Ce songe, commence-t-il, te donne les plus vastes espérances, Caius Julius Caesar, citoyen de Rome.

Il tourne vers les deux autres devins ses yeux morts.

— Cela présage pour toi l'Empire du monde, continue-t-il. Cette mère que tu as vue sous toi n'est autre que la Terre qui a enfanté tous les hommes. Tu as enfoui ta semence dans sa chair et elle t'a recouvert de son lait.

César se lève.

L'Empire du monde…

Il ne ressent aucune joie mais son corps est envahi par une chaleur violente qui embrase sa tête et lui donne de nouveau cette sensation de vertige.

Il veut regagner Rome aussitôt.

Au moment où il s'éloigne des devins, l'un d'eux dit d'une voix forte :

— Souviens-toi, tout a un prix. Les Dieux ne donnent rien pour rien. S'ils t'offrent le monde, ils te prendront un jour ce que tu as de plus précieux.

XV

> Tu peux choisir seul ta route, Brutus. Tu le dois, mais sache qu'elle te mènera vers moi...

César observe le visage de ces hommes et de ces femmes, de ces vieillards et de ces soldats qui entourent sa voiture, bousculent son escorte, n'évitent même pas les coups que les centurions leur donnent pour les écarter du milieu de la via Aurelia. Il connaît ces yeux hagards, ces cheveux défaits, ces traits creusés, cette façon de s'avancer, la tête dans les épaules, en fixant les pavés devant soi, et parfois en se retournant brusquement comme si l'on craignait d'être rejoint.

Cette foule a peur. Il bondit de la voiture, repousse ses centurions, se mêle à ces fuyards, ouvre les bras pour endiguer le flot. On le heurte, on le contourne, et puis, peu à peu, les gens s'arrêtent. Des femmes s'agenouillent, les soldats l'entourent, honteux.

Il saisit l'un d'eux, le secoue, le dévisage avec mépris, crie parce qu'il faut que tous l'entendent :

— Qui te fait fuir comme une poule devant un renard, toi, citoyen de Rome, toi, soldat de ses légions ?

L'homme tout à coup pleure silencieusement en secouant la tête.

César se souvient de la décimation ordonnée par Crassus et de la mort qui fait renaître le courage. Il sort son glaive.

Les femmes se lamentent et l'implorent. Elles parlent toutes en même temps.

— Les pirates ont enlevé les vierges, les enfants, les plus jeunes des femmes ! crient-elles. Ils ont fondu sur nous comme un vol de vautours. On ne voyait plus le ciel tant leurs voiles étaient nombreuses. Ils ont surgi de la mer, massacré les soldats et les marins, enfoncé les portes des maisons, et ils ont capturé tous les navires au mouillage dans le port. Ils ont embarqué tout ce qu'ils avaient pris, nos enfants et nos biens, que voulais-tu que nous fassions, sinon fuir vers Rome ?

Un vieillard s'approche, lève le poing.

— J'ai combattu les pirates avec Antonius, nous sommes allés jusqu'au fond de la mer, dans leurs grottes, et maintenant, alors que je suis vieux, ils viennent ici. Ils ont enlevé ma fille ! Honte à Rome ! Honte à ma cité, à tous ceux qui la gouvernent, honte à ses généraux et au Sénat, qui laissent les pirates m'arracher le cœur, à moi citoyen romain, chez moi, à Ostie !

César baisse son bras, garde le glaive à la main. Il écoute. Tout le monde veut raconter cette descente des pirates dans le port d'Ostie. Cela fait plusieurs mois déjà qu'ils opèrent sur la côte, arrêtant des voitures sur la via Appia ou la via Aurelia, enlevant les riches Romains dans les villas des bords de mer. Mais jamais ils n'avaient osé pénétrer dans le port de Rome.

— Ostie ! reprend le soldat. Nous nous sommes battus, mais ils étaient une nuée !

— Où allez-vous ? Je m'appelle Caius Julius Caesar, j'ai vaincu les pirates. Je connais cette vermine. Elle ne reviendra plus avant des mois. Et sur les Dieux, je prête le serment d'obtenir du Sénat les forces pour détruire cette espèce maudite ! Retournez chez vous, citoyens.

Ils refluent enfin.

Il rentre dans Rome. Est-il possible que cette ville, la plus grande du monde, se laisse ainsi défier à ses portes mêmes par des pirates venus de l'autre extrémité de la Méditerranée, où pourtant Rome règne aussi ? Il s'indigne. La République est malade, puisqu'elle subit cette humiliation.

Il parcourt les rues, s'attarde sur le Forum. Ce sont les mêmes injures, les mêmes rixes, mais plus violentes encore. Les prix de chaque produit, du blé ou des tissus, ont décuplé.

Il retrouve Servilia chez elle.

— Les navires marchands ne prennent plus la mer, explique-t-elle. Et ceux qui l'osent sont attaqués, coulés par les pirates. Ici, chacun le sait, mais le Sénat se divise. Et les ambitieux pensent à leur destin et non à celui de Rome.

Elle est plus aimante encore qu'il ne l'a laissée. Il a autant confiance en elle qu'en sa mère.

— Mon ambition est fille de Rome, murmure-t-il.

Servilia s'approche.

— C'est ce qu'ils disent tous. Eux aussi, ils prétendent vouloir le bien de la République, la gloire de la ville. Mais ils sont comme des bêtes féroces, affamées, qui s'entre-déchirent.

Il imagine cela, mais il voudrait qu'elle se taise, qu'elle s'allonge près de lui au lieu de lui parler de ces chacals qui se prennent pour des lions. Il y a Crassus, qui ne songe qu'à abattre Pompée, tous deux voulant imposer leur loi aux *optimates* et pour cela flattant la plèbe. Il y a Cicéron qui rêve d'être consul et qui est devenu l'orateur le plus habile, le plus écouté du Sénat, le défenseur de l'aristocratie. Et puis il y a ces agitateurs aux aguets qui ne cherchent même pas à cacher qu'ils sont d'abord assoiffés de butin, qui veulent le pouvoir pour cela. Ils se servent de la plèbe et sont prêts à tout lui promettre. Ils ont servi Sylla. Ils ont assassiné en son nom, et maintenant ils tuent pour se frayer une route, après s'être enrichis des dépouilles de leurs victimes. Ils se nomment Clodius et Catilina. Eux aussi prétendent parler au nom de Rome, alors qu'ils sont prêts à régner sur les décombres de la ville.

César se lève, se promène dans les vastes jardins de la villa de Servilia où parfois il croise Caton, distant, hostile, méprisant même. Mais qu'importent les sentiments du demi-frère de Servilia ! César aime ce lieu, comme il aime cette femme.

Il la voit s'approcher. Son visage souriant exprime l'orgueil et la sérénité. Il est ému. Il a du mal à reconnaître ces jeunes gens qui se tiennent de part et d'autre de sa maîtresse. À sa droite, une adolescente aux cheveux longs qui baisse la tête et dont les plis de la tunique laissent deviner le corps nerveux et lisse. C'est Tertia, la fille de Servilia. Il l'a laissée enfant, la voici jeune vierge. Il est étonné quand Servilia la pousse vers lui, comme une offrande, il est troublé par ce corps qui frôle le sien, par ces cheveux soyeux, cette peau si fraîche.

Il s'écarte, regarde maintenant le jeune fils qui se tient à la gauche de sa mère. Les traits de ce Marcus Brutus sont encore indécis, comme s'ils hésitaient entre la fierté et le défi, et César a le sentiment que Brutus oscille à son égard entre admiration, vénération même, et révolte.

Il s'avance vers lui, éprouve une intense émotion à sentir ses épaules et son torse musclés. Et si ce jeune homme était son propre fils ? Le saura-t-il jamais ? Il le garde longuement appuyé contre lui.

— Tu dois le savoir, je veux te choisir pour fils.

Il sent que Marcus Brutus tressaille, puis s'abandonne.

— Toi et moi remontons aux origines de Rome,

continue César en prenant la main de Brutus, en le forçant à s'asseoir près de lui, en enveloppant ses épaules de son bras.

Servilia et Tertia se sont installées en face d'eux sur une banquette.

— En t'adoptant, Brutus, je réunis en nous les deux racines de Rome. Mes ancêtres furent Dieux et rois, ton ancêtre Brutus renversa la royauté et fonda ainsi la République, par souci de justice, il y a trente générations de cela. Toi, mon fils, et moi, nous ne devons penser qu'à l'unité des deux traditions de Rome. Je te guiderai.

César devine que Brutus se raidit. Il sourit.

— Tu peux choisir seul ta route, Brutus. Tu le dois, mais sache qu'elle te mènera vers moi. Car ma route est celle qui conduit à la gloire de Rome. Et toi aussi, tu veux atteindre ce but.

César se lève.

— La route est longue, conclut-il.

Il mesure chaque jour qu'il n'a pas encore assez de force pour affronter ceux qu'il doit vaincre s'il veut parvenir au sommet du pouvoir. Il n'est qu'un questeur en congé, le plus humble, le plus petit des sénateurs. Il n'a pas la gloire de Pompée, l'argent de Crassus, la notoriété de Cicéron ni les bandes d'agitateurs et de tueurs qui sont à la solde de Clodius et de Catilina.

Mais il sent en lui une confiance que la faiblesse de ses forces, au lieu de diminuer, exalte. Les Dieux veulent qu'il fasse ses preuves, les Dieux l'éprouvent avant de l'aider. Il est promis à l'Empire du monde ! ont dit les devins d'Espagne. Il doit se montrer digne de ces augures.

Il est encore faible ? Soit. Usons de la ruse et de l'habileté. Séduisons ceux que nous ne pouvons réduire, et les forteresses que nous ne réussissons pas à emporter, encerclons-les !

Il doit d'abord revoir toutes ces épouses accueillantes. Mucia, la femme de Pompée, lui confie que son mari veut prendre la tête des légions qui se battent contre Mithridate. Mais le Sénat acceptera-t-il ? Il préfère ce général Lucullus, cet incapable lui aussi assoiffé de gloire et de jouissances, qui, chaque fois qu'il séjourne à Rome, offre des banquets si somptueux que personne n'en a même jamais imaginé d'équivalents.

— Soutiens Cnaeus Pompée et il te soutiendra, assure Mucia.

S'abandonne-t-elle pour servir son mari ? Le trompet-elle pour que chacun de ses amants devienne l'allié de l'*imperator* ?

César promet. Et il promet aussi à Tertulla, l'épouse de Crassus. Mais il lui faut d'abord caresser, faire jouir cette femme insatiable qui va d'un corps à l'autre, qui veut posséder tous les hommes qu'elle croise afin de ne jamais cesser, du crépuscule à l'aube, de gémir de plaisir.

Peut-être dit-elle à chacun de ses amants qu'il est celui qu'elle ne peut oublier ?

César veut en effet qu'elle se souvienne de lui, qu'elle obtienne de Crassus qu'il lui prête à nouveau de l'argent, car les dettes se sont accumulées et les profits de la questure en Espagne ne sont plus qu'un souvenir.

Il la regarde avec mépris. Elle se farde, se parfume, se coiffe, dit : « Crassus a confiance en toi. »

Elle tend la main. Elle ne rit pas, elle glousse.

— Mais il est entouré d'autant de quémandeurs que moi de soupirants.

Elle ferme les paupières, renverse la tête.

— Tu es le seul dont je lui parle, Caius Julius Caesar.

Il n'est pas dupe. Il ne peut dépendre du bon vouloir de Tertulla et de Crassus. Crassus comme Cicéron, Pompée, Catilina, Clodius peuvent être encerclés, entravés, influencés, mais pour les vaincre il faut autre chose que la ruse et l'habileté, ou l'appui de leurs épouses.

Il ne raconte rien à sa mère. Mais il sait qu'Aurelia Cotta perce son silence, qu'il lui suffit d'un regard pour deviner ce qu'il ressent.

Il s'étonne pourtant de son attitude depuis qu'il est de retour à Rome. Il a craint d'abord qu'elle ne lui reproche d'avoir quitté trop vite sa charge. Et il n'a pas osé lui parler de ce songe et des présages des devins.

Un jour pourtant, elle lui dit :

— Il faut que tu prennes ton envol de plus haut, alors tu pourras t'éloigner de Rome. De là où tu te seras élevé, tu ne perdras jamais Rome de vue.

Ainsi elle partage son sentiment : il ne doit quitter Rome que s'il a une charge de propréteur ou de proconsul.

Il faut donc de l'argent, des appuis. Il faut devenir l'allié de tous ceux qui comptent, jouer de Pompée contre Crassus, de ce dernier contre Pompée, utiliser Catilina et Clodius, et aussi ce tribun de la plèbe, Aulus Gabinius, qui serait un agent de Pompée.

Il faut renouer avec son épouse Lollia, et ainsi s'approcher de Pompée, donner des gages, faire comprendre qu'on souhaite l'appuyer.

Mais cela, il le sait, ne suffira pas.

Il rentre à la villa de Subure, préoccupé, serrant le bras d'Æmilius, maugréant : « Il faut du temps. »

Il voit sa mère qui s'avance d'un pas rapide comme si elle avait retrouvé sa vivacité perdue, son regard étincelle. Elle écarte Æmilius. César sent sa main osseuse qui lui serre le bras.

— Tu vas te marier, Julius, dit-elle.

Elle l'entraîne. Elle a réussi, explique-t-elle, à convaincre l'ancien consul Rufus de donner sa fille, Pompeia, à la famille des Julii, à Caius Julius Caesar.

— Tu es l'avenir. Ils le savent tous, chuchote Aurelia Cotta. Pompeia t'apporte l'argent de sa dot. Ils sont riches. Ils sont nobles. Et elle est — elle s'interrompt, elle sourit — la petite-fille de Sylla.

Elle croit deviner son étonnement, peut-être ses réticences.

— Sylla a voulu te tuer ? Tu lui as résisté, continue-t-elle. Tu es le neveu de Marius et tu as épousé une Cornelia Cotta. Tu as eu le courage d'invoquer Marius aux obsèques de ta tante. Personne ne doute de ton engagement aux côtés de la plèbe. Mais tu es de la noblesse de Rome, tu as aussi besoin de ses appuis. Tu dois être celui qui réunit. Et — elle lui entoure le cou de son bras — tu n'es pas encore assez fort pour les contraindre à t'obéir. Que tu te maries avec la petite-fille de Sylla, ton ennemi, celui qui voulait le triomphe des *optimates*, va les surprendre. Celui qui veut vaincre doit avoir partout des alliés ! Tu ne dois, Caius Julius Caesar, te séparer que des hommes que tu peux tuer. Et une fois morts, même ceux-là, tu dois en faire tes alliés.

XVI.

Même Cicéron... le préteur qui défend la noblesse contre la plèbe, prononce un discours à la gloire de Pompée !

César, en prenant la main de Pompeia, en s'avançant avec elle vers l'autel des Dieux Lares, se souvient de Cornelia, de leur mariage dans cette même villa de Subure, et du temps qui a passé depuis et que mesure Julie, leur fille née de cette union et que l'on pourrait déjà marier.

C'est elle qu'il regarde. Elle ressemble à sa mère. Elle en a les traits réguliers, le front haut, le cou long. Elle se tient près de sa grand-mère, au premier rang des invités qui ont envahi la villa.

César n'écoute pas les augures du grand pontife Metellus Pius qui célèbre le mariage. Tout est attendu dans ses propos. Il évoquera les origines des deux familles et saluera en Caius Julius Caesar le membre du collège des pontifes. Puis il appellera la Fortune à veiller sur le couple.

Il parcourt des yeux la foule des invités rassemblés dans l'atrium et le jardin. Il a hâte que se termine la cérémonie afin de saluer chacun des présents. C'est cela qui compte dans ce mariage, et non pas les sentiments.

Il regarde Pompeia. Il n'éprouve pour elle que de l'indifférence, à peine un peu de curiosité. C'est une jeune vierge et il la fera femme peut-être sans ennui. Mais il ne voit dans ses yeux aucune flamme, rien qui attire, ni timidité qu'il faudrait violer — et il y prendrait du plaisir — ni une lueur de perversion ou de défi qui l'exciterait. C'est une femme au corps sans disgrâce. Elle ne devient épouse que parce que sa dot permet, aujourd'hui même, avant cette cérémonie, de rembourser les créanciers les plus enragés, afin qu'ils prêtent à nouveau.

Car César sait qu'il lui faut de plus en plus d'argent.

Il vient d'obtenir la charge de curateur de la via Appia, celle que le plus grand nombre de Romains empruntent pour traverser la ville ou se rendre de Rome à Capoue. On le jugera sur sa capacité à l'entretenir, à remplacer les pavés manquants que les roues des chariots descellent chaque jour. Il a décidé déjà de faire élever des statues de Vénus, des bustes de Marius et de Cinna, et d'abattre les restes des dernières croix, celles qui rappellent le supplice des six mille esclaves de la révolte de Spartacus. Il devra payer ces travaux de ses deniers, et les autres auxquels il pense. Ainsi, élever de place en place des fontaines, et planter suffisamment de pins pour que l'ombre couvre la voie en toute saison.

César lâche la main de Pompeia. Il abandonne la jeune femme à sa famille, à Aurelia Cotta et à Julie, à toutes les femmes qui viennent l'entourer et parmi elles il y en a tant dont il connaît le corps et les vices. Elles lui lancent d'ailleurs en s'approchant de Pompeia des œillades complices. Il les fixe sans ciller.

Ce monde est celui des apparences. Les femmes sont épouses mais ce sont peut-être leurs maris qui connaissent le moins leurs désirs. Et ces sénateurs, ces chevaliers, ces magistrats n'ignorent rien des infidélités de leurs compagnes. Chacun sait tout et fait mine du contraire.

César s'avance au milieu de la foule des invités,

impassible, mais il a l'impression qu'à l'intérieur de lui chaque organe de son corps ricane.

On le félicite, les invités vont et viennent bras dessus, bras dessous à l'ombre des pins, dans les allées bordées de cyprès du jardin, comme des amis chers alors qu'ils se jalousent, se haïssent. Certains — ces chevaliers, hommes de finance de Crassus — tiennent les autres entre leurs crocs puisqu'ils sont leurs créanciers. Tout s'achète...

Il salue aimablement, avec empressement même, ces manieurs d'argent. Il sait bien que sa réputation, grandie d'avoir entrepris ces travaux de la via Appia, ne suffira pas à le faire élire à la charge d'édile curule. Et il le veut, parce que cette fonction lui permettra de faire construire des monuments à Rome, de rénover, d'embellir des marchés, de faire voir à chaque instant à la plèbe ce qu'il sait faire, et comment il la sert.

Mais il faut d'abord être élu et donc verser des milliers de sesterces aux électeurs, puis financer les travaux qui sont de la responsabilité de l'édile curule.

Un magistrat sans fortune, que pourrait-il ?

César sourit : quel naïf imaginerait qu'on pourrait être élu magistrat sans payer les électeurs !

Voilà la République ! Des apparences ! Et il ne doit pas en être dupe. Jamais ! Alors, peu importe qu'on le critique, qu'on l'accuse de payer trop cher la plèbe pour se l'attacher — qui ne voudrait le faire ? — ou bien, comme le lui a rapporté Æmilius, que l'on dise qu'il n'est personne à Rome plus prompt que lui à flatter et à courtiser les hommes les moins considérés. Et qui ne cherche davantage à s'allier aux puissants.

Il serre entre ses bras ses invités comme s'il s'agissait d'amis, presque de frères.

Apparences aussi.

Tout est calcul.

Il sourit à Lollia dont il connaît chaque pli intime de la peau. C'est maintenant qu'il faut que le plaisir qu'il lui donne, et qu'il prend aussi, devienne gain. Il s'approche, la salue, et elle s'éloigne aussitôt afin qu'il reste seul, comme il le souhaite, avec son mari, le tribun Aulus Gabinius.

Il méprise cet homme au visage grossier, aux gestes brusques et à la voix tonitruante. Mais Crassus assure que Pompée paie Aulus Gabinius afin que celui-ci fasse voter une loi qui assure à l'*imperator* des pouvoirs exceptionnels. Pompée aurait la charge, pour trois ans, sur toutes les mers, avec 25 légats qu'il aura lui-même choisis, de commander 500 vaisseaux, 120 000 fantassins, 50 000 cavaliers, afin de détruire les pirates. Et Pompée aura le droit de contrôler toutes les côtes jusqu'à une profondeur de dizaines de milliers de pas à l'intérieur des terres. Cela fera de Pompée, le pacificateur des mers, un véritable monarque !

— Je vote votre loi, marmonne César en desserrant à peine les lèvres.

Il est, comme ancien questeur, membre du Sénat. Et il a pu mesurer combien les *optimates* sont hésitants à accorder ce que leur demande Gabinius. Ils ont besoin de Pompée contre Crassus, contre Catilina, contre Clodius, contre toutes les menaces qui pèsent sur Rome. Ils flattent l'*imperator*, le général victorieux. Mais s'ils lui accordent pour trois ans cet *imperium*, que restera-t-il de leur pouvoir ? Rome aura cessé d'être leur République et sera devenue une monarchie.

— Je vote, répète César.

Aulus Gabinius lui prend le bras au-dessus du coude. Il lance d'une voix forte :

— Je les y contraindrai tous ! J'en appellerai au peuple contre eux s'il le faut !

César le rassure à mi-voix. Les sénateurs s'inclineront. Ce sont les intérêts de Rome qui sont menacés, elle ne peut accepter d'être bafouée. Et la plèbe s'insurge contre les prix trop élevés du blé.

Gabinius hausse la voix.

— Et il faudra aussi en finir avec Mithridate, et seul le Grand Pompée pourra le vaincre !

César approuve, s'éloigne.

Il sait que le candidat à la succession de Gabinius comme tribun de la plèbe, Manilius, a déjà préparé une *rogatio*, le projet d'une *lex Manilia* chargeant Pompée, dès qu'il aura réduit les pirates, de remplacer le général Lucullus à la tête des légions. Il pourra mener la guerre à sa guise et gouverner la province d'Asie étendue au royaume du Pont et de Bithynie, et à la Cilicie.

Qui pourra alors se dresser contre Pompée, véritable souverain, chef des légions ? Et que seront le Sénat et la République sinon des apparences ?

César sait qu'Æmilius s'inquiète de l'avantage immense pris ainsi par Pompée qui s'appuie sur la plèbe, puisqu'il en a acheté les tribuns et qu'il la flatte lui aussi, mais qui dispose en outre de la force des légions.

Mais il se tait. Il ne veut rien expliquer à Æmilius. Il ne faut pas dévoiler, même aux proches, le cœur de sa pensée. Ils ne doivent pas savoir que l'on voit loin, plus loin qu'ils ne peuvent imaginer.

Et César, bras croisés, laisse Æmilius parler, raconter comment Pompée attend dans sa villa d'Albano que la *lex Gabinia* soit votée pour prendre aussitôt la tête de la flotte de cinq cents vaisseaux. Il a désigné ses vingt-cinq légats. Il est sûr du vote de la loi. Puis viendra la *lex Manilia*. Et les bandes de Gabinius sont déjà prêtes pour aller rosser les sénateurs s'ils osaient émettre un avis contraire.

L'un d'eux, qui a dit : « Si Pompée veut jouer le rôle de Romulus, qu'il s'attende à finir comme Romulus », a été malmené et les autres sénateurs se sont tus, même s'ils partagent l'idée que celui qui veut devenir roi de Rome doit mourir parce que le gouvernement doit rester entre leurs mains.

— Pompée m'ouvre la route, murmure César.

Il voudrait qu'Æmilius n'ait pas entendu. Il jette un regard à son secrétaire, mais celui-ci paraît absorbé dans ses pensées craintives, et marche la tête baissée.

Peut-être en effet n'a-t-il pas entendu... À moins que lui aussi ne respecte les apparences ! Et peut-être a-t-il compris qu'il faut être l'allié de Pompée ?

César vote au Sénat comme il l'a promis pour la *lex Gabinia* contre les pirates, et pour la *lex Manilia* contre Mithridate. Gabinius a dû, pour obtenir le vote de sa loi, faire avancer vers le Sénat une foule armée et hurlante.

Mais dès la nomination de Pompée, le prix du blé a baissé dans Rome. On sait qu'il va vaincre les pirates puisqu'il dispose d'immenses forces. Même Cicéron, l'orateur adulé des *optimates*, le préteur qui défend la noblesse contre la plèbe, prononce un discours à sa gloire !

Et l'on apprend vite que Pompée vole de victoire en victoire, qu'il sait être clément avec les pirates qu'il capture, les installant sur des terres afin qu'ils deviennent agriculteurs. Et partout, disent les messagers, les villes l'accueillent en triomphe.

« Plus tu sais être un homme et plus tu deviens Dieu ! » lui a-t-on lancé à Athènes en célébrant sa gloire et sa grandeur divine.

— Pompée s'élève encore, dit Æmilius. Chaque jour

qui passe lui donne une victoire. Il sera roi à Rome quand il le voudra.

— Il est loin de Rome, répond César.

Il faut profiter de son absence, se servir de sa gloire et de ses ambitions, de l'*imperium* illimité qu'il a obtenu pour affaiblir le Sénat, créant ainsi un précédent dont plus tard on pourra se réclamer. Et rester proche de lui puisqu'il est le plus puissant, et l'utiliser comme un bélier ainsi que le font les légions lorsqu'elles enfoncent les portes et les murs des forteresses assiégées.

— Il me sert, affirme César.

Il se tourne avec Æmilius.

— Je suis son allié, reprend-il. Rien ne doit m'opposer à Pompée.

Il sent que, presque malgré lui, il ne peut s'empêcher de sourire.

— Rien qu'il sache.

Æmilius tout à coup se détend. Il n'est pas l'homme des ruses et des méandres. Pompée est le vrai rival de César, il voudrait donc qu'on l'affronte. César regarde ce jeune homme impatient qui se laisse emporter par ses émotions. Æmilius prête trop de puissance, trop d'avenir à Pompée. Sa volonté de le combattre tout de suite le paralyse.

— La force de l'adversaire peut être sa faiblesse, dit César.

Les sénateurs se sont inclinés, tout en regrettant les pouvoirs que Gabinius et Manilius ont donnés à Pompée. Il ne faut pas soutenir les sénateurs, mais puisqu'ils s'inquiètent des ambitions de Pompée, ils peuvent être utiles.

Et puis il y a Crassus, jaloux, enragé même de la victoire de Pompée, de ses pouvoirs, de ses victoires, décidé à briser ce qui reste de force au Sénat en profitant de l'absence de Pompée pour devenir lui, dictateur.

César lui rend visite dans sa fastueuse villa. Crassus est entouré de quelques jeunes nobles soumis parce qu'ils sont ses débiteurs. Et il devine, assis dans l'ombre, Catilina, l'avide, le tueur jadis aux ordres de Sylla.

Il faut écouter Crassus et donner à croire que le silence est approbation. Crassus l'interpelle :

— Tu seras à mes côtés une nouvelle fois. Tu seras mon maître de cavalerie, mon second, je te chargerai d'annexer l'Égypte. Songe à l'Égypte, Caius Julius Caesar, c'est un grenier, un vivier, tu seras le maître là-bas, et moi le dictateur de Rome pour sa gloire !

Il parle de plus en plus fort. Il répète qu'il veut réduire le Sénat, tuer les deux consuls et les sénateurs qui lui sont hostiles. Il faut agir vite, le 1ᵉʳ janvier 65, avant le retour de Pompée.

César repart. Il a promis de donner le signal aux exécuteurs en relevant sur l'épaule un pan de sa toge.

Il marche lentement dans le jardin de sa villa. Il ne doit pas se laisser entraîner trop loin par Crassus, il ne doit penser qu'à ses intérêts, choisir en fonction d'eux seuls. Et chaque action doit être méditée, pesée.

Il sera aux côtés de Crassus contre le Sénat et Pompée, mais ne prendra pas le risque de perdre avec lui si son combat échoue.

César se rend au Sénat le 1ᵉʳ janvier. Il aperçoit la garde renforcée autour des deux consuls et des sénateurs qui auraient dû être les premières victimes des assassins. Quelqu'un dans l'entourage de Crassus a donc parlé...

Il se tait pendant que des sénateurs dénoncent le complot de Crassus, demandent une enquête afin que l'on sache qui sont les conjurés.

Le tribun de la plèbe se lève, c'est un homme payé par Crassus. Il s'insurge, rappelle qu'il a le pouvoir d'interdire toute démarche du Sénat. Pas d'enquête ! crie-t-il. Et il menace d'appeler la plèbe pour appuyer son exigence, ce droit d'interdire qui est son privilège.

César quitte le Sénat. Il en est sûr, l'entreprise de Crassus est morte. Rien ne sert de se compromettre en l'aidant. La prudence et l'habileté ne sont pas la lâcheté !

Le 5 février, nouvelle date choisie pour assassiner les consuls, César reste immobile. Il regarde les tueurs comme s'il ne les connaissait pas. Il ne lèvera pas le pan de sa toge, le signal attendu.

Le moment d'agir n'est pas venu.

Crassus et Catilina ne peuvent vaincre. Mais on peut se servir d'eux, de leurs menaces, les utiliser comme des armes et des épouvantails. Ils affaiblissent le Sénat, et Pompée.

César se souvient d'une phrase que souvent sa mère lui a répétée : « Celui que tu ne peux pas encore vaincre, deviens son allié. »

Il sera l'allié de Pompée. Et il restera le complice de Crassus contre Pompée. Car il faut qu'il continue de monter marche après marche vers le sommet où ses deux rivaux se trouvent déjà.

Il se rend au Comitium. Il harangue la plèbe, promet des fêtes, des monuments, des combats de gladiateurs. Il aperçoit Æmilius qui distribue l'argent.

Tout est prêt. Il a trente-cinq ans, il va être édile curule.

XVII.

L'Égypte, il est vrai, est un joyau,
un grenier. À chaque pas de l'or,
à chaque pas du blé…

César les voit, les gladiateurs sont au milieu de l'arène. Et ils sont si nombreux que l'on aperçoit à peine le sable blanc qui va boire le sang qu'ils vont répandre.

Il s'approche. La foule dans les gradins du Circus Maximus hurle. Il faut qu'elle reconnaisse, qu'elle sache que c'est lui, Caius Julius Caesar, édile curule, qui lui offre durant quinze jours et quinze nuits ces fêtes, ces combats, ces courses de chars, ces chasses, ces danses, ces chants, ces spectacles !

Il faut qu'elle soit éblouie, qu'elle n'oublie jamais le nom de Caius Julius Caesar, qu'elle ignore celui de Calpurnius Bibulus, l'autre édile qui se plaint déjà d'être laissé dans l'ombre et qui s'en va répétant, un sourire contraint sur son visage rond : « Comme le sanctuaire dédié aux Gémeaux Castor et Pollux n'est jamais appelé que le temple de Castor, les jeux donnés par César et Bibulus ne sont jamais nommés que les jeux du seul César. »

Qu'imagine-t-il, Bibulus, que la gloire et l'ambition peuvent se diviser à parts égales, une demie pour lui, une demie pour Caius Julius Caesar ?

César salue la foule, puis il se tourne vers Æmilius.
Il veut que l'on fasse défiler les éléphants, que l'on

montre les lions, que la foule soit gavée, repue, que ces jeux, ces festivités en l'honneur de Cybèle, la Déesse Mère, restent dans la mémoire de la plèbe comme les plus beaux, les plus grandioses, les plus coûteux de toute l'histoire de Rome.

Et que l'on sache qu'il les dédie à la mémoire de son père, Caius Julius. Il devine qu'Æmilius proteste. Il y a danger à rester dans l'arène, à quelques pas de ces gladiateurs qui vont mourir et qui peuvent choisir, comme l'a fait Spartacus, de se révolter, de tuer leurs maîtres avant de succomber.

D'un geste, César l'écarte. Il veut s'approcher encore. Il sent déjà l'odeur de ces hommes. Il voit leurs muscles, leur peau luisante d'huile. Il a voulu que leurs cuirasses soient en argent et que leurs armes soient les plus belles de Rome. Et l'argent et les armes brillent, éblouissent la foule. Elle se souviendra ! Qu'importe qu'il ait dû pour payer ces cuirasses, ces boucliers, ces casques, ces tridents et ces glaives, ces jambières de cuir, emprunter encore à Crassus et aux rapaces qui l'entourent. Ils ont prêté des milliers de talents parce qu'ils misent sur sa réussite, sur la popularité que cette prodigalité va lui procurer auprès de la plèbe.

Il est maintenant à moins d'un pas des premières paires de gladiateurs. Il y en a trois cent vingt, plus que Rome n'en a jamais vu dans un seul combat ! Plus que les soldats d'une cohorte ! Assez pour prendre la Curie d'assaut et s'emparer du pouvoir. Et c'est ce qu'a craint le Sénat... Caton, Cicéron, Catulus, ont demandé que le nombre des gladiateurs autorisés à entrer dans Rome soit limité. Il a donc fallu se contenter de ces trois cent vingt paires.

César frôle les torses de ces hommes. Il éprouve un plaisir plus violent, plus brûlant que celui qu'il ressent lorsqu'un corps nu s'offre à lui. Ici, la jouissance est aussi aiguë qu'une douleur, parce que certains de ces hommes, il le devine, ont le désir de bondir sur lui, de le tuer. Mais ils sont entravés. Ils hésitent. Rares sont, parmi les humains, ceux qui sont capables de s'affranchir de l'ordre des choses, de commettre un sacrilège.

Il s'arrête. Il oblige ces hommes à baisser les yeux.

Lui est libre ! Lui peut devenir ce qu'il désire ! Eux sont des gladiateurs nés pour mourir dans l'arène. Et il les a achetés, comme il a acheté les bêtes féroces, pour qu'ils s'arrachent les entrailles afin de servir sa gloire, à lui Caius Julius Caesar !

Et maintenant, que ces combats, que ces jeux, en l'honneur de Jupiter, de Cybèle, de Junon, de Minerve et de Vénus, commencent !

Que les hommes s'égorgent, et qu'on livre leurs corps aux fauves !

Il frémit quand le hurlement de la foule roule dans le cirque et recouvre tout, comme une immense vague rouge.

Il est sûr désormais que la plèbe ne l'oubliera plus.

Lorsqu'il marche dans les rues du quartier de Subure, ou bien qu'il se rend à la Curie, on le suit, on l'entoure, on l'acclame. Il écoute les supplications, les exhortations, les flatteries. Ces phrases sont comme la mer. Il doit s'appuyer sur elles pour avancer, mais être comme l'étrave d'un navire qui ne se laisse jamais arrêter par les vagues.

Il entre au Sénat. On se tourne vers lui, on l'observe. On le craint. On imagine qu'il pourrait soulever la plèbe. On pense qu'il a trempé dans le complot de Crassus, mais on n'ose pas l'accuser. On murmure, puis on baisse la tête. C'est la première fois de sa vie qu'il jouit à ce point de la peur, des inquiétudes qu'il inspire. Il faut exploiter ce moment !

Pompée est loin de Rome. Il conduit avec succès la guerre contre Mithridate. Lorsqu'il rentrera, couronné de nouveau par la gloire et la victoire, le Sénat pourra se servir de lui. Il faut donc engranger avant qu'il revienne.

Pour cela, il veut offrir davantage que des fêtes et des jeux.

Il parcourt le Forum. Il veut qu'on élève des portiques devant le Comitium, là où la plèbe se réunit. Il faut qu'elle sache qu'il respecte ses votes.

Il monte au Capitole. La ville est à ses pieds, couverte par cette brume épaisse faite de la chaleur de ces centaines de milliers de corps plongés pour la plupart dans la misère et qui ne vivent que de distributions gratuites de grains. Ils n'oublient leur condition de bêtes qu'avec ces monuments à l'ombre desquels ils croupissent, mais qui leur donnent le sentiment de la beauté et de la grandeur, et avec ces jeux au cours desquels ils voient mourir des hommes dont le destin est pire que le leur, ce qui les fascine et les exalte.

Mais ils sont puissants, ces hommes misérables, ces citoyens de Rome qui votent ! C'est sur eux qu'il faut aussi s'appuyer.

Il donne l'ordre qu'on dresse à nouveau sur le Capitole la statue de Marius que le Sénat avait proscrite. Et qu'on ose le condamner pour cela, alors que la plèbe le soutient et l'idolâtre !

Doit-on aller plus loin, plus vite ? Il ne peut accéder à une magistrature supérieure que dans deux ans... Il est impatient, car à ce moment-là Pompée sera de retour, avec ses légions. Et sera maître de Rome.

César sent que son corps se raidit. Ses mâchoires

deviennent douloureuses tant il les serre. Il sait qu'il n'acceptera pas l'*imperium* de Pompée. Il faut donc pousser maintenant son avantage, alors que l'autre est absent. Il faut se battre contre lui avec les armes dont il dispose : l'appui de la plèbe, la peur des sénateurs. Et raviver la jalousie de Crassus.

Il revoit Tertulla. L'épouse de Crassus est toujours avide, lascive, infidèle et dévergondée. Elle a vieilli, son corps s'est affaissé, mais il faut la courtiser, obtenir son appui.

— T'aider, Caius Julius, susurre-t-elle.

Elle sourit. Comment pourrait-elle l'aider, continue-t-elle, alors qu'il est l'homme le plus aimé du peuple de Rome ?

Elle lui caresse le visage.

Il faut minauder avec elle, la laisser dire qu'il n'est qu'un prostitué, ne pas répondre quand, avec sa voix éraillée, elle répète : « Caius Julius, l'amant de toutes les femmes, et la maîtresse de tous les maris. »

Elle rit tout à coup aux éclats.

— Toi et Crassus !

Il n'est pas blessé par ces insultes et ces ragots. Les mots glissent comme l'eau sur le corps. Ce qui compte, c'est qu'il voie Crassus et que celui-ci l'accueille en allié, en complice, qu'il ne lui tienne pas rigueur de sa prudence lors du complot avorté contre les consuls et le Sénat.

— Nous sommes ensemble, toi et moi. Nous avons les mêmes ennemis. Tertulla m'a dit...

Il semble ne rien ignorer de l'infidélité de sa femme, heureux même qu'elle rabatte vers lui les hommes qu'elle reçoit dans son lit ; peut-être Crassus imagine-t-il qu'à cause de cela ils sont plus vulnérables, plus faciles à tromper, à utiliser ?

César l'observe cependant qu'ils parlent, assis au

bord du bassin aux murènes. Le crépuscule transforme l'eau en sang. Toute vie finit ainsi, que l'on soit gladiateur, esclave ou *imperator*.

Il ferme les yeux. Ce ne sont pas des pensées amères. Il faut savoir ce qu'est le terme du destin pour en jouir, le vivre dans tous ses recoins.

Tous deux conversent ainsi jusqu'au milieu de la nuit. Les esclaves ont allumé des torchères, et l'eau est devenue or.

— L'Égypte, rappelle Crassus, voilà ce qu'il te faudrait, Caius Julius.

Il se penche vers lui.

— Et je pourrais te rembourser, répond César en souriant.

Crassus se rejette en arrière, rit aux éclats. Il n'a aucune inquiétude, dit-il. Mais l'Égypte, il est vrai, est un joyau, un grenier. À chaque pas de l'or, à chaque pas du blé.

— Et des bêtes féroces pour tes jeux, Caius Julius. Des crocodiles, des éléphants, des lions, des serpents !

Crassus s'interrompt.

— Tu me fais souvent penser à un serpent, Caius Julius.

César reste impassible. Il aime cet animal qui se glisse dans le lit de ceux qu'il veut tuer. Il les étouffe ou les mord.

L'Égypte...

Mais comment le Sénat accepterait-il de lui confier une magistrature extraordinaire afin qu'il soumette le pharaon Ptolémée XII Aulète et qu'il fasse de l'Égypte une province romaine ? Qui ne verrait qu'il y a là une manière d'affaiblir Pompée, en réduisant sa gloire, en donnant avec l'Égypte une possession plus riche que les provinces d'Asie ?

Il faut essayer pourtant avec l'appui de Crassus, qui est censeur et surtout créancier d'un grand nombre de sénateurs. Mais dès que César a parlé, Caton se lève, puis Cicéron, puis Catulus, puis d'autres, qui rejettent sa demande.

Ceux-là, un jour, il faudra leur serrer la gorge pour qu'enfin ils se taisent, ou pour qu'ils soient contraints de choisir entre l'approbation ou l'étouffement !

Mais l'heure n'est pas venue. Ils sont encore trop forts. Il faut éviter de se laisser prendre, enfouir dans leur sac. Il faut au contraire montrer à la plèbe que ces *optimates*, Cicéron, Caton, sont agrippés à leurs biens, égoïstes, qu'ils préfèrent leur richesse à la gloire de Rome et au bonheur de ses citoyens.

César se souvient des lois proposées par les Gracques, par Marius. Il réclame une loi agraire, la distribution des terres aux plus pauvres, afin qu'ils échappent à la misère et retrouvent le goût du travail, sur ces colonies arrachées aux terres publiques que se sont appropriées les sénateurs. Et Cicéron refuse, se démarquant ainsi aux yeux de la plèbe. Elle se souviendra.

Mais il faut aussi être aimé hors de Rome, dans les provinces, car d'elles le jour venu pourront surgir les hommes en armes, les légions qui feront plier Rome.

César parle au nom des Gaulois de Cisalpine, auxquels il a promis d'intervenir devant le Sénat afin qu'ils obtiennent la citoyenneté romaine. Et le Sénat refuse. César ne proteste pas. Il faut rassurer l'ennemi. Lui faire croire à sa force.

Il est comme un chasseur qui doit débusquer le gibier, se méfier des bonds de la bête, utiliser toutes les ruses, les pièges, se servir d'appâts, de leurres.

Il devient juge *index questionis*. Et il accuse les partisans de Sylla d'avoir autrefois assassiné pour leur seul bénéfice des citoyens romains. N'a-t-on pas vu Catilina apporter à Sylla la tête qu'il avait tranchée pour lui ?

La plèbe se presse au siège du tribunal non loin du Forum. César parle haut. Elle l'acclame. Il ose, une nouvelle fois, ranimer les luttes passées. Dénoncer Sylla et ses sicaires.

Il surprend dans le regard d'Æmilius l'incompréhension. Catilina est aussi un allié de Crassus, un adversaire du Sénat. Pourquoi l'abattre ?

Æmilius a des idées simples. Il ne comprend pas qu'il faut se faufiler entre les uns et les autres, muer vite, changer de peau pour se fondre comme le serpent dans ce qui l'environne.

Il ne faut donc pas aller au bout du procès contre Catilina. Il vaut mieux qu'il soit acquitté que condamné. Il remerciera. Et comme il est l'adversaire de Cicéron, candidat au consulat pour l'année 63, il sera utile.

Dans les jardins de la villa de Subure, César prend la main d'Æmilius.

— Ils te craignent, Caius Julius, s'inquiète ce dernier. Ils disent que tu es plus dangereux qu'un cobra, qu'un scorpion, que s'ils te laissent agir tu les étoufferas ou tu les empoisonneras tous. Ils n'osent plus te combattre à visage découvert. Ils attendent le retour de Pompée.

César serre la main d'Æmilius avec tendresse.

— Je commence pourtant seulement à agir. Je ne suis encore rien. Sais-tu ce que je veux ?

Il s'arrête. Peut-être est-il trop tôt pour dévoiler ce projet à Æmilius. Mais le grand pontife, celui qui, à vie, incarne la religion romaine, celui qui dit les rites et qui intercède auprès des Dieux, ce *pontifex maximus* dont il est l'un des prêtres, vient de mourir. Et il veut remplacer ce Metellus Pius. Ce sera une rude bataille pour être désigné, il y faudra beaucoup d'argent et beaucoup d'alliés.

— J'ai peur de toi, chuchote Æmilius. Oui, Caius Julius. Mais j'ai encore plus peur pour toi. Tu es si habile, si rusé. Tu es comme un Dieu. Tu suscites les tempêtes pour que tes ennemis y fassent naufrage.

César sourit. Il est toujours ému par la sincérité de son secrétaire. Et il est vrai qu'il veut que le désordre s'accroisse à Rome afin d'en tirer avantage.

Si la plèbe bouge, si les Gaulois cisalpins se révoltent contre le Sénat, et s'il est *pontifex maximus*, l'occasion sera peut-être enfin offerte de s'emparer de la magistrature suprême ! Ne serat-il pas déjà le maître de la religion ?

— Je crains qu'un jour, reprend Æmilius, tu ne sois pris dans le tourbillon que tu auras suscité. Et que le vent que tu as fait souffler arrache tes voiles, brise tes rames et tes mâts.

— Rome est un grand navire...

César pose son bras sur l'épaule d'Æmilius.

— Je veux qu'il aille loin, qu'il soit invincible, continue-t-il. Si le vent m'emporte, moi, Caius Julius Caesar, quelle importance dès lors que le navire passe entre les récifs ?

— J'ai peur pour toi, répète Æmilius.

— J'aime ta peur, murmure César.

Il enlace Æmilius, l'embrasse.

XVIII.

Ma mère, ce soir vous me saurez grand pontife ou banni de Rome et fugitif...

César ouvre les mains, les pose sur ses cuisses. Il respire lentement. Il veut que chaque muscle de son corps lui obéisse. Il doit se dompter, ne pas céder à cette impatience qui le pousserait à quitter la villa de Subure alors que l'aube vient à peine de se lever, à courir vers le Forum, à se tenir à l'entrée du Comitium afin d'influencer chaque électeur. Ou bien il pourrait succomber à la tentation d'aller marcher le long de la via Sacra, jusqu'à cette Domus Publica où il habitera s'il est élu aujourd'hui *pontifex maximus*.

Il a l'impression que des myriades d'insectes mordillent sa peau. Et il en a été ainsi toute la nuit.

Il croise les bras d'un mouvement lent. Il veut rester encore le torse immobile, la nuque droite, les yeux mi-clos. C'est comme cela qu'il peut le mieux imaginer ce que sera son destin si ce soir les électeurs de dix-sept tribus, sur les trente-cinq qui composent le peuple de Rome, l'ont élu. Il sera *pontifex maximus* ! Il logera donc non loin du temple de Vesta, la déesse de la Cité. La Domus Publica est proche de celle des Vestales, les vierges prêtresses de Vesta, et contiguë à la maison du roi Numa.

Il sera au-dessus des hommes ! Il aura conquis, lui,

Caius Julius Caesar, à trente-huit ans, alors qu'il n'a occupé que des magistratures subalternes, qu'il n'a remporté aucune grande victoire et que les créanciers le tiennent entre leurs griffes, la charge de maître et d'ordonnateur de la religion de Rome. Il disposera d'une autorité inégalée, éternelle. Il aura retrouvé les traces des rois de Rome, de Numa, de Iule son ancêtre, fils d'Énée, lui-même fils de Vénus.

Il desserre les bras, et c'est comme s'il devait arracher des liens tant il est tendu.

Il se lève, fait quelques pas dans le jardin que commence à éclairer l'aube.

Il a la certitude, à cet instant, que les Dieux ne peuvent pas lui refuser cette dignité. Il est le seul légitime, le seul Julius Caesar, descendant des Dieux et des rois.

Mais qui connaît le dessein des Dieux ? Il faut agir comme s'ils n'apportaient aucune aide, spectateurs blasés de ce combat sanglant qu'est une vie.

César s'assied à nouveau.

Il s'efforce de ne pas revenir sur les décisions qu'il a dû prendre, les actes qu'il a accomplis durant ces dernières semaines, pour que ce jour qui commence soit celui de sa consécration.

Tout à coup, il a l'impression qu'on vient de le saisir à la gorge afin de l'étouffer.

Il ne peut pas reprendre sa respiration. Peut-être a-t-il eu tort de faire confiance à ce Labienus. Ce tribun de la plèbe est proche de Pompée. Et cependant c'est lui qui a fait modifier le mode de désignation du *pontifex maximus*.

César essaie de revoir la scène sur le Forum. Et il s'est avancé vers Labienus. Il lui a rappelé des souvenirs communs. N'ont-ils pas combattu ensemble les pirates de Cilicie ? Il lui a pris le bras, l'a entraîné vers la Curie, lui confiant qu'il était candidat à la dignité de *pontifex maximus*, et que ses deux rivaux, Servilius Isauricus et surtout Catulus, le prince du Sénat, avaient toutes les chances d'être élus si c'était le collège des pontifes qui votait.

Et Labienus a aussitôt accepté de défendre, en tant que tribun de la plèbe, le principe que les tribus voteraient, dix-sept d'entre elles étant tirées au sort.

— Mais il faudra donc toutes les acheter, a-t-il ajouté. Trente-cinq, Caius Julius !

César a souri.

Il se souvient maintenant de ces jours passés à rencontrer les manieurs d'argent, les loups de Crassus, et Crassus lui-même. Et les heures qu'il a fallu donner à Tertulla, à d'autres femmes. Et les promesses faites à tous. À Labienus, à Crassus, à Tertulla, aux représentants de chacune des tribus, à chaque électeur croisé sur le Forum. Et de l'argent emprunté, des créances signées. Et de l'argent versé.

Il ne regrette rien, mais il a le sentiment que chaque muscle de son corps tremble, tant la tension qui l'étreint est forte. Il n'a pas dormi de la nuit. Il a écouté chaque bruit. Il a entendu décroître la rumeur de la ville, et il lui a semblé plusieurs fois qu'on tentait de s'introduire dans sa chambre.

Il connaît les sentiments des *optimates* à son égard. Il les inquiète parce que la plèbe l'acclame, parce qu'il est habile à manœuvrer dans les intrigues, qu'on ne sait pas exactement quel rôle il joue dans les complots qui se trament ni qui sont ses alliés. Pompée ? Crassus ? Peut-être même Catilina ? Pour tout cela, on ne souhaite pas qu'il soit élu.

Il a entendu Cicéron dire, sous le prétexte d'évoquer l'histoire de Rome : « C'est par la religion que nous avons vaincu l'univers. » Et il n'a vu dans les regards des sénateurs tournés vers lui que de l'inquiétude, et souvent de la haine.

Si on pouvait, si on l'osait, on le tuerait !

Il a cru qu'on voudrait cette nuit l'égorger. Il y a dans Rome suffisamment de vauriens, d'anciens soldats, d'affranchis, de jeunes nobles débauchés, clients des tripots et des lupanars, pour qu'il ne soit pas difficile de recruter des assassins. Catulus, son rival, l'a peut-être fait ? Quand il a refusé au prince du Sénat la somme que celui-ci proposait pour qu'il se retire de l'élection, il a lu dans les yeux de Catulus un désir de meurtre.

Pourtant, ce n'est pas la peur qui l'a tenu éveillé, la main souvent serrée sur la poignée de son glaive, mais l'idée qu'il joue toute sa vie sur cette élection.

S'il est élu, personne ne pourra plus l'atteindre, lui fils des Dieux et des rois, grand pontife installé dans la Domus Publica, au cœur du quadrilatère sacré. Il a la tentation d'en appeler aux Dieux pour qu'ils l'exaucent, le fassent élire.

Il se cambre. Il doit refuser d'être faible. Les Dieux le jugeront sur ce qu'il aura par lui-même réussi. Et pour ce qu'il est. S'il est *pontifex maximus*, sa maison touchant la demeure légendaire du roi où sont assemblés les boucliers sacrés, les archives des pontifes, qui pourra contester qu'il est appelé à incarner Rome ? S'il est élu, il écrira aussitôt un livre à la gloire de son ancêtre, Iule, dont le père était issu de Vénus.

Et personne ne pourra résister au déploiement de son destin.

Mais si son adversaire Catulus l'emporte, alors tous les chacals se jetteront sur lui. Les créanciers réclameront leur dû et Crassus n'aura plus aucune raison de retenir ses bêtes fauves. Il sera dépouillé, et l'avenir, pour un temps très long, peut-être pour toujours, sera fermé.

Il ne veut pas penser à cela et pourtant il ne peut s'empêcher de le craindre.

Il entend des pas, il se retourne. Il voit dans la clarté bleutée de l'aube sa mère qui s'avance, ses voiles soulevés par la brise voletant autour d'elle.

Il se souvient du songe incestueux d'Espagne, des augures, des devins.

Mais peut-on être sûr des augures ? Les Dieux peuvent tendre des pièges et les devins sont parfois les plus aveugles des hommes.

Il s'approche d'elle, saisit ses mains.

— Ma mère, murmure-t-il, ce soir vous me saurez grand pontife ou banni de Rome et fugitif.

XIX.

> Il est le *pontifex maximus*, le fils
> des Dieux et des rois. Lorsqu'il
> agit pour lui, il agit pour Rome…

César avance lentement au milieu de la foule qui se presse sur la via Sacra.

Il veut savourer chaque instant, sentir sous ses pas chaque pavé de cette voie qui conduit à la Domus Publica, sa nouvelle demeure, et qui passe devant le temple de Vesta et la Regia, ce sanctuaire des rois.

Il est le *pontifex maximus* depuis quelques semaines déjà, et la plèbe lui fait toujours cortège. Elle l'acclame. Elle le salue avec respect. Elle l'interpelle aussi. Et il entend ces hommes qui dénoncent la corruption, le vol, le règne de l'argent et du luxe qui détruisent les vertus de Rome.

Il s'arrête devant la Regia. Il distingue ce cri : « Qu'attends-tu, Caius Julius Caesar, pour nettoyer Rome ? »

Il apaise la foule d'un geste, et mesure l'autorité sacrée qui est désormais la sienne. Il a suffi de ce vote des dix-sept tribus, au terme duquel il a obtenu plus de voix que ses deux rivaux, pour qu'il sente aussitôt que l'on avait changé d'attitude à son égard.

Il lit l'adulation dans les yeux des hommes et des femmes de la plèbe, et ces regards sont comme une caresse. Mais il éprouve aussi du plaisir à voir la peur des sénateurs, leur effroi à le découvrir *pontifex maximus*, leur colère lorsqu'il publie une biographie de son ancêtre Iule et qu'il se place ainsi dans la descendance des Dieux et des rois.

Il sait qu'ils ont été atterrés de savoir qu'il s'installait dans le périmètre sacré, dans la Domus Publica. Car ceux qui l'attaqueraient effectueraient alors un acte sacrilège.

Il ne se fait pas d'illusion. Il a entendu Catulus s'indigner des résultats de l'élection, et Caton le stoïcien s'inquiéter des écrits de ce grand pontife qui se prétend héritier des rois. Caton a menacé : la République n'acceptera jamais l'autorité d'un monarque !

Quelle République ? Ne voient-ils pas, ces *optimates* aveuglés par leur égoïsme ou enfermés dans leur passé, que Rome n'est plus qu'une ville malade ?

Il accueille dans l'atrium de la Domus Publica quelques jeunes gens qui sont inquiets pour l'avenir de Rome. Ils dénoncent eux aussi le luxe, la débauche, les femmes qui étalent leur impudeur, les hommes qui se prostituent, les tripots et les lupanars. L'un d'eux, Salluste, au visage en lame de couteau, dit d'une voix rauque :

— Pour la première fois, on voit l'armée romaine prendre goût aux femmes, aux vins, aux statues, aux tableaux, se passionner pour les vases ciselés, les enlever dans les maisons privées, dans les édifices publics, piller les temples, porter une main criminelle sur les objets sacrés et profanes...

César croise les mains et dit qu'en effet il faudrait que les provinces et les nations alliées, et même celles que l'on a vaincues, ne soient plus soumises au pillage des légions auxquelles les tribuns, les proconsuls, n'imposent plus le respect de l'autorité.

Il veut que l'on pense à Pompée, qui règne en vainqueur sur l'Asie. Qui a écrit au Sénat pour raconter comment Mithridate, abandonné par tous, s'est empoisonné. Un Gaulois de sa suite l'a poignardé pour abréger son agonie. Puis sont arrivés les tueurs envoyés par Pharnace, le dernier fils de Mithridate, et ils ont à leur tour lardé de coups de javelot la dépouille du vieux roi, encore chaude de vie. Pompée a ajouté qu'il comptait rentrer à Rome après avoir vu et enseveli le corps de Mithridate.

César imagine.

Pompée reviendra à la tête de ses légions. Il voudra être le maître. Les sénateurs l'acclameront parce qu'ils sont lâches, qu'ils craindront le glaive des soldats, la fidélité des vétérans à leur *imperator* et l'enthousiasme de la plèbe. Alors, César en est sûr, ils organiseront le triomphe du Grand Pompée, flatteront le pacificateur, essaieront de se servir de lui contre les *populares*. Et ils tenteront d'abattre ceux qu'ils craignent.

Et moi d'abord, Caius Julius Caesar...

Il traverse le Forum. Il se rend à la Curie, entre au Comitium. Jamais il n'a éprouvé un tel sentiment d'autorité, lui, si jeune encore. Les manieurs d'argent viennent le solliciter. Combien veut-il de milliers de sesterces ? Ils prêtent toutes les sommes dont il a besoin.

Il a parfois le sentiment que tout est possible. Il est le *pontifex maximus* jusqu'à la fin de sa vie ! Et il suffit qu'il se présente aux élections qui vont désigner les huit préteurs de l'année 62 pour qu'il soit l'un d'eux.

Une nouvelle marche vient d'être franchie. Comme préteur, il sera chargé de surveiller les mœurs et de rendre la justice. Et, au terme d'une année dans ces fonctions, il pourra être désigné comme proconsul, gouverneur d'une province. À lui alors de commander à ses légions, de prélever le tribut de Rome. À lui de préparer son retour dans la ville comme consul.

Mais que sera devenu Pompée ? Qu'auront fait Crassus, Cicéron qui vient d'être élu consul, Catilina qui, battu à cette élection, complote aux yeux de tous, rassemble autour de lui les corrompus, les nobles ruinés, tous ceux que tente l'aventure d'un coup de force ? Et peut-être les sénateurs auront-ils reconquis tous les pouvoirs grâce à Pompée.

Il s'efforce de rester immobile, le cou et le torse droits dans la raideur d'une statue. Æmilius vibrionne autour de lui comme un insecte bruyant, affolé, qui dit que Catilina s'est entouré de tous les crimes comme d'une sorte de gardes du corps.

— Sais-tu, Caesar, ce que dit Salluste ? Tu le connais, il n'est pas, malgré sa jeunesse, homme à exagérer ! Il s'est introduit parmi les proches de Catilina, il a voulu savoir. Ils projettent d'assassiner le consul Cicéron, de déclencher la guerre en Étrurie, de s'emparer du pouvoir en assassinant tous ceux qui résisteraient ! Ils veulent agir avant le retour de Pompée.

Æmilius se penche vers César. Sa voix tremble, elle est comme un battement d'ailes irritant.

— Que décides-tu, Caius Julius Caesar ? Tu connais Catilina, c'est le vice, la rancune ! Tous les débauchés, les adultères, les coureurs de tripots, ceux qui par le jeu, la table, les femmes ont dissipé leur patrimoine, qui ont contracté d'énormes dettes pour racheter leur honte ou leurs forfaits, et aussi tout un ramassis de parricides et de sacrilèges, de repris de justice, de gens à qui leurs méfaits faisaient redouter les juges, grossis des assassins de guerre civile et de faux témoins, bref, tous ceux que tourmentent la misère et le remords, voilà selon Salluste les intimes et les familiers de Catilina !

Æmilius fait quelques pas, s'éloigne, puis revient :

— Ce sont les jeunes gens surtout qu'il séduit et qu'il corrompt. Sais-tu ce qu'il leur dit ? « Nous autres, les braves et les énergiques, les nobles et les plébéiens, on nous traite comme la racaille, nous n'avons ni crédit ni influence, nous sommes les esclaves de gens dont nous devrions nous faire craindre ! Car c'est eux qui ont le crédit, le pouvoir, les honneurs, l'argent, tout est à eux et à leurs amis ! À nous, ils laissent les échecs, les dangers, les condamnations, la misère. Jusqu'à quand le permettrez-vous, hommes braves entre les braves... » Voilà ce que dit Catilina, voilà sa force ! reprend Æmilius.

Il est si près que César sent son souffle sur son oreille.

— Que décides-tu, Caius Julius Caesar ?

S'allonger, appeler les esclaves, leur demander d'un geste d'enduire son corps d'huiles odorantes, puis laisser leurs doigts et leurs paumes glisser sur la peau, dénouer les muscles tendus. Fermer les yeux, réfléchir. César ne bouge plus.

Attendre est sage, mais d'autres, tel Catilina, sont impatients. Ils peuvent soulever la foule. Æmilius l'a dit aussi, ils nourrissent les rancœurs et les espoirs des pauvres avec des rêves. Ils séduisent la jeunesse, les ambitieux. Ils promettent l'abolition des dettes.

Et quel est le Romain qui n'a pas les dents des créanciers enfoncées dans sa nuque ? Les endettés sont menacés de tout perdre, leur logement, leurs enfants vendus comme esclaves, leurs parcelles de terre et leur vie. Comment n'écouteraient-ils pas Catilina qui assure qu'il les libérera de leurs dettes ? Et qui leur fait miroiter la vengeance, le profit. Il promet la proscription des riches, les magistratures, les sacerdoces offerts aux plus pauvres, et naturellement le pillage qui accompagne toujours la violence.

César se retourne, écarte le masseur.

Il faut agir. Ne pas laisser Catilina triompher, car ce serait recouvrir Rome de boue.

Il se souvient. Au temps de Sylla, Catilina a été un égorgeur. Il a apporté une tête tranchée au dictateur sur le Forum. Il a pillé, assassiné. Maintenant, il lève les bandes de la débauche et du crime.

Et cependant, cependant...

César marche dans l'atrium de la Domus Publica. Cette tempête que provoque Catilina peut affaiblir les *potestates* de telle manière que l'on pourrait peut-être, avant le retour de Pompée, s'emparer du pouvoir. Les vagues déchaînées d'une tempête portent aussi les navires plus loin, plus rapidement qu'une mer qu'aucun vent ne creuse. Si Catilina est cette tempête, pourquoi ne pas être ce navire ?

Il appelle Æmilius.

— Tu as décidé, Caesar ?

La voix est anxieuse. Il faut lui répondre d'un ton indifférent et calme qu'il est trop tôt encore. Qu'avant de choisir sa route, il faut essayer de connaître le chemin que l'on va suivre.

— Je veux tout savoir, dit César.

Il attend le retour d'Æmilius en parcourant lentement les pièces de la Domus Publica. Il aperçoit par les ouvertures la Regia, les colonnes du temple de Vesta, puis le péristyle de la maison des Vestales. Toute la mémoire sacrée de Rome est ici, et il en est, lui, Caius Julius Caesar, le dépositaire. Son destin se confond avec celui de cette ville. Il doit la diriger, l'assainir, la sauver contre ceux qui l'affaiblissent, la divisent, ne songent qu'à regrouper autour d'eux un camp afin d'exterminer tous les autres.

Il est le seul à vouloir cela, à savoir ce dont Rome a besoin.

Il est le *pontifex maximus*, le fils des Dieux et des rois. Lorsqu'il agit pour lui, il agit pour Rome. Celui qui se dresse contre lui est aussi l'ennemi de Rome !

Il voit s'approcher Æmilius. D'un geste, il l'empêche de parler.

— Ce que fait, ce que décide César, dit-il, il le fait pour la grandeur de Rome. N'oublie jamais cela, Æmilius !

Il lui fait signe alors de s'asseoir près de lui.

— Je veux tout savoir, répète-t-il.

— Ils ont décidé de tuer Cicéron, commence Æmilius. Leurs bandes sont aux aguets. Ils citent ton nom, Caesar, comme l'un de ceux qui les soutiennent. Ils ont armé des milices en Étrurie, à Fiesole. Mais les *optimates* n'ignorent rien de leurs préparatifs. Les femmes parlent. Il y a Sempronia…

Æmilius s'interrompt, interroge, plus bas.

— Tu la connais, Caesar ?

Belle Sempronia, récitant et chantant les poèmes grecs et latins, écrivant elle-même, et sachant de son corps faire une lyre. Quel homme puissant qu'elle n'ait pas cherché à séduire ? Et lequel a résisté à sa grâce, à l'art avec lequel elle s'offre, savante et débauchée, mais aussi complice d'assassins, criblée de dettes ?

— Elle est avec Catilina, ajoute Æmilius. Elle parle trop. Mais ce n'est pas elle qui a livré, dévoilé la trame du complot. D'autres ont écrit à Cicéron, vendu leurs amants, et l'on dit que va se déchaîner bientôt, contre Catilina et les siens, la vengeance du Sénat.

Æmilius lève la tête.

— Caesar, ils veulent t'accuser d'être l'allié de Catilina. Ils ont reçu des lettres qui te dénoncent !

César lève une main apaisante.

— Je suis le *pontifex maximus*, dit-il.

Ils n'oseront pas le désigner comme coupable. Ils le craignent. Ils attendront le retour de Pompée pour engager la guerre contre lui. Il faut donc les prendre de vitesse, s'allier avec Pompée et les affaiblir. Ne pas se compromettre avec l'entreprise déjà morte de Catilina, mais essayer de rassembler autour de soi ceux que les promesses de Catilina ont séduits.

Il se rend au Sénat, remarque de petits groupes armés, des jeunes gens de l'Ordre équestre, ces chevaliers qui se sont mis au service de Cicéron et des *optimates* depuis qu'ils ont appris que Catilina ne l'emportera pas et qu'il faut donc rejoindre le camp vainqueur.

César avance. Il regarde autour de lui. Æmilius est à ses côtés, la main serrant la poignée de son glaive. Une garde d'esclaves dévoués se tient à quelques pas.

Il n'éprouve aucune crainte. Si les Dieux veulent qu'il meure, rien ne pourra l'empêcher. Mais alors Rome sombrera. Car la République est morte, même si elle donne encore l'apparence de survivre, même si Cicéron peut annoncer que les conjurés sont arrêtés, que Catilina est en fuite et qu'on va lui livrer bataille.

César entre dans la Curie, s'installe à son banc.

La République est morte... Le Sénat n'est plus qu'une assemblée menacée par les complots des aventuriers, tel Catilina, ou par le glaive d'un *imperator*. Et ce sera le Grand Pompée, qui a déjà obtenu tous les pouvoirs.

La République est morte ! Personne ne peut la faire renaître. Mais sa mort ne doit pas être la fin de Rome, juste le début au contraire d'une gloire nouvelle pour la ville et son empire. Et il sera l'homme de cette renaissance.

Il va parler.

Il faut qu'il condamne Catilina et ses complices, tout en recueillant les approbations de ceux qui les ont suivis, sans pour autant encourir les foudres du Sénat. Il doit penser à l'avenir. Jouer habilement de toutes les forces pour renverser ce qui s'oppose à son destin.

Il ne veut pas la mort des conjurés..., commence-t-il.

Il laisse passer les murmures et les injures.

— Mon avis, le voici, reprend-il. Que leurs biens soient confisqués, qu'ils soient eux-mêmes emprisonnés dans des municipes spécialement bien munis de tout le nécessaire, que personne ne puisse désormais soumettre de nouveau leur cas au Sénat ou à l'assemblée du peuple. Et que celui qui agirait autrement soit déclaré par le Sénat ennemi de la République et dangereux pour le salut de tous !

Il se rassied. Il se sent insensible à ces exclamations de colère qui déferlent. Les sénateurs ont compris que la clémence qu'il propose est une arme contre eux, qui souhaitent la mort pour les conjurés.

Il voit Caton se lever, il l'entend dire :

— Aujourd'hui, il ne s'agit plus de vivre bien ou mal, d'assurer la grandeur et l'éclat de l'Empire romain, mais de savoir si les biens, quels qu'ils soient, qui sont encore à nous, nous resteront ou passeront avec nos personnes aux mains de nos ennemis !

Caton se tourne et César affronte son regard, résolu et chargé de colère.

Caton, voilà un ennemi qui ne se ralliera jamais. Qu'il faudra tuer.

— Et il se trouve des gens, poursuit Caton, pour parler de douceur et de piété... César vient avec éloquence et art de plaider cela devant nous !

Ils suivront Caton. Ils voteront la mort contre les complices de Catilina, enfermés déjà au Tullianum.

César se souvient de cette prison d'État creusée sous le Capitole. Il l'a visitée. C'est un cachot souterrain où l'on accède par des marches étroites. Il est profond, sans ouverture, de tous côtés entouré de gros murs et couvert d'une voûte formée de pierres de taille bien jointes. Il est sale, obscur, d'une odeur repoussante. C'est là qu'on emprisonne, parfois pour des années, les ennemis de Rome vaincus, ou ceux que le Sénat a condamnés.

C'est là que les bourreaux accomplissent leur tâche, étranglant à mains nues leurs victimes.

— *Vixerunt !* lance d'une voix tonnante Cicéron. Ils ont vécu !

La sentence a donc été exécutée. César observe le consul Cicéron qui se rengorge, si fier d'avoir par ses discours dénoncé Catilina et ses complices.

Cicéron parade avec vanité, dit que personne ne pourra oublier ses harangues, ses *Catilinaires* qui font honneur à la République.

César essaie de ne pas laisser paraître son mépris. Cicéron n'est qu'un couard. Il ne l'a emporté que parce que Catilina et les siens n'étaient que des canailles avides, démagogues, sans autre projet que la jouissance, le vol, le pillage des biens d'autrui, prêts pour l'emporter à trahir Rome en s'alliant avec ses ennemis. Cicéron n'a-t-il pas dévoilé des accords conclus entre Catilina et les tribus gauloises des Allobroges ?

Il est aisé de vaincre un Catilina qui semble sorti avec ses complices de la Cloaca Maxima, le grand égout de Rome.

Mais Rome n'est pas sauvée pour autant, et la République est morte.

César quitte le Sénat. Il fait quelques pas et soudain surgissent de toutes parts des chevaliers, ceux-là mêmes qu'il avait remarqués en entrant dans la Curie. Ils brandissent des glaives, des poignards, des gourdins aussi. Ils hurlent : « À mort César ! À mort le débauché, à mort ! » Ils lui reprochent son discours de clémence en faveur des conjurés de Catilina, l'accusent de complicité.

Il voit Æmilius sortir son glaive. Les gardes se sont rapprochés. Eux aussi ont dégainé.

L'assaut des chevaliers va se heurter à ce hérisson de lames dressées. Et bientôt d'autres cris s'élèvent. La plèbe accourt, envahit le Forum, scande : « Vive Caius Julius Caesar ! »

La foule l'entoure, l'applaudit. Il est le défenseur de la plèbe, celui qui sait être clément, celui qui ose défendre les plus pauvres et refuse que l'on tue, que l'on proscrive comme au temps de Sylla ! Il est le successeur des justes, Marius, Cinna, dont le souvenir même a été longtemps interdit par les *optimates* et que lui, César, a honorés, dont il s'est réclamé.

Il veut la gloire et la grandeur de Rome.

— Vive Caius Julius Caesar ! Notre préteur ! Notre *pontifex maximus* !

César marche impassible au milieu de la plèbe.

Il ne peut pas encore mourir. Son destin commence seulement.

SIXIÈME PARTIE

XX.

Peut-être Pompée a-t-il appris dans les provinces d'Asie ce que c'est qu'être roi et veut-il instituer la monarchie ?

César, d'un signe, invite les deux licteurs à venir à ses côtés, sur sa haute et large tribune des Rostres qui, devant le Comitium, fait face au Capitole et de laquelle il domine tout le Forum.

Il veut que la foule qui s'est rassemblée les voit, se souvienne que, à partir de cet instant, il a la charge de préteur urbain, et qu'il parle et agit comme magistrat de Rome, ajoutant à sa dignité de *pontifex maximus* celle de la préture.

Et il veut qu'en ce premier jour, les citoyens de Rome sachent qu'il va exercer tous les pouvoirs que lui donne sa charge.

Et il veut aussi que les *optimates*, les *patres*, ces sénateurs qui se déclarent Pères de la patrie, mesurent sa volonté, qu'ils comprennent qu'il n'est pas prêt à se laisser calomnier, accuser, menacer. Que ceux qui ont laissé commettre il y a quelques semaines cet attentat contre lui, qui peut-être ont poussé ces chevaliers à tenter de le tuer devant la Curie, sachent qu'il rend coup pour coup.

Il faut que Caton, que Cicéron, que Catulus, tous ceux qui ont prétendu posséder des lettres, des preuves l'impliquant dans la conjuration de Catilina, rendent gorge, et que les soi-disant témoins, un Vettius, un Quintus Curius, soient châtiés, emprisonnés. Ils assurent avoir vu son nom sur les listes des conjurés. Ils mentent ! Ils sont les créatures de Caton, de tous ces *patres* qui le craignent et veulent l'atteindre, peut-être le proscrire et, qui sait ? le tuer.

Croient-ils qu'il est homme à se laisser saigner comme un animal de sacrifice ?

Il veut que dès ce premier jour de sa préture, ils se persuadent qu'il ne cédera jamais à la menace, qu'il ne craint pas le danger et qu'il est prêt à tout affronter parce qu'il sait que la lutte pour le pouvoir est plus barbare que celle qui oppose des gladiateurs dans l'arène. Tout est permis. Il n'y a pas de règle. Il faut savoir utiliser toutes les armes.

Il tend le bras, montre le Capitole, et voit les visages des hommes rassemblés au pied de la tribune qui se tournent. Alors il commence à parler :

— Qui se souvient de l'année du consulat de Catulus...

C'était en 78. Catulus, aujourd'hui prince du Sénat, aujourd'hui l'un de ses accusateurs, et qui fut également son rival lors de l'élection à la charge de grand pontife, Catulus, donc, consul, avait promis de relever les ruines du temple de Jupiter Capitolin détruit par un incendie, et à cette fin, « Ô citoyens romains, sachez que des milliers de sesterces lui furent remis pour entreprendre ces travaux ! ».

César élève la voix.

— Cherchez le temple de Jupiter sur la colline sacrée du Capitole ! Catulus, où sont tes œuvres ? Catulus, que sont devenues tes promesses ? Où est le temple ! Je ne vois que des ruines...

Il parle. Il menace. Les *patres* avaient peut-être imaginé qu'il allait venir devant le Sénat pour les saluer. Il attaque. Il prend la plèbe à témoin. Il accuse Catulus. Il entend les premiers cris monter de la foule.

— Que Catulus rende des comptes ! lance-t-on.

Il aperçoit, se frayant un passage dans la foule, le vieux Catulus entouré de gardes. Ils s'approchent de la tribune, Catulus veut y monter pour répondre.

Qu'il reste où il est ! Qu'on lui refuse l'accès de la tribune des Rostres !

Les partisans de Catulus et les *patres* arrivent en nombre avec leurs esclaves armés. Des sénateurs les rejoignent, et parmi eux Caton, dont il devine la haine.

Quelle jouissance de voir une nouvelle fois la rage déformer son visage, d'entendre ses insultes, « ivrogne, débauché, prostitué », et l'accusation d'être le père, sinon de sang, du moins adoptif de son neveu Brutus, et toujours l'amant de sa sœur Servilia !

On se bat dans la foule. Les hommes des *patres* semblent avoir le dessus. César indique aux licteurs qu'il va quitter la tribune, regagner la Domus Publica.

Il affronte tous ces visages qui s'écartent sur son passage. Les uns expriment l'admiration, les autres l'hostilité. Ces derniers croient sans doute qu'ils l'ont emporté parce qu'il a dû cesser son réquisitoire contre Catulus et qu'il n'a donc pu obtenir sa condamnation.

Il leur lance un regard de mépris. Il a atteint son but. Il voulait montrer aux *patres*, aux *potestates*, qu'il était homme à tout oser. Et qu'il était prêt à les affronter, devant le peuple.

— Mais s'ils sont les maîtres de la rue, que feras-tu, Caius Julius Caesar ? demande Æmilius.

C'est vrai qu'ils paient des bandes armées. À coups de gourdin et le glaive dressé, elles peuvent disperser la plèbe, faire régner l'ordre. Et bientôt arriveront les vétérans de Pompée, et aussi les citoyens qu'il aura rassemblés autour de lui parce qu'il est un général vainqueur et qu'il a pris tant de butin en Asie qu'il peut acheter tous les hommes qu'il veut pour en faire ses partisans.

Pompée est déjà en route pour Brindes, où il va débarquer dans quelques semaines. Quelles sont ses intentions ? Il pourrait avec son armée conquérir l'Italie et Rome s'il le veut... Mais l'osera-t-il ? Il vient d'écrire à son épouse Mucia pour la répudier, tant ses infidélités sont nombreuses, proclamées.

César s'en amuse. Il n'est que l'un des amants de Mucia parmi de si nombreux autres que Pompée ne peut pas lui en vouloir.

Plus inquiétant, Pompée fait faire des démarches auprès de Caton pour obtenir la main de l'une des nièces du sénateur. Il cherche donc l'alliance avec les *optimates* ? Ceux-ci sont il est vrai tentés de chercher la protection de Pompée, et en même temps ils s'en défient, craignant sa force et sa richesse, son désir de pouvoir. Peut-être Pompée a-t-il appris dans les provinces d'Asie ce que c'est qu'être roi et veut-il instituer la monarchie ?

Il faut tenir compte de tout, de la canaille qui fait la loi dans la rue et peut terroriser la plèbe, des manœuvres du Sénat, et de l'ombre du Grand Pompée qui s'approche et bientôt va tout recouvrir.

On ne peut donc négliger aucun allié.

César remarque une fois de plus un jeune noble, un certain Clodius, au visage avenant de fille, aux yeux vifs et pervers de prostitué avide, qui vient souvent à la Domus Publica. Que fait-il dans l'atrium ? César le suit des yeux. Il semble attendre que passe Pompeia entourée de ses esclaves... Il paraît vouloir attirer son attention, et chaque fois Aurelia Cotta, qui surveille sa belle-fille, se place entre eux.

Il éprouve à contempler ce manège qui se répète un

plaisir curieux. Ainsi, peut-être Clodius veut-il devenir l'amant de Pompeia ? César reste indifférent à cette idée avec laquelle il joue. Il ne sait même plus quelle est la saveur du corps de son épouse, mais il ne faut pas que la dignité du *pontifex maximus* soit atteinte par son infidélité ! Il interroge, il veut savoir qui est ce jeune homme dont la vivacité et l'imprudence, et aussi la beauté, l'attirent.

— Canaille corrompue ! affirme Æmilius. Un homme à vendre...

Peut-être était-il l'un de ces jeunes dévoyés qui avaient rejoint Catilina ? Et sans doute a-t-il vendu à Cicéron les preuves du complot lorsqu'il s'est rendu compte que Catilina ne pouvait vaincre. On assure même qu'il a fait partie de la garde du corps du consul Cicéron quand celui-ci était menacé par les tueurs de Catilina.

— Un assoiffé de plaisirs, d'argent, de crime et de sang..., reprend Æmilius.

César regarde son secrétaire à la dérobée. Cette indignation l'amuse. Qui ne recherche le plaisir et l'argent, et qui pour les obtenir et conquérir le pouvoir qui souvent les donne hésite à tuer ? Qui ? Pourquoi s'épouvanter de quelqu'un qui met en œuvre ce que tous pratiquent ?

Ce qui distingue les hommes les uns des autres, ce ne sont pas leurs désirs, ou les moyens qu'ils sont prêts à employer pour les satisfaire, mais la grandeur du but.

César interrompt Æmilius. Il voudrait lui expliquer qu'il faut utiliser les passions, même celles qui sont criminelles, même celles d'un Clodius, ou celles d'un Crassus, ou le goût de la gloire d'un Pompée, pour rétablir Rome dans son unité et dans sa gloire. Mais il se tait. Il dit seulement qu'il veut tout connaître de ce Clodius.

— Je veux, Æmilius, que Rome soit puissante et unie.

Il est sûr d'être le seul à le vouloir. Le destin de Rome coïncide avec le sien.

— Quand on élève un temple, poursuit-il, on utilise la pierre et le marbre. Mais il y faut aussi du mortier, et il ressemble à de la boue. Clodius et les autres seront notre mortier.

Il reçoit donc Clodius qui se vante et pérore comme une fille qui veut séduire. Il assure qu'il peut rassembler autour de lui des dizaines et des dizaines de jeunes gens prêts à se battre.

— Je vous les donne, Caius Julius Caesar ! s'écrie-t-il.

César ne veut pas répondre avant de connaître le prix de cette offre : que va réclamer Clodius ? Le droit de devenir l'amant de Pompeia ? César sourit. Ce serait un prix raisonnable, et Clodius est homme à se payer ainsi. On dit qu'il a été l'amant de l'une de ses propres sœurs, celle qui est mariée à Lucullus le Luxurieux, celui qui nourrit ses murènes avec de la chair d'esclaves. Et sa deuxième sœur, Clodia, s'offre à qui le veut bien dans sa maison des rives du Tibre avec la complicité de son époux, un sénateur. On dit aussi que Cicéron n'est pas insensible aux charmes de Clodia.

Voilà Clodius ! Et c'est avec cette boue-là qu'il faut refaire Rome.

— Que veux-tu ? demande César si bas que Clodius se penche.

Il faut répéter.

— Que demandes-tu pour prix de notre amitié ?

Le rire de Clodius est joyeux mais court.

Il veut, dit-il, devenir tribun de la plèbe. Mais il faut pour cela qu'il soit plébéien, or il est né noble. Il faut donc qu'un plébéien l'adopte. Après, il se fait fort d'obtenir le vote des électeurs, et, élu tribun de la plèbe, il sera l'allié de César.

— Qui peut imaginer ce que nous pourrons faire ensemble, murmure-t-il.

César détourne la tête. Le mortier couleur de boue tache les mains. Mais sans lui, on ne peut sceller les blocs de marbre et les pierres. Il va favoriser l'adoption de Clodius par un plébéien et se servir de cette jeune canaille au visage de fille.

Mais il est urgent d'abord d'empêcher que le Sénat ne devienne l'allié de Pompée, et donc il faut prendre les *patres* de vitesse, appuyer le tribun de la plèbe Nepos, proche de Pompée, qui réclame le retour rapide de l'*imperator* en Italie avec son armée. Nepos veut faire voter une loi en ce sens par le Sénat, alors que la tradition et la règle imposent qu'un général licencie ses légions avant d'entrer sur le territoire de Rome.

César est debout sur la tribune des Rostres, au côté de Metellus Nepos qui harangue la foule et fait applaudir son projet de loi, et acclamer le nom de Pompée.

Mais Caton s'avance, prend la parole, refuse d'accepter cette loi, affirme que le Sénat, les Pères de Rome, ne céderont jamais, qu'ils saluent en Pompée l'*imperator* victorieux mais qu'ils ne veulent pas d'un homme qui, tel un roi, imposerait sa loi.

César croise les bras, regarde cet homme courageux mais qui s'accroche à un passé mort. Et dont il devine chaque fois qu'ils se toisent qu'il est son ennemi résolu et que sa haine n'est pas seulement due à leurs rivalités politiques. Caton le hait à cause de Servilia et de Brutus.

Caton insiste, clame avec force qu'il fait usage de son droit de veto contre la loi que propose Nepos et que soutient le préteur César.

Il n'y aura donc pas de vote de cette loi.

Il voit la foule hésiter, puis de jeunes hommes, des gladiateurs et des esclaves en armes à la solde de Nepos, d'autres guidés par Clodius commencent à lancer des pierres sur Caton, à se précipiter vers la tribune et à l'entourer, à lever des gourdins, à le frapper.

César recule, se tient en retrait, bras croisés. Chacun à son tour, puisque les sénateurs ont voulu le faire tuer ! Cependant, il ne faut pas que Caton meure. Il faut seulement qu'il apprenne qu'il est à la merci d'un guet-apens et que ses adversaires peuvent aussi utiliser des bandes pour régner à Rome.

Il fait un geste. Qu'on laisse Caton s'enfuir, se réfugier dans le temple de Castor.

Il a cependant pressenti, aux regards menaçants jetés par ce dernier alors qu'il quittait la tribune, aux injures lancées par ceux qui l'entouraient, que les *patres* allaient se venger, prendre prétexte de l'incident, des violences subies par un sénateur, pour tenter de l'affaiblir.

César est calme. Il attend les attaques dans la Domus Publica. Il voit, après quelques jours, Æmilius se présenter dans sa chambre, essoufflé, affolé même, disant que le Sénat vient de proclamer la destitution du tribun de la plèbe, Metellus Nepos, et de son complice le préteur urbain Caius Julius Caesar.

Il dévisage Æmilius qui, gêné, baisse la tête. Comment un homme peut-il à ce point perdre son sang-froid ? Il éprouve de la compassion mais un peu de mépris pour Æmilius.

— Que fait Metellus Nepos ? demande-t-il.

Æmilius commence à parler d'une voix étouffée par l'émotion :

— Nepos a quitté Rome, abandonné sa charge de tribun de la plèbe. Il est parti à la rencontre de Pompée, son protecteur et ami, pour le compte de qui il avait présenté cette loi... C'est un homme de Pompée, ajoute Æmilius avec inquiétude.

— Nous sommes aussi les alliés de Pompée, dit César. Et nous empêchons ainsi le Sénat de l'être.

Il se lève, noue lentement la ceinture de sa toge.

— Souviens-toi, Æmilius, lorsqu'un homme est menacé par deux bêtes féroces, il doit les exciter l'une contre l'autre afin qu'elles se déchirent. Il lui faut attendre, observer leur combat et, lorsque l'une a succombé, l'autre est déjà souvent blessée. Alors il suffit à l'homme de s'avancer et de la tuer.

Il s'approche d'Æmilius, lui caresse la joue du bout des doigts, touché par la manière dont Æmilius, en relevant lentement la tête, le regarde, les yeux pleins de dévotion.

— Les bêtes, Æmilius, reprend César, sont façonnées par la nature à regarder la terre et à s'asservir à leur ventre.

César retourne vers son lit, s'y allonge, le bras tendu vers Æmilius.

— Et bien des hommes se comportent ainsi, comme n'importe lequel des êtres animés. Mais celui qui veut les dominer, qui veut les dompter, les guider, celui-là doit savoir que la puissance d'action réside d'abord dans l'âme, dans la pensée. À l'âme il doit réserver la préférence, l'autorité. Le corps, lui, obéit.

Æmilius reste immobile, emprunté, timide.

— Ne t'inquiète pas, Æmilius...

Il l'invite de la main à le rejoindre.

— Je veux que tu m'obéisses, chuchote-t-il.

César se réveille en sursaut. Il entend les cris de la foule qui scande son nom. Depuis que le Sénat l'a démis de ses fonctions, il n'a rien tenté pour soulever la plèbe.

Il a même renvoyé ses deux licteurs pour montrer aux sénateurs qu'il acceptait leur décision. Car il faut savoir, à certains moments, se tenir à l'abri de l'orage. Il s'est donc enfermé dans la Domus Publica, n'en sortant que pour se rendre à la Regia ou au temple des Vestales, afin de marquer qu'il est toujours le *pontifex maximus* dont l'autorité sacrée ne peut être atteinte par les attaques. Il est, comme grand pontife, invulnérable. On devra le tuer pour le priver de sa charge. Mais ils n'oseront pas encore, car ils savent que la plèbe le soutient. Sans oublier Clodius qui doit avec ses bandes parcourir les rues afin de susciter la révolte contre les destitutions du tribun Nepos et du préteur César imposées par le Sénat.

César sort de la Domus Publica.

La foule est immense. Elle l'acclame. Elle crie qu'elle est prête à l'aider : « Tu es préteur ! hurle-t-elle. Tu resteras préteur ! »

Il veut la calmer, c'est un homme d'ordre :

— Il faut respecter les institutions de Rome !

Il regarde la foule qui peu à peu se disperse. Il sait que l'on va rapporter aux sénateurs les propos apaisants qu'il vient de tenir. Et l'on pensera aussi que toute la plèbe est prête à s'insurger pour le défendre.

Il n'est pas surpris quand, peu après, Æmilius et Clodius arrivent, l'un et l'autre exaltés, expliquant que le Sénat a révoqué sa première décision et le convoque à la Curie, pour le combler d'éloges et lui restituer tous ses pouvoirs de préteur.

César se tourne vers Æmilius.

— L'homme qui sait chasser, l'homme qui utilise toutes les ressources de son âme, est plus fort que n'importe quelle bête féroce. Souviens-toi de cela, Æmilius !

Et il sourit quand il voit Æmilius se rengorger et faire face à Clodius, vaniteux comme une fille distinguée par l'homme qu'elle désire.

XXI.

Les miens, la femme de César, ne doivent pas, ne peuvent pas, être soupçonnés !

César regarde autour de lui. Il est seul au centre de l'atrium de la grande villa de Subure. Il entend la voix de sa mère qui, dans le jardin, lance des ordres aux esclaves de sa voix désormais presque toujours enrouée de vieille femme. Aurelia Cotta va revenir d'un instant à l'autre, et elle lui demandera ce qu'il a décidé. Mais avant de quitter l'atrium, elle lui a déjà dit quel devrait être son choix.

— Toi, Caius Julius Caesar, tu ne peux pas accepter cela !

Puis, au moment de se diriger vers le péristyle, elle lui a lancé :

— Ce n'est pas toi, Julius, qui es blessé, mais les Dieux. Et tu es celui qui doit les faire respecter !

Il s'assied près de la niche qui abrite les statuettes des Dieux Lares. Il regarde cette maison qu'il n'habite plus mais où il vient de passer deux jours. Il en connaît chaque pavé, chaque pièce et chaque fresque. Ici sont les souvenirs de ses premiers rêves. Et de ses amours. Ici ont été célébrés ses mariages avec Cornelia et Pompeia.

Et c'est de cette dernière qu'il s'agit.

Aurelia Cotta n'a dissimulé aucun détail. Elle, la plus

vieille des femmes de haute lignée de Rome, la mère du *pontifex maximus*, l'héritière des Dieux et des rois, a été désignée pour ordonner les célébrations de la *Bona Dea*, la Bonne Déesse de la fécondité et de l'abondance.

La Domus Publica a été choisie par le tirage au sort pour que les femmes y accomplissent entre elles les rites sacrés, les libations, les danses, avant de mêler leurs corps dans la chaleur, la musique et les parfums en hommage à Vénus, à la Bonne Déesse qui les rend fécondes et fait de leurs corps des puits de plaisir où les hommes retrouvent leur force en s'y abreuvant.

Pas un mâle ne doit assister à cette orgie sacrée. César lui-même a quitté la Domus Publica, venant attendre la fin de la fête à la villa de Subure.

Un homme pourtant s'est introduit dans la Domus Publica. Il s'était déguisé en femme et portait une lyre. Son visage avait la grâce de celui d'une jeune fille.

Il a demandé à rencontrer Pompeia, l'épouse de César, puis, impatient, au lieu d'attendre dans la chambre où une servante l'avait conduit, il s'est égaré dans les couloirs et Aurelia Cotta, prévenue, a reconnu sous les voiles Clodius, le jeune licencieux, le pervers, le débauché, celui que souvent elle avait vu rôder autour de Pompeia et qu'elle avait écarté, s'étonnant de la complaisance de César.

Les fêtes ont été interrompues et les femmes se sont dispersées avec des cris d'indignation, pareilles aux oiseaux qu'effraie un chat entré dans leur volière.

César se lève, fait le tour de l'atrium. Il ne se sent pas blessé. Il n'est pas indigné, il n'est même pas surpris. Quelle épouse n'est pas à prendre ? Et la sienne est un gibier comme le sont tous les corps. Quant à Clodius, il n'a pas caché ses intentions. Il a rôdé dans la

Domus Publica. C'est un homme de proie, dont le ventre est l'âme. Que peut-on attendre de lui ?

Mais il y a la rumeur qui va se répandre. Les femmes ont déjà parlé. On va se moquer de ce que le « séducteur chauve », l'amant de toutes les épouses de Rome, soit à son tour victime. Et l'on va rire ! Et le Sénat va se saisir de l'incident pour lui donner plus d'écho. On va juger Clodius, pour sacrilège. N'a-t-il pas osé violer les interdits, lui, l'homme entrant dans la Domus Publica réservée le jour de la fête de la Bonne Déesse aux seules femmes ?

César le sait : tous ceux, les Caton, les Cicéron qui le haïssent, vont chercher une nouvelle fois à l'abattre. Et peut-être se tourneront-ils vers Pompée, qui vient de débarquer avec ses légions à Brindes, qui marche lentement vers Rome. L'*imperator* a décidé de licencier son armée, de se plier aux lois, et donc de rassurer le Sénat. Va-t-il rejoindre ce camp ?

Il faut agir vite !

César va vers le jardin. Il voit Aurelia Cotta qui l'attend, debout, au centre du péristyle. Il s'approche de sa mère.

— Je la répudie.

— Il faut que chaque citoyen de Rome le sache, dit alors Aurelia Cotta.

Elle claque dans ses mains, et les esclaves accourent.

— Caius Julius Caesar répudie son épouse Pompeia ! lance-t-elle d'une voix qui tout à coup est redevenue claire.

Il regagne la Domus Publica, et aussitôt entré donne des ordres pour que l'on chasse Pompeia. S'est-elle livrée à Clodius ? Il n'a pas envie de connaître la réponse. Elle l'indiffère. Ce n'est pas cela qui le tourmente, mais le procès engagé contre Clodius pour sacrilège. Et il ne faut pas qu'il tombe dans ce piège, où Clodius n'est que l'appât mais dont on veut qu'il soit, lui, Caius Julius Caesar, la vraie proie.

Il va sur le Forum et entre à la Curie. Il fait mine de ne pas entendre les murmures des sénateurs. Il détourne les yeux pour ne pas croiser leurs regards ironiques.

Il ne paraît attentif qu'aux préparatifs de son départ pour la province qui, au terme de sa charge de préteur, lui est attribuée. On l'a désigné comme propréteur, gouverneur de l'Espagne Ultérieure, cette bande de terre qui s'étend au bord de l'Océan du nord au sud et à l'ouest de la péninsule Ibérique.

Mais pourra-t-il quitter Rome ?

On l'entoure à la sortie du Sénat. Il connaît chacun de ces visages avides, ce sont ceux de ses créanciers qui réclament leur dû, des chiens qui enfoncent leurs crocs parce qu'ils craignent que le gibier ne leur échappe. S'il quitte Rome, parviendront-ils à obtenir le remboursement de leurs prêts ? Voilà leur inquiétude.

Il faut les écarter. Mais ce ne sont pas des hommes à céder. Ceux-là sont de vrais rapaces, bien plus dangereux que les Caton et les Cicéron. Ceux-là peuvent tout acheter, des tueurs comme la plèbe, des sénateurs comme les tribuns et même des consuls.

Il doit céder, se rendre auprès de Crassus, le convaincre de consentir un nouveau prêt couvrant les anciens. Ne sait-il pas que Pompée approche de Rome, que de toute l'Italie des hommes se rassemblent autour de lui et qu'il a ainsi, bien qu'ayant licencié son armée, une troupe immense qui l'accompagne ?

— On ne peut s'opposer à lui si l'on est seul, continue César.

Il faut que Crassus comprenne qu'en Espagne le propréteur César commandera à des légions et qu'il pourra ainsi faire contrepoids à Pompée.

Mais il faut pouvoir quitter Rome pour l'Espagne, et donc désintéresser les créanciers.

— Tu peux leur faire entendre raison, Crassus, c'est ton intérêt.

Crassus paie les dettes. Mais il demande que lui soit assurée une part du butin qui sera pris en Espagne Ultérieure, et naturellement il faut s'allier à lui contre Pompée.

— Et être avec Pompée contre le Sénat, murmure César.

Mais il devine que Crassus ne comprend pas. Il n'est pas temps encore de lui expliquer. Pour l'heure, il faut se rendre au tribunal, où l'on juge Clodius.

Clodius a, affirme-t-on, acheté une majorité de juges, et il devrait être acquitté. Mais on attend le témoignage de César, qui peut changer le cours des choses. César lève la main. Il jure fidélité aux Dieux et au peuple de Rome, puis il fixe Clodius. Le beau jeune homme cache, sous la désinvolture, une angoisse qui blanchit son visage fin aux lèvres si charnues. Le disculper, c'est se l'attacher.

— Je n'accuse pas Clodius ! Je ne connais rien de ce qui s'est déroulé à la Domus Publica. Je crois Clodius sincère et innocent.

On s'indigne. On s'étonne. César, n'as-tu pas répudié ton épouse Pompeia ? N'est-ce pas l'accusation la plus terrible que tu aies portée contre Clodius ?

César, lentement, sa tête bougeant à peine, fait du regard le tour de la salle du tribunal.

Il sait, il veut que son visage exprime le mépris, le dédain.

— Je suis *pontifex maximus*, reprend-il d'une voix forte. Les miens, la femme de César, ne doivent pas, ne peuvent pas, être soupçonnés !

Et il sort lentement, rejetant sur son épaule gauche le pan de sa toge.

XXII.

> Il ne reste plus qu'à conquérir la gloire. Et pour cela, il faut une guerre, qui sera aussi moisson de butin…

César écarte les rideaux de la litière. Il entend la respiration saccadée des esclaves qui la portent, et éprouve un mouvement de recul et de dégoût. L'odeur de leur sueur est écœurante. Il laisse retomber le rideau. Il s'allonge à nouveau, se tourne. Il aperçoit le profil de Masintha, ce jeune prince numide qu'il a choisi comme compagnon pour ce long voyage — peut-être trente jours entre Rome et Corduba, la capitale de l'Espagne Ultérieure où il va résider.

Il ferme à demi les yeux. Il connaît Corduba. Il a même habité, il y a quelques années — près de huit ans déjà ! —, le palais du gouverneur. Mais il n'était alors que questeur. Aujourd'hui, il sera le premier dans la province, propréteur.

Il essaie de contrôler son impatience, l'envie qu'il a de soulever le rideau, d'exiger qu'on accélère la marche, et peut-être même devrait-il abandonner cette couche et son balancement alangui et chevaucher jusqu'à l'Espagne. Plus tôt il exercera ses fonctions et prendra, enfin, pour la première fois, le commandement d'une grande armée, et plus vite il pourra accumuler des biens, ce butin qu'il compte arracher aux peuples insoumis et qui lui permettra de se dégager de ce marécage de dettes où il s'enlise. Crassus lui a avancé huit cent trente talents, une somme immense, qu'il faudra bien lui rembourser.

Il se penche sur Masintha. Il aime l'odeur de la peau brune de ce Numide, ses traits fins. Il ne peut s'empêcher de sourire, et il se demande si le plaisir qu'il éprouve vient de ce jeune corps allongé près de lui, ou bien du défi qu'il a lancé aux sénateurs en invitant le prince à l'accompagner en Espagne alors que le roi Juba Ier de Numidie, l'allié des *patres*, le réclamait à Rome. Comment savoir ?

Le plaisir est un large fleuve où se mêlent les eaux de tous les affluents. Et personne ne peut connaître l'origine des flots qui coulent entre les berges.

Il effleure la joue du Numide. Masintha soupire mais ne se réveille pas. César ferme les yeux. Il a l'impression que chacune des parties de son corps lui donne de la joie.

Chaque soir, à l'étape, quand il se plonge dans l'eau brûlante puis glacée qu'ont versée dans la vasque les esclaves, puis qu'on le masse, il jouit de sentir sa peau collée aux muscles. Il est un corps ferme qu'aucune graisse n'alourdit. Il passe ses mains sur son torse, il enduit lui-même son front, ses joues, d'huile parfumée. Il aime que son visage soit émacié, osseux, que ses traits expriment l'énergie et ne soient pas bouffis et veules comme ceux de tant de Romains avilis par les jouissances et la luxure. Il boit et mange peu. Il veut garder le tranchant d'une lame affûtée. Car c'est maintenant, à quarante ans, qu'il va falloir livrer les plus dures et les plus décisives batailles.

Son corps se tend à la pensée qu'enfin il va pouvoir commander des légions. Il disposera en Espagne Ultérieure de douze mille hommes, soit deux légions ou vingt cohortes. Mais il veut recruter parmi les Espagnols, ces paysans qu'il a vus à la tâche dans la plaine du Guadalquivir, autour de Corduba, six mille hommes de plus. Avec ces troupes-là, il pacifiera ces régions des bords de l'Océan. Car il va commander l'extrémité du monde ! Il a hâte d'y parvenir et hâte de revenir à Rome aussi, couronné de gloire, dettes payées, coffres remplis. La plèbe n'aura pas oublié ce qu'il a fait pour elle. Il sera toujours *pontifex maximus* et Clodius lui sera toujours dévoué. Quant à Pompée et à Crassus, ils se seront déchirés, jaloux l'un de l'autre, laissant ainsi les *patres* du Sénat maîtres du jeu. Et l'un ou l'autre fera appel à lui... Crassus parce qu'il voudra récupérer les sommes avancées, Pompée parce qu'il se retrouvera seul face à Crassus et au Sénat.

César respire amplement, pourchasse cette tension qui le raidit. Il voudrait déjà se trouver à la fin de cette année, quand il regagnera Rome et qu'il sera victorieux. Le Sénat ne pourra pas lui refuser le triomphe, et il sera candidat au consulat, enfin !

Mais pour réussir cela, il faut que chaque jour il ait ce but en tête, que toutes ses actions y conduisent, que chaque décision qu'il va prendre soit une flèche tirée dans cette direction.

Il n'oublie pas cette nécessité lorsque à Corduba et à Gadès, il reçoit des Espagnols qui viennent lui présenter les doléances des habitants de leurs villes. Il les observe. Pourquoi ces Espagnols n'accéderaient-ils pas tous au droit de cité romain ? Pourquoi n'auraient-ils pas les droits et les devoirs des citoyens romains ?

Il leur promet qu'il fera tout ce qui est en son pouvoir pour qu'il en soit ainsi. Il prend comme proche conseiller l'un de ces Espagnols, lui déjà citoyen de Rome, Lucius Cornelius Balbus. Il faut qu'on sache dans les villes provinciales que Caius Julius Caesar est attentif aux besoins des populations. Qu'il les défend contre l'égoïsme du Sénat.

Il parcourt les rues de ces villes poussiéreuses du sud de l'Espagne, où la chaleur est étouffante. La foule est aussi bruyante qu'à Rome et les créanciers, parfois des chevaliers romains, y sont également avides, serrant la gorge de leurs débiteurs, les vendant comme esclaves après les avoir dépouillés de tout.

Il veut protéger les pauvres, imposer par un édit que les créanciers ne puissent prélever chaque année que les deux tiers des biens de leurs débiteurs au titre du remboursement des dettes, et que l'on permette ainsi à tous de survivre.

Il pense à cette plèbe romaine qu'il faudra protéger de la même manière. Il se souvient de ce que lui a dit le jeune Salluste : « L'argent livre la jeunesse au luxe et à l'avidité... Quand l'argent commence à être à l'honneur et procure la gloire, l'autorité, un pouvoir sans limites, la vertu s'affaiblit, la pauvreté est honnie, le désintéressement passe pour malveillance. »

Il partage ce jugement. Il faudrait retrouver les vertus des origines. Il murmure :

— Je suis le seul.

Il surprend le regard étonné d'Æmilius et, d'un geste, il lui demande de lui rendre compte de la situation de l'Espagne Ultérieure.

Æmilius se lance avec enthousiasme. La troisième légion est constituée, composée de paysans espagnols vigoureux, combatifs. Elle est déjà en marche pour rejoindre les deux autres qui se dirigent vers l'ouest et le nord afin de pacifier cette Lusitanie (Portugal) dont les caps s'enfoncent dans l'Océan, puis la Callaeci (Galice) où c'est au contraire l'Océan qui pénètre au cœur des terres. Les soldats, dit-il, sont impatients de conquérir. Ils espèrent du butin.

— L'argent, soupire César, est une maladie, mais sans elle il n'est pas de corps sain.

Il a croisé les bras sans regarder Æmilius, imaginant son incompréhension. Il le charge d'obtenir des villes le versement des rançons, sous peine d'être livrées au pillage. Il faut bien payer les soldats, leurs armes, et acheter les cargaisons de blé et d'huile qui remontent le Guadalquivir. Il faut aussi accumuler de quoi rembourser les dettes et se constituer un trésor nécessaire pour, rentré à Rome, acheter les électeurs et les bandes de Clodius qui lui permettront d'être désigné consul pour l'année 59.

— Il y a un bon usage de l'argent…, ajoute César.

Æmilius indique que les villes se sont exécutées, déposant des milliers de sesterces, des lingots d'or. Et que les cadeaux pour le propréteur Caius Julius Caesar s'entassent. Les coffres sont remplis de pièces d'or !

Il ne reste plus qu'à conquérir la gloire. Et pour cela, il faut une guerre, qui sera aussi moisson de butin.

Il chevauche le long de cette côte de la péninsule qui domine l'Océan. Il éprouve à marcher à la tête de ses légions, au milieu des porte-enseignes, une joie intense. Il aime ce vent pluvieux qui souffle de l'Océan et vient d'un monde inconnu, où personne jamais n'a pénétré.

Il entre dans la mer avec son cheval, et partage le frisson de l'animal. Puis il galope sur la plage, dans l'écume. Et il sent sur lui le regard de ces milliers d'hommes alignés.

Il serre avec ses cuisses les flancs de sa monture qui se cabre, hennit. Et c'est une jouissance de tout le corps de maîtriser cette bête qu'il a vue naître et dont les sabots sont fendus. Il a voulu que les devins viennent interpréter ce signe, qui donne aux pieds du cheval la forme de doigts.

« Il présage à son maître l'Empire du monde », ont dit les haruspices. Et il sait que les soldats se répètent cette prédiction, et qu'ils s'approchent du cheval avec respect, une sorte de terreur sacrée. Il les observe. C'est ainsi qu'on conduit les hommes. Ils doivent croire à la divinité de ceux qui leur ordonnent de mourir. Et les chefs doivent être capables d'offrir leur vie, de s'exposer au danger. Si les Dieux veillent, quelle lame pourra trancher la vie d'un homme qui, descendant des Dieux et des rois, doit être un jour maître du monde ?

Mais ne peut être maître du monde, c'est-à-dire maître de Rome, que celui qui aura conduit victorieusement la guerre. César veut donc cette guerre de tout son être. Elle fera de lui l'égal de Marius et de Pompée. Il faut qu'elle ait lieu afin qu'il montre son courage, sa détermination, son invulnérabilité, et aussi qu'il peut être impitoyable et cruel. Il ne peut se contenter de pacifier. Il veut conquérir, exterminer.

Il chasse les montagnards du nord de l'Espagne, les contraint à quitter les monts Herminius, à se réfugier sur la côte. Il les poursuit, les oblige à se battre, à s'enfuir dans une île du golfe de Biscaye. Il pourrait se contenter de les avoir ainsi réduits à l'impuissance, mais cela ne suffit pas.

Il harangue les légions. Il n'a jamais encore éprouvé des sensations aussi fortes. Des milliers d'hommes lèvent leurs glaives. Il embarque avec des cohortes sur une flotte qu'il a fait venir de Gadès, et il est ému quand les embruns de cet Océan qui marque les limites du monde frappent son visage.

Dans l'île, il extermine les montagnards jusqu'au dernier. Ses soldats, quand ils retrouvent la péninsule, à La Corogne, l'acclament et lui décernent le titre d'*imperator*.

Il s'approche d'Æmilius, lui prend le bras.

— Tout homme qui s'ingénie à être supérieur aux autres êtres animés, dit-il, doit faire un suprême effort afin de ne point passer sa vie sans faire parler de lui, comme il arrive aux bêtes.

Maintenant il doit, il peut rentrer à Rome. Il a droit au triomphe et il veut être consul.

Il quitte l'Espagne. Il reconnaît cette côte méditerranéenne découpée que surplombe la via Aurelia. Il ne veut pas céder à l'impatience, mais il sait que chaque jour compte.

Il doit pourtant arrêter la marche des troupes qui l'accompagnent. Il ne peut entrer dans Rome avec ses légions pour y célébrer son triomphe qu'après une autorisation du Sénat. Et il apprend que Caton s'ingénie, avec les autres *patres*, à retarder le vote qui lèvera l'interdiction. Or les élections à la charge de consul pour l'année 59 vont avoir lieu, et ne peut être élu qu'un candidat qui sera présent à Rome.

Il va et vient parmi ses soldats. Le piège est là, ouvert sous ses pas par Caton. Ou bien on célébrera son triomphe et il ne pourra pas être élu consul, ou bien il rentre dans Rome, peut espérer être élu, mais il devra renoncer au triomphe.

Il faut choisir.

À Rome, la situation est tendue. Crassus s'est allié à Caton et au Sénat pour vaincre Pompée. Celui-ci est donc seul et a besoin d'un allié.

— Ce ne peut être que toi, Caius Julius Caesar ! répète Æmilius.

César d'un signe l'arrête. Il a préjugé de ses forces, il ne peut pas encore dicter sa loi. L'heure n'est pas à trancher d'un coup de glaive les intrigues romaines. Il faut pousser l'un contre l'autre Pompée, Crassus, Caton, qui sont rivaux, en veillant à ce qu'ils s'épuisent dans la lutte. En décidant d'aider celui ou ceux qui peuvent favoriser son destin.

— Il faut encore être patient, confie-t-il.

Il doit rentrer dans Rome seul, respecter les lois, renoncer au triomphe. Choisir d'être consul.

— Seul ? s'exclame Æmilius d'une voix angoissée.

— Je suis une armée, dit Caius Julius Caesar.

XXIII.

Si nous sommes tous les trois unis, un triumvirat, personne ne pourra nous imposer sa loi !

César écarte les bras, les mains ouvertes. Il tourne la tête vers Pompée, puis Crassus, mais ni l'un ni l'autre ne bouge. Ils semblent ne pas avoir vu son geste, ignorant les deux sièges placés face à face de part et d'autre de la table couverte d'une nappe rouge sur laquelle sont disposés des amoncellements de fruits et des cruches de vin frais.

César les observe quelques secondes. Ils sont comme deux bêtes féroces que l'on vient de pousser dans l'arène.

Pompée a le port impérieux d'un chef de guerre, jambes écartées, menton levé, bras croisés. C'est un lion sûr de sa force. Il sait qu'il est soutenu par ces milliers de vétérans qui ont fait les campagnes d'Asie sous son commandement. Il a l'appui de certains membres du Sénat. Et la plèbe est sensible à sa gloire, elle applaudit à son triomphe.

En face de lui, Crassus paraît petit, presque quelconque, et pourtant il émane de sa grosse tête, enfoncée dans ses larges épaules, une force inquiétante. Ses traits expriment l'avidité, la férocité et le mépris. Il ne regarde pas Pompée, mais César le sent prêt à bondir comme un léopard.

César fait un pas. S'il laissait ces deux hommes-là seuls, ils se sauteraient à la gorge et on ne pourrait les séparer qu'en leur tranchant la tête.

Il s'incline, recommence son geste, les bras étendus, montrant les sièges, puis s'assied dans le fauteuil qu'il a fait disposer au centre de la pièce, à égale distance de ses hôtes.

Il dit :

— Vous êtes les deux puissantes colonnes de Rome.

Il se tourne vers Pompée.

— Qui peut te contester la gloire, *imperator* ? Qui peut empêcher les vétérans de t'aimer ? Et pourtant on te refuse, à toi qui as conquis l'Asie avec tes légions, les moyens de donner à tes soldats les terres auxquelles ils ont droit.

Pompée hésite, puis s'assied, gardant les bras croisés.

César regarde Crassus qui, le visage fermé, la bouche boudeuse, s'installe enfin dans son siège.

— Toi, Crassus, tu peux acheter Rome. Sans toi, rien ne peut se faire dans la ville. Et néanmoins on ne te donne pas le commandement glorieux auquel tu aurais droit.

Il se lève, commence à marcher dans la pièce, allant de l'un à l'autre.

Il montre les colonnes du péristyle, le jardin dont on aperçoit les grands pins parasols.

— Tous trois, poursuit-il, nous avons bien servi Rome, moi qui suis *pontifex maximus*, *imperator*, vous qui avez été consuls déjà, et sans qui Rome aurait été vaincue, la plèbe affamée, révoltée. Mais qui se souvient que vous avez écrasé les bandes d'esclaves, crucifié ces animaux sauvages qui suivaient Spartacus ?

Il s'interrompt, se rassoit.

— Et nous sommes contraints, tous trois qui avons

pacifié les provinces, terrassé les esclaves et les pirates, nous que la plèbe et les légions acclament, nous sommes contraints de nous réunir ici, dans cette Domus Publica, hors du Pomerium, hors de l'enceinte de Rome, comme si nous étions des suspects. Est-ce juste ?

Il se tait. On entend le bruit des fontaines. Il frappe dans ses mains et des esclaves entrent dans la pièce, remplissent les verres de vin, les offrent à Crassus et à Pompée, puis ressortent.

— Si l'on peut ainsi nous insulter, reprend César, et ne pas nous accorder ce à quoi nous avons droit, c'est que nous sommes désunis, et que l'on joue avec chacun de nous.

Il s'adresse à Pompée.

— Cicéron te flatte, Pompée, il dit partout qu'il suffit de te faire des promesses pour que tu sois doux comme un chien dressé. Ne t'es-tu pas soumis en licenciant ton armée ? Et depuis, le Sénat refuse de reconnaître les provinces d'Asie que tu as conquises...

Pompée baisse la tête. César regarde maintenant Crassus.

— Toi...

Mais il le voit se lever d'un bond, se mettre à marcher à travers la pièce.

— Que proposes-tu, Caius Julius Caesar ? lâche Crassus. Tu nous invites, ici, dans cette Domus Publica, nous venons près de toi t'entendre, et tu nous parles de nous ! Nous savons bien ce que nous sommes, quelles sont nos forces et nos faiblesses.

Il se rapproche. Il est laid, le visage parcouru de tics, les yeux cachés sous les touffes des sourcils.

— Nous pourrions te parler des tiennes ! reprend-il. La plèbe t'aime, c'est vrai. Les bandes de ton allié, Clodius, parcourent le quartier de Subure. Tout le monde les craint. Tu es *imperator* et *pontifex maximus*. Mais c'est tout, et c'est bien peu ! Tu n'as même pas assez d'or dans tes coffres pour acheter les votes qui te permettront d'être consul…

Il se penche vers César.

— Et c'est ce que tu veux ! Je peux te prêter l'argent qu'il faudra — il rit —, j'en ai plus qu'il n'en faut. Je peux acheter toutes les magistratures de Rome. Mais que m'offres-tu ?

D'un geste, César l'invite à se rasseoir. Crassus hésite, comme s'il venait de recevoir un soufflet. Pourtant, il retourne à son siège.

La bête est dressée. César éprouve un formidable sentiment de force.

— À toi, Crassus, je n'offre rien, dit-il.

Crassus se dresse à demi. César tend le bras.

— À toi non plus, Pompée, je n'offre rien. Et je ne demande rien, ni à l'un ni à l'autre.

Il se lève, croise lentement les bras.

— Mais à nous trois, si nous sommes unis, j'offre tout ! Rien ne se passera plus dans l'État qui pourra déplaire à l'un des trois.

Il élève son poing droit.

— Si nous sommes tous les trois unis, un triumvirat, personne ne pourra nous imposer sa loi !

Il se retourne vers Pompée.

— Toi, Pompée, toi que Cicéron flatte et insulte, tu disposeras des terres pour les distribuer à tes vétérans.

Il fait quelques pas vers Crassus.

— Toi, Crassus, qui as cru trouver en Caton un allié, et qui découvres chaque jour qu'il te trompe, qu'il n'a qu'un seul but, la domination des *patres*, leur victoire sur toi, sur Pompée, sur moi, qu'il est notre ennemi à tous les trois, toi, Crassus, tu auras ton commandement et tu pourras te rembourser de tout ce que t'aura coûté Rome.

Il écarte les doigts de sa main toujours levée. Les serre de nouveau.

— Mais nous devons nous unir. À nous trois, nous sommes invincibles. Nous sommes le gouvernement de Rome.

Il désigne Pompée.

— Toi, Grand Pompée, tu as ta gloire, tes soldats.

Il montre Crassus.

— Toi, tu as la puissance de l'argent, le courage du soldat et la cruauté du chef.

César s'assied.

— Moi...

Il sourit.

— Vous êtes venus ici, vous vous êtes soumis à la loi du Sénat pour me rencontrer hors du Pomerium, c'est donc que vous savez qui je suis, ce que je peux.

Crassus tout à coup éclate de rire, marche à grands pas vers la table, remplit son verre de vin, boit une longue rasade.

— Je sais même ce que tu veux, César, tu veux être élu consul pour l'année 59.

— Si je suis consul... commence César.

— Tu seras consul ! dit Pompée. Je t'appuierai. Et si Crassus ajoute sa puissance à la mienne, qui pourrait être élu contre toi ?

César baisse la tête. Il sera consul, il le sait. Il disposera de l'*imperium*. Il aura atteint à quarante deux ans la plus haute charge de la République. Il dirigera les armées de Rome et, au terme de sa charge, il sera proconsul, à la tête d'une province. Et il pourra alors revenir, s'imposer comme le seul maître de Rome. Le chef unique, l'égal d'un Dieu et d'un roi qu'il faut à cette ville depuis qu'elle est devenue maîtresse du monde.

— Consul, affirme-t-il, je serai celui qui vous unit.

Il ferme le poing.

— Nous serons le gouvernement de Rome !

Pompée se lève, puis Crassus. Ils s'approchent l'un de l'autre. César les rejoint. Ils tendent leurs bras et leurs mains se mêlent, se nouent.

C'est l'été 59. La chaleur accablante et grise couvre Rome d'un voile épais. César s'est assis dans l'atrium de la Domus Publica, la pièce la plus fraîche de sa maison.

Cela fait quelques heures à peine qu'il a été élu à la charge de consul. Il baisse la tête, les yeux clos. Il entend les acclamations de la plèbe qui ne veut pas quitter la voie Sacrée. Elle se presse devant la villa, et à intervalles réguliers crie : « Vive le consul Caius Julius Caesar ! »

Tout au long du trajet entre la Curie et la Domus Publica, la plèbe l'a entouré, malgré la garde, malgré les douze licteurs qui marchaient près de lui.

Il entend un bruit, il lève les yeux : Æmilius veut entrer. César, d'une inclination de tête, le renvoie. Il sait ce que va annoncer Æmilius. Que le second consul élu comme lui pour l'année 59 n'est pas l'allié escompté, l'homme de Pompée, mais Marcus Calpurnius Bibulus, qui avait été édile curule en même temps que lui, un ennemi, un rival, l'ami et le candidat de Caton.

Il va donc falloir sentir sur soi la vermine des intrigues, avancer en évitant les pièges, déjouer les complots. Caton n'a pas renoncé ! Peut-on un jour ne plus avoir d'ennemis ? Seul Jupiter règne au sommet de l'Olympe.

Il faut atteindre le sommet. Là où tel un Dieu, tel un roi, on peut voir de haut les marécages où grouillent les envieux, les hommes sans destin.

Tout à coup, César sent un souffle frais, et la pluie presque aussitôt s'engouffre par l'ouverture de l'atrium.

L'orage se déchaîne. La nuit tombe brusquement, déchirée par les éclairs qui se succèdent, faisant trembler le sol.

Il a envie de cette eau divine sur le visage. Il sort dans le jardin. Le tonnerre gronde, les lueurs zèbrent l'horizon, unissant le ciel au Capitole. Les Dieux parlent, saluent à leur manière son élection au consulat.

Des esclaves courent en tous sens, criant que le Tibre déborde, que les bateaux d'Ostie et le pont Sublicius sont emportés, que les eaux boueuses charrient des arbres déracinés, qu'un théâtre en construction a été balayé, que des maisons se sont effondrées, ensevelissant sous les briques et la boue des centaines d'habitants.

Les Dieux parlent.

Ils annoncent la violence, la mort et la guerre. César renverse la tête. La pluie glisse sur son visage.

Il est prêt à affronter tous les orages.

XXIV.

> Rome est pleine de chiens errants, sauvages ! Ils sont efflanqués, affamés. Je suis consul, je peux les nourrir...

César, immobile, les bras croisés, observe les augures qui avec leur bâton recourbé tracent sur le sol les limites de l'espace sacré où ils vont accomplir les sacrifices.

Il baisse les yeux, et il éprouve un sentiment d'orgueil en découvrant la bande de tissu pourpre qui borde sa toge blanche.

Il est consul, il est parvenu à ses fins. Il possède l'*imperium* et va gouverner Rome et ses armées. Il faut que cette année 59, celle de ses quarante-deux ans, ne soit pas seulement un moment glorieux de sa vie qui cessera quand il sera, après une année, sorti de charge. Il doit faire de ces mois les fondations qui lui permettront, bientôt, d'être maître de Rome. Tout doit être subordonné à cette tâche.

Il faut être impitoyable. Il faut élargir son influence, réduire les *patres* à l'obéissance, et dominer ses deux alliés Pompée et Crassus qu'il voit au premier rang de la foule qui se presse dans le temple de Jupiter Capitolin.

Il se tourne. Il croise le regard de Bibulus. Il faut que cet homme baisse les yeux, et qu'il comprenne qu'il devra s'incliner, qu'il n'exercera pas, un mois sur deux, les fonctions de consul comme le prévoit la loi. Il faut que ce deuxième consul s'efface. Il faut gouverner seul.

Bibulus, comme pour masquer qu'il refuse l'affrontement, se dérobe au regard, fait un pas en avant, s'approche du périmètre sacré à l'instant où les augures brandissent les viscères et le foie des poulets qu'ils ont éventrés.

Bibulus plastronne, parle fort, remercie les Dieux. Comme si les Dieux laissaient deviner leurs intentions dans les entrailles fumantes des animaux ! Ils sont plus secrets, plus retors !

Mais il faut donner le change, se placer auprès de Bibulus, qui tout à coup recule car des esclaves apparaissent, tenant par les cornes et la queue un taureau noir, au poitrail large et blanc. On a entravé les pattes de l'animal, qui pourtant donne des ruades, racle les dalles de la corne de ses sabots. La bave coule de sa gueule. Ses yeux sont injectés de sang.

Un augure brusquement lui enfonce dans le cou jusqu'à la garde un glaive court, et le sang jaillit, bouillonne, rouge sombre. Le taureau tremble, se débat, puis plie ses pattes de devant et s'abat.

— Gloire à Jupiter ! lance l'augure.
— Qu'ainsi périssent les ennemis de Rome, dit César.

Il fixe Bibulus. Il faut que celui-ci lise une menace dans son regard. Voilà le sort que réserve César à ceux qui se dresseront sur sa route !

César rentre à la Domus Publica, entouré par les douze licteurs, acclamé par la plèbe. Il regarde ces hommes qui portent sur l'épaule gauche les faisceaux, ces verges liées ensemble par des courroies rouges et qui sont le symbole de l'*imperium* du consul. Lorsque Bibulus gouvernera, c'est lui qui disposera des licteurs, et donc de la puissance. Et chaque mois, il pourra défaire ce qui a été fait le mois précédent. Que restera-t-il à la fin de cette magistrature si les traces en sont effacées au fur et à mesure ?

Il faut le museler. Et d'abord faire décider que les consuls, même durant le mois où ils sont hors de charge, disposeront des signes de la puissance.

Æmilius s'étonne, il ne comprend pas. N'est-ce pas concéder à Bibulus un pouvoir que Caius Julius Caesar semblait vouloir lui contester ?

— Bientôt Rome oubliera que Bibulus est consul, répond César. Peut-être l'oubliera-t-il lui-même.

Il n'aime pas le rire niais d'Æmilius qui enfin a compris que les licteurs seront toujours aux côtés de Caius Julius Caesar, même les mois où légalement il laissera son pouvoir à Bibulus.

Il veut qu'Æmilius cesse de rire. Il faut qu'il devine que la bataille sera cruelle et que, peut-être, le sang jaillira comme celui qui a giclé, presque noir, de la gorge transpercée du taureau sacrifié.

— Ils ne me connaissent pas encore ! dit César.

Il ferme les yeux. Il sent en lui une telle volonté, un tel désir de parvenir à la puissance, qu'il a l'impression, et il en est un instant troublé, de ne pas se connaître lui-même.

Il reçoit Clodius. Il sait pourquoi on le convoque. Il est le carnassier, loup ou chacal, dont un homme de pouvoir a besoin. César regarde ce visage aux traits fins où la veulerie, la luxure, l'envie, l'ambition et la cruauté ont déjà creusé leurs rides.

— Je suis à toi, Caius Julius Caesar… Ordonne et tu seras obéi. Je peux être maître dans les rues de Rome, si tu le veux. Tu es consul, je serai ton glaive !

César sourit, s'approche de lui. Il faut toucher l'épaule de ce fauve, l'accepter comme une part de soi.

Qu'est-ce que la puissance sans lame pour égorger, sans mâchoire pour déchirer ?

— Sois toujours avec moi, Clodius. Tu jugeras par toi-même de ce qu'il te faut faire.

Il serre les épaules de Clodius entre ses bras.

— Je dois vaincre. Pour Rome et pour son peuple. Pour toi aussi. Les sénateurs ne le veulent pas. Et je ne peux... Rome ne peut accepter qu'ils s'opposent à ce que j'ai décidé.

Il fait quelques pas puis se retourne vers Clodius, dont la main serre la poignée de son glaive.

— Contre eux, j'en appellerai au plébiscite du peuple. Mais ils voudront l'empêcher de se prononcer, ils chercheront à l'influencer. Ils paieront des bandes armées pour l'effrayer. Tu sais cela, Clodius ?

Clodius fait une moue de mépris.

— Nous serons enragés, dit-il. Tu es consul. Tu as l'*imperium*. Nous ferons avec toi triompher la loi.

César le dévisage à nouveau. Cet homme est un chien qui a besoin d'un maître et qu'il faut flatter en lui jetant un quartier de viande.

— Tu souhaites toujours être tribun de la plèbe ?

Les yeux de Clodius s'illuminent tout à coup.

— Ils n'accepteront jamais, reprend César, mais moi je le veux.

Il retire rapidement sa main que Clodius embrasse.

— Je suis à toi, Caius Julius Caesar, assure Clodius en s'éloignant.

César d'un geste appelle Æmilius, puis Balbus. Il a toute confiance dans cet Espagnol, citoyen romain, qui a le dévouement et l'intelligence d'Æmilius, et qui peut mordre, déchirer comme Clodius.

— Il me faut une meute, indique César. Les *patres*

ont leurs hommes de main. Il faut que les nôtres soient enragés, plus nombreux.

— Clodius..., commence Æmilius.

César lève la main, l'interrompt.

— On chasse toujours avec plusieurs chiens.

— Il y a Publius Vatinius, le tribun de la plèbe, propose Balbus.

Celui-là, comme Crassus ou Pompée, fera partie des alliés connus, ceux sans lesquels on ne pourrait faire le siège victorieux du Sénat, battre Bibulus, Caton, Cicéron et tous les *optimates*, ces *patres* accrochés à leurs privilèges, à leurs biens, à leurs pouvoirs, à leurs idées mortes. Mais pour les forcer, pour entrer dans la place, pour les affaiblir, il faut des hommes comme Clodius.

— Rome est pleine de chiens errants, sauvages, reprend César. Ils sont efflanqués, affamés. Je suis consul, je peux les nourrir.

Il se tourne vers Balbus, prend Æmilius par le bras.

— Il me faut une meute, répète-t-il. Je veux des chiens aux dents acérées, capables de sauter à la gorge sur un simple regard. Je veux qu'ils sachent aussi rester couchés et à l'affût le temps qu'il faudra. Je veux des hommes prêts à tout, Balbus !

— Tu les auras, Caius Julius Caesar.

Æmilius s'incline. César pose sa main sur la nuque du jeune homme.

— Ils vont apprendre qui je suis !

Il caresse les cheveux d'Æmilius.

— Tu le sais, toi, chuchote-t-il.

Il sent le frémissement d'Æmilius.

— Reste, ajoute-t-il en renvoyant Balbus d'un geste.

Il attire Æmilius contre lui. Il faut jouir de tout.

Il éprouve du plaisir à découvrir les visages atterrés et haineux des *patres* lorsqu'il leur propose de voter une loi contre la corruption. Les administrateurs ne pourront plus recevoir de leurs administrés des sommes supérieures à dix mille sesterces. Or c'est ainsi que la plupart des *patres*, qui invoquent les vertus de la République, s'enrichissent ou se remboursent des sommes qu'ils dépensent pour se faire élire.

Il les voit se tasser sur leur banc, mais comment pourraient-ils refuser de voter cette loi, ou bien celle par laquelle il leur demande de rendre publics les débats du Sénat en publiant les comptes rendus des séances ? Les citoyens doivent savoir.

Il aperçoit, entouré de sénateurs, Bibulus, le visage rouge. Le consul gesticule. Il doit expliquer qu'on ne peut pas s'opposer à ces mesures sous peine d'être agressé par la plèbe sur le Forum.

Ils ont peur. Ils se découvrent impuissants. Il faut donc les frapper encore plus fort.

César s'avance. Il dit qu'il faut donner de la terre à tous ces vétérans de l'armée de Pompée qui ont bien servi Rome, et à ces citoyens qui ne peuvent vivre seulement des distributions gratuites de grain et d'aumônes. Il propose que l'on accorde des parcelles de terre en Campanie à vingt mille soldats et citoyens de la plèbe. Dans la pénombre de la Curie, il devine les visages que l'amertume creuse. Il entend les murmures. Et il n'est pas surpris quand Caton se dresse, dit qu'il a le droit d'expliquer son vote hostile à cette loi agraire, cette *lex Iulia Agraria*.

Caton commence à parler lentement, et le temps s'écoule. César se sent emporté par une colère glacée. Caton veut à l'évidence parler jusqu'au coucher du soleil, moment où il faudra lever la séance sans avoir voté.

— Ils ne me connaissent pas !

Il se penche vers Æmilius. Que les licteurs empoignent Caton, qu'ils le conduisent sur ordre du consul hors du Sénat et qu'ils l'emprisonnent !

Ils vont le connaître. Ils vont découvrir ce que peut Caius Julius Caesar quand il est consul. Ce qu'il veut.

Il regarde Caton se débattre, mais à la fin renoncer, se laisser entraîner par les licteurs.

Il va leur dire avec tout le mépris qu'il ressent pour ces hommes qu'il a décidé de faire voter sa loi agraire par le peuple, réuni en Assemblée. Et qu'ils essaient alors de s'y opposer ! Clodius n'aura même pas besoin de jeter ses chiens contre eux. La plèbe bondira d'elle-même.

— *Patres*, commence César, je vous avais constitués juges et arbitres de ce projet afin que, si quelqu'un d'entre vous avait trouvé à redire, il ne fût pas présenté au peuple avant d'avoir reçu votre approbation. Vous n'avez même pas daigné procéder à une consultation. Sénateurs, *patres*, le peuple seul en décidera.

Il s'avance sur la tribune du Forum. Il dit : « La terre appartient aux citoyens de Rome ! » On l'acclame.

Caton, encore lui, qu'on vient à peine de libérer de sa prison, commence à parler, à lancer des injures contre ce consul qui se prend pour un roi. César voit Clodius qui, d'un simple mouvement de tête, lance ses chiens. Des hommes armés arrachent Caton à la tribune. Et quand Bibulus crie : « Je suis consul ! Vous n'aurez la loi que si Bibulus consul de Rome, égal de César, y consent ! Et je n'y consens pas ! Vous n'aurez pas cette loi cette année, même si vous la voulez tous... », César se tient en arrière, impassible. Bibulus ne doit plus parler. Il jette un regard à Clodius. Ses hommes s'élancent, brisent les faisceaux des licteurs qui entourent Bibulus, lèvent leur gourdin, et la plèbe se déchaîne, déversant sur Bibulus des seaux de fiente, l'obligeant lui et ses amis à fuir, injuriés, blessés, sales, vaincus.

Cette loi sera votée.

Crassus et Pompée s'approchent de César. Crassus apporte son soutien, et Pompée clame d'une voix forte : « Si quelqu'un ose tirer le glaive, je prendrai mon bouclier ! »

— Personne ne peut s'opposer à notre force unie, dit César.

Il regarde la plèbe, les visages de Crassus et de Pompée. Il est consul, celui qui décide et qui gouverne.

— Je suis Rome, murmure-t-il.

Maintenant, il le sent, il le voit : on le craint. On se tait sur son passage. On accepte ses propositions. Il fait reconnaître l'organisation des provinces, telle que Pompée l'a voulue. Il réforme la justice afin que les aristocrates de Rome ne soient pas seuls à faire entendre leur voix dans les tribunaux. Désormais, on votera par « ordre », et les chevaliers pèseront ainsi sur les décisions. Il veut s'appuyer sur ces derniers, qui ont constitué des sociétés financières, qui prêtent à des taux usuraires et qui se sont partagé les provinces où le Sénat leur a affermé l'impôt.

Là est l'argent. Donc là est l'une des sources de la puissance, avec les armes, la gloire, le pouvoir divin, et la peur que tout cela inspire. Et il veut de l'argent. Il doit achever de rembourser Crassus et payer les bandes de Clodius. Il décide donc que les chevaliers qui lèvent l'impôt pourront garder un tiers de plus de leurs recettes. Et il a des parts dans ces sociétés, comme Crassus. Voilà l'allié récompensé, après que Pompée l'a été, avec les terres distribuées à ses vétérans et ses conquêtes d'Asie reconnues.

Qui osera le contester ? Bibulus ?

— Il se terre chez lui, rapporte Clodius. Il est terrorisé. Il sait que nous sommes capables de tout. Il n'ose plus s'aventurer dans Rome, même accompagné de ses licteurs. Mais il parle, il injurie. Ce sont des hommes qu'il paie qui, chaque nuit, collent des affiches sur les murs qui vous calomnient, vous insultent, Caius Julius Caesar ! Que doit-on faire ?

César ne veut pas répondre à Clodius. Il faut savoir montrer aux chiens de sa meute que leur maître est si fort qu'il ne se soucie pas des injures.

Et il méprise vraiment Caton, Cicéron, Bibulus qui s'en vont répétant qu'il a constitué avec Crassus et Pompée une « grue à trois têtes », qu'il est le « râtelier de Nicomède », le « couloir bithynien » et aussi que « Pompée est le roi et César la reine ! ».

Mais il ne doit pas rester passif. La foule chaque matin se rassemble autour des affiches, on murmure qu'il a offert à Servilia une perle de six millions de sesterces, et que cette femme lui offre en plus de son corps celui de sa jeune fille Tertia.

Bien sûr, la foule se moque de ce Bibulus, de ce consul qui ne fait rien, qui comme un lâche se cache, et Cicéron fait de même ! On rit en répétant que cette année 59 n'est pas celle des deux consuls César et Bibulus, mais celle « de César et de Jules ».

Il faut répondre cependant. On ne doit jamais oublier ses ennemis. Tant qu'ils ne sont pas morts, ou ne se sont pas livrés, ils peuvent être dangereux. Et les *patres* attendent la fin de cette année de consulat pour faire annuler toutes les décisions prises et sans doute le mettre en accusation.

On ne doit pas s'arrêter à mi-pente sur le chemin du sommet.

Agir contre eux, donc, et pour cela obtenir plus d'argent encore pour acheter les hommes.

Il impose au Sénat la reconnaissance du pharaon d'Égypte comme allié et ami du peuple romain. Et Ptolémée XII Aulète verse six mille talents parce que l'appui de Rome consolide son pouvoir contre ses rivaux.

— Voilà, dit César en montrant à Crassus les coffres remplis d'or.

Il tient ainsi Crassus.

Reste Pompée qui n'a pas le même rire irrépressible quand il plonge ses mains dans l'or.

Il faut se l'attacher par d'autres liens que celui de l'argent...

— Tu es seul, dit-il à Pompée. Comment un homme comme toi peut-il rester sans épouse ?

— Et toi, s'étonne Pompée, qui veille sur tes Dieux Lares ?

— Je pourrais te répondre ma mère Aurelia Cotta et ma fille Julie, dit César. Mais l'une est proche de la mort et l'autre doit se marier. Aussi, je vais prendre femme.

Il a décidé en effet d'épouser Calpurnia, la fille de Calpurnius Pison qui sera consul en 58.

— Il sera notre allié, ajoute César. Si je suis loin de Rome, proconsul dans l'une de nos provinces, il veillera sur sa fille et sur mes intérêts. Les nôtres.

— Tu conclus une alliance, murmure Pompée.

— Le mariage est cela.

Il s'approche de Pompée. L'homme est vigoureux, presque corpulent. Il a six ans de plus que lui.

— Je t'offre Julie, dit César en prenant Pompée par le bras.

Pompée se retourne, les yeux écarquillés.

— Ma fille Julie, petite-fille de Cinna. Ma fille,

Pompée ! Je te l'offre comme une preuve de la profondeur de notre alliance.

Il retire son bras.

— Elle a dix-sept ans. Tu as trente ans de plus qu'elle. C'est un fruit vert que je te donne.

Il sait que Pompée ne peut pas refuser. Et il a déjà averti Julie, écarté son fiancé, un homme dévoué qui s'est employé à combattre Bibulus et Caton. Mais les Dieux eux-mêmes sont ingrats, et celui qui veut devenir leur égal, qui doit relever leurs défis, séduire la Fortune, doit se comporter comme eux. Peut-on renoncer à faire du Grand Pompée, de Pompée *imperator*, son gendre ? Julie le tiendra en laisse, il ne mordra plus.

César lit dans les yeux de Pompée que celui-ci calcule aussi ses avantages. Il doit penser que, restant à Rome, le consul sorti de charge, gouvernant une province, il disposera de son appui, puisqu'il sera le beau-fils du *pontifex maximus*. César s'éloigne un peu. Il veut cacher cette certitude qui l'habite. Il a déjà réussi à poser ses bornes sur les années futures. Crassus acheté, Pompée lié par le mariage, le consul Pison contraint de le soutenir puisque devenu son beau-père, Clodius qui sera tribun de la plèbe et tiendra le tranchant du glaive sur la gorge des sénateurs.

Les mariages ont lieu. Il sait que Caton distribue les diatribes, qu'il dit : « Il est intolérable que l'on prostitue l'autorité publique par des mariages et que l'on se serve de femmes pour se distribuer, entre compères, provinces, armées et pouvoirs », ajoutant qu'« avec César, le peuple a lui-même installé un tyran dans la citadelle ». Et Cicéron dénonce « l'argent répandu à pleines mains ».

Ils parlent trop, ces *patres*. Ils invoquent la vertu

alors qu'ils ne pensent qu'à leurs biens et jamais au destin de Rome.

Il faut les faire taire.

Il veut voir Balbus, Clodius, Æmilius. De ces trois-là, si différents les uns des autres, il est sûr pour l'instant. Peut-être Clodius est-il le plus retors, le plus cruel, l'homme qu'il faut, donc.

— Te souviens-tu de Vettius ? demande César.

Clodius plisse son visage, qui exprime une curiosité avide.

— Le dénonciateur, murmure Clodius. Celui qui a livré les conjurés de Catilina et prétendu que vous étiez leur complice. Vettius, oui…

— Sers-toi de lui.

Clodius penche la tête.

— Cicéron, Caton, Bibulus, d'autres, continue César, tous ceux qui nous haïssent peuvent rêver de nous tuer et Vettius est un homme qu'on achète pour ces besognes-là.

Clodius rejette la tête en arrière, rit silencieusement.

— Je l'imagine sur le Forum, dit-il. Il porte un poignard. On l'arrête. Il dit qu'il veut tuer César…

— Pompée, interrompt César.

— … Pompée, et qu'il a été payé par…

César l'arrête :

— Tu fais ce que tu veux. Mais un homme qui est à vendre sert les uns et les autres, selon qui le paie. Il peut livrer ceux qui l'ont employé.

— Un homme mort ne vaut plus rien, dit Clodius. Il est muet.

César incline la tête.

Il attend. Il faut faire plier ces *patres* qui viennent de lui attribuer comme province un territoire qu'ils appellent celui de la province «des forêts et des sentiers», dont on ne connaît même pas les limites entre la Gaule cisalpine et l'Illyrie.

Il doit contenir sa rage pour ne pas se rendre au Sénat, faire disperser ces *patres* par les bandes de Clodius. Mais il se calme. Quand Vettius aura accusé Bibulus, Caton et Cicéron de l'avoir payé pour assassiner Pompée, les sénateurs, même s'ils devinent une manœuvre, seront plus dociles.

Surtout quand on aura découvert Vettius étranglé dans la prison du Tullianum.

Il attend donc.

Le tribun de la plèbe Publius Vatinius organise un plébiscite pour que le peuple attribue à César le proconsulat de la Gaule cisalpine et qu'il commande à trois légions, avec le droit de nommer ses légats. Et que ce proconsulat lui soit accordé non pas pour un, mais pour cinq ans.

Vatinius a été efficace. La plèbe, enthousiaste. Caton n'est pas surpris quand il apprend que le Sénat a accepté cette nomination. Et même qu'il a attribué à César, en plus, le proconsulat sur la Gaule narbonnaise et une légion de plus. La peur rend docile.

— On a retrouvé le corps de Vettius, vient lui dire Balbus.

Il sourit.

— La gorge tranchée, ajoute-t-il.

César se dirige vers le Sénat en compagnie d'Æmilius.

Il vient de gouverner Rome pendant un an, comme un souverain nanti de tous les pouvoirs.

Maintenant, il est à la tête de quatre légions. Et on lui a même accordé le droit de créer des colonies dans les provinces qu'il va gouverner. Elles sont riches d'hommes et de récoltes. Il installera cinq mille colons à Côme. Il lèvera de nouvelles troupes. Il sera à quelques journées de marche de Rome, où personne n'osera le mettre en accusation. Qui défierait un proconsul, qui dispose de la force des légions et que la loi protège ? Et dont les alliés restent à Rome, Pison le beau-père étant l'un des consuls ; Gabinius, ami de Pompée, l'autre ; et Clodius, tribun de la plèbe.

Il ne manque que la gloire d'une grande campagne militaire, comme celle accomplie par Pompée contre les Parthes. Il aurait aimé partir en guerre contre le roi des Daces, Burebista, mais celui-ci s'est assagi. Il y a certes la Gaule Chevelue, celle des cent tribus au-delà des Alpes, et côtoyant la Narbonnaise.

Et au-delà, il y a la Germanie.

Mais le roi des Germains suèves, Arioviste, vient d'être déclaré ami du peuple romain.

Faudra-t-il donc ne pas connaître la gloire guerrière, celle du conquérant, sans laquelle il n'est ni de Dieu ni de roi ?

Au moment d'entrer dans la Curie, il se tourne vers Æmilius.

— Ils espèrent encore m'empêcher d'être victorieux et glorieux ! dit-il. Et la guerre se cache, Æmilius. Mais nous l'obligerons à sortir de sa grotte, et nous ne la lâcherons plus, nous la terrasserons pour accomplir notre destin et pour la gloire de Rome.

Il regarde ces *patres* dont le visage exprime la veulerie, la peur et la lâcheté. Même Caton, même Cicéron et même Bibulus n'ont pas osé s'opposer à ce proconsulat qui le fait maître des Gaules cisalpine et narbonnaise.

Il peut maintenant leur dire ce qu'il ressent après cette année où ils ont tout tenté pour l'entraver.

— Malgré votre résistance, commence-t-il, malgré

vos lamentations, j'ai obtenu ce que j'avais désiré, pour moi, pour Rome, et je peux désormais... — il les défie du regard, puis reprend — ... je peux marcher sur vos têtes à tous !

Depuis la pénombre, une voix aiguë s'élève, ironique :

— Ce ne sera pas facile à une femme !

Il rit. Il s'efforce de rire.

— Sémiramis a régné en Syrie, lance-t-il, et les Amazones ont dominé jadis une grande partie de l'Asie. Que ne peut faire une femme romaine !

Il s'éloigne à pas lents, posant sa main sur l'épaule d'Æmilius.

— Ne montre jamais à ton ennemi qu'il t'a blessé, murmure-t-il. Et ne le laisse en vie que si tu as intérêt à ne pas le tuer.

SEPTIÈME PARTIE

XXV.

Qu'ils viennent chercher Caius Julius Caesar, proconsul de la Gaule cisalpine, de l'Illyrie et de la Narbonnaise !

César aime ce vent froid des Alpes qui soulève les pans de son grand manteau rouge de commandement.

Les bourrasques sont si fortes qu'elles font trembler les enseignes et les aigles que tiennent haut, au-dessus de la forêt des javelots, les principales et les centurions.

Il s'arrête face à l'alignement des légions. L'averse, comme chaque matin au moment de la revue, déferle dans le grondement du tonnerre. César ne bouge pas. Il regarde au-delà des hommes cette chaîne des Alpes qui n'est qu'une barre noire enveloppée de nuages bas.

Il se tourne vers ses légats. Il aime leur peau tannée, leurs visages amaigris déjà par les marches qu'il impose chaque jour. Et il est à leur tête, le corps fouetté par ces rafales qui sont comme des nuées de flèches.

Il s'approche de Labienus, sans doute le plus aguerri, mais Crassus le fils, Æmilius et Mamurra, si habile à construire des fortifications, sont aussi valeureux. Il montre les légionnaires tenant chacun leur javelot sur l'épaule gauche, la main droite serrée contre la poignée du glaive court, le torse moulé dans leur cotte de mailles, leur casque tombant bas sur le front.

— Ils sauront se battre même inondés de parfum, dit-il.

Il se tourne vers Mamurra qui soutient son regard. Lui n'a pas besoin de parfum pour attirer.

Mais il n'est pas temps de s'abandonner au plaisir.

César saisit les pans de son manteau. Il avance à grands pas sur le front des légions. Il veut passer devant chaque cohorte, s'arrêter devant les manipules, les centuries. Il commence à connaître le nom de chaque centurion.

Il lit l'estime dans leurs yeux. Il faut, pour être obéi des légions, s'imposer les sacrifices que l'on exige des soldats. Il a marché avec eux des journées entières, il a traversé les rivières en crue, remonté les torrents glacés. Il s'est exercé sous leurs yeux au maniement des armes.

Il a l'impression de former avec eux un corps unique. Ces hommes prolongent son bras, ils sont l'arme de son âme. Il ne craint plus ces intrigues qui continuent à Rome, où les tribuns Domitius Ahenobarbus et Caius Memmius viennent de tenter de le mettre en accusation. Durant trois jours ils ont harangué le Sénat, malgré les deux consuls amis, Pison et Gabinius, malgré Pompée et Crassus. Ils ont déversé leurs accusations. La loi a été violée par Caius Julius Caesar, ont-ils affirmé. Les mœurs et les vertus ont été bafouées par cette « reine de Bithynie ». Il a quitté Rome avec l'argent du pharaon Ptolémée Aulète, ont-ils ajouté. Il a favorisé l'adoption de ce Clodius par un plébéien, afin que ce débauché devienne tribun de la plèbe. Et ils ont révélé que le père adoptif de Clodius n'était que son giton, un jeune homme d'une vingtaine d'années, corrompu, devenu père d'un homme de quarante ans ! Voilà qui est Caius Julius Caesar !

Puis Clodius a surgi avec ses bandes, et il a mis ses poings dans la bouche des accusateurs, de Bibulus qui lui aussi voulait prononcer un réquisitoire. Et ils ont ainsi dû se taire.

Que tout cela est loin ! Qu'ils viennent chercher Caius Julius Caesar, proconsul de la *Togata Gallia* — en toge —, la Gaule cisalpine, de l'Illyrie et de cette Narbonnaise si riche en récoltes, comme la plaine du Pô où l'on peut lever des légions en quelques jours tant les hommes sont nombreux, vigoureux et combatifs.

César rentre dans sa villa. Il doit attendre le signe que lui donnera la Fortune. Il a cinq années de proconsulat devant lui, une armée qu'il augmentera de nouvelles recrues, et peu importe que cela soit illégal. Que les sénateurs osent venir ici pour le condamner ! Dans cinq années, il faut qu'il soit celui qui dicte la loi et non celui auquel on l'applique !

Mais il faut pour cela qu'une guerre, une guerre juste aux yeux des citoyens de Rome, lui permette de montrer son courage, fasse de lui, César, l'égal du plus grand des conquérants, cet Alexandre auquel il a tant de fois rêvé, César le vainqueur, celui que la Fortune a couronné ! Car la victoire guerrière est la seule preuve de l'attention bienveillante des Dieux. C'est elle qui fait le roi.

Il écoute ces marchands romains venus de la Narbonnaise et qui sont assis autour de lui dans l'exèdre de cette villa des rives du lac de Côme où il s'est installé. Ils parlent de la *Comata Gallia*, la Gaule Chevelue, celle qui est au-delà des Alpes.

César se tourne et regarde ce lac qu'il faut franchir avant d'atteindre les montagnes et les cols qui conduisent au pays des Helvètes, l'un des peuples de la Gaule Chevelue.

— Mais il y a plus de soixante peuples en Gaule, dit l'un des marchands. Rien ne les unit, ni leurs prêtres, les druides, ni leurs chefs. Ils se jalousent. Ils se déchirent. Ils sont toujours rivaux. Mais ils sont tous riches.

César observe ces hommes aux visages de rapaces, dont les yeux brillent.

— Nous traversons des plaines couvertes de blés mûrs, racontent-ils, des coteaux noyés sous la vigne, des vallons où paissent des centaines de chevaux. Les villes, même les plus petites, abritent des sanctuaires, des temples remplis d'offrandes, d'or. Les greniers débordent, les femmes sont belles, les hommes nombreux. On ne fait pas mille pas sans rencontrer un village. Là nous achetons nos esclaves et le grain, les armes même ! Ces hommes sont ingénieux.

Ils s'arrêtent.

— Parlez encore, insiste César.

Il rêve à ce pays, qui lui semble compléter cette Narbonnaise que menacent souvent des incursions gauloises. Il voudrait aller jusqu'à l'Océan, retrouver cette immensité inconnue sur laquelle il a navigué lorsqu'il faisait la guerre aux peuples du nord de l'Espagne Ultérieure. Et puis ce serait le moyen de repousser les Germains, ainsi ces Suèves qui franchissent le Rhin et obligent les Gaulois à refluer vers la Province romaine.

— Les plus braves de tous les Gaulois, ajoute l'un des marchands, ce sont les Belges.

Le marchand hésite, regarde Mamurra et Æmilius assis de part et d'autre de César.

— Ils sont les plus éloignés de la Province romaine, poursuit-il, donc de son luxe, de ses mœurs raffinées. Nous allons rarement chez eux leur vendre ces parfums, ces tissus, ces bijoux, ces choses qui amollissent l'âme, et ils se trouvent à proximité des Germains qui habitent au-delà du Rhin et avec qui ils sont continuellement en guerre.

Le regard de César se perd un instant dans le lac qui

s'étend devant la villa, et dont les eaux noires paraissent se confondre avec le ciel. Conquérir la Gaule Chevelue, ajouter une province aux possessions de Rome, voilà qui donnerait la gloire, la richesse, des dizaines de milliers d'esclaves, de l'or, des femmes, et la possibilité d'enrôler comme auxiliaires des légions, fantassins ou cavaliers, ces Gaulois si valeureux, selon ce qu'en disent les marchands. Il y a déjà en Gaule des peuples qui sont les alliés de Rome, les Lingons, les Rèmes, les Éduens surtout, que l'on désigne comme «frères et consanguins de Rome». Et puisque ces soixante peuples entre le Rhin et l'Océan sont divisés et rivaux, on doit pouvoir jouer des uns contre les autres, utiliser leur peur des Germains, pour devenir leur maître.

La Gaule entière est partagée en trois régions, explique l'un des marchands. Les Belges en habitent une, les Aquitains une autre, ceux qui s'appellent Celtes dans leur propre langue et Gaulois dans la nôtre, la troisième. Ce sont les Arvernes, les Séquanes, les Parisiens, les Bituriges, les Sénons, les Allobroges, bien d'autres, et puis les Helvètes, ceux-là...

Le marchand montre les massifs qui ferment le lac.

— Les Helvètes, les plus proches de la Gaule cisalpine parce qu'ils doivent soutenir de perpétuels combats contre les Germains, tantôt les repoussant, tantôt les attaquant, sont supérieurs en courage à tous les autres Gaulois...

César demande que l'on verse à boire aux marchands romains. Il se lève, marche autour d'eux, sentant sur lui leurs regards curieux.

Il veut, dit-il tout à coup en s'arrêtant au milieu de la pièce, qu'on lui rapporte tout ce que l'on sait sur les rivalités entre peuples gaulois et à l'intérieur de chacun de ces peuples.

— Tu veux la guerre et la conquête, consul, relève l'un des marchands.

— Je veux la grandeur et la paix pour Rome, la richesse que possèdent ces peuples nombreux.

— Ils se battent mal et bien, dit le marchand. Leurs villes sont fortifiées, ils savent élever des murs. Certains de ces Gaulois sont d'excellents cavaliers. Tous sont courageux. Ils échangent entre eux des otages qui garantissent les accords conclus entre peuples, mais ils n'hésitent pas à les sacrifier. Ils combattent jusqu'à leur dernier souffle. Ils sont fiers.

Le marchand incline la tête.

— Ils seront difficiles à vaincre...

— Vends tes tissus et tes parfums, marchand, tes amphores et tes bijoux, dit César. Et n'essaie pas de voir ce qui est trop haut et trop loin pour toi.

Il fait un signe de la main pour que ces marchands partent. Leur présence maintenant l'irrite. Il enverra des espions en Gaule, des hommes à lui, et il n'écoutera plus ces bavards peureux.

Il fera la guerre. Il la gagnera. Mais il faut attendre l'occasion, le prétexte, et alors fondre sur les Gaulois comme un oiseau de proie.

Il regarde Mamurra, qui baisse les yeux. Æmilius se lève et s'éloigne. César tend la main à Mamurra.

XXVI.

Enfin, il commande à des milliers d'hommes qui dressent leurs javelots. Il les dispose sur le flanc d'une colline...

Enfin !
César serre les lèvres. Il a pourtant l'impression que ce mot qu'il ne veut pas prononcer mais dont tout son corps lui semble plein va jaillir malgré lui de sa bouche.
Enfin ! Enfin !
Il pose ses poings fermés sur ses cuisses, comme si ses doigts crispés pouvaient retenir ce mot et empêcher ainsi cet homme qui se tient debout en face de lui de l'entendre, de l'imaginer.
César se raidit. Il veut paraître impassible, indifférent, écoutant à peine cet Allobroge qui recommence sans fin son récit, puisque personne ne semble mesurer l'importance de ce qu'il dit.
Tant mieux. Il faut que ce Gaulois reparte d'ici vers Genava (Genève), la ville des bords du lac Léman que traverse le Rhône, persuadé que les légions ne vont pas s'ébranler, qu'elles ne vont pas réagir à la décision prise par les Helvètes de quitter leurs villes et leurs villages, de gagner le pays des Santons en Aquitaine.
Enfin, enfin ! Voilà le prétexte à cette guerre, qui doit apparaître juste pour que le citoyen de Rome soit convaincu que César n'agit que pour la sécurité et la

grandeur de la République, pour défendre ses intérêts et venger son honneur.

Car ce sont les Helvètes qui autrefois, en 107, il y a donc presque cinquante ans, ont massacré des citoyens romains, le consul Cassius, le légat Pison, ancêtre du beau-père de César.

Rome n'oublie rien !

César renvoie l'espion. Il regarde s'éloigner cet homme au pas pesant, à la démarche balancée d'un ours. Il hésite. Puis dresse la main, poing fermé, pouce baissé. Les gardes aussitôt se précipitent sur le Gaulois. César entend un bruit de lutte, il détourne la tête. Un homme qui espionne les siens, qui les trahit, peut aussi trahir ceux auxquels il s'est vendu.

César se lève. Maintenant il peut laisser libre cours à son impatience. Il lance des ordres. Son cheval ! Que les porte-enseignes se rassemblent ! Que les légats commandent aux légions de se mettre en route ! Que Labienus prenne la tête de la Xe légion et rejoigne au plus vite Genava !

Il chevauche. Pluie, neige, sentiers escarpés, cimes perdues dans le brouillard. Il se retourne. La légion est, elle aussi, enveloppée par cette étoupe grise et glacée qui étouffe le martèlement sourd des pas, et parfois le heurt des boucliers qui s'entrechoquent.

Il faut saisir le destin par la crinière, pense César. La Fortune passe vite. Il faut s'accrocher à elle, afin qu'elle vous entraîne.

Il regarde Æmilius, Mamurra, les tribuns, les légats qui chevauchent autour de lui.

— Les Helvètes, indique-t-il, ont brûlé leurs douze villes, leurs quatre cents villages et toutes les récoltes qu'ils n'ont pu emporter. Ils marchent maintenant, avec leurs femmes, leurs enfants, leurs aïeux, vers Genava.

Ils veulent franchir le pont que Rome a jeté sur le Rhône. Ils vont demander le droit de passage, mais Rome ne peut laisser entrer dans sa province un peuple de plusieurs centaines de milliers de têtes, un peuple guerrier ! Rome ne peut subir les conséquences des actions des Suèves et de leur chef Arioviste qui poussent les Helvètes vers le Rhône, vers la Narbonnaise. Nous allons détruire le pont, empêcher les Helvètes de traverser le Rhône.

César tend le bras, montre les flancs des montagnes.

— Mais ils ont incendié leurs maisons et leurs champs. Ils tenteront donc de passer par une autre route, celle du Jura, au milieu des montagnes. Ils gagneront le pays des Séquanes et des Éduens. Ils pilleront...

Il s'interrompt. Il dit :

— Les Éduens sont frères et consanguins de Rome. Ils ont droit à notre protection.

Il n'ajoutera pas qu'enfin la Fortune a donné le prétexte de porter la guerre en Gaule, et de commencer ainsi la conquête de ce pays riche et de ces peuples nombreux.

Maintenant que César arpente les bords du Rhône, il a le sentiment que les décisions qu'il prend, les actes qu'il accomplit, les paroles qu'il prononce, viennent à lui comme si déjà tout était en place dans un autre monde où son destin est tracé. Il n'a plus qu'à lever la tête, comme pour regarder les étoiles, ce qu'il doit faire est inscrit dans le ciel.

Il n'hésite jamais.

Il voit s'avancer un groupe d'Helvètes, les plus illustres de leur nation. Ils sont grands, fiers. Ils disent d'un ton calme, où il n'y a ni peur ni prétention :

— N'ayant aucun autre chemin, les Helvètes voudraient traverser la Province romaine sans y causer de dommages. Ils en demandent la permission.

César les écoute. Il faut gagner le temps de détruire le pont sur le Rhône, de lever en Cisalpine deux nouvelles légions, de creuser un fossé depuis le lac Léman jusqu'au mont Jura, puis de dresser un mur le long du Rhône, de bloquer cette route vers la Narbonnaise, et d'obliger ainsi les Helvètes à passer par le Jura, parmi les Séquanes et les Éduens.

Il sait que chez ces derniers, l'un des chefs, Dumnorix, a fait alliance avec les Helvètes et veut sans doute rompre les liens qui unissent les Éduens à Rome et devenir ainsi leur chef, en écartant Diviciac, son propre frère, qui lui a séjourné à Rome. Diviciac, bien que druide, est un fidèle de la République.

La Fortune chevauche. Et César se sent accroché à elle.

Il reçoit à nouveau les chefs helvètes. Mais maintenant les fortifications sont terminées. Et cinq légions sont regroupées. Alors il peut répondre qu'il ordonne que les Helvètes retournent dans leurs montagnes, que telle est la volonté du proconsul Caius Julius Caesar qui parle au nom de Rome, la plus grande puissance du monde.

Les Helvètes, il le sait, ne peuvent accepter.

Enfin, enfin, c'est donc la guerre ! Les Helvètes s'engagent sur la route du Jura, saccagent le pays des Séquanes et des Éduens. Il faut les battre, surprendre leur arrière-garde au moment où leur peuple achève de traverser la Saône sur des radeaux et sur des barques assemblées.

César regarde ce massacre, ces Helvètes du canton des Tigurins qui ne peuvent que se laisser égorger, encombrés qu'ils sont de bagages et de vieilles femmes. Une partie d'entre eux s'enfuit dans les forêts, comme des bêtes sauvages traquées.

Ce sont les Tigurins qui autrefois ont vaincu les Romains, forcé leurs prisonniers, citoyens de Rome, à passer sous le joug avant de les tuer. César lève la main. Que le silence se fasse, que les légions écoutent :

— Ainsi, soit hasard, soit volonté des Dieux immortels, c'est la partie du peuple helvète qui a infligé jadis au peuple romain une cruelle défaite qui est la première à être châtiée. Ils ont tué le consul Cassius, et l'aïeul de mon beau-père Pison. Aujourd'hui, ils commencent à recevoir le prix de leurs offenses.

Il accepte pourtant de recevoir une délégation. Elle est dirigée par un vieillard aux cheveux longs, à l'attitude orgueilleuse.

Il s'appelle Divicon, dit-il, il a commandé les troupes qui jadis ont mené avec succès la guerre contre les Romains.

— Si le peuple romain fait la paix avec les Helvètes, attaque-t-il d'une voix rauque, ils iront où César voudra. Sinon...

Il menace. Il parle d'« un certain malheur arrivé jadis aux Romains ». Il serre la poignée de son long glaive.

— Que César prenne garde, conclut-il. L'endroit où ils se sont arrêtés pourrait bien donner son nom à un nouveau désastre du peuple romain.

Insolence ! Aveuglement !

César croise les bras.

— Les Dieux immortels, répond-il, afin de rendre plus pénible le changement de la Fortune, accordent pour quelque temps la prospérité et le bonheur à ceux dont ils veulent châtier les crimes.

Comment les Helvètes ont-ils pu croire que Rome avait oublié ! Ils vont sentir le poids de sa colère.

Il faut dès le lendemain lancer la cavalerie contre eux, mais ils se battent bien. Et le blé manque aux légions.

César le sait. On ne peut vaincre le ventre vide. Les Éduens qui ont promis de livrer du grain semblent se dérober. Il faut agir, écouter Diviciac l'Éduen allié de Rome, le menacer et le flatter, jusqu'à ce qu'il se mette à pleurer, avouant que son propre frère Dumnorix a partie liée avec les Helvètes.

César lui prend la main, le console, le prie de cesser ses lamentations. Il éprouve à tenir ainsi ces chefs barbares en son pouvoir un sentiment de force et de fierté. Il est Rome la puissante cité, Rome qui commande au monde ! Il peut ordonner la mort ou faire grâce.

Il fait appeler Dumnorix. Il l'avertit de ne plus donner à l'avenir de sujets de soupçons. Si César lui pardonne le passé, que Dumnorix le sache, c'est à son frère Diviciac qu'il le doit.

Maintenant, il faut en finir avec les Helvètes, prendre la ville de Bibracte (sur le mont Beuvray) parce qu'elle est pleine de grain, d'or, de richesses diverses, et qu'il faut que les troupes mangent et que le butin s'entasse dans les chariots. Les Helvètes ne se sont pas enfuis. César aperçoit les nuages de poussière que leur peuple en marche soulève.

On va maintenant les affronter.

Enfin, enfin, il commande à des milliers d'hommes qui dressent leurs javelots. Il les dispose sur le flanc d'une colline, face aux Helvètes.

Il est encore à cheval. Puis il saute à terre, renvoie l'animal vers l'arrière et ordonne à tous les cavaliers de l'imiter. Le péril doit être égal pour tous, et personne ne doit espérer pouvoir fuir la bataille.

Il lève son glaive, il lance « Pour Rome ! ». Et commence le combat.

De temps à autre, au milieu des cris, du choc des armes, il regarde le soleil qui décline sans que jamais la bataille faiblisse. Aucun Helvète ne tourne le dos. Ils se battent retranchés derrière leurs chariots ou montés sur leurs véhicules. Ils se glissent entre les roues. Il faut les tuer un à un. Lorsqu'ils envoient des députés pour traiter de leur soumission, ils se jettent enfin à genoux et pleurent.

Mais il faut qu'ils livrent des otages, leurs armes et les esclaves qui se sont réfugiés chez eux. Et qu'ils ne bougent pas de ce lieu.

Et pourtant, alors que la nuit est tombée, César apprend que six mille Helvètes ont fui. Qu'on les recherche, qu'on les rassemble, qu'on égorge tous ceux dont personne ne voudra comme esclaves !

Et les autres, qu'ils retournent dans leur pays, tel est l'ordre que leur donne Caius Julius Caesar. Et parce qu'il est clément, que les Allobroges leur livrent du blé afin qu'ils puissent subsister jusqu'à la prochaine récolte.

César regarde son manteau rouge, encore plus rouge du sang des vaincus. Il fait signe aux centurions de déposer devant lui des tablettes en caractères grecs qui ont été trouvées dans le camp des Helvètes.

Il les déchiffre. Elles indiquent que 368 000 Helvètes ont quitté leur pays, et parmi ce peuple, 92 000 hommes en âge de porter les armes.

De ceux-là, les légats en ont dressé la liste, il reste à peine 10 000 âmes. Et du peuple, à peine 100 000. Les autres sont morts ou esclaves.

César s'allonge, ferme les yeux. Il a tenu serrée entre ses mains la crinière de la Fortune et elle l'a conduit jusqu'à sa première grande victoire.

Il faudra que Rome sache. Il écrira ses combats, et dira comment il a fait plier un peuple guerrier.

Et il faudra aussi que l'on connaisse sa bravoure

durant la bataille, sa dureté impitoyable avec l'ennemi qui le défie, et sa clémence pour le vaincu qui se soumet.

Tout son corps est apaisé.

Il peut enfin trouver le repos ou s'abandonner au plaisir. Il y a parmi les nouveaux esclaves des corps jeunes et beaux.

XXVII.

Les Arvernes et les Séquanes ont fait venir des mercenaires germains en Gaule. Quinze mille ont franchi le Rhin…

César entre dans la pièce au plafond bas. Les coffres posés sur les larges dalles sont ouverts. Il s'arrête. Il a l'impression qu'il ne peut s'empêcher de sourire. Et il veut que son visage n'exprime rien. Il sent que les centurions qui montent la garde, aux quatre coins de la pièce, l'observent. Ils ont eu leur part du butin provenant du pillage des sanctuaires gaulois, des temples et des maisons de Bibracte.

Ces parures, ces lingots, ces statuettes, ces pièces d'or et d'argent, ces bijoux appartiennent, ils le savent, au proconsul Caius Julius Caesar. César reste immobile. Il ne faut pas que ce sentiment de puissance et de joie qui l'envahit apparaisse. Il ne doit pas être confondu avec l'un de ces magistrats de Rome, avides, saignant à leur profit le pays conquis. Il est le *pontifex maximus*. Il est Rome. Son ambition se confond avec celle de la République.

Il sort de la pièce.

Il sait que ses ennemis, au Sénat, et même dans l'entourage de Pompée, le font espionner. On veut accumuler des charges contre lui, effacer ainsi sa gloire. Ce sont sûrement des agents de Cicéron et de Caton, peut-être des hommes de Pompée, qui ont répandu dans

Rome ces libelles dont Clodius, devenu tribun de la plèbe, lui a fait parvenir copie. Il en connaît chaque mot. Ces phrases ne le blessent pas, mais elles révèlent l'intention de le détruire.

« L'accord est parfait entre ces débauchés infâmes, le giton Mamurra et César, a-t-on écrit. Rien d'étonnant. Ils sont tous deux couverts des mêmes souillures. Ils les portent gravées sur eux et rien ne les lavera. Ils sont atteints de la même maladie, jumeaux, compagnons de lit, savants tous les deux, l'un aussi bien que l'autre avides d'adultère, associés pour rivaliser avec les filles. L'accord est parfait entre ces débauchés infâmes. »

Et on accuse Mamurra d'être « impudique, vorace et joueur » et de vouloir, complice de César, « mettre au pillage la Gaule ».

Il n'y a que deux manières de réduire au silence ces ennemis nichés dans les assemblées de Rome : la victoire guerrière et le sacre qu'elle donne, et aussi la mort de ceux qui s'obstinent à empêcher celui que les Dieux ont choisi d'atteindre le sommet du pouvoir.

César marche dans le camp. Il se servira de sa gloire pour renverser les obstacles.

Il aperçoit Diviciac, le chef éduen, qui s'avance, entouré d'autres notables gaulois. Ils avaient demandé l'autorisation de se réunir à Bibracte. Et maintenant il suffit de les voir pour comprendre qu'ils viennent en humbles solliciteurs. Leur âme fait partie du butin.

César les reçoit à la nuit tombante, sous sa grande tente.

Il se sent supérieur à ces hommes qui pleurent, se jettent à ses pieds, lui demandent de ne pas révéler cet entretien ni leurs propos, sinon ils se trouveraient voués aux pires supplices.

C'est Diviciac qui parle. Il explique que les Arvernes

et les Séquanes ont fait venir des mercenaires germains en Gaule. Quinze mille ont franchi le Rhin.

Diviciac regarde les autres chefs gaulois.

— Ces Germains grossiers et barbares, continue-t-il, ont trouvé à leur goût les agréments de la vie gauloise, d'autres encore et en plus grand nombre sont arrivés en Gaule. L'on en compte à présent près de cent vingt mille, Arioviste leur roi s'est installé chez les Séquanes après les avoir battus. Il s'est emparé du tiers de leurs terres, les meilleures de toute la Gaule. À présent, il leur a donné l'ordre d'en abandonner un deuxième tiers sous prétexte qu'il lui fallait distribuer des terres aux vingt-cinq mille Harudes arrivés en Gaule quelques mois auparavant.

Diviciac s'interrompt, écarte les bras en signe d'impuissance, sa voix devient larmoyante.

César veut rester impassible, laisser ces Gaulois exprimer leur désarroi devant la menace des Germains qui cherchent à s'emparer de toute la Gaule.

— Arioviste, poursuit Diviciac, est un homme cruel, barbare, irascible, arrogant. Il fait subir des tortures atroces aux enfants des plus nobles familles qu'il détient en otages.

Tous sanglotent, implorent le secret de cette rencontre, car sinon Arioviste se vengera sur les otages.

— L'autorité de César, la puissance de ses armes, l'éclat de ses victoires, le respect qu'inspire le peuple romain pourront seuls arrêter la poussée des Germains et protéger la Gaule contre les exactions d'Arioviste, conclut Diviciac en s'inclinant, puis en saisissant les mains de César.

César écarte les chefs gaulois. Il veut les rassurer. Il va exiger d'Arioviste qu'il se retire au-delà du Rhin. Que ces Gaulois imaginent qu'il agit pour sauver la

Gaule, alors qu'il veut saisir l'occasion que la Fortune lui offre... Repousser Arioviste au-delà du Rhin, c'est mettre la Gaule sous le pouvoir de Rome qu'il incarne. Et il doit protéger les Éduens et les autres peuples amis du peuple romain.

Il envoie un messager à Arioviste : « Qu'il ne fasse plus venir en Gaule de nouvelles bandes de Germains. » Puis il attend la réponse d'Arioviste.

Il n'est ni impatient ni inquiet. Il reste sous sa tente, allongé en compagnie de Mamurra et d'Æmilius. Parfois, on pousse vers eux un esclave dont, quand il avance dans l'ombre enveloppé de voiles, on ne peut dire s'il s'agit d'une jeune fille ou d'un jeune garçon.

César se détourne, pense à la réponse d'Arioviste. Il faudrait que ce roi barbare se montre insolent et provocateur. Ainsi l'on respecterait les apparences, et le responsable du conflit serait le roi barbare et non le consul romain.

Il se penche sur Mamurra.

— La guerre doit avancer avec le masque de la paix...

Il se tourne vers Æmilius.

— Arioviste peut compter sur l'appui de mes ennemis à Rome, de tous ceux qui espèrent ma défaite. Ils veulent m'accuser de n'être qu'un ambitieux. Ils sont puissants encore. Ma gloire les effraie. Et Clodius, même s'il réussit à chasser de Rome Caton et Cicéron, même si ses bandes pillent les villas des *patres*, même s'il a le soutien de la plèbe à laquelle il offre des distributions gratuites de grain, Clodius ne peut pas vaincre durablement.

Il s'étire.

— Il faut que la Fortune nous aide, murmure-t-il.

Il sait qu'elle est décidée à le faire quand il reçoit la réponse d'Arioviste, pleine de morgue et de défi.

« Personne ne s'est encore mesuré avec Arioviste sans succomber dans la lutte, écrit le Germain. César n'a qu'à l'attaquer quand il voudra. Il pourra alors se rendre compte de la valeur guerrière des Germains qui n'ont jamais été vaincus, et qui depuis quatorze ans n'ont jamais dormi sous un toit. »

Maintenant on peut agir, devancer les bandes de Germains qui selon les Éduens continuent de traverser le Rhin, plus nombreuses que jamais, saccageant, égorgeant, réduisant hommes, femmes, enfants en esclavage. César convoque les tribuns et les légats. Il donne l'ordre de se diriger à marche forcée, de jour et de nuit, vers Vesontio (Besançon) pour empêcher Arioviste de s'emparer de cette ville.

Il avance en tête des légions. Il s'enfonce dans ces terres que le brouillard, même en ce plein été de l'année 58, recouvre jusqu'à tard dans la matinée d'un moutonnement épais.

Il entre enfin dans la ville qui compte de nombreux greniers débordant de grain. Ici, on pourra guetter l'occasion de bondir sur les Germains.

— Ce sont des bêtes sauvages ! prévient Æmilius. À peine si on peut les distinguer des ours ou des loups. Les Gaulois sont hommes, même s'ils sont inférieurs aux Grecs et à nous autres citoyens romains. Mais les Germains...

César l'observe. Il y a dans son regard, chaque fois qu'il prononce le mot « Germain », de l'effroi. Et les tribuns, les légats rapportent que les soldats et même les centurions sont anxieux à l'idée d'affronter ceux que les Gaulois décrivent comme des « géants redoutables qui manient les armes avec une adresse incroyable et se battent avec un courage extraordinaire. Jamais, ajoutent-ils, nous n'avons pu les vaincre ni même soutenir leur vue, la lueur farouche de leur regard ».

César apprend que des tribuns et des préfets de la cavalerie, des centurions cherchent à quitter le camp ou bien gémissent et rédigent leur testament ! Mamurra s'inquiète, rapporte que certains centurions assurent que si César donnait l'ordre du départ pour la guerre contre Arioviste, il ne serait pas obéi. Les enseignes demeureraient immobiles.

César serre les poings. Voilà le plus grand péril.

— Un homme, une armée, un État sont détruits par l'inaction !

Il va donner l'ordre de lever le camp. Il va marcher vers Arioviste. Mais avant que l'on rassemble les manipules, les cohortes, les légions, il parlera aux troupes. Il fait dresser une tribune. Il y monte. Il faut que sa harangue chasse les peurs, fouette les énergies, rende disciplinés ces hommes sans lesquels il ne peut rien.

Il lance :

— Ceux qui pour cacher leur lâcheté invoquent les difficultés d'approvisionnement et de la route sont des insolents car ils croient pouvoir douter de l'expérience de leur chef et se permettent de lui dicter ce qu'il a à faire !

Il scrute ces visages qui déjà n'osent plus le défier.

Il reprend :

— Certes, je n'ignore pas que les soldats refusent obéissance à un chef incapable, malheureux ou malhonnête. Mais ma vie entière témoigne de ma probité, et la guerre contre les Helvètes a suffisamment prouvé combien je suis favorisé par la Fortune...

Il va hausser le ton. Il sent que les âmes sont prêtes à s'agenouiller.

— Le camp sera levé cette nuit même, à la quatrième veille. J'entends savoir au plus tôt ce qui l'emporte chez les soldats : l'honneur et le devoir ou la peur. Si personne ne me suit, je n'en marcherai pas moins en avant, à la tête de ma X^e légion dont je suis sûr. Elle sera ma cohorte prétorienne. C'est ma légion préférée. Elle a toute ma confiance !

Il entend leurs pas. Ils sont tous derrière lui. Il a fait plier leurs âmes, et toutes les légions le suivent. Pas un homme ne manque. Maintenant, il faut encore leur montrer qu'on ne choisit la guerre que contraint. On doit donc accepter de rencontrer Arioviste qui, sans doute inquiet, vient de le proposer.
Il est là, sur une butte, entouré de quelques cavaliers. Le reste de sa cavalerie se tient au pied de la hauteur. César s'avance, fixe ce Barbare plein d'arrogance, aux yeux brillants de fureur, ses cheveux blonds tombant sur ses épaules. César a l'impression qu'Arioviste ne l'écoute pas, pressé de répondre, de dire qu'il a des alliés à Rome.
— Si je tue Caesar, assure-t-il, je ferai bien plaisir à beaucoup de nobles et éminents personnages de Rome ! Leurs agents m'ont assuré que ce faisant je pouvais compter sur leur gratitude et sur leur amitié.
César tire sur les rênes de son cheval. Il veut rester immobile, indifférent aux menaces d'Arioviste, à ses propositions aussi car ce Barbare est plus habile qu'il ne paraît, disant : « Si Caesar se retire et me laisse maître de la Gaule, je lui témoignerai avec éclat ma reconnaissance et je me chargerai de faire toutes les guerres qu'il plaira à Caesar, sans que celui-ci en ait à subir les fatigues et les périls. »
César va répondre, mais tout à coup des cris. Un centurion s'approche, annonce que les cavaliers germains attaquent les soldats romains au pied de la butte.
Il faut cesser cette comédie, utiliser l'incident pour galvaniser les légions. Leur dire qu'Arioviste ne respecte

aucune loi, aucune promesse, qu'il a fait charger de chaînes deux messagers romains, qu'il n'y a donc qu'une seule issue avec ces hommes féroces : les vaincre !

Un cri de guerre monte des légions. Les soldats brandissent les enseignes, les glaives et les javelots. C'est le moment de l'affrontement. Dans le lointain, sous les brouillards, coule le Rhin.

Que l'armée se forme en trois lignes ! Qu'on avance vers ces Barbares qui ont placé derrière eux des chariots remplis de leurs femmes qui les conjurent de se battre jusqu'à la mort, de leur éviter la honte de l'esclavage romain.

César met pied à terre. Il s'agit de courir sus à l'ennemi. Il s'élance. Il voit les Germains se précipiter à la rencontre des légions, et il entend le choc des boucliers et des glaives. Il a du sang barbare sur tout le corps. Et le temps s'arrête jusqu'à ce que les Germains, à la tombée du jour, s'enfuient vers le Rhin, certains le franchissant à la nage, d'autres utilisant quelques barques. Arioviste est sans doute l'un d'eux...

César essuie son visage avec les bords de son manteau rouge. Il voit les cavaliers romains parcourir le champ de bataille, égorger tous ceux qui n'ont pas fui et rassembler quelques prisonniers, parmi eux une fille d'Arioviste, au visage rond, aux longues mèches blondes couvrant ses seins lourds.

On découvre cachés parmi les cadavres les deux envoyés romains, vivants ! César avance. La Fortune l'a favorisé. Au loin, il aperçoit sur l'autre rive du Rhin cette foule en fuite qui a été l'armée et le peuple d'Arioviste. Ils ont laissé quatre-vingt mille morts.

Mais le Rhin est désormais la frontière de la Gaule.
Au-delà commence le pays des Barbares.
Et ici, cette Gaule Chevelue doit être mienne.

XXVIII.

De tous les peuples de la Gaule, dit César, les Belges sont les plus courageux. Ils descendent des Germains...

César marche le long de la rivière. La berge est boueuse. Il se retourne et dans la brume il aperçoit les enseignes des deux légions, la XIIIe et la XIVe, qui le suivent. Il entend le martèlement des milliers de pas qui font gicler la terre. Il s'arrête, se place sur une petite hauteur, regarde défiler ces douze mille hommes, puis les milliers d'auxiliaires qu'il vient de recruter. Il a fallu qu'il paie de ses sesterces les casques, les cottes de mailles, les armes, glaives et javelots, et les chevaux des cavaliers. Car le Sénat n'aurait jamais accepté qu'il accroisse encore son armée, qui maintenant compte neuf légions.

Il pleut mais les soldats lèvent la tête vers lui. Et il aime voir cette troupe qui avance en rangs serrés, les soldats épaule contre épaule, leur sac contenant le grain et le petit fourneau sur lequel ils le feront cuire à l'étape. Puis viennent les chariots dont les larges roues creusent dans la terre meuble d'épais sillons.

Il ne bouge plus. Il doit rester impassible. Il faut qu'il soit pour ses soldats tranchant comme un glaive et qu'ils aient confiance en lui comme s'il était le protégé des Dieux.

Il ferme à demi les paupières. Il est heureux que l'hiver de cette année s'achève et il veut que cette quarante-quatrième année de sa vie qui commence, avec ce printemps froid et pluvieux, soit celle d'une nouvelle victoire. D'ailleurs, il n'a pas le choix. La Gaule n'est pas pacifiée. Labienus, resté dans le pays des Séquanes avec les légions victorieuses des Germains, vient d'annoncer que les nations belges, les Suessions, les Nerviens, les Atrébates, les Bellovaques, les Atuatuques, se sont rassemblées, ont échangé des otages pour garantir leur union, et ont décidé de partir en guerre contre Rome. Elles n'acceptent pas la présence des légions en Gaule, craignant les ambitions de César. Elles ont choisi le roi des Suessions, Galba, pour les conduire à la bataille.

Et César sait qu'à Rome ses ennemis espèrent une fois de plus sa défaite, qu'un Caton répète que le peuple nervien qui « interdit l'entrée de son pays aux marchands, qui ne laisse introduire chez lui ni vin ni aucune espèce de denrée de luxe, parce qu'à leur avis l'âme s'en trouve amollie et le courage affaibli » mérite de vaincre Caius Julius Caesar, ce consul corrompu, débauché, avili. À Rome, les *patres* exaltent les Nerviens, « hommes redoutables et d'une grande vaillance ».

Le tribun de la plèbe Clodius n'y peut rien. Malgré ses bandes, il ne peut dominer Rome. Pompée et les sénateurs ont armé des troupes rivales que dirige un homme de main, Milon. Cicéron est rentré d'exil. Caton a lui aussi regagné Rome après avoir gouverné Chypre. Ils avaient espéré en la victoire d'Arioviste et des Germains, maintenant ils forment des vœux pour celle des Belges.

— De tous les peuples de la Gaule, dit César, les Belges sont les plus courageux. Ils descendent des Germains. C'est le seul peuple qui ait su empêcher l'invasion de son territoire par les Cimbres et les Teutons qui dévastaient la Gaule. Le souvenir de cet exploit leur a inspiré une haute opinion de leur courage et de leurs capacités militaires.

Il attend sous la pluie que les dernières cohortes soient passées. Il aime que l'averse lui fouette le visage, trempe son manteau rouge et colle le tissu à son corps maigre et musclé.

Maintenant qu'approchent les chariots, il va se remettre en marche, rejoindre la tête de ces deux légions qui ont quitté la Cisalpine il y a deux semaines, qui ont gravi les cols des Alpes, longé les précipices, et qui, suivant le cours de ces rivières, la Marne, l'Aisne, entrent dans le pays des Belges.

Il faut dresser le camp, se préparer aux combats, savoir que les ennemis sont près de trois cent mille et qu'il faut pour les vaincre les battre successivement, donc les diviser, s'appuyer sur les peuples qui veulent rester les alliés de Rome.

César reçoit, alors que la nuit est remplie par les voix des soldats qui allument leurs feux et le choc des maillets qui enfoncent les pieux dans la terre, deux envoyés du peuple des Rèmes, Iccios et Antébrogios. Ils sont gigantesques, comme tous les Gaulois qui dominent les Romains de la tête et des épaules, mais sans jamais pouvoir les vaincre !

Ces deux Rèmes baissent d'ailleurs la tête comme s'ils voulaient marquer leur humilité, réduire leur taille de crainte d'offenser le proconsul.

César fait un geste, les invite à parler.

Les Rèmes se mettent avec tout ce qu'ils possèdent sous la protection et la puissance du peuple romain, confient-ils. Ils se désolidarisent des autres Belges, ils n'ont pas conspiré contre Rome. Ils sont prêts à donner des otages, à obéir aux ordres, à ouvrir leurs places fortes, à fournir du blé et tout ce que Caius Julius Caesar voudra. Tous les Belges sauf eux ont pris les armes.

César croise les bras. Il doit marquer son assurance, presque son indifférence. Il est Rome, il détient la force suprême ! Rien ne peut faire trembler un proconsul, un citoyen romain, fils des Dieux et des rois, *pontifex maximus*, chéri de la Fortune.

Il veut exiger que les Rèmes lui fournissent tous les renseignements dont ils peuvent disposer.

Les deux envoyés haussent le ton. Leurs voix sont inquiètes.

— Les Germains qui habitent au-delà du Rhin ont rejoint les Belges ! expliquent-ils.

L'effervescence générale est telle que les Rèmes n'ont même pas pu empêcher d'entrer dans le mouvement les Suessions, leurs frères de race, soumis aux mêmes lois et aux mêmes autorités qu'eux.

Ils se regardent, et reprennent. Il y a les Nerviens, les plus farouches des Belges, les Bellovaques, les Atuatuques, les Ambiens, les Morins, les Ménapes, les Calètes, les Véliocasses et les Viromandues, les Condruses, les Cérèses, les Éburons.

César tend la main. Il sourit. Il veut être bienveillant. Mais il veut des garanties.

— Que tout le Sénat du peuple rème se rende auprès de moi, dit-il d'une voix forte, et que l'on conduise aussi en qualité d'otages les enfants des principaux personnages de la cité.

Les Rèmes s'agenouillent. Ils obéiront. Mais leur ville de Bibrax (proche de Laon) est assiégée par les Belges. Caius Julius Caesar peut-il la délivrer ?

Il faut rassurer, montrer sa force, conforter ainsi l'alliance avec les Rèmes. César se tourne vers Mamurra et Æmilius.

— Que partent aussitôt, dit-il, les cavaliers numides, les archers crétois et les frondeurs baléares !

Il sort de sa tente. Il regarde le camp qu'achèvent de construire les soldats. C'est Rome qui prend possession de nouvelles terres, et trace sur le sol ces voies perpendiculaires qui sont la marque de l'ordre et de l'organisation romaine, la via Principale et la via Decumana. Il se sent fier. Il ne peut être vaincu.

César avance hors du camp.

Il aperçoit à faible distance, sur les collines et dans les vallons parmi lesquels se glisse la rivière, l'Aisne, la fumée et les feux de camp de la coalition des peuples belges, qui semble immense. Quand le vent se lève, on entend la mélopée des chants barbares.

Il marche entouré des légats et des tribuns, tendu comme la corde d'un arc, et il lance des ordres. Il faut creuser des fossés autour du camp, envoyer des éclaireurs en reconnaissance, faire faire mouvement aux troupes légères numides, aux frondeurs et aux archers, harceler l'ennemi, et surtout le diviser !

Un éclaireur qui approche en courant lui indique que les Bellovaques ont quitté le camp belge et font retraite seuls.

César dévisage lentement ceux qui l'entourent. La Fortune, et donc les Dieux, une fois de plus le servent. Qu'on lance à la poursuite de l'ennemi la cavalerie et trois légions !

Puis il attend, marchant dans le camp, inspectant les cohortes, interpellant par leur nom les centurions, haranguant les soldats qui se pressent autour de lui. La victoire est certaine ! martèle-t-il.

Et voilà Labienus qui arrive couvert de poussière et de sang. Il est essoufflé. Les Bellovaques se sont battus avec vaillance, mais une partie d'entre eux ont été saisis par la panique et se sont enfuis.

— Nos soldats, dit Labienus en passant sa main sur son front, en ont égorgé autant que la durée du jour le leur a permis. Ils ont cessé de tuer au coucher du soleil, et ils rentrent au camp, conformément à l'ordre que tu leur as donné, Caius Julius Caesar.

C'est la première bataille et la première victoire. Maintenant il donne l'ordre d'avancer à marche forcée vers Noviodunum (proche de Soissons), la plus grande ville des Suessions.

Qu'on encercle la ville, qu'on dresse des tours, qu'on élève des terrassements, ces abris mobiles qui protègent les troupes d'assaut !

Et voici que les Suessions sortent de la cité, annoncent leur reddition, livrent des otages, et même les deux fils du roi Galba. Ce qui reste des Bellovaques se rend à son tour et, du haut des murs de leur ville, Bratuspantium (Beauvais), les femmes et les enfants, les mains tendues, implorent la paix...

Il faut être impitoyable et clément, fort et généreux. Il exige six cents otages mais accorde la grâce.

Il écoute les remerciements de Diviciac, le chef des Éduens, lequel a plaidé la cause des Bellovaques qui de tout temps, a-t-il dit, « ont été les alliés et les amis des Éduens ».

César interrompt Diviciac : il veut que celui-ci lui envoie des cavaliers et des soldats qui formeront des troupes auxiliaires pour la prochaine bataille, la plus difficile sûrement, celle qu'il faut livrer contre les Nerviens.

On marche vers la Sambre. César avance à la tête des légions entre ces berges couvertes de forêts denses d'où peuvent surgir les ennemis.

Il faut commencer à dresser le camp. César a l'intuition que la bataille est proche, que ces futaies sont une menace. Il se concentre, écoute ce grondement sourd, ces cliquetis, et enfin ces cris : ce sont les Nerviens qui, glaives et lances brandis, donnent l'assaut au camp.

C'est comme s'il sentait sur lui couler une eau brûlante puis glacée.

Il faut tout faire à la fois, arborer l'étendard en signe d'alarme, faire sonner le clairon, rappeler les ouvriers, ramener au camp ceux qui étaient partis à la recherche des matériaux, ranger en bataille les troupes, les haranguer, donner l'ordre de l'attaque… Et arrêter les unités qui, affolées, commencent à s'égailler. Il voit les cavaliers trévires et d'autres auxiliaires fuir le camp avec les valets, les Numides, les frondeurs.

Faire face, arrêter ces fuyards !

Il n'a pas de bouclier. Il saisit celui d'un soldat des derniers rangs, puis il s'élance en avant. Il ne craint rien ! Il se sent porté par la Fortune, protégé par les Dieux. Il doit vaincre. Il a autour de lui les hommes de sa X^e légion, et bientôt ceux de la VIIe et de la XIIe les rejoignent.

Il frappe à grands coups de glaive. Il aperçoit les valets qui, même sans armes, courent maintenant à l'ennemi, pris de panique et dont les cadavres s'amoncellent. Néanmoins les Nerviens continuent à se battre. Les survivants escaladent les tertres faits des cadavres des guerriers de leur peuple, et de là-haut, les pieds enfoncés entre les corps de leurs frères, ils lancent des traits et renvoient les javelots.

Mais ils sont vaincus.

Voici les vieillards qui viennent demander grâce. Ils s'agenouillent, tête baissée. Ils murmurent :

— Sur six cents sénateurs de notre peuple, il n'en

reste que trois ; sur soixante mille hommes en état de porter les armes, à peine cinq cents...

César les regarde. Il veut être clément.

Il se tourne vers Æmilius : qu'il fasse connaître partout les ordres de César. Il parle lentement, sans regarder les Nerviens.

— Caius Julius Caesar, proconsul de Rome, laisse à ce peuple sa terre et ses villes, et ordonne aux peuples voisins de s'abstenir de toute violence et de toute injustice à l'égard des Nerviens.

Il reste, pour en finir avec la coalition des nations belges, à marcher vers la cité des Atuatuques, Namur. Il ordonne à Mamurra d'entreprendre le siège, de faire dresser des tours, de creuser des fossés, et de faire avancer les mantelets.

Mais avant que le bélier ait frappé les murs de la cité, les Atuatuques jettent leurs armes dans les fossés. Elles sont si nombreuses que les tas de glaives, de lances, de boucliers, de casques s'élèvent presque au niveau des remparts de la ville.

César fait le tour de cette cité. Est-il possible que ce peuple, descendant des Cimbres et des Teutons, se rende ainsi sans combattre ? Il faut être sur ses gardes, multiplier les postes de garde, et à la moindre alerte allumer les feux.

Il ne dort pas. Il entend les cris. Il voit les flammes s'élever. Quelques milliers de Barbares tentent de quitter la ville. Il les aperçoit à la lueur des flammes résister aux légionnaires, succomber sous les traits. Et près de quatre mille tombent ainsi.

Il faut punir ceux qui n'ont pas respecté leur parole ! Que les portes de la ville soient enfoncées, que tout ce qu'elle contient, corps et biens, soit vendu en un seul lot ! Il y aura cinquante-trois mille Barbares réduits en esclavage.

Maintenant il peut rentrer en Cisalpine, s'installer dans une grande villa proche de Ravenne. Et apprendre qu'à Rome les violences continuent, que les bandes de Clodius et de Milon s'opposent chaque jour. Que Pompée, chargé par le Sénat d'approvisionner la ville en cette année 57 où les récoltes sont insuffisantes, a pris la mer pour la Sardaigne afin d'y vider les greniers au profit de Rome.

Pompée, d'un ton plein de fierté, a dit au Sénat :

— *Navigare necesse est, vivere non necesse !*

César veut qu'Æmilius lui répète cette phrase : « Le devoir, ce n'est pas de vivre, le devoir, c'est de naviguer. »

Quelle pensée courte ! Combien Pompée est aveuglé par un orgueil dérisoire. Le devoir, c'est de vaincre afin de grandir Rome en devenant son maître.

César s'assied.

Il va écrire, rassembler le récit de toutes les campagnes qu'il vient de conduire en Gaule. Il veut que les commentaires de sa guerre assurent sa gloire. Déjà, le Sénat a été contraint de décréter, pour célébrer sa victoire sur les Belges, quinze jours de supplications destinées à remercier les Dieux.

— Tu es le premier, Caius Julius Caesar ! s'exclame Æmilius en s'inclinant. Jamais à Rome un tel honneur n'a été accordé. Aucun vivant et même aucun mort n'a été jugé digne d'une telle célébration d'action de grâces !

Æmilius s'approche, répète : « Tu es le premier, Caius Julius Caesar ! » César le repousse, il ne veut pas se laisser griser. Cet hommage est aussi un piège. On veut émousser le tranchant de son ambition. Comment

Æmilius ne le comprend-il pas ? Les hommes sont faciles à berner ! Æmilius ne sait-il pas que Pompée est jaloux des victoires remportées en Gaule par celui qui est pourtant son beau-père ? À cause de cela, et de la puissance des légions, il n'ose pas agir mais il s'est rapproché du Sénat. N'est-ce pas lui qui arme les bandes de Milon, le rival de Clodius ? Et Caton et Cicéron poussent en avant d'autres sénateurs, eux aussi hostiles, tel ce Domitius Ahenobarbus. Ils veulent faire de ce dernier le consul de l'année 55, et lorsqu'il aura ainsi acquis la charge suprême, cet Ahenobarbus cherchera à briguer l'*imperium* des Gaules !

— Je ne serai plus le premier, dit César en revenant vers Æmilius. Je serai un citoyen romain sans pouvoir, et à ce moment-là ils me frapperont.

Il caresse les cheveux d'Æmilius qui a baissé la tête, pris cet air contrit et fautif qui lui donne l'expression d'un adolescent coupable.

— Comprends cela, Æmilius, celui qui veut le pouvoir doit le prendre tout entier et ne plus rien devoir aux hommes. Il doit être lui-même la source de sa puissance et de sa gloire.

César tend le bras, montre la table sur laquelle sont déposés les rouleaux où ont été tracées les premières lignes de ses *Commentaires de la guerre des Gaules*.

— Chaque phrase doit être une pierre du monument qui me célèbre. Les Romains et les peuples alliés s'inclineront devant lui. Et mes ennemis, à Rome et parmi les peuples barbares, le regarderont avec crainte.

Il s'assied à la table, s'apprête à écrire, puis se tourne vers Æmilius.

— Si tu ne peux inspirer l'amour, murmure-t-il, suscite la peur.

XXIX.

Il doit faire la guerre pour la grandeur de Rome, pour ajouter à ses possessions la Gaule Chevelue...

Il est assis dans cette villa de Lucques où il vient d'arriver, après avoir parcouru les routes d'Illyrie, la troisième province sur laquelle s'exerce son *imperium* de proconsul. Il n'est pas une garnison, pas une ville où l'on ne l'ait accueilli comme celui dont la Fortune a ceint le front de la couronne de la victoire et de la gloire.

Et cependant il est préoccupé. Labienus et les légats, restés en Gaule avec les légions, ont envoyé des messagers. Ils craignent un soulèvement des Vénètes qui peuplent les régions proches de l'Océan, cette Armorique qui se prolonge par une myriade d'îles dont chacune peut devenir un refuge, une place forte. Les Vénètes possèdent une flotte nombreuse et semblent vouloir rallier sous leur autorité toutes les populations maritimes, des Morins au nord aux Santons au sud, de la Belgique, encore elle, à l'Aquitaine.

N'en aura-t-on jamais fini avec la Gaule !

Il écrit quelques lignes :

« Les Gaulois, en général, sont à l'affût du nouveau et s'engagent dans une guerre avec autant de légèreté que de précipitation, sachant d'autre part que tous les hommes sont prêts par leur nature à se passionner pour la liberté et à haïr la servitude. »

Il en est sûr, il lui faudra rejoindre la Gaule, recommencer la guerre, achever cette conquête, et tous autour de lui le pressent de partir. Mais il n'est pas encore temps. Il faut d'abord s'assurer que de Rome les ennemis ne lanceront pas contre lui, alors qu'il se bat, les javelots de la trahison.

Et c'est pour cela qu'il est à Lucques, la ville de Cisalpine la plus proche de Rome, afin d'y rencontrer ceux qui peuvent devenir ou rester ses alliés.

Immobile, les yeux mi-clos, les bras croisés, il écoute ces sénateurs qui, arrivés de Rome, font allégeance, livrent des noms, sollicitent une faveur, un appui, en échange, disent-ils, de leur fidélité.

Il les entoure d'égards. Quand il le peut, il leur donne ce qu'ils demandent, et ils s'éloignent en proclamant leur reconnaissance.

César ne répond pas, ne suit même pas des yeux le visiteur qui disparaît. On le flatte parce qu'on craint sa puissance, celle que lui donne la gloire du vainqueur, celle qui a pour source la richesse accumulée après tant de pillages et la vente de ces milliers d'esclaves, et surtout celle, la plus grande, qui vient des neuf légions qui sont sous son commandement et auxquelles s'ajoutent les unités d'auxiliaires, Gaulois éduens ou de Cisalpine, et même hommes d'Illyrie ou cavaliers de Narbonnaise.

Il sort de la villa. Les rues de Lucques, cette petite ville, sont pleines d'une foule qui étonne les habitants. Les litières des sénateurs encombrent les rues, où passent cent vingt licteurs venus eux aussi rendre hommage au proconsul Caius Julius Caesar, *pontifex maximus* de Rome.

Æmilius va des uns aux autres, fixe les heures d'audience, chuchotant les noms, indiquant que ce sénateur qui désire être reçu est le deux centième membre de la Curie à avoir fait le voyage pour se présenter à lui.

— Tu es le premier, dit-il en souriant. Toutes les visites l'attestent. Ils viennent tous vers toi.

César ne répond pas.

Il accueille Crassus, qui se plaint de Pompée, regrette que le triumvirat peu à peu se désagrège.

César l'observe. L'amertume et la jalousie dévorent ses traits quand il prononce le nom de Pompée.

— Notre union, c'est notre force, assure César.

Il se lève, le prend familièrement par le bras. Il n'est plus cet homme endetté qui demandait au riche Crassus de lui prêter l'argent nécessaire à ses campagnes électorales. Ses coffres sont pleins, maintenant. Et il a eu assez de sesterces pour recruter et armer les douze mille hommes de deux nouvelles légions. Et lorsqu'il aura conquis toute la Gaule, pillé toutes les villes hostiles, leurs maisons et leurs temples, vendu leurs dizaines de milliers d'habitants, il sera au moins aussi riche que Crassus. Mais il aura en plus la gloire et la puissance des armes.

— Voici Pompée, murmure César.

Il avance vers Pompée, dont les gardes écartent la foule qui s'est rassemblée devant la villa.

— Il est venu ? interroge Crassus d'une voix étonnée.

Il est comme chacun de nous, pense César, impuissant à vaincre les deux autres, et donc contraint de s'associer à eux.

Il serre contre lui Pompée, l'entraîne à l'intérieur de la villa. Et aussitôt Pompée parle de Julie avec émotion. Il s'incline. Il connaît la paix avec la fille de Caius Julius Caesar, dit-il. Elle est la jeune épouse qu'il espérait. C'est une femme de bon conseil, prudente et fidèle.

César remercie. Il a voulu ce lien familial pour mieux

tenir Pompée. Et il lui faut maintenant renouer ce triumvirat, rapprocher Crassus et Pompée, et grâce à cette union à trois, celle des hommes les plus puissants de Rome, dessiner l'avenir, l'imposer aux *patres*, obtenir le ralliement de la plupart et d'abord des plus notables, ainsi Cicéron qui sait toujours d'où souffle le vent majeur.

— Soyons unis, rappelle César.

Il observe Crassus et Pompée qui ne se regardent pas, mais tournent leurs visages vers lui. Il est le maître du jeu, la pierre qui tient toute la voûte.

— Soyez les deux consuls de l'année 55, ainsi Rome comprendra que nous sommes alliés, et donc invincibles.

Enfin, ils se jettent un coup d'œil.

— Et après ? demande Crassus. Le consulat ne dure qu'une année, tu le sais bien, Caesar. Il ne vaut que par la province dont on devient le proconsul. Que serais-tu aujourd'hui, sans la Gaule narbonnaise, sans la Cisalpine, sans l'Illyrie ?

César incline la tête. Il doit livrer à Crassus une partie de la vérité.

— Et je veux les garder, prolonger mon *imperium* sur ces trois provinces, en finir avec la conquête de la Gaule et demeurer ainsi proconsul jusqu'à ce que je puisse à nouveau prétendre à l'élection au consulat. J'ai besoin de vous pour cela. Si vous êtes consuls...

Pompée se lève, marche dans la pièce.

— Dix ans, dit-il, il te faut laisser passer dix ans entre ton premier consulat et le second, c'est la loi.

— En 48, ce sera fait.

— Et jusque-là les Gaules ! lance Crassus en riant. Tu as de l'appétit. Et moi, crois-tu que mon ventre se contente d'une année de consulat ?

— Prends la Syrie après, mène la guerre contre les Parthes et tu seras glorieux !

Il voit le visage de Crassus s'éclairer d'un sourire, mais il tente de l'effacer quand il se tourne vers Pompée.

— De nous trois, Pompée, ajoute César, tu es celui qui a le front le plus couronné par le triomphe. Que dirais-tu après ton consulat de gouverner les deux provinces d'Espagne ? Il n'est même pas nécessaire de les presser pour qu'elles donnent de l'or. Tu connais Balbus, mon fidèle Espagnol de Gadès ? Il te dira tout ce que tu veux savoir sur tes Espagnes.

Pompée se rengorge, sourit.

— Mes Espagnes, répète-t-il. Tu disposes de l'avenir comme si tu étais le maître de Rome ! Qui te dit que nous serons élus consuls, puis qu'on nous accordera la Syrie et les Espagnes, et à toi une prorogation en Gaule ?

César se lève à son tour, s'approche de Pompée, lui touche l'épaule, puis il se dirige vers Crassus resté assis et fait le même geste.

— Ce n'est pas moi, répond-il. Seul, je ne peux rien. Mais unis, nous pouvons tout. Connaissons-nous dans Rome quelqu'un qui puisse s'opposer à ce que nous voulons ? Les sénateurs s'inclineront, et Cicéron, avec ses belles phrases, sa voix de grand orateur, leur expliquera qu'il ne peut y avoir de meilleur choix.

Pompée et Crassus s'esclaffent.

César tend ses mains nouées afin que Crassus et Pompée viennent y ajouter les leurs.

Ils s'approchent. Ils mêlent leurs doigts aux siens.

Il faut que son visage n'exprime aucune joie afin que Crassus et Pompée s'imaginent que l'accord qu'ils viennent de conclure est équitable.

Comment ne voient-ils pas que l'un, Crassus, sera

engagé dans la guerre contre les Parthes, si loin de Rome qu'il ne pourra plus jouer aucun rôle dans la ville — et rien ne dit que contre cet empire puissant il sera vainqueur ? Et l'autre, Pompée, quels lauriers pourra-t-il glaner dans ces Espagnes dont tous les peuples sont soumis et auxquelles il ne pourra accéder qu'en traversant la Gaule cisalpine et la Narbonnaise ?

Mes provinces !

César prend Crassus et Pompée par le bras. Il doit faire la guerre, dit-il, pour la grandeur de Rome, pour ajouter à ses possessions la Gaule Chevelue. Il a levé des légions à ses frais. Il souhaite que le trésor de l'État prenne en charge l'entretien de quatre d'entre elles. Il dit cela d'une voix distraite, comme si la décision était sans importance, et Crassus et Pompée acceptent d'un mot.

Il leur lance un coup d'œil. Ils sont déjà dans leur rêve de puissance, oubliant qu'il faut toujours rester sur ses gardes, ne pas se laisser griser par le succès.

Ils imaginent leur élection, les fêtes qu'ils célébreront à Rome.

— J'inaugurerai mon théâtre ! s'écrie Pompée. Je veux qu'on égorge ce jour-là cinq cents lions et des dizaines d'éléphants. Je veux que le sang des bêtes féroces répandu donne aux Romains la mesure de notre puissance et la fierté d'appartenir à cette cité !

César hoche la tête. Il écoute Crassus qui promet, pour célébrer son élection à la magistrature consulaire, des combats de centaines de gladiateurs.

César ne dit rien. Il se battra en Gaule.

Il donnera aux Romains une nouvelle province. Et la plèbe le glorifiera.

Il regarde Pompée et Crassus qui font assaut de magnificences futures et comptent le nombre de cadavres de bêtes sauvages et de gladiateurs qu'ils vont offrir à Rome.

Il les laisse s'éloigner. Crassus et Pompée ne se retournent même pas.

Lorsque les Dieux veulent perdre un homme, ils le rendent vaniteux, c'est-à-dire aveugle et sourd, oublieux de la puissance des autres.

XXX.

Maintenant il marche à la tête de la Xe légion le long de cette rivière qui porte le nom de Loire...

César entrelace ses mains derrière son dos, se redresse, le buste très droit, et des genoux il presse les flancs de son cheval, les coups de talon incitant la monture à prendre le galop. Il aime chevaucher ainsi, tout son corps tendu, ne faisant qu'un avec l'animal, longeant les cohortes qui marchent d'un pas régulier. Il sent le regard des soldats qui le suivent des yeux. Il doit aller plus vite encore, surprendre ces hommes. Souvent il devine leur étonnement quand il montre plus d'endurance qu'eux.

Les nouveaux venus sont toujours surpris par sa maigreur, ses épaules étroites, son teint blafard. Il le sait. Ces hommes vigoureux, à la peau recuite par le soleil et tannée par le vent et les averses, pensent d'abord qu'il n'est que l'un de ces consuls grêles aux mœurs dissolues qui craignent les intempéries, que les longues étapes épuisent et qui regardent leurs légions de loin, donnant des ordres sans jamais prendre de risques. Et puis ils le voient passer, son manteau rouge flottant autour de lui et battant la croupe du cheval, cavalier audacieux. Et ils écoutent les récits des centurions racontant comment Caius Julius Caesar est toujours au point le plus dangereux du combat, arrachant aux fuyards leurs enseignes et leur glaive, et revenant au camp après la victoire, le manteau et la cotte de mailles tachés de sang.

Il a besoin de leur admiration. Il faut que ses légions lui soient dévouées, qu'elles reconnaissent en lui l'homme de courage, celui qui les conduit à la victoire et leur offre ainsi la gloire et le butin. Il faut que chaque soldat sache qu'il aura sa part des richesses conquises et du prix de la vente des dizaines de milliers d'esclaves.

César s'arrête. Il saute de cheval. Il va traverser cette rivière avec ses soldats. Il faut qu'on le voie, affrontant comme eux les remous de l'eau glacée, qu'il soit comme eux accroché à des outres gonflées d'air qui leur permettent de flotter d'une rive à l'autre.

On doit le voir comme eux grelotter dans le vent glacé qui vient de l'Océan et qui porte avec lui ces nuages sombres.

Il entre dans la masure d'un paysan gaulois, où il compte se mettre à l'abri de la tempête. La maison a une seule pièce au sol de terre battue. Elle est si petite qu'un seul homme peut s'y coucher.

Il regarde autour de lui les quelques hommes qui l'ont accompagné. Il voit l'un d'eux, Oppius, que la fièvre couvre de sueur. Il l'appelle. C'est Oppius qui couchera à l'abri dans cette maison.

— Il faut céder les lieux honorables aux plus grands, dit-il en sortant de la pièce, laisser le nécessaire aux plus malades.

Lui s'installera dans son chariot, sur lequel on a tendu quelques peaux que la pluie martèle.

Il aperçoit, assis, le dos appuyé à l'un des montants du chariot, Æmilius, la tête retombant sur la poitrine. Il regarde ce corps abandonné et las. Pourquoi le feu de l'énergie s'éteint-il si vite chez la plupart des hommes ?

Il va laisser dormir Æmilius, aller s'installer sous un

petit auvent, y appeler l'un des secrétaires que nuit et jour, en litière ou en chariot, il veut avoir près de lui afin de pouvoir lui dicter sa correspondance avec Balbus ou Clodius qui, à Rome, continuent de défendre ses intérêts.

Il lui arrive même de dicter alors qu'il est à cheval et que les secrétaires marchent de part et d'autre de la monture. Il se tourne vers l'un puis vers l'autre, alternant les phrases, laissant à chacun le temps d'écrire, ne perdant jamais le fil de son texte. Parfois, il s'interrompt afin qu'ils puissent compléter les phrases, et il faut qu'il leur réponde sans hargne quand avec déférence ces hommes l'interrogent afin de préciser un mot.

César ne s'emporte pas. Les Dieux lui ont donné cette faculté d'avoir l'âme aussi bien ordonnée qu'un camp, avec des allées tracées au cordeau qui distinguent les idées, les textes à dicter, les mots, pareils aux espaces qui séparent les cohortes d'une même légion.

Il s'allonge sur le sol, s'enveloppe de son manteau. Il devine, debout dans l'ombre, le légionnaire qui le suit toujours, portant son glaive et son bouclier et veillant sur lui.

Car il le sent, ses ennemis ne renonceront jamais. Il ferme les yeux, il ne peut dormir. Les visages défilent en lui...

À Rome, Cicéron s'est comme prévu rallié au triumvirat. Lâcheté et faiblesse d'un homme qui n'a la force que de ses apparences ! Grand orateur, écrivain corrompu par les flatteries qu'on lui adresse. Et il faudra encore le louer, puisqu'on a besoin de lui. Il ne faut rien négliger quand on veut le pouvoir.

César a envoyé des cohortes de permissionnaires à Rome pour que Crassus et Pompée soient élus consuls pour l'année 55. Et c'est fait maintenant, grâce à lui. Et Pompée et Crassus ont offert au peuple les massacres d'hommes et de bêtes qu'ils avaient imaginés. Il a fallu plusieurs heures pour égorger les cinq cents lions et les dix-sept éléphants sacrifiés pour l'inauguration du théâtre de Pompée, et durant plusieurs jours les gladiateurs de Crassus se sont battus dans l'arène. Mais bientôt l'année du consulat s'achèvera et Pompée partira pour ses provinces espagnoles, Crassus pour la Syrie. Sera-ce alors le moment d'agir ? Ou au contraire faudra-t-il attendre encore ? La patience ne doit pas devenir une trop grande prudence. Et il faut être toujours prêt à saisir sa proie, comme ces aigles que l'on aperçoit lors de la traversée des Alpes, qui planent et paraissent immobiles, et puis d'un coup se laissent tomber avec la rapidité d'une pierre lancée et emportent un agneau entre leurs serres, avant de s'éloigner à nouveau, inaccessibles, invincibles.

L'aigle est l'emblème de Rome. C'est ma marque...
César se redresse, appelle un secrétaire. Il va dicter toute la nuit. Mais il faut que les phrases soient incompréhensibles, afin que même si les lettres sont volées, perdues, personne ne puisse en saisir le sens.

Il parle plus lentement, remplaçant un mot par un autre, sûr qu'il se souviendra de ce code qu'il invente et dont il donnera la clé en la dictant à un autre secrétaire, en la faisant parvenir à Rome par un autre messager.

Quand le matin s'ébauche, il s'arrête. Il écoute les bruits du campement, respire les parfums de cette bouillie de grain que les soldats commencent à faire cuire.

Il ne ressent aucune fatigue, lui qui souvent, quand il est inactif, a la tête prise dans un étau et le regard parfois obscurci, si bien qu'il lui est arrivé quelquefois de chanceler comme si la terre l'attirait. Mais dès qu'il bouge, galope, combat, ces maux disparaissent et il a l'impression que son corps est aussi résistant que le plus dur des boucliers. Et que rien, ni javelot, ni lame, ni flèche, ne pourra l'atteindre.

Maintenant il marche à la tête de la Xe légion le long de cette rivière qui porte le nom de Loire. Il a donné l'ordre que l'on construise ici des galères, que l'on recrute des pilotes, des rameurs et des marins puisque, les bateaux enfin achevés, ils descendront le fleuve jusqu'à la mer Océane. Là ils affronteront les navires des Vénètes, qui permettent à ce peuple rebelle de contrôler tout le commerce, de régner sur l'Armorique, de fédérer autour de lui les autres peuples de la mer, et surtout de se rebeller et d'avoir fait prisonniers les tribuns militaires envoyés par Labienus pour acheter du blé.

Quel proconsul romain pourrait tolérer pareil défi ?

Il réunit, dans la tente placée au centre du camp que viennent d'achever de construire les soldats, ses tribuns et ses légats.

— Les décisions des Gaulois, dit-il, sont soudaines et brusques.

Il n'est pas étonné que les Vénètes aient pu rassembler du nord de la Gaule jusqu'à l'Aquitaine les Morins, les Diablintes, les Ménapes, les Ambiliates, les Namnètes, les Lexoniens, les Osismes et les Coriosolites, et même les peuples de cette grande île de Bretagne que la mer protège. Mais, il s'en persuade, il faudra aussi un jour que le pas romain y laisse son empreinte.

— Il faut vaincre, reprend-il. Engager la bataille sur mer, puisque les villes sont souvent défendues par le flux de l'Océan. Il suffira d'une victoire pour que la coalition se désagrège.

Il fait quelques pas, regarde vers le fleuve. Il connaît maintenant le comportement de ces peuples de Gaule. Il ajoute sans se retourner :

— Autant l'humeur des Gaulois est vive et prompte à saisir les armes, autant leur âme est faible et sans force pour supporter la défaite.

Il quitte le camp avec l'armée pour ces falaises, ces collines et toutes les hauteurs qui dominent la mer. C'est le moment du soleil levant, et la mer est un miroir qui éblouit. Le vent est vif.

Il noue ses mains dans son dos. Rien ne doit bouger, ni son corps ni son visage. Il faut qu'il soit comme l'une de ces pierres dressées autour desquelles les peuples gaulois guidés par leurs prêtres, les druides, font des sacrifices.

Il n'est pas tenté d'invoquer les Dieux. Ils voient, ils choisissent en maîtres.

Tout son corps se tend. Voici qu'apparaissent les deux cents navires des Vénètes. Leur proue et leur poupe sont hautes. Les voiles sont des peaux de bêtes amincies et assouplies. Ce sont des navires lourds, construits en épais bois de chêne, capables de résister aux chocs, aux éperons et aux tempêtes océanes.

Il tourne la tête : la flotte romaine est là, qui avance. Les navires sont bas sur l'eau, plus rapides, légers. Brutus les commande. Mais quand ils s'approchent des bateaux vénètes, ils sont si bas que les Gaulois peuvent les arroser de leurs traits, alors que les archers et lanceurs de javelot romains viennent seulement frapper les hauts bords en chêne des navires ennemis. Et il ne sert à rien d'utiliser les éperons contre ces coques épaisses.

Il aperçoit soudain les légionnaires et les marins tendre vers les cordages des navires gaulois des faux aiguisées attachées à de longues perches. Elles agrippent les voiles et les cordages, les rameurs aussitôt souquent ferme, et les voiles s'abattent. Le lourd navire est immobilisé. Il suffit alors de l'entourer à plusieurs.

César voit les soldats monter impétueusement à l'abordage. Et la plupart des navires vénètes commencent à quitter le golfe, pour éviter d'être pris.

Brusquement, le vent tombe.

César lève la tête. Les Dieux ont choisi. Les navires vénètes sont immobilisés, à la merci des galères romaines. Et il suffit de rester là tout le jour, jusqu'à ce que le soleil s'enfonce dans l'Océan, pour assister à leur défaite. Quelques-uns seulement ont réussi à fuir.

Il reste immobile, bras croisés, regardant ces survivants vénètes qui viennent implorer grâce. Ils se livrent, disent-ils, corps et biens. Ils s'agenouillent. Ils implorent la clémence du proconsul de Rome.

Mais il faut que ce peuple soit châtié pour avoir attaqué des envoyés romains venus tels des ambassadeurs, sans armes, pour acheter du blé. Il faut qu'à l'avenir les Barbares sachent quel est le prix à payer par ceux qui portent la main sur un représentant de Rome.

Que tout le Sénat des Vénètes soit mis à mort ! ordonne-t-il. Et que tout le peuple vénète soit vendu comme esclave !

Il mesure la valeur de son triomphe aux trésors dont les légions se sont emparées. Les coffres pleins s'entassent. Les Vénètes contrôlaient le commerce des Espagnes jusqu'à la grande île de Bretagne. Ils faisaient payer les marchands, souvent grecs. Ils entassaient le produit de leurs taxes et de leurs rapines. Désormais toute la côte est romaine. Crassus le fils vient de soumettre un peuple d'Aquitaine, les Sotiates. Il raconte que le chef suprême de ce peuple, Adiatuanos, était entouré de six cents hommes, les Soldures, qui ne le quittent jamais et périssent avec lui au combat, ou de leurs propres mains s'ils survivent à la bataille.

Mais Crassus a vaincu.

Il ne reste qu'à marcher vers les régions bordées par les mers du Nord, pour soumettre les Morins et les Ménapes.

On avance dans un pays fait de bois et de marais. On s'enfonce dans une terre mêlée d'eau. L'ennemi se dérobe puis brusquement surgit de la forêt, surprenant les soldats qui construisent le camp, et se retire dans la futaie où on ne peut le poursuivre.

César prend son glaive. Que l'on abatte les arbres ! Que l'on entasse leurs troncs afin d'en faire des remparts, que l'on travaille nuit et jour pour ouvrir dans cette forêt une vaste clairière où l'ennemi n'osera pas s'aventurer.

Tout à coup, c'est l'orage. Et il ne cesse plus, inondant le sol, imbibant les toiles de tente, les traversant.

L'ennemi semble s'être dissous dans le brouillard et dans la pluie. Il faut quitter ce pays, en ne laissant derrière soi que des terres ravagées et des villages incendiés.

— Que pas une demeure gauloise ne reste debout ! hurle-t-il.

Il entend le choc des haches contre les poutres, les flammes s'élèvent malgré la pluie et la fumée se mêle au brouillard.

César regarde passer les légions. Chaque soldat tourne sa tête vers lui. Il lit dans leurs yeux leur reconnaissance. Il ne les a pas laissé pourrir tout un hiver dans ce marécage où se confondent la terre, l'eau et le ciel.

On va prendre garnison, tant que l'hiver durera, dans les villes des peuples soumis.

Il n'est pas pressé par le temps.

Crassus et Pompée sont encore pour quelques mois consuls à Rome, et viennent de faire voter la loi qui proroge de quatre années son proconsulat.

Il est sûr qu'au terme de cette magistrature, il aura conquis et pacifié toute la Gaule.

Alors, il faudra penser à Rome.

Ce soir, on peut appeler Æmilius et Mamurra, et de jeunes esclaves.

XXXI.

Il a vu ce jeune Arverne au regard fier, Vercingétorix, le fils du roi Celtill. Et il a reconnu Celtill comme un ami de Rome…

César, d'un geste, invite le Gaulois envoyé par le peuple des Ménapes à s'asseoir et à parler. L'homme est de haute taille. Il jure qu'il est un allié fidèle de Rome.

César écoute tête baissée. Il n'a pas confiance dans cet homme qui, il y a quelques mois seulement, devait avec les autres guerriers de son peuple combattre les légions. Mais le Gaulois semble avoir oublié ces batailles impitoyables. Il répète qu'il veut servir Rome. Il est trop bavard et, comme tous les autres Gaulois, versatile, s'emballant aisément pour tout ce qui est nouveau, courageux mais léger, passant trop vite de l'enthousiasme à l'abattement, hier ennemi et aujourd'hui allié.

— Ce sont des Usipètes et des Tenctères, des Germains. Ils sont des milliers, donc, affirme le Gaulois. Ils traversent le Rhin, ils pillent, ils veulent nos terres. Ils fuient devant les Suèves que tu as vaincus, Caius Julius Caesar, mais qui sont si nombreux qu'ils couvrent la terre, plus nombreux que tous les arbres de Germanie. Qui peut vaincre les Suèves ? Ils se nourrissent de lait et de viande ! Ce sont d'abord des guerriers, et ils ne cultivent la terre qu'une année sur deux ; elle appartient à tous. Ils ne portent pour tout vêtement que des peaux si petites qu'une grande partie de leur corps demeure nue. Ils ne craignent ni le froid ni l'eau des fleuves. Et les Usipètes et les Tenctères se sont installés chez nous avec leurs femmes et leurs enfants. Nous, les Ménapes, nous te demandons ton aide, Caius Julius Caesar.

César se lève.

Il va et vient sous la tente. Depuis qu'il est de retour en Gaule, il reçoit presque chaque jour des chefs gaulois. Il les écoute. Il les jauge. Il faut savoir choisir les hommes.

Il a vu ce jeune Arverne au regard fier, Vercingétorix, le fils du roi Celtill. Et il a reconnu Celtill comme un ami de Rome. Il a fait de même avec Cavarin, roi des Sénons, Tasget, roi des Carnutes, et Comm qui règne sur les Atrébates et les Morins. Il en est persuadé, il ne peut gouverner la Gaule qu'en s'appuyant sur ces rois jaloux les uns des autres et qui craignent les Germains. Et maintenant, ce sont les Ménapes qui appellent à l'aide.

— Je serai le glaive et le bouclier, dit César au Gaulois qui remercie bruyamment, puis demande que les légions romaines se portent rapidement sur le Rhin pour endiguer ce flot de peuples germains fugitifs.

— Le jour que j'aurai choisi, répond César.

Il veut rester seul. Il parcourt le camp, installé non loin du Rhin. Il regarde cette ombre qui s'étend sur la rive droite du fleuve et semble naître des forêts.

Aucun proconsul, aucune légion n'a jamais foulé cette terre barbare d'où surgissent sans fin de nouvelles multitudes. Celui qui réussirait à conquérir ce pays atteindrait à la plus grande gloire, et assurerait ainsi la sécurité de la Gaule qui, par le déplacement de la frontière vers l'est, se trouverait au centre des terres possédées par Rome. Et il faudrait aussi pacifier cette grande île de Bretagne, dont les peuples ont aidé les Vénètes et où, dit-on, on trouve des perles grosses comme des œufs, des métaux, l'étain, l'argent, l'or, le cuivre.

César marche dans le camp, seul. Il imagine la puissance que lui donneraient ces conquêtes, ces trésors, ces peuples qu'il pourrait vendre comme esclaves. Il pourrait entraîner dans ces régions les auxiliaires gaulois, ces cavaliers et fantassins qui trouveraient dans les batailles contre les Barbares le moyen d'exprimer leur courage et leur impétuosité. Adversaires des Barbares, les Gaulois n'en seraient que plus proches de Rome ! Quant aux légions, les victoires et le butin achèveraient de les attacher à leur chef.

Moi, Caius Julius Caesar.

Et la Gaule protégée par les nouvelles conquêtes de Germanie et de l'île de Bretagne serait le joyau de Rome, avec son peuple industrieux, nombreux, ses larges fleuves et ses riches terres à blé, ses villes aux greniers ventrus.

Mon bien !

— Il faut répondre à l'appel des Ménapes, annonce-t-il en rentrant dans la tente des tribuns militaires. Il faut chasser les Germains de Gaule, les forcer à repasser le Rhin.

Il s'interrompt. Il ne veut pas dévoiler ses intentions.

— Et nous sommes alliés, ajoute-t-il, aux Ubiens, ces Germains qui eux aussi nous demandent de l'aide contre les Suèves et les Sicambres.

Il se sent, comme chaque fois qu'il a pris sa décision, sûr de lui, comme s'il n'avait plus qu'à enfoncer la pointe de son glaive dans le corps nu d'un ennemi déjà vaincu.

Il donne l'ordre de remplir les chariots de blé, de recruter des cavaliers gaulois qui serviront d'éclaireurs.

Puis on lèvera le camp et l'on marchera vers la Meuse et, au-delà, vers le Rhin.

Le ciel en Gaule, quand le printemps s'avance, est d'un bleu discret que couvre à peine un léger voile blanc.

César chevauche, mains dans le dos. Maintenant il faut se battre. Il écoute des envoyés des peuples germains qui se montrent déférents, qui expliquent que les Suèves et les Sicambres les ont chassés. Ils demandent que les Romains ne les attaquent pas. Ils veulent la paix.

L'un d'eux s'avance, parle d'une voix claire.

— C'est malgré nous que nous sommes entrés en Gaule, dit-il. Qu'on nous donne des terres et nous serons d'utiles amis pour les Romains. Les Usipètes et les Tenctères sont fidèles à leurs alliés. Ils sont de vaillants guerriers, mais même les Dieux immortels ne peuvent tenir tête aux Suèves, et il n'y a personne au monde, sauf eux, qu'ils ne soient capables de vaincre !

César se détourne. Il faut la guerre.

— Quand on est incapable de défendre son pays, on n'a pas le droit de s'emparer de celui d'autrui ! affirme-t-il. Il n'y a pas en Gaule de terres vacantes. Repassez le Rhin. Les Ubiens pourront peut-être vous accueillir...

Il refuse d'un geste la demande d'une trêve de trois jours, pour attendre la réponse des chefs usipètes et tenctères.

Il ne fait pas confiance aux Germains. Et qu'apporterait la paix ? Il faut les détruire et que leur défaite serve de leçon aux autres peuples tentés de franchir la frontière.

On doit continuer la marche.

Et soudain, il aperçoit des cavaliers gaulois qui viennent au-devant des légions. Ils ont été attaqués par surprise par huit cents Germains qui ont dévalé les pentes, montés sur des petits chevaux rapides. À un moment du combat, les Germains ont sauté à terre, perçant de leur glaive les ventres des chevaux gaulois, semant la terreur.

Pas de pitié ! Voilà le prétexte de l'action. Qu'on attaque le camp des Germains. Qu'on se saisisse des envoyés usipètes et tenctères, qu'on attaque leur camp, qu'on tue tout ce qui vit !

Il assiste à la bataille. Un carnage plus qu'un combat. Les femmes et les enfants fuient. Que les cavaliers les poursuivent et les égorgent !

Il sent monter de la terre une odeur de sang qui rappelle celle qui emplit les arènes après les sacrifices de bêtes sauvages. Les Germains, affolés de voir qu'on massacre leurs proches, jettent leurs armes, abandonnent leurs enseignes et se sauvent du camp.

La victoire est toujours fille du sang ennemi et de la cruauté.

César s'avance encore. Il voit les Germains arrivés au confluent de la Meuse et du Rhin s'arrêter, ne sachant plus où fuir. Il aperçoit l'éclat des glaives des légionnaires qui tranchent les gorges.

Il devine dans la pénombre qui s'étend quelques survivants qui se précipitent dans le fleuve. Ils battent des bras, disparaissent emportés par l'épouvante, l'épuisement, la force du courant.

Pas un seul Romain n'a succombé.

Et il ne reste des quatre cent trente mille têtes ennemies qu'une poignée de prisonniers. Qu'on les laisse libres ! Ils ne représentent plus rien. Les Usipètes et les Tenctères n'existent plus.

Il traverse le camp dressé sur une hauteur qui domine le Rhin. Il regarde ce fleuve si large, aux eaux si noires.

Il veut être le premier consul de Rome à franchir cette frontière, à s'enfoncer en Germanie.

Il devine, quand il donne les ordres pour que l'on construise un pont, qu'on le regarde et l'écoute avec respect et une admiration où se mêle la peur. Il est celui qui a donné l'ordre de tuer tout un peuple.

Il en éprouve du plaisir.

Il faut que chacun sache qu'un chef est impitoyable et que l'ennemi doit être terrorisé, qu'il ne doit attendre aucune pitié ni pour lui ni pour ses aïeux, ni pour ses femmes ou ses enfants. Un peuple ennemi doit être sacrifié sur l'autel de la victoire romaine.

Mais, en d'autres circonstances, un peuple même adversaire peut devenir allié.

C'est moi Caius Julius Caesar qui décide...

Il se tourne vers Mamurra.

— Ce pont sur le Rhin, nous allons le construire !

Il faut des machines pour enfoncer les pieux dans le lit du fleuve. Ils seront plantés en biais, pour tenir compte du courant. Ils formeront face à face une sorte de V, la base des pieux séparée par plusieurs pas. Une poutre épaisse horizontale les maintiendra en place. Puis on disposera des lattes longitudinalement. Et en avant du pont, on implantera d'autres pieux pour briser le courant, amortir le choc que pourraient provoquer les troncs d'arbres et les embarcations lancés par les Barbares afin de détruire l'ouvrage.

Æmilius est entré. Il montre un rouleau de papyrus, une lettre de Balbus qu'un messager de Rome vient de remettre. César s'assied.

Il demande à Æmilius de lire.

Le peuple, raconte Balbus, est ébloui par la victoire sur les peuples germains passés en Gaule. Une proposition de décréter de nouvelles prières publiques en l'honneur de César a été portée devant le Sénat, mais Caton s'y est opposé avec véhémence. Il a dit...

Æmilius s'interrompt, lève les yeux, hésite à poursuivre. D'un geste, César l'invite à continuer.

— ... au lieu de voter des fêtes et des sacrifices en l'honneur de Caesar, il faudrait le livrer aux Barbares pour se purifier de la guerre qu'il a recherchée, de la trêve qu'il a repoussée, du massacre qu'il a accompli contre les Usipètes et les Tenctères. Ces peuples ne demandaient qu'à s'établir en Gaule. La malédiction que Caesar a attirée ainsi ne doit pas s'abattre sur Rome mais sur lui seul !

César se lève.

— Il faut que le pont soit achevé en dix jours.

Il prend le rouleau de papyrus, le déchire. Il est la force victorieuse. Il est le protégé de la Fortune. Caton un jour regrettera ses paroles.

— Je suis la cruauté et la clémence, murmure-t-il. Personne ne me dicte mon choix. Personne ne peut me juger.

C'est le dixième jour, et il n'entend plus ni le bruit des masses tombant de haut sur les pieux pour les enfoncer dans le lit du fleuve, ni les cris des bûcherons et des charpentiers abattant les arbres, taillant les planches.

César sort de sa tente. Le pont est là, aussi large qu'une de ces voies qui sont la marque de Rome sur chaque terre qu'elle conquiert.

César s'approche, et la foule des soldats qui ont travaillé à la construction s'écarte, puis le suit.

Il s'engage le premier, seul, sur le tablier du pont. Le silence est interrompu seulement par le bruit des pas sur les planches ; puis par lui, brusquement, quand il est au milieu du fleuve, qu'il s'arrête, regardant le courant que les poutres fragmentent, et qu'il lance d'une voix forte :

— Nous avons dompté le fleuve ! Gloire à Rome !

Alors les cris s'élèvent.

Il atteint l'autre rive, l'armée maintenant peut traverser le Rhin.

Il s'enfonce à la tête des légions dans ces forêts de Germanie qui semblent retenir l'hiver, tant l'ombre, le froid et l'humidité y règnent. Et il faut atteindre les rares clairières et les champs pour se souvenir que c'est le mois de juillet de l'année 55.

Il a quarante-six ans. Il est le premier consul à laisser sa trace dans cette terre hostile que les Barbares semblent avoir désertée.

Où sont les Sicambres et les Suèves ? Se préparent-ils à surgir des forêts ?

César se félicite d'avoir confié la garde du pont à plusieurs cohortes, placées à chacune de ses extrémités. Car il ne veut pas prendre de risque. Il ne perdrait pas seulement ses légions dans une défaite, mais les hyènes du Sénat, il le sait, le dépèceraient.

Il donne l'ordre de brûler tous les villages, toutes les habitations, de couper le blé. Il devine l'inquiétude des soldats devant cet ennemi qui se dérobe. Et il ne peut chasser de lui une anxiété qui lui serre la gorge et les tempes.

Il décide de se rendre chez les Ubiens, le seul peuple germain qui se dise allié de Rome.

Les Ubiens l'entourent. Leurs chefs tendent le bras, montrent les forêts. Les femmes, les enfants, les vieillards suèves sont là, dans la profondeur des futaies, avec tous leurs biens. Ils s'y sont réfugiés dès que les premiers pieux du pont ont été enfoncés dans le lit du

Rhin. Et tous les hommes du peuple suève se rassemblent au cœur du pays et s'apprêtent à livrer bataille.

Il ne faut jamais accepter les choix de l'ennemi, mais le surprendre !

César regarde le ciel, c'est déjà la saison des orages. Et il souhaite, avant que vienne l'hiver, prendre pied dans l'autre contrée barbare où jamais un Romain n'a planté l'enseigne des légions, cette île de Bretagne.

Il donne l'ordre aux légions de se remettre en route, de marcher vers le pont afin de rejoindre la Gaule et cette côte bordée par la mer du Nord.

Il imagine, au pas rapide des soldats, la joie qu'ils éprouvent, comme s'ils étaient enfin déchargés de la peur. Lui aussi sent que l'angoisse desserre son étreinte. Il s'impose cependant de rester là, sur la rive droite du fleuve, jusqu'à ce que le dernier manipule l'ait franchi.

Alors seulement il s'engage sur les planches, sachant qu'il a ordonné que les charpentiers détruisent derrière lui, au fur et à mesure qu'il avance, les lattes, les pieux, les contreforts.

Il regarde ces poutres s'en aller au fil du courant. Il appelle l'un de ses secrétaires. Il ne faut pas qu'à Rome ses adversaires puissent penser qu'il a quitté la Germanie chassé par la menace des Suèves.

Il faut que le peuple romain soit persuadé que ces dix-huit jours sont aussi une victoire de Caius Julius Caesar.

Il dicte, cependant que dans les remous disparaissent les bois du pont :

« Comme César avait atteint le but qu'il s'était assigné en franchissant le Rhin : faire peur aux Germains, châtier les Sicambres, protéger les Ubiens, il estima qu'il avait assez fait pour sa gloire ainsi que pour le bien de l'État, et après avoir passé dix-huit jours entiers au-delà du Rhin, il revint en Gaule et fit détruire le pont. »

XXXII.

Il veut qu'à Rome on ne doute pas de sa victoire en grande Bretagne, et que l'on célèbre son passage du Rhin…

César regarde la mer grise. Les nuages à l'horizon se confondent avec elle. L'été touche à sa fin. Il le sait : il est trop tard déjà pour entreprendre la conquête de cette grande île de Bretagne dont on ne connaît presque rien.

Il marche sur le bord de la falaise. Il se souvient de ces marchands qu'il a interrogés depuis son arrivée à Portus Itius (Boulogne). À peine s'ils pouvaient parler du littoral qui fait face à la Gaule. Et ils ignoraient tout des peuples de l'île, de leur manière de se gouverner ou de combattre.

César s'arrête, regarde le mouvement des vagues. Il ne veut pas renoncer à une expédition maintenant, même s'il ne s'agit que d'une reconnaissance. Il faut qu'il puisse ajouter à sa traversée du Rhin, à son entrée en Germanie, le débarquement dans la grande île. Alors on saura à Rome qu'il est à la fois le maître du Rhin et le maître de l'Océan. Aucun Caton ne pourra l'empêcher d'être une nouvelle fois couronné par les lauriers de la gloire.

Et puis il y a ces richesses de la grande Bretagne : les métaux, les perles, les esclaves. Et il veut accumuler de nouveaux trésors pour acheter des terrains à Rome, où il fera bâtir un forum, des temples qui inscriront dans le périmètre sacré de la ville son nom et sa puissance, et rappelleront à tous les citoyens de la République qu'il est le protégé de la Fortune. Mais il faut franchir la mer, chevaucher ces hautes vagues grises.

Il voit entrer dans le port les quatre-vingts navires qui vont permettre de faire traverser ce bras de l'Océan à deux légions. Il lève la main, il appelle près de lui Æmilius qu'il a chargé d'interroger ce légat, Volusenus, qu'il vient d'envoyer sur un navire de guerre explorer les côtes, repérer les baies et les plages où l'on pourra se mettre à l'abri et débarquer.

— Rien, dit Æmilius.
Volusenus n'a vu que de hautes falaises.
Æmilius a une moue de mépris.
— Volusenus n'a pas quitté son bateau. Il n'a pu entrer en rapport avec aucun indigène de Bretagne.

Certains de ces Bretons sont là pourtant. Ils ont passé la mer sur de petites embarcations d'osier, des sortes de paniers maniables flottant sur les vagues comme des chevaux qui franchissent les obstacles.

Ils parlent lentement une langue gauloise que Comm, le roi des Atrébates (de la région d'Arras), l'allié, comprend et traduit. Ils disent qu'ils ont suivi la marche des légions de Rome, année après année. Ils les ont vues approcher de la côte, vaincre les Vénètes, et ils savent qu'un jour ils devront se soumettre à elles. Ils y sont prêts. Ils acceptent de livrer des otages au proconsul de Rome, en gage d'amitié.

Il faut les rassurer, leur laisser croire qu'on leur fait confiance, les inviter à retourner dans leur île en compagnie de Comm, affirmer que Rome ne veut que leur apporter la paix.

Mais dès qu'ils sont partis, il faut embarquer les

troupes sur les navires de transport, donner l'ordre aux galères de guerre chargées de machines de siège d'appareiller.

— La paix est la fille de la force, dit César à Æmilius. Il faut d'abord forcer les Barbares à s'agenouiller, et même après leur soumission on ne peut leur faire confiance.

Il s'éloigne.

— Celui qui veut le pouvoir, murmure-t-il, ne peut croire qu'en lui-même.

Il pressent dès qu'il a pris la mer avec les premiers navires de transport que les Dieux l'observent sans vouloir l'aider. Les bateaux sur lesquels la cavalerie a embarqué sont en retard et quand, à la quatrième heure du jour, il voit les côtes de la grande île, il ne dispose que des fantassins qui sont autour de lui.

Il rejoint la proue du navire. Sur toutes les collines qui surplombent la mer, il aperçoit des hommes en armes. La côte se trouve à ce point resserrée entre les falaises qu'un trait lancé des hauteurs peut atteindre aisément le rivage.

On ne peut débarquer là. Il se tourne. Il faut parler avec calme, montrer aux centurions et aux soldats que le chef ne doute pas. « On attend », dit-il.

Il guette l'horizon où doivent apparaître d'autres navires venus de Gaule. Et à la neuvième heure du jour, quand le vent et la marée sont propices, il donne l'ordre du départ.

Il faut longer la côte. Il aperçoit enfin un rivage plat et découvert. C'est ici.

Il ressent un choc. Les coques heurtent le fond. Ils ne peuvent se rapprocher davantage. César fait un signe : que les hommes quittent les navires, nagent, marchent jusqu'à la côte. Et tout à coup des cris. Les Barbares ont suivi les navires. Ils sont là, montés sur de petits chevaux qui s'avancent dans la mer. Ils attaquent les soldats, les dispersent. Il faut que les navires de guerre bombardent les Barbares avec leurs catapultes.

César saute à l'eau pour rejoindre les combattants, les pousser en avant. Il entend le porte-enseigne de la Xe légion exhorter les soldats restés à bord à se jeter vers le rivage : « À l'eau, camarades, si vous ne voulez pas que cette aigle reste chez l'ennemi ! crie l'homme. Moi au moins je ferai mon devoir envers la République et mon général ! »

César craint le désordre de cette bataille, où les légions ne peuvent se reformer, où chacun combat seul comme il le peut. Il lève son glaive, s'élance. Il faut vaincre ! Il réussit enfin à prendre pied sur le rivage, et peu à peu les Barbares reculent. C'est une victoire sans éclat, il ressent de l'amertume. Il faut le cacher, faire dresser le camp.

Il s'assied à même la terre. Il devine dans le regard d'Æmilius le doute et la crainte, car la cavalerie n'a pu débarquer. Les bateaux qui la transportaient ont été déportés par une tempête puis obligés de regagner la Gaule. Et le vent et les vagues brisent même les navires sur lesquels ont embarqué les fantassins.

C'est quand les hommes sont assiégés par l'adversité que les Dieux les jugent.

César inspecte le camp. Les soldats sont inquiets. Les bagages des légions et les réserves de vivres n'ont pas pu être débarqués. Il faut donc que des cohortes partent dans les campagnes, fauchent le blé, le transportent au camp. Il faut réparer les navires endommagés par la tempête. Parfois des hommes rentrent au camp, désemparés, la panique remplissant leurs yeux.

César les interroge. Il regarde ces vétérans de tant de

batailles honteux d'avoir pris la fuite. Un centurion sort du rang, s'approche, parle sans oser lever les yeux :

— Les Bretons attaquent par surprise. Ils tuent les soldats dispersés dans les champs. Ils utilisent des chars, lancent des traits, joignent la prestesse du cavalier à la fermeté du fantassin. Ils arrivent à tenir en main leurs chevaux même en les lançant sur une pente très raide et à leur faire faire demi-tour instantanément. On les voit courir, placés sur le timon des chars, debout sur le joug, et rentrer en un instant dans leur char. Que pouvons-nous faire, Caesar ?

— Vaincre ! répond César.

Il s'enveloppe dans son manteau rouge de commandement. Il fait sortir les légions, les range en ligne devant le camp et se place à leur tête. Il lève son glaive.

— Vaincre ! crie-t-il.

Les légions marchent derrière lui. Il se retourne. Les hommes épaule contre épaule forment une muraille de fer qui va balayer les Barbares, puis l'on incendiera les blés et les villages, et l'on détruira tout sur une vaste étendue.

Les Barbares, après avoir fui, demandent la paix, livrent de nouveaux otages. On peut donc rentrer en Gaule, avant que ne se lèvent les tempêtes de l'équinoxe.

Sur le bateau, puis dans la litière qui le conduit au camp des légions établi près d'Amiens, César dicte. Car il veut qu'à Rome on ne doute pas de sa victoire en grande Bretagne, et que l'on célèbre son passage du Rhin et ses batailles de Germanie, son franchissement de l'Océan.

Il faut donc flatter l'un des faiseurs d'opinion, ce Cicéron pleutre et versatile. Il faut lui prêter de l'argent pour qu'il puisse continuer de vivre dans le faste de ses villas. Il faut lui dédier un traité de style, *De Analogia*, pour qu'il se rengorge comme un paon. Et qu'il renonce à s'opposer aux triumvirs. Il aurait dit, a rapporté Balbus : « Nos amis les triumvirs sont certainement les maîtres et il n'y a nulle apparence pour que cela change d'ici la fin de notre génération. »

César en est sûr, il est celui qui sera le maître.

Les hommes, même ceux qui paraissent résolus, sont faibles. Et les plus ambitieux, tel Cicéron, sont parfois les moins déterminés. Ils n'aiment que les chemins faciles, ne savent pas affronter les tempêtes. La peur et la lâcheté sont en eux. On peut les renverser comme des arbres dont le tronc sous l'écorce est rongé, creusé par la maladie.

— Écris, dit César à Æmilius.

Il va achever le livre IV de ses *Commentaires* sur ses guerres en Gaule.

Il faut dicter aux hommes ce qu'ils doivent penser.

Lorsque, quelques semaines plus tard, il arrive en Cisalpine pour y passer l'hiver, il apprend que le Sénat a décidé de célébrer ses victoires en Rhénanie et dans l'île de grande Bretagne par vingt jours de supplications qui témoignent de la gratitude de Rome envers les Dieux.

Devant Mamurra et Æmilius, il reste impassible. Mais lorsqu'il est seul, il ne peut s'empêcher de sourire. Ces vingt jours d'action de grâces, cinq de plus qu'au terme des victoires de l'année 57, sont le fruit le plus savoureux de ses entreprises !

César secoue la tête. Personne, ni les Gaulois, ni les Germains, ni les Bretons, personne, ni Pompée, ni Crassus, ni Caton, ni l'un ou l'autre des sénateurs, ne pourra l'empêcher d'accomplir son destin.

XXXIII.

Il avait décidé d'utiliser un éléphant, qu'il avait fait transborder de Gaule en grande Bretagne...

César serre les mâchoires. Il ne veut pas se laisser emporter par la colère. Il s'efforce de marcher lentement, les mains derrière le dos, autour du bassin de ce grand atrium de la villa de Ravenne où il séjourne depuis le mois de septembre 53.

Il lève la tête. C'est maintenant le plein hiver en ce mois de janvier 52 où la pluie glacée tombe presque chaque jour, où déjà à plusieurs reprises l'eau du bassin a gelé.

Il imagine la neige qui doit recouvrir les Alpes, rendre difficile le passage des cols. Et cependant, il le pressent, il faudra peut-être dans quelques jours, quelques semaines au plus tard, quitter Ravenne et marcher à la tête des légions au bord des précipices, franchir les montagnes malgré la neige et la glace, et atteindre cette Gaule jamais complètement soumise.

Ses mâchoires sont douloureuses tant il les contracte. Il voudrait pouvoir ainsi écraser ces peuples rebelles qui depuis près de sept ans ne cessent de s'insurger. Il faut que cette campagne qu'il va devoir livrer soit la dernière, que la Gaule accepte enfin d'être romaine. Peut-être est-ce une faveur des Dieux que bien des peuples qui l'habitent, les Carnutes, les Sénons, les Trévires, les

Éburons, les Nerviens, se soient rassemblés dans la forêt sacrée des Carnutes, près d'Orléans, afin de décider d'une insurrection contre Rome. S'ils se dressent tous unis, ils seront brisés dans la même bataille, et la Gaule sera pacifiée.

Il s'arrête. Il doit réussir, sinon il ne pourra pas agir à Rome, se défendre contre les ennemis qui n'ont pas renoncé à l'abattre.

Il entre dans le salon. Il s'étend. Æmilius s'approche : les visiteurs sont là. Sénateurs, hommes de main, magistrats se pressent aux portes de la villa. Il faut les recevoir, les écouter, les flatter, les couvrir d'or, leur consentir des prêts gratuits à long terme, et ainsi les détacher de Crassus, du Sénat, de Pompée.

Car le Grand Pompée, tout le confirme, est un rival encore prudent, mais dont les intentions sont claires : il veut être le premier à Rome, le *princeps*, comme l'écrit Cicéron.

César ferme les yeux.

Il se souvient de septembre 54. Il y a un peu moins de deux ans.

Il avait d'abord pourchassé dans les forêts des Ardennes les Trévires, dont le roi Indutiomar avait rassemblé autour de lui tous les hommes en âge de se battre. Ces Germains des bords du Rhin avaient attaqué les cohortes ou les soldats isolés. Mais comment retrouver Indutiomar dans ces futaies hostiles ?

Il avait fallu tenter de l'isoler en traitant avec son gendre Vercingétorix. Et les Trévires avaient semblé vouloir accepter la paix. Mais César avait dû, pour parvenir à ce résultat, mobiliser quatre légions, huit cents cavaliers. Et donner à chaque soldat sa part de butin.

Les coffres s'étaient vidés. Et il fallait de l'or, de l'argent pour trouver des alliés parmi les notables de Rome.

Donc César avait décidé de tenter à nouveau de conquérir cette île riche, la grande Bretagne.

Il revoit ces quatre-vingts navires, chargés de cinq légions de deux mille cavaliers, qu'il avait réussi à faire construire, à rassembler, à conduire jusqu'au rivage de cette île où il n'avait pu rester en 55 qu'une vingtaine de jours.

Mais cette fois, il avait réussi à la tête des légions à s'enfoncer dans ce pays vallonné, à piller les villages, à traverser les fleuves malgré la résistance des Bretons et de leur roi Cassivellaunus.

César avait nagé au milieu de ses soldats vers la rive gauche de la Tamise, malgré les grêles de flèches. Et devant la résistance de ces Barbares qui peignaient leur corps en bleu et combattaient en poussant de grands cris, ou bien en lançant leurs chars contre les légions, il avait décidé d'utiliser un éléphant, qu'il avait fait transborder de Gaule en grande Bretagne et qu'il avait fait recouvrir d'écailles de fer, élevant sur son dos une grande tour garnie d'archers et de frondeurs adroits. L'éléphant s'était engagé dans le fleuve, les flèches et les pierres volant depuis la tour.

Bretons, chars, chariots, toute la multitude barbare avait pris la fuite, leurs chevaux se cabrant de terreur.

On avait pillé, mis à sac les villages et incendié les récoltes, et après quelques jours de combats, Cassivellaunus s'était soumis.

Mais comment demeurer dans l'île alors que les messagers annoncent que, en Gaule, une fois de plus, les Éburons, les Nerviens, les Atuatuques, les Carnutes semblent se préparer à la guerre ? Il faut profiter d'un temps calme pour gagner Portus Itius. Et là, recevoir cet envoyé de Pompée qui annonce que son épouse Julie, fille de Caius Julius Caesar, est morte en couches.

César avait alors écarté Æmilius et Mamurra, voulant rester seul. Quelles étaient les intentions des Dieux en donnant la mort à Julie ? Cherchaient-ils à détruire cette alliance qu'il avait conclue avec Pompée grâce à elle, pour empêcher ce dernier de se dresser contre lui ?

Il avait eu l'impression, en pensant à Julie, qu'on l'avait amputé d'une partie de lui-même. Il avait ressenti pendant plusieurs jours une grande fatigue, la tête serrée dans un cercle de fer, et parfois, en marchant, il avait eu l'impression que la terre l'attirait, qu'il allait tomber à la renverse afin de toucher le sol.

Puis, peu à peu, il avait réussi à se maîtriser. La mort était dans la vie. Il fallait accepter la décision des Dieux et continuer d'agir pour que le destin s'accomplisse. C'est alors que la Fortune, Venus Victrix, la divinité victorieuse, et Jupiter mesureraient qu'il était digne de leur confiance.

Il avait essayé durant plusieurs semaines, alors qu'il lui fallait faire face à la révolte de nombreux peuples gaulois, de convaincre Pompée de maintenir entre eux des liens familiaux, gage de leur alliance. Mais les messagers qu'il avait envoyés à Rome avaient tous rapporté les refus de Pompée. Il rejetait le projet d'épouser Octavie, ne daignant même pas expliquer pourquoi la petite-nièce de Caius Julius Caesar lui paraissait indigne de lui, et il ignorait la demande de mariage de l'une de ses filles avec Caesar, proconsul des Gaules et *pontifex maximus*. Quel affront ! Pourtant, dans ses lettres, il manifestait sa fidélité au triumvirat. Il proposait même d'envoyer trois légions à César pour l'aider à réduire la révolte.

— Il te trahit, avait dit Æmilius. Il veut faire sentir sa supériorité sur toi.

César avait levé la main. Il ne voulait pas que ces mots chargés de haine soient prononcés. Il fallait attendre, laisser Pompée s'engager plus avant sur le chemin de l'alliance avec les sénateurs avant de le condamner.

Puis on avait appris la défaite des légions devant les Parthes, et la mort de Crassus qui les commandait. Les Parthes lui avaient versé de l'or fondu dans la bouche, puis avaient jeté son corps aux bêtes, proclamant que les Romains assoiffés de butin seraient voués au même sort que leur proconsul, dévoré par le feu de cet or dont ils étaient avides. Et peu après, un envoyé de Balbus avait apporté la nouvelle que Pompée avait épousé la veuve de Crassus, fille de Metellus Scipion, l'une des personnalités les plus fortes de l'aristocratie.

— Il se dresse en face de toi, Caius Julius Caesar, avait répété Æmilius, il te défie.

— Qu'il lève son glaive ! avait répondu César d'une voix calme.

Il ne pouvait pas menacer le premier un magistrat de Rome... Il ne frapperait qu'après que Pompée et les sénateurs l'auraient menacé. Il fallait qu'aux yeux des citoyens il soit celui qui avait respecté la loi et dont la seule préoccupation était d'imposer dans les provinces, dans ces Gaules rétives, dans cette Germanie voisine, la paix romaine.

Il avait donné l'ordre que l'on continue d'envoyer à Rome de l'or pour que s'élèvent dans la ville les monuments que Caius Julius Caesar offrait à sa cité. Qu'on élargisse le Forum ! Qu'on construise une basilique, qu'on bâtisse un immense enclos aux colonnes de marbre pour que le peuple puisse s'assembler à l'abri, devant les comices, au moment du vote.

Voilà ce qu'on devait retenir de César. Il devait apparaître comme le Romain soucieux de la grandeur de sa cité. Et pour cela, il devait être victorieux.

Elles avaient été lourdes de moments difficiles, ces années 54 et 53. Il avait eu la sensation presque chaque jour qu'un incendie couvait dans plusieurs régions de Gaule. Que lorsqu'il avait réussi à éteindre ou à contenir l'un des foyers, un autre s'allumait, plus vif encore. Il avait fallu mettre à mort Dumnorix l'Éduen, qui avait tenté de rallier à lui les cavaliers gaulois devant participer à l'expédition en grande Bretagne.

— Le but de César est de faire périr en Bretagne toute la noblesse gauloise, tous ceux qu'il n'a pas osé mettre à mort sous les yeux des Gaulois ! s'en allait proclamant Dumnorix. Et quand on l'avait enfin cerné, il avait hurlé d'une voix forte : « Je suis libre, fils d'un peuple libre ! »

L'Éduen avait répété ces mots jusqu'à ce qu'un centurion lui tranche la gorge. Et il avait semblé que, des rives de la Meuse et du Rhin jusqu'à celles de la Seine et de la Loire, ces derniers mots de Dumnorix avaient été entendus, brandis comme les enseignes de la révolte.

Les Carnutes de Genabum (Orléans) avaient assassiné leur roi Tasget, fidèle des Romains. Les Trévires d'Indutiomar étaient sortis de leurs repaires cachés dans la forêt des Ardennes et avaient osé mettre le siège autour des camps où les légions s'étaient installées pour l'hiver.

César avait entendu les hurlements poussés par les Gaulois quand ils avaient vaincu. Il avait écouté le récit des quelques survivants qui avaient raconté comment le peuple des Éburons, avec à leur tête un chef nommé Ambiorix, avait attiré dans un piège les légats Sabinus et Cotta trop crédules, imaginant que ces Barbares allaient respecter leur parole.

On avait entouré Sabinus, puis on l'avait frappé à mort. Ses soldats avaient combattu jusqu'à la tombée de la nuit, puis, «ayant perdu tout espoir, ils se donnèrent eux-mêmes la mort jusqu'au dernier».

Ambiorix et les Éburons avaient été rejoints par les Nerviens. Et des crieurs gaulois s'en allaient autour des camps lancer des appels à la désertion : «Tout Gaulois, tout Romain qui voudra passer de notre côté pourra le faire jusqu'à la troisième heure. Mais pas plus tard!»

Partout se tenaient des assemblées gauloises, convoquant les hommes en âge de porter les armes. Le dernier arrivé était livré au vu de tout le monde aux pires supplices. Et la mort d'Indutiomar, rejoint par les légionnaires de Labienus, n'avait pas réussi à éteindre l'incendie.

Au contraire!

On avait posé la tête tranchée d'Indutiomar sur le sol au milieu du camp.

Mais comment se réjouir de cette victoire, alors que dans les yeux des tribuns militaires rassemblés autour de lui, César lisait la peur. Partout on se préparait à la guerre. Les Nerviens, les Atuatuques, les Ménapes, les Germains des bords du Rhin, les Éburons, et même les Sénons, se concertaient avec les Carnutes et les Trévires. Ambiorix était insaisissable, lui aussi caché dans la forêt des Ardennes.

César devait essayer d'étouffer l'incendie, tenter de convaincre avant de frapper.

Il avait donc parlé aux représentants gaulois rassemblés à sa demande à Lutèce.

Il s'était arrêté devant chacun des chefs, leur vantant la grandeur et la générosité de Rome, l'intérêt qu'ils avaient à le rejoindre, à devenir l'un des peuples amis du peuple romain. Mais il avait senti que ses paroles glissaient sur ces hommes sans les atteindre.

Il avait vu Acco, le chef des Sénons (région de Sens), se lever le premier. On l'avait entendu crier qu'il ne pouvait accepter la paix de Rome. Et César avait demandé aussitôt que l'on arrêtât Acco, qu'on le retînt prisonnier.

Rome ne respectait que ses propres lois, supérieures à toutes les autres. Et les Gaulois, ou les peuples barbares, devaient les subir ! Il avait donc donné l'ordre aux légions de s'ébranler, de lancer à nouveau un pont sur le Rhin, d'en finir avec Ambiorix et ce peuple des Éburons.

Il avait envoyé des messagers à tous les peuples voisins. Que tous songent au gros butin qu'ils pouvaient réaliser en venant aux côtés des légions piller le pays des Éburons.

Il avait vu les premiers cavaliers gaulois se présenter. Il n'avait pas eu tort de compter sur la division et l'avidité de ces peuples barbares. Il fallait que, sous leur formidable invasion, toute la race des Éburons fût exterminée et que leur nom même disparaisse à jamais ! Il avait souhaité que les Gaulois se répandent les premiers dans les forêts et dans ce pays sauvage, préférant les voir tomber sous les traits des Éburons que d'exposer ses propres cohortes.

Il avait regardé les champs dévastés, les villages brûlés, le butin accumulé. Et il avait réparti ces richesses entre ses légionnaires, laissant aux Gaulois les miettes et les champs où les blés étaient déjà couchés et abattus par la pluie. Et il avait promis une part de butin décuplée à ceux qui s'empareraient d'Ambiorix.

Mais Ambiorix avait toujours réussi à fuir à la faveur de la nuit, passant de contrée en contrée avec une escorte qui ne comprenait que quatre cavaliers. À eux seuls, il avait osé confier son salut. Il connaissait les forêts et devait se cacher dans ces grottes qui surplombent la Meuse ou le Rhin.

Il fallait cependant qu'un chef rebelle mourût.

Alors il avait fait venir Acco, ce Sénon qui avait refusé de se soumettre à l'assemblée de Lutèce et qui avait été arrêté.

L'heure du châtiment était venue.

Qu'on le dépouille de ses vêtements ! Qu'on le lie au poteau ! Qu'on passe sa tête dans une fourche, qu'on le batte à coups de verges jusqu'à la mort, puis qu'on décapite le cadavre !

Il avait semblé que le calme se rétablissait, même si sous les cendres encore chaudes de la révolte, les braises rougeoyaient toujours.

César avait gagné sa villa de Ravenne à l'automne de l'année 53, soucieux de savoir aussitôt ce qui se tramait à Rome autour de Pompée. L'homme était prudent, mais son alliance avec le Sénat devenait chaque jour plus forte.

En ce début du mois de janvier 52, un messager était arrivé, couvert de sang. Il avait pu fuir Rome où l'on se battait. Le peuple, après avoir appris le meurtre de Clodius par les bandes de Milon, avait mis le feu à la Curie, et Pompée serait sans doute nommé consul unique, avec la charge de rétablir l'ordre.

César avait seulement serré les mâchoires.

La mort de Clodius était un autre coup sévère. Clodius, son allié fidèle dans Rome, avait donc succombé... Et c'était Cicéron qui défendait devant le tribunal son assassin !

Pompée était le maître. Plus rien dès lors n'interdisait que le Sénat revînt sur les engagements pris, les lois votées. Et que l'on décidât, par exemple, que le proconsulat de Caius Julius Caesar se terminerait en mars 50 et qu'il ne pourrait poser sa candidature au consulat — son deuxième consulat — qu'au cours de l'été 49.

Durant cet intervalle de quelques mois, il ne serait

plus rien qu'un homme nu, sans bouclier, exposé à toutes les accusations, à tous les procès. Il ne disposerait plus du glaive des légions. Pompée serait le maître. César devait l'empêcher, exiger de demeurer proconsul jusqu'au 31 décembre de l'année 49, et, sans être présent à Rome, être élu consul de façon à occuper cette charge dès le 1er janvier 48. Ainsi, il serait toujours protégé par les privilèges d'une magistrature et la force des légions.

Mais il fallait pour cela que, dans les deux années qui restaient avant ces échéances, la Gaule soit définitivement soumise. Que plus jamais un feu ne s'y déclare.

Or il couve !

César doit donc aller l'éteindre et quitter, en ce début d'année 52, Ravenne pour rejoindre la Gaule.

HUITIÈME PARTIE

XXXIV.

Ces Gaulois sont courageux, intrépides même ! Vercingétorix tente de les discipliner, ils sont donc dangereux...

César écarte les peaux qui, accrochées aux montants de la litière, le protègent du vent. Il se penche : il ne neige plus. Le brouillard qui, tout au long de l'ascension du versant est des Alpes, avait enseveli les cohortes, leurs enseignes, s'est dissipé. À présent le soleil semble jaillir des plaques de glace qui couvrent les parois, de la neige qui cache le chemin. Il fait briller les casques des légionnaires qui, avec leurs javelots, sondent l'épaisseur blanche jusqu'à ce qu'ils atteignent les dalles de pierre de la voie, ouvrant alors un chenal où s'engagent les cavaliers. Il faut avancer plus vite, il lance des ordres : qu'on double les hommes qui tracent la route !

Il voit des légionnaires se détacher des cohortes, courir vers l'avant-garde, se mettre aussitôt au travail. Il éprouve un sentiment de fierté. Qui peut vaincre les légions de Rome ? Qui peut affronter cette machine plus puissante que toutes les catapultes, que tous les scorpions lanceurs de flèches et de javelots ?

Il se penche à nouveau. D'un geste, il appelle ses secrétaires, il va dicter ses ordres à Labienus qui commande les légions en garnison à Agedincum (Sens), au cœur du peuple gaulois des Sénons (entre la Loire et la

Marne). Il faut aussi que les tribuns militaires qui se trouvent à la tête de celles qui hivernent à Andematunum (Langres), le pays des Lingons, soient avertis de ses intentions. Mais il doit écrire en langage codé, parce que les éclaireurs gaulois surveillent tous les passages, et il faut que le chef de la rébellion soit surpris par les manœuvres des légions.

Il parle d'une voix hachée, répétant parfois les mots que le vent venu de la mer emporte. Il dit à Æmilius que ces lettres doivent être remises à plusieurs messagers afin qu'au moins l'un d'eux parvienne à Labienus et aux tribuns.

Il laisse retomber les peaux, ferme les yeux. Il sait que cette nouvelle révolte de la Gaule sera la plus dure à vaincre. Il se souvient de l'Arverne Vercingétorix qui est resté quelques mois à l'état-major des légions. Un homme d'à peine plus de vingt ans, de haute stature, d'une grande énergie, hâbleur mais courageux comme le sont les Gaulois, et fils de Celtill, le plus illustre d'entre eux, que le peuple arverne avait cependant mis à mort, le soupçonnant de vouloir être roi.

Étrange peuple que ces Arvernes, fiers, vivant au centre de la Gaule, ne s'étant jamais dressés contre les légions. Aujourd'hui, pourtant, ils viennent de brandir le glaive, et Vercingétorix semble avoir pris la tête de la révolte.

Depuis Ravenne les messagers, venus de la Gaule Chevelue et de la Narbonnaise, se sont succédé. César a l'impression qu'ils sont encore devant lui. Il a fait monter certains dans sa litière, a écouté les autres tout en marchant à la tête des cohortes, en a entendu quelques-uns penché sur l'encolure de son cheval.

Chaque fois, il les a fixés dans les yeux avant de leur dire :

— Tu as tout oublié de ce que tu m'as rapporté !

Il n'a pas eu besoin d'ajouter qu'il est facile d'avoir la gorge tranchée.

Le premier a raconté comment, dans la forêt sacrée de ce peuple du centre de la Gaule, les Carnutes, les druides ont invoqué leur dieu Teutatès pour appeler à l'union de tous les Gaulois contre les Romains. C'était il y a quelques semaines seulement, à la mi-janvier 52. Les chefs avaient assuré que des troubles avaient éclaté à Rome, et que César se trouvait empêché de retourner en Gaule pour prendre le commandement des légions.

— Ils se sont enflammés en s'écoutant les uns les autres, avait dit le messager. Ils ont tous répété qu'ils trouvaient insupportable d'être soumis à l'autorité du peuple romain. Les druides les ont assurés que Teutatès et tous les Dieux de la Gaule les protégeraient et les incitaient à la révolte.

César se souvient de l'effroi qui avait semblé saisir le messager quand il avait ajouté d'une voix tremblante, comme s'il avait proféré une offense :

— Ils ont dit : « Mieux vaut mourir en combattant que de ne pas recouvrer la liberté et la vieille gloire guerrière qu'ont léguées aux Gaulois leurs ancêtres ! »

Les Carnutes avaient été les plus résolus : « Puisqu'on ne peut pas encore, ont-ils affirmé, échanger des otages pour garantir le secret, qu'on s'engage par des serments solennels, devant les enseignes réunies en faisceau, à ne pas abandonner la lutte commencée ! »

Les messagers suivants ont raconté comment les Carnutes avaient massacré les citoyens romains installés dans leur ville de Genabum.

Cela s'est produit au matin du 23 janvier. Ces commerçants romains, qui avaient confiance dans les lois de l'hospitalité, ont été égorgés par des Carnutes enragés. Leurs biens ont été pillés.

— Et les Carnutes ont osé égorger ce chevalier,

Caius Fufius Cita, chargé par vous, Caius Julius Caesar, de l'intendance des vivres !

César se souvient d'avoir ressenti à cet instant une brûlure sur tout le corps, comme si on l'avait fouetté.

Il faudra qu'ils paient de leur vie ce sacrilège, et tant que l'insulte sanglante n'aura pas été vengée, il sait qu'il ne trouvera pas le repos.

On a voulu l'humilier. On a voulu ternir sa gloire, et donc celle de Rome !

— La nouvelle s'est répandue dans toute la Gaule en quelques heures, a ajouté un autre messager.

Il semble à César qu'il entend les cris des Gaulois qui, postés sur des hauteurs et parfois au sommet de tours élevées sur les points culminants, communiquent entre eux.

— La première veille n'avait pas encore pris fin, a poursuivi le messager, que les Arvernes savaient déjà ce qui s'était passé au lever du soleil à Genabum, à environ cent soixante milles de distance.

À ce souvenir, César est à nouveau saisi par la colère : ces peuples gaulois, les Sénons, les Parisii, les Pictons, les Cadurques, les Turons, les Aulerques, les Lémovices, les Andes[1] et tous ceux qui touchent à l'Océan, tous ceux-là qu'il a déjà vaincus se soulèvent comme si ces voix venues de Genabum, l'exemple des Carnutes, les exaltaient.

Et Vercingétorix l'Arverne, qu'un temps la cité de Gergovie[2] avait chassé, refusant ainsi de se dresser

---

1. Sénons : entre la Loire et la Marne. Parisii : autour de Lutèce. Pictons : région de Poitiers. Cadurques : région du Lot et de Cahors. Turons : région de Tours. Aulerques : entre la Seine et la Loire, région d'Évreux et du Mans. Lémovices : région de Limoges. Andes : autour d'Angers.
2. Près de Clermont-Ferrand.

contre les Romains, devient leur chef ! Il a rassemblé dans les campagnes qui entourent Gergovie, dans ces plaines fertiles de Limagne, sur les hauts plateaux du Velay où paissent de grands troupeaux, toute une foule de miséreux, d'errants, qui rêvent de butin et de guerre. Il est alors entré dans Gergovie. Il a tué ou chassé les notables, les prudents, les hésitants. Il a envoyé des ambassades chez tous les peuples gaulois et les Arvernes l'ont fait roi. Il veut vaincre.

César se rappelle ce jeune homme impulsif qui voulait tout savoir de l'organisation et de la tactique des légions. Il se reproche de ne pas avoir deviné en l'Arverne celui qui veut voler le savoir de son ennemi pour un jour devenir son égal, afin de pouvoir le battre.

Le dernier messager a dit que Vercingétorix, investi du pouvoir, exige partout des otages, fait lever des troupes et fixe les quantités d'armes devant être fabriquées par chaque cité ainsi que le délai de leur livraison. Il veut une cavalerie nombreuse, disciplinée, hardie. Il l'entraîne.

— Il est cruel, impitoyable, a repris le messager. Les hésitants sont menacés des pires châtiments ! En cas de faute grave, c'est la mort par le feu et les supplices de toutes sortes. Pour une faute légère, il fait couper les oreilles ou crever un œil. Et les coupables sont renvoyés chez eux dans cet état afin de servir d'exemple et d'épouvanter les autres par la rigueur du châtiment.

Ensuite, il y a eu les lettres de Labienus rassemblant les rapports des espions. Seuls les Éduens, les Lingons, les Rèmes et les Séquanes restent en dehors de la coalition, refusant de se placer sous les ordres de Vercingétorix, demeurant fidèles à Rome. Mais pour combien de temps ?

Il faut faire vite, car Vercingétorix a envoyé l'un de ses lieutenants, Drappès, bloquer les légions de Labienus dans Agedincum, et un autre, le Cadurque Lucter, s'est dirigé vers le sud, vers la Narbonnaise, ralliant les Nitiobriges et les Gabales[1], et il ne fait aucun doute qu'il veut, sur l'ordre de Vercingétorix, pénétrer dans la Province et conquérir Narbo Martius (Narbonne).

On ne peut pas perdre de temps, l'incendie se propage. Les Bituriges[2] ont eux aussi rejoint Vercingétorix, qui se trouve maintenant à la tête d'une armée de quatre-vingt mille hommes et contrôle les cités de Gergovie, de Genabum, d'Avaricum (Bourges).

César se sent partagé entre l'inquiétude, la colère et le mépris. Ces Gaulois sont courageux, intrépides même ! Vercingétorix tente de les discipliner, ils sont donc dangereux. S'ils l'emportent, c'en est fini de la conquête du pouvoir à Rome.

Ils se sont regroupés à l'ouest des Alpes pour l'empêcher de rejoindre les légions de Labienus et celles qui sont à Andematunum. Pour y parvenir, il faudra livrer combat. Et comment être sûr de la fidélité des Lingons et des Éduens ? Ou des Séquanes ?

Il fait arrêter la litière, saute à terre. Qu'on amène son cheval. Il attend, bras croisés, regardant l'horizon, cette mer où la montagne s'enfonce. Il faut décider rapidement. Il va galoper avec quelques cavaliers jusqu'à Narbo. Il importe que la Province ne soit pas attaquée, envahie par les Gaulois de Lucter. Il doit donc apaiser la frayeur qui, selon les messagers, commence à paralyser les habitants et même les soldats. Car les Gaulois ne font pas de prisonniers, ils tranchent les têtes, les suspendent à l'encolure de leur cheval puis, revenus chez eux, les accrochent à l'entrée de leur maison comme la

---

1. Nitiobriges : région du Lot, Agen. Gabales : région du Gévaudan.
2. Région de Bourges.

preuve de leur victoire. Il faut rassurer la Province, installer des postes de défense sur tous les points qui confinent au territoire ennemi, voilà la première tâche. Et, une fois la Narbonnaise protégée, fondre sur l'ennemi, là où il ne l'attend pas, comme un aigle qui tombe du ciel.

Quelques jours plus tard, passés à chevaucher sans s'arrêter, il regarde autour de lui ces habitants de Narbo qui se pressent et l'acclament. Il entend les remerciements. Ils savent que l'ordre a été donné de construire des défenses sur la frontière de la Province. Et les troupes de Narbonnaise, mais aussi les recrues qui sont arrivées d'Italie avec César, se sont rassemblées, prêtes à partir vers le nord.
César les rejoint. Il passe à cheval devant les immenses chevaliers germains qu'il a recrutés comme auxiliaires. Il scrute ces visages couturés qu'encadrent de longues tresses de cheveux le plus souvent blonds. Ces Germains ont toujours vaincu les Gaulois. Cette fois-ci, ils combattent non pour eux mais pour Rome !
Il s'arrête. Il montre au nord ces montagnes couvertes de neige qui forment une barrière blanche dans le ciel bleu. Au-delà est le Velay, le pays arverne, et personne n'a jamais, lui a-t-on dit, franchi cette barrière. Les espions ont assuré que dans les plaines et sur le plateau, les Arvernes n'ont pris aucune mesure de défense tant ils se croient à l'abri derrière ces monts des Cévennes et du Vivarais. Vercingétorix est dans le pays des Bituriges. Il espère pouvoir détruire les légions de Labienus, s'emparer d'Agedincum, mettre le siège devant Gorgobina (Saint-Parize-le-Châtel, au confluent de l'Allier et de la Loire), et imagine sans doute que Caius Julius Caesar restera en Narbonnaise pour défendre cette Province !

Il va apprendre à connaître Caius Julius Caesar !

C'est l'époque la plus rigoureuse de l'année. Le pays des Helviens (région d'Ardèche), au pied des Cévennes et du Vivarais, est balayé par un vent froid qui glisse sur les pentes enneigées des montagnes.

César sent que les soldats hésitent, les yeux levés vers ce rempart naturel.

Il s'engage sur la pente raide.

Ici, pas de voie romaine ensevelie sous la neige. Il regarde les soldats qui fendent l'épaisseur blanche, ouvrent un passage étroit où les cavaliers avancent l'un derrière l'autre, frôlant de leurs épaules ces murailles plus hautes qu'un homme à cheval.

L'air a le tranchant d'une lame. César a l'impression que sous son manteau rouge son torse est serré par une main glacée et osseuse. Mais il faut escalader cette barrière.

Il se retourne. Il aperçoit la longue colonne de fantassins et de cavaliers qui dessinent une trace noire dans la neige.

Soudain, alors qu'il fallait lever les yeux pour apercevoir le ciel au-dessus de la neige, c'est l'étendue ouverte de l'immense horizon au bout duquel on aperçoit des zones sombres, les vallées et les plaines encastrées dans le plateau comme des golfes ; là, à quelques heures de chevauchée, la neige s'est déjà retirée. Là est le pays arverne, avec ses riches fermes, ses pâtures, ses sanctuaires. César serre les flancs de son cheval. Il faut fondre sur l'ennemi, semer la terreur, incendier ses biens, maisons et cultures, tuer, massacrer tout ce qui vit !

Il lève la main. La guerre commence, la vengeance de Rome doit être implacable. Chacun doit savoir que celui qui a défié Caius Julius Caesar est un homme dont la vie dépend de la seule volonté de César.

Il tend le bras. Il montre le premier village arverne. Que la terre se couvre de cendres et qu'elle se gorge de sang !

Il lit l'épouvante dans les yeux de ces femmes et de ces enfants, de ces paysans arvernes. Ils ne se défendent même pas. Ils tentent de fuir comme des animaux de basse-cour que l'oiseau de proie va saisir dans ses serres. Ils savent qu'ils ne peuvent rien. Certains réussissent pourtant à s'éloigner, et César arrête les cavaliers qui veulent les poursuivre.

Il faut que la panique se répande, que ces témoins crient partout que Caius Julius Caesar et ses soldats ont accompli l'impossible, qu'ils ont traversé la muraille que personne n'a jamais franchie l'hiver. Il faut qu'ils appellent Vercingétorix à l'aide, qu'ils le supplient de venir les défendre, que c'est son devoir de protéger le peuple arverne dont il est le roi...

César regarde ces silhouettes affolées qui courent, s'étonnant de vivre encore !

Vercingétorix les écoutera, cédera à leurs supplications, desserrera ainsi son étreinte autour d'Agedincum, et les légions de Labienus seront libres de leurs mouvements, il sera possible de les rejoindre.

César veut rester seul quelques instants, marcher sur ces cendres encore fumantes, écarter du pied ces corps égorgés. C'est l'humus de la guerre, celui qui donne la gloire et le pouvoir.

A-t-il jamais été aussi sûr de les atteindre ? Il va enfin contraindre la Gaule à la soumission. Et pour cela, pas de quartier ! Agir avec la ruse d'un renard, la voracité d'un loup, la puissance souveraine de l'aigle, la vélocité d'un coursier, et l'intelligence, la duplicité et le courage d'un homme !

Il saute à cheval. Il faut utiliser le désarroi dans lequel le camp arverne est plongé pour prendre l'initiative.

Il appelle Brutus. Il aime ce fils de Servilia. Il aime poser la main sur cette jeune épaule vigoureuse, tressaillant chaque fois comme s'il reconnaissait sa propre chair. Brutus est sans doute en effet son fils. Il a confiance dans ce visage ouvert, ce regard droit. Brutus est courageux. C'est lui qui va prendre le commandement durant quelques jours.

— Lance à travers le pays des cavaliers dans toutes les directions, ordonne César.

Il faut que les Arvernes aient le sentiment que rien ne peut les protéger, que dix légions de Rome ont passé les Cévennes.

Il appuie sa main sur l'épaule puis attire Brutus contre lui, le serre.

— Va, Brutus!

Il regarde en arrière, il n'a besoin que d'une escorte légère de cavaliers. On va chevaucher nuit et jour, avec pour seules haltes celles que les chevaux exigeront.

On rejoint le Rhône, Vienne.

Là, quand il entre dans le camp où sont assemblées les légions enfin arrivées d'Italie, il se sent serein. Qui peut rêver de vaincre cette armée à la tête de laquelle il se place?

Pas de repos. Marches forcées, la nuit, le jour, sous la pluie que le vent qui coule dans la vallée du Rhône puis de la Saône soulève et lance comme autant de traits qui percent les vêtements.

On traverse le pays des Éduens, puis on atteint la terre des Lingons. On entre dans le camp des deux légions réunies à Andematunum. César rassemble aussitôt les tribuns et les légats. Il lit dans les yeux de ces hommes l'étonnement et l'admiration. Oui, il est là, parmi eux, avec ses légions, et rien, ni les monts ni les Gaulois, n'a pu l'arrêter !

La Fortune, Venus Victrix et Jupiter le précèdent, le protègent. C'est ainsi qu'agissent les Dieux avec ceux qu'ils ont choisis.

Et il est le *pontifex maximus* de Rome !

Il écoute les rapports des officiers. Vercingétorix assiège Gorgobina, cité des Boïens [1]. Peut-on laisser les Éduens sans défense ? Mais doit-on s'aventurer dans un pays incertain où l'hiver impose que l'on se déplace avec des chariots chargés de vivres ? On est dès lors vulnérable aux attaques... Que faire, Caius Julius Caesar ?

Il dévisage les tribuns et les légats. Ils attendent son choix. Il aime sentir leur anxiété et prouver ainsi son autorité.

— Les peuples amis doivent pouvoir compter sur notre protection, affirme-t-il. Il en sera ainsi des Boïens, protégés des Éduens, nos alliés. Qu'on laisse à Andematunum deux légions et les bagages de toute l'armée. Et qu'on se mette en route !

Il aime la course des centurions dans le camp des légats, et ces voix qui lancent des ordres. Il aime chevaucher, entrer dans le pays des Sénons, mettre le siège devant Vellaunodunum (Montargis) parce qu'on ne peut laisser une place forte aux mains de l'ennemi, parce qu'elle pourrait menacer les arrières, couper les convois de ravitaillement.

Il faut que toute l'armée se mette à construire les retranchements...

Deux jours suffisent. Les Sénons livrent six cents otages, leurs armes, leurs bêtes de somme.

---

1. Originaires de la Bohême, installés par César en l'an 58 chez les Éduens.

On peut donc reprendre la route. Vercingétorix a levé son siège devant Gorgobina, on peut maintenant marcher vers Genabum pour venger l'insulte et le crime des Carnutes.

La ville est là, bordée par la Loire. La nuit va tomber, il est trop tard pour l'attaquer.

César s'avance sur les bords du fleuve dans la pénombre brumeuse qui s'épaissit. Il faut allumer des feux pour que la peur se répande, que les Carnutes de Genabum sachent que leur ville est encerclée.

Il tend le bras, montre ce pont sur la Loire. Que ce passage soit laissé libre, dans l'ombre. Qu'il soit l'ouverture du piège où les habitants affolés vont se précipiter.

Et que les légions veillent.

Minuit. Une rumeur sourde. Les Ménapes s'approchent, dont César entend la respiration haletante. « La population quitte la ville par la porte qui conduit au pont », dit-il.

C'est le moment.

César a l'impression que la joie le soulève lorsqu'il saute sur son cheval. Qu'on attaque, qu'on incendie puis qu'on force les portes !

Il entre dans la ville l'un des premiers. La foule essaie de fuir mais le pont est trop étroit pour qu'elle puisse y passer. Et déjà les soldats, les cavaliers, y ouvrent un sillon sanglant.

Il monte sur un tertre alors que le jour se lève, que les brouillards peu à peu se dissipent. Il ne sent ni le froid ni l'humidité.

Qu'on livre la ville au pillage ! Que les soldats se partagent le butin et les quelques survivants, puis que l'incendie purifie cette cité et ce peuple rebelles !

Il ne faut pas s'attarder, afin de profiter de la victoire

qui doit être comme une avalanche, roulant et grossissant. On doit maintenant châtier les Bituriges, entrer dans leur pays. Et déjà l'une de leurs villes, Noviodunum (Neuvy-sur-Barangeon), est investie : les habitants commencent à livrer leurs armes, leurs chevaux, leurs otages.

César est resté hors des murs. Il voit tout à coup les centurions qui, l'épée à la main, résistent à l'assaut des habitants, réussissent à sortir de la ville.

Il les rejoint. Les centurions montrent la poussière qui peu à peu envahit le ciel : l'armée gauloise approche ! Voici déjà les cavaliers de l'avant-garde, glaives levés, poussant des cris.

César lève le bras, les cavaliers romains s'élancent. On entend les hurlements des combattants, des blessés, la mêlée est confuse, les Romains semblent reculer.

Alors César se tourne vers les Germains qui sont comme des chiens tendus, flairant le gibier. Qu'on les lâche !

Il suffit de quelques minutes pour que les Gaulois cèdent, que leurs corps jonchent la terre, que les chevaux sans cavaliers fuient au galop et que les imitent les quelques survivants qui bientôt disparaissent dans la poussière.

Et voici les habitants de Noviodunum qui s'avancent, livrent ceux d'entre eux qui ont attaqué les centurions. Puis ils s'agenouillent et font leur soumission.

Qu'on égorge les coupables et que la clémence s'étende sur ceux qui reconnaissent le pouvoir de Rome ! Ainsi a parlé Caius Julius Caesar, proconsul.

Les légats, les tribuns, les centurions se rassemblent autour de lui.

Il se redresse, rejette les pans de son manteau rouge. Il clame :

— Avaricum est la plus grande et la plus puissante des villes bituriges !

Il entend une rumeur. Il perçoit le frémissement de ceux qui l'entourent et qui songent déjà au butin, au massacre, aux habitants réduits en esclavage.

— Avaricum est située dans le pays le plus fertile, reprend-il.

Si Avaricum tombe, alors les Bituriges se soumettront.

— Nous allons marcher sur Avaricum ! lance-t-il.

Et il ne peut, quand la clameur que poussent les hommes qui l'entourent se répand dans toute l'armée, rageuse comme une bourrasque, réprimer un frisson aussi fort que s'il avait serré un jeune corps entre ses bras.

XXXV.

Une nuit, des éclaireurs annoncent que les troupes de Vercingétorix se sont éloignées de leur camp. Piège ? Fuite ?

César tire sur les rênes, serre avec ses cuisses les flancs de son cheval. Il veut, il doit le maîtriser vite. L'affolement et la peur sont contagieux, il le sait. Ils peuvent gagner les autres montures, et même ces soldats dont il perçoit derrière lui les murmures.

Il s'arrête enfin, le cheval dompté. Il se tourne. Les tribuns et les légats tentent d'empêcher leurs chevaux de faire des écarts, de se cabrer. Derrière eux, il y a tous ces visages de centurions, de porte-enseignes, de légionnaires, et plus loin ceux des cavaliers germains.

Ils regardent tous à l'horizon cette vingtaine de grands incendies qui tachent d'or et de sang le ciel léger de ce mois de mars 52. Il suffit d'observer ces collines que l'herbe printanière verdit pour apercevoir d'autres flammes, des boules de feu qui jaillissent des toitures de fermes quand la paille s'embrase et se lève, emportée par le tourbillon d'air chaud.

Tout brûle ! Les maisons isolées et les villages. Et dans les pâturages, ces taches blanches sont celles des animaux égorgés.

César montre un incendie, bras tendu.

— Ils ne brûleront pas Avaricum ! lance-t-il d'une voix aussi forte qu'il le peut. Avaricum sera à nous, et c'est nous qui déciderons de la détruire, si telle est notre volonté. Mais d'abord, nous vengerons Rome et nous prendrons tout.

Il écarte les bras. Il a l'impression qu'il recueille ainsi les cris d'approbation qui s'élèvent.

On peut se remettre en route, maintenant. Les soldats ont oublié la peur puisqu'ils rêvent au butin. Et les chevaux eux-mêmes sont apaisés, comme si la résolution des hommes les avait calmés.

Peut-être César est-il le moins serein de toute l'armée ? Il se souvient des propos de ce Gaulois, un Éduen, qui s'était introduit dans le camp de Vercingétorix et avait entendu le chef arverne parler longuement, toute une nuit, aux guerriers rassemblés. L'Éduen en tremblait encore.

— Vercingétorix veut priver tes légions, Caius Julius Caesar, de vivres et de fourrage. Il veut que chaque jour on tue les soldats isolés, contraints d'aller chercher loin le grain et l'herbe.

L'Arverne est sûr que les habitants des contrées où se fera la guerre pourvoiront à son ravitaillement.

— Et toi, avait demandé César en s'approchant de l'Éduen, en es-tu sûr ?

L'homme s'était mis à trembler, répétant que les Éduens étaient les alliés fidèles de Rome. Lui-même ne venait-il pas de braver tous les dangers pour renseigner César, lui livrer les intentions les plus secrètes de Vercingétorix ?

César l'avait observé. Cet homme-là, aussitôt qu'il aurait fini de parler, il faudrait l'égorger, parce qu'il portait sur son visage les signes de la peur et donc de la trahison. Peut-être même Vercingétorix l'a-t-il laissé quitter le camp gaulois afin qu'il répande la peur au sein des légions ?

310

César avait invité l'Éduen à poursuivre.

— Vercingétorix est écouté comme un chef élu par les Dieux, avait repris le Gaulois. Il a dit : « Il faut incendier tous les villages, toutes les demeures, partout où l'on peut s'attendre à voir paraître les Romains à la recherche de fourrage. Il faut encore incendier toutes les villes que leurs fortifications ou la nature du terrain ne mettent pas à l'abri du péril afin qu'elles ne puissent servir d'asile à ceux qui tenteraient de se dérober au service des armes, ni fournir aux Romains l'occasion de se procurer des subsistances et de faire du butin. Quand il s'agit de salut public, l'intérêt privé ne compte pas ! Tout ceci peut paraître dur et cruel... Il est plus dur encore de voir nos femmes et nos enfants réduits en esclavage et d'être égorgé soi-même. Car tel est l'inexorable destin des vaincus ! » Et les guerriers l'ont approuvé.

César avait eu l'impression que l'Éduen en parlant avait chassé sa peur, comme si, presque malgré lui, il était exalté par les paroles de Vercingétorix. Un ennemi lucide et déterminé que cet Arverne ! C'est lui qu'il faut capturer et tuer.

— Avaricum ? avait interrogé César.

Le Gaulois éduen avait secoué la tête. Les Bituriges, avait-il raconté, se sont jetés aux pieds des autres Gaulois en suppliant : « Qu'on ne nous force pas à mettre le feu de nos propres mains à Avaricum, la ville la plus belle de toute la Gaule, à la fois rempart et ornement de notre pays. Il nous sera facile de la défendre grâce à sa position, car, entourée d'eau et de marais, elle ne possède qu'une voie d'accès, fort étroite. »

César s'était penché vers l'Éduen.

— Vercingétorix a entendu les Bituriges, n'est-ce pas ?

Il l'a deviné, espéré. César veut Avaricum pour lui !

La victoire des Gaulois serait de la détruire eux-mêmes. La défendre serait leur défaite, car ils seront vaincus. Et si Vercingétorix a cédé aux supplications des Bituriges, s'il n'a pas fait appliquer jusqu'au bout son plan de destruction par l'incendie des maisons, des villages, des villes, alors c'est malgré son intelligence et son courage un homme faible.

Et que peut un chef qui abandonne ses résolutions par miséricorde et compassion ?

— Alors ? avait-il insisté.

— Vercingétorix a résisté longtemps, avait dit l'Éduen, puis il s'est laissé fléchir.

César s'était redressé. Il se sentait si supérieur à ces Barbares. Il est inflexible, il est romain, il est Caius Julius Caesar !

D'un simple mouvement de tête, il a indiqué aux centurions de sa garde qu'ils pouvaient tuer l'Éduen. Et il se souvient maintenant, alors que les hauts murs d'Avaricum apparaissent, des yeux hagards, de la bouche ouverte mais d'où ne s'échappait aucun cri, du Gaulois que les soldats entraînaient hors de la tente.

César fait le tour de cette ville construite sur une faible hauteur, mais défendue par des rivières, des marais, des étangs. Il aperçoit, en gagnant le sommet d'une colline, les maisons serrées les unes contre les autres. Les toits sont en ardoise, les murs en pierre. On devine même un forum. La ville doit être riche, et il comprend que les Bituriges aient supplié Vercingétorix afin qu'il n'ordonne pas sa destruction. Les Gaulois vont donc la défendre. Et déjà les éclaireurs ont signalé que l'armée de Vercingétorix campe non loin de là, sur une position élevée, protégée par des bois et des marais.

Il voit s'approcher un groupe de cavaliers et de centurions. Certains de ces soldats sont ensanglantés, d'autres ont leur glaive brisé, les cottes de mailles bosselées ou déchirées.

— Nous sommes épiés, attaqués, dès que nous tentons de faire du fourrage ou de récolter du grain, gémit l'un.

Il faut rester serein face à l'inquiétude. Et pourtant elle est là en lui, autour de lui. Les convois de vivres promis par les Éduens n'arrivent pas. Sans doute ce peuple hésite-t-il à s'engager fermement aux côtés de Rome. Et on rapporte que certains de ses chefs sont favorables à un ralliement à Vercingétorix.

Il faut essayer de prendre vite cette ville avant que toute la Gaule ne se rebelle.

César s'approche des murs à l'abri des mantelets qu'il a fait pousser contre l'enceinte. Il faut élever une terrasse à la hauteur des murs gaulois. Qu'elle soit vaste de cent mètres sur trois cents, haute de plus de vingt mètres, et ainsi les soldats pourront bondir dans la ville.

Il faut aussi élever des tours plus hautes que les tours gauloises, faire avancer les machines de siège, les catapultes, les scorpions, les béliers, les faux. Mais il entend les coups sourds des Gaulois qui creusent sous les murs, attaquent les machines romaines, incendient les mantelets et les tours. Ils attrapent les faux avec des filets et les attirent à l'intérieur de la place à l'aide de câbles. Ils empêchent d'achever les travaux d'approche en lançant dans les endroits demeurés découverts des pieux durcis au feu, de la poix bouillante, de lourds blocs de pierre. Et leurs murs, succession ordonnée de poutres et de pierres, sont si bien liés et encastrés les uns dans les autres qu'ils résistent au feu et aux coups de bélier.

Il ne peut s'empêcher d'être anxieux.

Une nuit, des éclaireurs annoncent que les troupes de Vercingétorix se sont éloignées de leur camp. Piège ?

Fuite ? Il faut donner l'ordre de se mettre en marche dans l'obscurité afin de lancer l'assaut contre le camp ennemi déserté. Et puis à l'aube, voici les Gaulois en ordre de bataille, retranchés sur une colline, avertis donc du mouvement de la nuit. Qui les renseigne ?

Il entend les exclamations des centurions qui lèvent le glaive, qui s'étonnent que l'on n'attaque pas ces Gaulois à portée de javelots, osant ainsi défier l'armée romaine.

C'est ici que le chef doit savoir tirer sur les rênes, refuser le combat pour mieux frapper demain. Mais il doit affronter la colère des soldats lorsqu'il ordonne le repli. Il va vers eux. Il doit les haranguer.

— De quels sacrifices, commence-t-il, de la mort de combien de braves faudrait-il payer la victoire ? De quelle iniquité me rendrais-je coupable si, vous voyant prêts à ne reculer devant aucun péril pour ma plus grande gloire, je préférais le sacrifice de vos vies à la prudence nécessaire ? Nous vaincrons bientôt. Mais aujourd'hui, il faut laisser le glaive au fourreau.

Il les sent amers, humiliés d'être contraints de rentrer au camp sans avoir combattu, alors que les Gaulois lancent des cris où semblent se mêler la colère de ne pas avoir affronté les légions et la joie de les voir reculer.

Quelques jours plus tard, un espion revenu de chez les Gaulois rapporte que les guerriers ont reproché à Vercingétorix d'avoir été absent, de ne pas avoir désigné de chef pour le remplacer, et peut-être même de songer à une entente avec Caius Julius Caesar. L'Arverne a répondu qu'il était sûr de la victoire gauloise. Il a fait venir des prisonniers romains, des valets d'armes, dit l'espion, qu'il a présentés comme des légionnaires, et ces hommes ont assuré que César a décidé de lever le siège d'Avaricum d'ici trois jours.

L'espion se tait, fixe César qui, d'un battement de paupières, le visage figé, lui demande de continuer.

— Vercingétorix a dit : « Grâce à moi, une grande armée victorieuse est presque anéantie par la famine sans que vous ayez à verser votre sang. J'ai fait le nécessaire pour que dans sa lamentable retraite, elle ne trouve asile en aucun pays, chez aucun peuple. »

Et les Gaulois de s'écrier : « Vercingétorix est le meilleur des chefs ! On n'a pas le droit de douter de sa bonne foi ! »

César serre les poings. Il faut exterminer ces Gaulois bavards, cette espèce d'hommes singulièrement aptes à imiter ce qu'ils voient faire chez les autres. Et ce Vercingétorix, qui cherche à créer une armée aussi disciplinée que la légion romaine !

Il faut en finir vite, briser cette vanité, cette prétention !

Mais il faut s'assurer d'abord de la résolution des légions.

César se rend parmi les soldats qui travaillent nuit et jour à renforcer la terrasse et les tours de siège, à couvrir les passages afin que les légionnaires puissent approcher du mur gaulois sans être atteints par les flèches ou les javelots.

Il perçoit la fatigue des hommes amaigris, qui depuis plusieurs jours manquent de pain et se nourrissent que d'un peu de viande provenant de bétail amené de certains villages. Et chaque fois il faut affronter les flammes des incendies et les Gaulois en embuscade !

César veut interroger chaque légion séparément.

Il dévisage les soldats rassemblés autour de lui.

— Si la faim vous fait trop souffrir, je suis prêt à lever le siège.

Les soldats se regardent les uns les autres. Les plus

vieux des centurions avancent d'un pas. César connaît leurs noms, leur courage.

— Caius Julius Caesar, tu nous offenses ! dit l'un. Depuis des années, nous servons sous tes ordres et jamais nous ne nous sommes retirés avant d'avoir accompli notre tâche !

Un tribun fait, d'un geste, taire le centurion. Mais il faut laisser parler les hommes.

— Mieux vaut endurer les privations, poursuit le centurion, que de ne pas venger les citoyens romains.

Il les observe. Ces hommes n'osent pas dire qu'ils veulent non seulement châtier ce qu'ils appellent la « perfidie gauloise », mais aussi se saisir du butin qu'ils imaginent entassé derrière les murs d'Avaricum.

Et brusquement, ce sont des cris, des flammes. Les Gaulois ont incendié la terrasse.

César les voit surgir de chaque côté des tours de siège par les deux portes de la ville. Ils lancent des torches de bois sec sur la terrasse. D'autres encore versent de la poix et des substances inflammables. Il faut contre-attaquer, rétirer la terrasse, défendre les tours de siège. César est fasciné par ces combattants gaulois qui se relaient, des hommes frais venant remplacer les guerriers fatigués.

Il voit un Gaulois placé devant l'une des portes, qui lance en direction de la tour des boules de suif et de poix qu'on lui passe de main en main. L'homme est grand. Il semble indifférent aux traits qui le visent. Il faut l'abattre. César le désigne aux légionnaires qui arment le scorpion, et la flèche aussitôt lancée frappe le Gaulois au flanc droit. Il tombe. Un de ses voisins enjambe le cadavre et reprend sa tâche. Il est frappé à son tour. Un autre lui succède. Un autre encore quand le précédent meurt.

Ces Gaulois se battent comme si le sort de la Gaule

allait se jouer là. Ils doivent être vaincus, tués. Rome doit l'emporter. Que meurent tous ses ennemis, et surtout s'ils sont braves !

César s'est retiré sous sa tente. C'est le silence. Les Gaulois ont été repoussés, la nuit est tombée. Il est apaisé, le corps las. Il somnole. Ces combats sont une façon de satisfaire son corps, comme s'il y trouvait l'exutoire à toute son énergie et des sensations aussi fortes que lorsque l'on pénètre un corps et que l'on jouit. Il reste un besoin de douceur, un appétit de caresses. Il se redresse. Il va appeler Æmilius ou Mamurra, ou un jeune esclave...

Mais subitement des cris aigus, des hurlements même, s'élèvent, qui proviennent d'Avaricum. Il reconnaît des voix de femmes. Il se lève au moment où un légat se présente à l'entrée de la tente.

L'homme est essoufflé. Il raconte que les femmes gauloises se sont précipitées sur les remparts, avertissant les Romains de l'intention de leurs époux de quitter la ville et de les abandonner elles et leurs enfants.

César prend son glaive.

— Ils sont perdus, dit-il. Ils sont prêts à abandonner leurs femmes, leurs enfants, leurs pères. La peur rend l'âme humaine inaccessible à la pitié. Et les femmes par leurs cris les ont empêchés de fuir. Ils sont à nous !

Il sort de la tente. Il donne l'ordre de rassembler les légions alors qu'une pluie torrentielle s'abat avec violence sur le camp et sur la ville.

— Maintenant, les Dieux nous donnent l'occasion ! Leur pluie nous protège.

Il faut ruser, faire croire que l'orage empêche d'attaquer, avancer sous les mantelets jusqu'aux murs d'Avaricum, profiter de l'orage pour bondir depuis les tours et la terrasse sur les chemins de ronde que les Gaulois ont dû déserter pour se mettre à l'abri.

Il parle à voix basse aux tribuns et aux légats. Qu'on promette des récompenses à ceux qui escaladeront les premiers les remparts.

Il apprécie cet orage, et ce combat qui commence, ces soldats qui se précipitent sur les Gaulois affolés, qui jettent leurs armes, tentent de fuir. Il regarde cette cohue où se mêlent les femmes, les vieux, les enfants, que les cavaliers massacrent aux portes de la ville. Bientôt, ce ne sont que monceaux de cadavres. Les légionnaires ne songent même pas à piller, ils égorgent tout ce qui vit encore.

L'eau de pluie ruisselle dans les ruelles, rouge de sang.

Combien sont-ils, ceux qui ont réussi à fuir, à gagner le camp de Vercingétorix ? Seulement quelques centaines, les plus lâches.

Il y avait quarante mille habitants.

Rome est vengée. Le peuple d'Avaricum, cité gauloise, n'est plus.

Personne ne peut défier Caius Julius Caesar !

XXXVI.

L'Allier est franchi. Et Vercingétorix se dérobe. Les rôles sont inversés, c'est lui qu'on suit !

César dicte, marchant les bras croisés dans cette pièce sombre, au plafond bas. Le secrétaire s'est assis sur l'un des longs coffres en bois noir qui sont les seuls meubles de cette maison d'Avaricum.

Il s'interrompt. Il pense à sa demeure de Rome, à la lumière bleutée qui inonde l'atrium, aux voiles que la brise soulève, à la douceur qui imprègne chaque chose, à ces caresses que savent prodiguer les jeunes esclaves. Ici, à Avaricum, tout est rude, rugueux. Les coupes en or qui sont disposées sur les coffres sont les seuls objets précieux et, il les a reconnues, elles sont d'origine grecque.

Il reprend :

« Pour tout dire, de cette multitude d'environ quarante mille êtres humains, à peine huit cents qui avaient fui la ville dès le commencement du tumulte purent atteindre sains et saufs le camp de Vercingétorix. Celui-ci les accueillit tard dans la nuit et dans un silence total car il craignait que ses soldats, saisis de pitié en voyant paraître tous ces réfugiés, ne se portassent à quelque mouvement séditieux... »

Il faut que dès le lendemain des messagers partent pour Rome et la Cisalpine avec le récit de cette victoire, que les sénateurs, que tous les magistrats, que la plèbe sachent que César a fait plier un nouveau peuple de Gaule, et que le sang des Bituriges a lavé celui des citoyens romains massacrés à Genabum. Il faut que les partisans de Pompée se souviennent que Caius Julius Caesar est à la tête de dix légions. Et que lorsqu'il en aura fini avec cette rébellion des Gaules, il faudra compter avec lui.

Il fait quelques pas. De toute la ville monte une rumeur sourde que crèvent parfois des chants ou des cris d'effroi. Il imagine les ripailles des soldats. Avaricum est une ville grasse, pleine de vivres, de blé, d'étoffes. Les maisons sont petites, obscures, mais elles sont dodues. La plupart des objets gaulois sont grossiers mais souvent en or. Et les femmes qui ont survécu sont jeunes. Les légionnaires savent qui il faut épargner dans un massacre.

Il reste silencieux. Il n'éprouve pas le besoin d'un corps docile ou d'un compagnon de lit roué, pervers. Peut-être le combat et la victoire, les projets qu'il forge lui donnent-ils trop de plaisir pour qu'il en cherche d'autres.

Il écoute les clameurs et les rires. Les soldats ont le droit, après les privations et les fatigues, de se gaver, de prendre tout ce qu'ils veulent. Demain, ils devront marcher face à l'ennemi, le forcer à sortir des bois et des marais, demain, ils devront conquérir d'autres cités.

César sort de la pièce, traverse un vestibule. Cette maison est la plus vaste d'Avaricum. Peut-être a-t-elle appartenu à un chef de guerre, à un marchand ou à un druide, à l'un de ces corps que les valets et les esclaves ont tirés hors de la ville jusqu'aux marais et aux forêts ?

Il regarde le ciel bleu. L'hiver touche à sa fin. La saison elle-même invite à la guerre, et Vercingétorix n'est pas vaincu. Au contraire, chaque défaite semble renforcer son autorité. La chute d'Avaricum lui a permis de rappeler qu'il voulait que la ville soit incendiée, alors que les Bituriges avaient juré de la défendre. Et ils l'ont laissé prendre. Vercingétorix exige donc qu'à l'avenir on lui obéisse. Et d'autres peuples gaulois se placent sous ses ordres.

Les espions ont rapporté que les Nitiobriges — venus des rives du Lot — et leur roi Teutomate sont arrivés avec un fort contingent de cavaliers. Et Vercingétorix a donné l'ordre de rechercher dans toute la Gaule et de lui envoyer tous les archers disponibles. Les Éduens eux-mêmes, alliés de Rome, se divisent. Il faut intervenir pour que le pouvoir demeure entre les mains de Convictolitave, qui affirme être fidèle à Caius Julius Caesar. Mais quelle confiance peut-on faire à un Gaulois, même Éduen ?

César rentre. Il faut cesser de commenter la guerre, il faut la faire. Qu'un messager parte exiger des Éduens, au nom du proconsul, qu'ils envoient tous leurs cavaliers et dix mille fantassins dont il a besoin pour assurer la protection des convois !

Puis il convoque les tribuns et les légats. Ces hommes ont le regard un peu incertain de ceux qui ont trop banqueté, car voilà déjà plusieurs jours qu'on se repaît des victuailles trouvées dans les coffres des maisons d'Avaricum.

Il faut un peu leur serrer la gorge, plonger dans leurs yeux un regard implacable. Les réveiller en leur rappelant par une intonation forte que la guerre recommence et qu'il n'est plus question de roter mais d'égorger.

Il veut, dit-il, que Labienus à la tête de quatre légions quitte Agedincum et marche vers le nord afin de réduire le peuple des Parisii, de faire obstacle à une avancée des

Atrébates et de leur roi Comm qui, lui aussi, s'est rallié à Vercingétorix. Il faut empêcher les Belges, les Bellovaques (Beauvais) de marcher vers le sud, et décourager Ambiorix, toujours rebelle, de joindre ses forces à celles des Arvernes.

— Ce sont ces derniers qu'il nous faut détruire d'abord, ajoute César. Nous marcherons contre leurs villes avec six légions.

On quitte Avaricum. On remonte le cours de l'Allier. Et sur l'autre rive, un peu en retrait, on aperçoit l'armée de Vercingétorix, qui elle aussi s'est mise en marche.

César s'arrête. Il a l'impression que tout son corps se concentre dans son regard et sa pensée. Il faut décider vite, franchir l'Allier bien que les Gaulois aient détruit tous les ponts. Il faut donc les tromper, leur laisser croire que les légions continuent leur marche, et lorsqu'ils se seront éloignés, croyant les suivre, réparer l'un des ponts, passer sur l'autre rive et tourner ainsi l'armée gauloise. Puis la contraindre à se battre.

César saute à cheval. Il retrouve cette sensation de légèreté et de force que lui donne la chevauchée sur le flanc puis en tête des légions. Il lance des ordres. Ces cohortes, ces manipules, ces légions sont comme l'un de ses membres qui se replie ou frappe dès qu'on le veut. L'Allier est franchi. Et Vercingétorix se dérobe. Les rôles sont inversés, c'est lui qu'on suit !

Et soudainement, sur un plateau de mille cinq cents pas de long, et de cinq cents de large, voici Gergovie, capitale des Arvernes, dont les remparts prolongent les bords du plateau. Il faut établir le camp au pied des remparts.

César sent la tension des soldats, et aperçoit les troupes gauloises disposées sur une chaîne de collines qui dominent le camp romain. Il veut garder son calme, sa certitude de vaincre, mais cette armée, divisée en nations gauloises séparées l'une de l'autre par de faibles distances, est inquiétante. Pourra-t-on la chasser, la détruire ? Il la contemple. « Spectacle effrayant à voir », murmure-t-il à l'adresse de Mamurra.

Il faut d'abord, dit-il, conquérir une hauteur, établir un second camp à proximité immédiate de Gergovie. « Je veux que l'on creuse un fossé large de douze pieds reliant les deux camps. Il faut que les hommes puissent aller d'un camp à un autre sans risquer d'être surpris, même s'ils sont isolés. »

Car chaque jour, les Gaulois se montrent plus entreprenants. Vercingétorix, comme s'il voulait entraîner ses hommes au combat et les habituer à affronter les Romains, engage de petites unités composées de cavaliers et d'archers. Il faudrait en finir vite avant que ces Gaulois n'aient acquis une expérience qui leur permette de résister aux légions.

César est prêt à lancer l'ordre d'assaut quand voici des Éduens qui demandent à être reçus.

Il suffit de voir ces jeunes nobles gaulois, cet Eporédorix qui va prendre la parole, pour comprendre qu'ils sont les messagers d'une mauvaise nouvelle. L'un des leurs — Litavic — tente en ce moment même d'entraîner avec lui les dix mille hommes et les cavaliers promis à César, afin de les enrôler dans l'armée de Vercingétorix.

Il faut rester impassible. Mais réagir vite. Car si les Éduens entrent eux aussi en rébellion, ce sera presque toute la Gaule qui sera en révolte. Et Vercingétorix pourra disposer de centaines de milliers d'hommes.

Il doit remettre l'assaut contre Gergovie à plus tard, chevaucher à la tête de quatre légions, lancer contre les Éduens la cavalerie en défendant qu'on tue.

Il regarde ces Éduens encerclés, abandonnés par Litavic qui a fui et a sans doute rejoint Vercingétorix. Les

Éduens tendent les mains en signe de soumission, ils jettent bas les armes et demandent grâce.

Comment leur faire confiance ? Qui a trahi trahira ! Mais il faut donner le change, assurer les Éduens qu'on leur pardonne, même d'avoir — il vient de l'apprendre — massacré des citoyens romains, pillé leurs biens, attaqué un tribun militaire qui rejoignait sa légion.

César s'avance. Il s'écrie :

— L'aveuglement et la sottise de la populace ne me feront jamais traiter la nation éduenne tout entière avec plus de sévérité et ne pourront jamais porter atteinte à la bienveillance que je professe à son égard !

Il faut savoir dissimuler ce que l'on pense et se soumettre à la loi de la nécessité. Les Éduens sont nombreux, ils hésitent. Il faut donc les ménager. Le châtiment viendra plus tard...

César s'éloigne. Il est tendu. Il faudrait ou bien s'emparer rapidement de Gergovie, ou bien abandonner le siège, et attirer Vercingétorix en un autre lieu où l'on pourrait livrer bataille, le vaincre sans être menacé par la révolte des Éduens.

Il hésite. Il devine que les soldats souhaitent tenter de conquérir Gergovie, parce qu'ils rêvent de butin et de saccage.

Il mesure la force de ce désir quand, ayant réussi à conquérir une hauteur, à menacer le camp de l'une des nations gauloises, celle des Nitiobriges, alors que leur roi Teutomate laisse dans sa tente ses armes et ses vêtements, pressé qu'il a été de fuir, il donne l'ordre aux légions de s'arrêter et fait sonner la retraite. Seule la Xe légion obéit, ses porte-enseignes s'immobilisent. Les autres, malgré les ordres des tribuns et des légats, se précipitent vers les murs de Gergovie, excités par l'espoir d'une victoire rapide, d'un butin et d'une population livrés à leur avidité et à leur cupidité.

Que faire ?

Il entend les cris de terreur des habitants. Il voit les mères qui jettent du haut des remparts des vêtements, de l'argent, et mettent à nu leurs poitrines, se penchent par-dessus les murailles. Il les entend supplier les Romains de les épargner, et de ne pas agir comme à Avaricum où l'on n'a fait grâce ni aux enfants ni aux femmes. Il en voit quelques-unes qui, en s'aidant de leurs mains, se laissent glisser en bas et se rendent aux soldats... Il aperçoit Fabius, un centurion de la VIIIe légion, qui escalade les remparts avec trois soldats.

La colère le gagne. Un chef doit être obéi ! Mais il ne peut que se laisser entraîner pour ne pas abandonner ses légions que maintenant les Gaulois de plus en plus nombreux à être revenus vers Gergovie attaquent. Et les Éduens, alliés pourtant, effraient les légionnaires lorsqu'ils apparaissent.

Il sent la peur gagner l'armée. Il voit le corps de Fabius jeté par les Gaulois du haut des remparts. Il donne l'ordre de faire avancer la Xe légion. Il sort son glaive, se lève. Il faut empêcher les Gaulois de poursuivre les légionnaires qui maintenant reculent en désordre. Il doit les reprendre en main, les aligner, commander aux légions de s'apprêter au combat. Mais il voit Vercingétorix arrêter ses troupes, refuser la bataille, se retirer après cette victoire.

Il faut alors compter les morts : quarante-six centurions et sept cents hommes. Et surtout cette certitude en lui qu'il faut lever le siège de Gergovie, même si cela apparaîtra comme une défaite. Mais ce n'est pas ici que l'on pourra faire s'agenouiller Vercingétorix.

Il va d'abord haranguer les légions.

Les hommes sont là, alignés derrière leurs enseignes. Il faut les fustiger. Un chef sans une troupe disciplinée n'est qu'un épouvantail ridicule. Les soldats doivent trembler devant leur général, exécuter ses ordres à la lettre ! Ils sont coupables d'avoir désobéi, attaqué dans de mauvaises conditions.

— Vous avez été imprudents ! Vous avez été aveuglés par votre cupidité. Vous avez d'autorité décrété ce qu'il fallait faire et jusqu'où l'on devait avancer. Vous ne vous êtes pas arrêtés en entendant sonner la retraite. Vous n'avez écouté ni les tribuns militaires ni les légats. Et pourtant, moi, Caius Julius Caesar, je leur avais bien expliqué les inconvénients de leur position.

Il doit encore hausser le ton.

— Autant est digne d'admiration le courage de ceux que ni les retranchements du camp ennemi, ni la hauteur de la montagne, ni l'épaisseur des murs de la ville n'ont pu arrêter, autant est blâmable cette indiscipline, cette présomption de se croire mieux qualifié pour décider de la marche à suivre et de la victoire à remporter que le général lui-même. Il serait à souhaiter qu'un soldat n'ait pas moins de modestie et de retenue que de courage et de vaillance !

Il se tait longuement.

César ne veut pas sévir, mais il faut que les légions craignent son châtiment, se souviennent qu'il est homme à être implacable.

Il faut savoir aussi se montrer clément. Il a besoin de ces hommes. Il faut que chaque légionnaire dans les jours à venir se surpasse, se sente obligé de montrer à son chef qu'il est un combattant héroïque et discipliné.

Il fait un pas en avant. Il devine la crainte des hommes alignés au premier rang, il pourrait décider leur décimation.

— L'ennemi, reprend-il, n'est fort que de vos

erreurs, des mauvaises positions que vous avez prises. Obéissez à Caius Julius Caesar et il vous conduira toujours à la victoire. Vous serez guidés par la Fortune et Venus Victrix ! »

Les soldats restent un instant comme saisis, puis ils poussent un rugissement de joie et de soulagement.

Ils obéiront. Ils se battront car ils auront craint le châtiment et seront reconnaissants du pardon.

Or, César en est sûr, les plus durs combats sont à venir. Il faut lever le camp devant Gergovie, rejoindre les quatre légions de Labienus qui à Lutèce ont vaincu les Gaulois du chef Camulogène mais qui ont dû faire face à la révolte des Sénons et des Bellovaques. Combien sont-ils, les peuples restés fidèles à Rome ? Les Rèmes, les Trévires et les Lingons. Quant aux Éduens, leur trahison est consommée. Ils ont égorgé les marchands romains de Noviodunum[1]. Ils se sont partagé leurs biens, leur argent, leurs chevaux. Ils ont participé avec toutes les nations gauloises à une assemblée qui s'est tenue à Bibracte (sur le mont Beuvray) et qui a consacré Vercingétorix chef de l'armée gauloise.

César a écouté les espions qui en tremblant ont rapporté les propos de Vercingétorix. L'Arverne a déclaré que l'heure de la victoire était arrivée, que les Romains allaient quitter la Gaule, comme César venait d'abandonner le siège de Gergovie après avoir été battu. Il a exigé que les peuples gaulois lui fournissent quinze mille cavaliers, il veut une armée immense de trois cent mille hommes. Et les chefs gaulois lui ont tous juré obéissance, criant d'une seule voix : « Il faut que cha-

---

1. Les Sénons : région de Sens. Les Bellovaques : Beauvais. Les Rèmes : autour de Reims. Les Trévires : région de Trèves. Les Lingons : autour de Langres. Noviodunum : Nogent, proche de Nevers.

cun s'engage par le plus sacré des serments à ne point rentrer chez soi, à n'approcher ni de ses enfants, ni de sa femme, ni de ses parents, s'il n'a pas traversé par deux fois les rangs de l'ennemi ! »

César est envahi par un sentiment de mépris et de colère. Qu'imagine donc ce Barbare présomptueux ? Que Caius Julius Caesar est en fuite ? La vanité rend Vercingétorix aveugle. Elle lui a fait croire ce qu'il désirait.

César veut rester seul. Il lui faut le silence pour penser sa riposte. Il va jouer avec la vanité de l'Arverne, l'attirer dans un piège comme on le fait avec une bête stupide.

Certes, ce Barbare a fait montre de courage et d'intelligence en se battant et aussi en refusant le combat, en essayant de discipliner sa multitude criarde et téméraire. Mais Vercingétorix va se laisser griser, va perdre toute raison quand ses éclaireurs saisiront des courriers romains et qu'il lira que César fait retraite.

Et quand il sera ferré, on pourra l'égorger.

César ordonne que les dix légions traversent la Loire. Il faut, tant le gué est profond, tenir les armes au-dessus de la tête alors que l'eau effleure la bouche. Derrière les collines, il rassemble les nouveaux cavaliers germains, qu'il a fait venir d'au-delà du Rhin parce qu'ils sont des guerriers invaincus. Leur présence terrorisera les Gaulois.

Il passe parmi eux. Ils sont accompagnés de fantassins qui combattent à leurs côtés. Mais leurs chevaux sont petits et malingres.

Qu'on leur donne les montures des cavaliers romains, et même si nécessaire celles des tribuns militaires !

Il faut maintenant ouvrir la porte du piège, s'approcher de cette ville d'Alésia (dans l'Auxois, non loin de

Montbard, Alise-Sainte-Reine[1]), un oppidum, une métropole religieuse gauloise. Il faut que Vercingétorix et son armée viennent s'y retirer, persuadés qu'ils vont comme à Gergovie faire reculer les légions.

Et il faut donc qu'ils soient persuadés que Gergovie a été une défaite romaine considérable. Et que les légions sont meurtries, apeurées.

César, depuis une éminence, regarde l'armée gauloise qui le suit. Les cavaliers sont hardis. Et il se sent blessé par ce qu'il devine de la prétention de Vercingétorix, de sa certitude d'avoir défait l'armée romaine.

César serre la garde de son glaive. Vercingétorix va découvrir qui est Caius Julius Caesar !

César observe ces mêmes cavaliers qui attaquent puis enfoncent les lignes des cavaliers romains. Il lève la main : que les Germains s'élancent ! Il les voit fendre les rangs gaulois, semer la terreur, massacrer, parvenir jusqu'à cette hauteur sur laquelle, à en juger par les cavaliers qui l'entourent, doit se trouver Vercingétorix. Bientôt tous les Gaulois fuient.

César éprouve un sentiment de triomphe. L'armée gauloise n'est pas détruite par cette bataille, mais, il en est sûr, Vercingétorix après la défaite de sa cavalerie ne peut que choisir de s'enfermer dans Alésia en attendant sans doute que les autres peuples de Gaule lui envoient une armée de secours.

Il va là où je l'ai voulu.

César lève son glaive.

Qu'on poursuive l'arrière-garde gauloise, qu'on la

---

1. La localisation d'Alésia à Alise-Sainte-Reine reste discutée par certains historiens peu nombreux qui, au vu de certaines fouilles, situent Alésia dans le Jura. Nous nous en tenons à la thèse la plus généralement admise.

massacre et qu'à marches forcées on suive l'armée de Vercingétorix qui prend la route d'Alésia !

Il ressent une grande joie paisible. Désormais, Vercingétorix est dans le piège.

Il voit ce haut plateau, le mont Auxois, sur lequel Alésia est bâtie. Là se concentrent les quatre-vingt mille hommes de Vercingétorix.

Demain, il faudra étudier chaque pouce de terrain. Demain, on verra comment serrer le cou gaulois dans les lacets du siège. Pour l'instant, que l'on dresse le camp.

César monte sur un tertre. Il veut parler aux soldats, les exhorter à travailler avec zèle aux constructions du siège qu'il décidera demain.

Que chacun se prépare ! dit-il.

Il tend le bras, montre le mont, la plaine qui l'entoure et où coulent les rivières.

C'est ici que la Gaule va mourir.

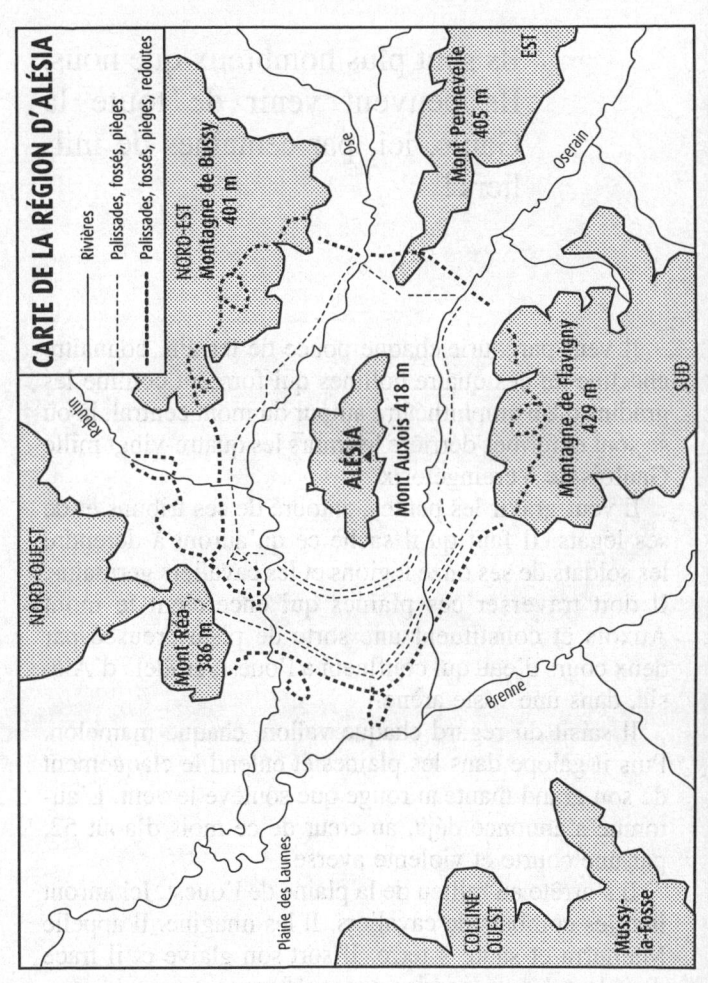

XXXVII.

Ils sont plus nombreux que nous. Ils peuvent venir de toute la Gaule, ici, par centaines de milliers !

Il veut parcourir chaque pouce de terrain, connaître chacune de ces quatre collines qui forment comme les gradins d'un amphithéâtre autour du mont central, là où se sont enfermés derrière les murs les quatre-vingt mille Gaulois de Vercingétorix.

Il veut gravir les pentes, entouré de ses tribuns et de ses légats. Il faut qu'il sache ce qu'auront à défendre les soldats de ses onze légions et les cavaliers germains. Il doit traverser ces plaines qui encerclent le mont Auxois et constituent une sorte de piste creusée par deux cours d'eau qui confluent à l'ouest, au-delà d'Alésia, dans une vaste arène.

Il saisit du regard chaque vallon, chaque mamelon. Puis il galope dans les plaines et entend le claquement de son grand manteau rouge que soulève le vent. L'automne s'annonce déjà, au cœur de ce mois d'août 52, par une courte et violente averse.

Il s'arrête au milieu de la plaine de l'ouest. Ici auront lieu les combats de cavaliers. Il les imagine. Il appelle Mamurra et saute à terre. Il sort son glaive et il trace dans le sol deux cercles concentriques.

— Je veux, dit-il, deux lignes infranchissables qui serreront à la gorge chaque Gaulois. Je veux que ceux d'Alésia ne puissent jamais franchir la première, et qu'ils étouffent derrière les murs, devant cette ligne. Et je veux que les Gaulois qui seraient tentés de venir au secours d'Alésia ne puissent jamais briser la deuxième ligne. Nos légions seront placées entre les deux lignes, dans cette couronne de pierre, de fer et de bois.

Il remonte à cheval.

— Voilà ce que je veux ! lance-t-il. Que tous les hommes se mettent au travail, chaque morceau de palissade construit est un ennemi mort. Il faudra bâtir des tours, une vingtaine de redoutes qui seront les points d'appui. Là se tiendront les unités de garde qui protégeront les unités au travail et repousseront les attaques gauloises.

Il fait cabrer son cheval.

— Car ils viendront vous harceler ! Ils savent maintenant comme nous qu'ici se joue la gloire de Rome, et donc le sort de la Gaule. Mais qui peut imaginer que la Fortune, Venus Victrix et Jupiter Optimus Maximus oublient Caius Julius Caesar ?

Il longe les rives de la rivière du nord. Et du haut des remparts d'Alésia, il reçoit une grêle de flèches en même temps que s'élèvent des cris de haine. Il se redresse, galope les mains derrière le dos, comme à la parade. Il crie sans se retourner qu'il va s'installer sur le mont du sud, le plus haut, et qu'il veut que toutes les collines soient occupées, fortifiées dès maintenant.

Il fait faire un demi-tour à son cheval.

— Ils mourront ! ajoute-t-il. Ne survivront que ceux dont nous aurons décidé que leur vie nous est plus utile que leur mort !

Il pense à ce chef arverne, ce Vercingétorix dont les espions et les transfuges ne parlent qu'avec effroi et respect. Il faudra que cet homme, dont il se souvient, auquel il offrit l'amitié romaine et qui préféra la révolte, expie.

Ils sont nombreux à se conduire comme lui, ces chefs gaulois : Comm l'Atrébate et Vercassivellaun l'Arverne, le cousin de Vercingétorix, Lucter le Cadurque, tous résolus à se battre. Même les Éduens se sont laissé entraîner dans cette guerre. Seuls les Rèmes et les Lingons, et les peuples gaulois de la Narbonnaise, sont restés fidèles.

Mais les autres ont oublié ce qu'ils me doivent.

César est parvenu au faîte de la colline du sud. De là, il aperçoit tout le site d'Alésia. Il entend même, quand le vent souffle du nord, les beuglements des animaux enfermés dans la place, et les voix aiguës des femmes ou les chants rauques des guerriers.

Cet oppidum, ont dit des prisonniers, est un lieu de culte, une métropole sacrée où l'on honore les Dieux gaulois, Alisanos, Ucuetis, Bergusia, Moristagus... Et qu'importe ! Ces Dieux barbares ne peuvent rien contre ceux qui protègent Rome. Quant au peuple d'Alésia, les Mandubiens, il devrait être reconnaissant puisque ces Séquanes de l'ouest de la Saône ont été les protégés, les alliés de Caius Julius Caesar.

C'est moi qui leur ai donné leur liberté !

Il se tourne vers Æmilius, puis il regarde longuement vers Alésia.

— Mais tu le vois, Æmilius, ni le sentiment de la gratitude ni celui de l'amitié ne comptent plus pour les Gaulois, quels qu'ils soient, tant est grande leur volonté de recouvrer leur indépendance et leur antique gloire militaire.

Il fait quelques pas, s'arrête au bord de la pente qui descend vers le fleuve du sud.

— Tous consacrent à cette guerre toute leur énergie et toutes leurs ressources !

Il appelle les tribuns et les légats près de lui.

— Ils sont plus nombreux que nous. Ils peuvent venir de toute la Gaule, ici, par centaines de milliers ! Nous ne sommes que cinquante mille fantassins et sept mille cavaliers, mais nous sommes Rome, et Caius Julius Caesar est votre chef ! Nous allons les étouffer, les égorger ! Ils seront vaincus d'abord par la faim et la peur. Nous les repousserons dans leur tanière chaque fois qu'ils voudront s'échapper. Ils seront comme des bêtes traquées, et nous ne laisserons venir à leur secours aucune horde.

Il sort à nouveau son glaive.

— Je veux en avant des deux lignes de défense, celle qui regarde vers Alésia et celle qui regarde vers l'extérieur des fossés...

Il s'interrompt, creuse avec la pointe de son arme un trou dans la terre.

— ... des pièges à hommes sur lesquels on s'empale, qui vous agrippent et vous déchirent comme des ronces géantes, qui tailladent vos jambes et vos bras, percent et mutilent vos pieds. Je veux que ces pièges à hommes soient innombrables, sur cinq rangées, que personne ne puisse les franchir, et qu'il soit impossible de tous les recouvrir de fagots, de claies ou de corps morts. Et si par miracle cela se produit, il faut que les assaillants se trouvent face à une palissade, une vraie muraille surmontée par des tours, hérissée de pointes et d'où partiront les javelots, les pierres des frondeurs, les blocs lancés par nos machines de guerre...

Il dévisage ses hommes qui se pressent autour de lui. Il devine chez certains de l'étonnement et même du dégoût. Ils n'aiment pas combattre ainsi. Ils se sentent humiliés d'utiliser ce genre de pièges.

— Il faut tuer l'ennemi, c'est une bête sauvage !

Il veut donc des pièges à hommes partout, ici ce seront des trous à loups, ces *lilia* au fond desquels sera fiché un épieu acéré, là des *tribuni*, ces sortes d'épines de fer qui déchirent les peaux, les yeux, qui creusent dans les corps des sillons sanglants, là des *cippi*, des lames tranchantes affleurant le sol, et là des *aiguillons*, là des *lis*, des lames dressées.

— Je veux tout cela, répète-t-il, sur plusieurs rangées et disposé en quinconce. Que personne ne puisse passer ! Qu'on taille les pieux, qu'on durcisse leur pointe au feu, et qu'on se mette au travail, allez, allez !

Il ne peut prendre du repos. À peine est-il allongé qu'il sent la nécessité de se lever, d'aller vers le bord de la colline regarder cette arène naturelle.

Et il voit des cavaliers gaulois sortir par les portes ouest d'Alésia, chevaucher le glaive levé vers la grande plaine. Cette poussière qui se lève, ce sont les cavaliers romains qui vont à leur rencontre, et ces bruits, ces cris, c'est la rumeur du combat.

Il regarde, bras croisés.

Vercingétorix veut ainsi empêcher que l'on continue et achève les travaux. Il faut tout de suite refouler ses cavaliers : qu'on lance les Germains puisque les Romains fléchissent !

Le martèlement des sabots des chevaux des Germains fait trembler le sol. Il suffit d'une charge pour que les Gaulois soient contraints de reculer. Mais l'avalanche les poursuit. Ils tentent de se réfugier derrière les murs de la ville et Vercingétorix en fait fermer les portes, pour éviter que ses combattants ne sortent et ne soient eux aussi massacrés.

Car s'élève l'odeur du sang, et les corps jonchent la plaine. Cependant que César ne peut quitter son observatoire alors que la nuit tombe. Il en est sûr maintenant, toutes les batailles se termineront ainsi.

Il faut que l'on poursuive sans relâche les travaux du siège, on ne doit laisser aucune possibilité de fuir aux Gaulois.

Il croit d'abord n'avoir somnolé que quelques instants, et se réveille en sursaut. Peut-être a-t-il en fait dormi plusieurs heures, car il fait grand jour et Æmilius est là, en compagnie de tribuns militaires. Ils entourent des Gaulois dont certains ont le corps couvert de sang. Leurs membres sont entravés. D'autres Gaulois se meuvent librement, les yeux brillants. Ils gesticulent, ils parlent, disent qu'ils veulent servir Caius Julius Caesar, que Vercingétorix est abandonné par les Dieux de la Gaule, qu'il pousse les peuples gaulois vers l'extrémité de la falaise afin qu'ils se précipitent dans le vide, comme autrefois l'on chassait les chevaux, et eux refusent cela et veulent retrouver le chemin de l'alliance avec Rome.

Il les écoute.

Ils s'agenouillent, tendent leurs mains en signe de soumission. César dévisage ceux qui sont prisonniers, qui se sont battus contre les légions, comme en témoigne le sang dont ils sont tachés.

Pour ceux-là, la mort ! Pour les autres, la clémence, l'attention.

— Parlez à César, ordonne-t-il.

Vercingétorix, disent-ils, a renvoyé tous ses cavaliers, voulant, a-t-il expliqué, les sauver avant que les Romains aient achevé leurs travaux d'encerclement. Ils doivent se rendre chez tous les peuples de Gaule afin que l'armée de secours soit immense et qu'elle se mette en route aussitôt, forte d'un million d'hommes ! Car il ne dispose ici que d'un mois de vivres et il doit mesurer le blé par petites rations.

— Ils viendront, murmure César. Ils ne seront pas un million mais des centaines de milliers. Et ils s'empaleront sur nos javelots, nos glaives, nos pièges.

Il congédie les transfuges. Il a besoin de ces hommes, parce qu'il doit savoir, jour après jour, ce que décide l'Arverne.

Pour vaincre, il faut regarder au fond de l'âme de son ennemi. Vercingétorix est un homme fier, qui ne songe qu'à la liberté et à la gloire de son peuple, qui voudrait faire de la Gaule un pays uni, rival de Rome, et en être le roi.

Mais il n'y a pas place sur terre pour deux royautés, Jupiter est seul au sommet de l'Olympe ! Caius Julius Caesar doit être seul. Et pour y parvenir, il faut briser Vercingétorix. Car ce sera le moyen de chasser Pompée de Rome…

La faim les dévore, confie le Gaulois qui se tient debout devant César. Ils attendent l'arrivée de l'armée gauloise. Ils la guettent. Ils l'espèrent, mais ils ont faim. Ils se sont réunis. Les uns ont dit qu'il fallait se rendre…

César reste impassible alors que le Gaulois le scrute, puis reprend :

— … d'autres ont dit qu'il fallait tenter une sortie, tant qu'il restait encore quelque vigueur aux combattants.

Le Gaulois se penche, baisse la voix.

— Critognat, chuchote-t-il comme s'il était effrayé de prononcer le nom de cet Arverne qui appartient à l'une des plus nobles familles de ce peuple, Critognat a dit que c'était la crainte de l'arrivée de l'armée de toute la Gaule qui t'obligeait, Caius Julius Caesar, à travailler d'arrache-pied à tes retranchements. Critognat a repoussé l'idée de la reddition ou de la sortie : « Ne causez pas par votre sottise ou votre témérité, ou par votre pusillanimité, la ruine de toute la Gaule, ne la condamnez pas à un perpétuel esclavage... »

César se lève. Cette volonté farouche des Gaulois, ce sentiment d'appartenir à un même peuple le surprennent chaque fois et l'irritent. Il faudra que Vercingétorix paie de sa vie, et d'abord d'un long supplice, pour avoir réveillé ou fait naître dans la tête des Gaulois ce désir de patrie unique.

Il écoute le transfuge gaulois.

— Critognat a rappelé l'exemple des Gaulois qui ont battu les Cimbres et les Teutons. Il a dit : « Obligés de s'enfermer dans leurs places fortes, souffrant eux aussi de la faim, ils se nourrirent avec les corps de ceux que leur âge empêchait de combattre et ne se rendirent pas à l'ennemi. » Voilà ce qu'il a proposé !

César ferme les yeux. Ce sont des sauvages ! Ils sont prêts à s'entre-dévorer, à commettre l'acte sacrilège !

Le Gaulois poursuit :

— Les Romains sont rongés d'envie..., a ajouté Critognat.

— Tais-toi ! lance César.

Il imagine ce qu'a pu dire Critognat et qui va faire trembler la voix du transfuge. Le chef arverne, comme tous les autres chefs gaulois, a parlé de l'indépendance de la Gaule, de la volonté romaine de réduire les peuples dont elle craint le courage, les vertus et la grandeur, en esclavage. Et il a dit que la Narbonnaise, hier gauloise, aujourd'hui romaine, gémit sous la hache, condamnée à une éternelle servitude.

César congédie le Gaulois. Il veut rester seul.

Il faudra que les pentes de ces collines, que les bords de ces rivières, que le site d'Alésia soient couverts de milliers de cadavres gaulois pour que ces peuples comprennent et acceptent que Rome et Caius Julius Caesar ont été choisis pour devenir leurs maîtres.

Il entend des cris, des supplications, des sanglots. Il sort de sa tente.

Il aperçoit une multitude de femmes et d'enfants, d'hommes aussi, désarmés, qui sont poussés par les Gaulois hors d'Alésia. Ce sont les Mandubiens, le peuple de la région qui s'était réfugié derrière les murs de l'oppidum mais que Vercingétorix doit considérer comme inutile et qu'il ne veut plus nourrir, qu'il chasse donc vers les Romains.

Æmilius s'est approché.

— Tu les vois, Caesar. Ils tordent leurs mains, ils supplient qu'on les prenne comme esclaves. Ils pleurent. Ils montrent leurs enfants et les femmes dont les seins sont plats, déjà vides de lait. Ils réclament quelque chose à manger. Ils sont prêts à nous servir. Ils veulent être nos esclaves.

Ne pas répondre. Ces hommes, ces femmes, ces enfants, les Dieux les ont condamnés en les plaçant entre deux armées en lutte.

— Tu as fait leur peuple libre, Caesar, reprend Æmilius, tu lui as promis protection, alliance avec Rome ! Vercingétorix se défie d'eux, c'est pourquoi il les chasse.

— Vercingétorix doit mourir, murmure César.

— Mais ceux-là, tu les entends ? s'exclame Æmilius.

César rentre dans sa tente. Il n'entend plus les cris et les pleurs. Il devine qu'Æmilius l'a suivi. Il se détourne.

— Pas un grain de blé pour eux, dit-il. Qu'on les repousse s'ils approchent. Ceux qui meurent de faim ne pourrissent pas. Leurs corps vont sécher et se confondre avec la terre.

Il s'allonge.

— Voudrais-tu que nous ayons l'âme plus faible que celle de Vercingétorix ? S'il doit mourir, ceux-là le doivent aussi.

Il tend la main à Æmilius.

— Viens. Tu es toujours aussi tendre qu'une jeune vierge.

XXXVIII.

Les flèches sifflent. Les trompettes retentissent dans Alésia. Vercingétorix pousse ses troupes hors de la ville...

César avance d'un pas lent vers le bord de la colline du sud. Les centurions s'écartent, les tribuns eux-mêmes le regardent avec une sorte d'attente angoissée. Labienus s'approche.

— Ils sont là, dit-il en tendant le bras.

La plaine est couverte de cavaliers. Sur une colline, à l'ouest, à moins de mille pas, une multitude de guerriers gaulois, sans doute près de trois cent mille, s'est immobilisée. Des feux de camp ont été allumés. Voilà donc l'armée de secours composée de toutes les nations de la Gaule. Et des remparts d'Alésia montent des hurlements de joie.

César lit l'anxiété sur le visage des centurions, et sur certains d'entre eux presque de l'épouvante.

Il ne faut pas laisser les âmes se fissurer. Il faut lancer les cavaliers dans la plaine contre les Gaulois.

César s'avance encore. Il est saisi lui aussi par cette masse mouvante et vaste comme l'Océan. Elle semble prête à déferler sur les retranchements mais ils ne pourront pas les franchir, il en est sûr. Il se penche vers Labienus. Que la cavalerie attaque aussitôt. Là, dans la plaine, les mots deviennent ces hommes qui s'affrontent cependant que de toutes les collines, et des murailles d'Alésia, s'élèvent des clameurs, chacun soutenant ses combattants.

Cependant, les cavaliers gaulois sont accompagnés de fantassins légers et d'archers. Et de nombreux cavaliers romains sont blessés avant même de pouvoir affronter les Gaulois !

Le combat a commencé à midi, et déjà le soleil décline alors que l'affrontement reste indécis. C'est maintenant qu'il faut faire s'élancer le bloc noir des cavaliers germains.

Ils s'enfoncent comme un immense glaive dans la chair gauloise, et les cavaliers de l'armée de secours s'enfuient, les archers et les fantassins abandonnés sont massacrés.

César quitte le rebord de la colline. Il n'est pas nécessaire de suivre des yeux ce qui n'est plus que poursuite jusqu'aux portes d'Alésia, vers lesquelles se précipitent les combattants gaulois qui étaient sortis de la ville pour tenter de rejoindre l'armée de secours.

César rentre dans sa tente.

C'est la première bataille, celle qui va marquer toutes les autres. Il fallait gagner celle-ci ! Les Dieux l'ont voulu.

La journée passe. Sur la colline de l'ouest, la multitude gauloise frémit alors que le soleil se couche. Mais rien ne se produit. Ils vont donc attaquer cette nuit.

Il faut attendre, marcher sur le rebord de la colline. Et brusquement, alors que la nuit est claire, que la lune enveloppe d'un blanc de suaire chaque détail, des cris s'élèvent dans la plaine. Les Gaulois jettent des claies sur les pièges, accablent les cohortes avec des pierres qu'ils lancent à l'aide de leurs frondes. Les flèches sifflent. Les trompettes retentissent dans Alésia. Vercingétorix pousse ses troupes hors de la ville.

Il faut résister ! César ne ressent aucune inquiétude.

Les Gaulois vont s'empaler, se blesser, se déchirer le corps contre les épines de métal, les pieux, les *lis*, les *cippi*. Ils ne vont pas pouvoir franchir les obstacles, et les cadavres ne seront pas assez nombreux pour leur permettre, comme sur un pont de chair, d'arriver à la palissade d'où on les vise avec des flèches, des javelots, des pierres que projettent les machines de guerre.

Voilà. Ce n'est pas encore la fin de la nuit et déjà ils refluent. Il n'entend plus les clameurs rageuses et fières de l'assaut, mais les gémissements des mourants et de ceux qu'on égorge.

C'est la deuxième bataille.

César se retire sous sa tente. Il y aura un dernier soubresaut, et le Gaulois se débattra comme un sanglier blessé qui peut tuer le chasseur avant de mourir, dans un spasme ultime de rage et de force.

Il convoque Labienus.

— Ils choisiront leurs meilleurs guerriers, dit-il. Ils ont appris au cours de ces deux batailles comment nous combattons. Ils choisiront l'endroit où nous sommes les moins forts. Peut-être la colline du nord ? Peut-être celle du sud où nous sommes ? Et Vercingétorix sortira d'Alésia.

Il s'interrompt, fixe Labienus.

— Il faut que cela soit son dernier combat.

Tout à coup, des hurlements. Les Gaulois de l'armée de secours par nuées se lancent à l'assaut de la colline du nord-est. Et comme en écho, voici les hurlements des Gaulois d'Alésia qui surgissent de la ville en emportant avec eux des perches, des mantelets, des faux, tout ce qui peut permettre d'éviter les pièges. César s'enveloppe de son manteau rouge de commandement. Il tire son glaive du fourreau. C'est la dernière bataille et il doit parcourir les lignes, exhorter les soldats, mener les légions à l'assaut.

Il veut, il doit être présent au combat.

Il voit les Gaulois conduits par Vercassivellaun qui se dirigent vers la colline du nord-est puis commencent à donner l'assaut, et les troupes de Vercingétorix qui montent la pente de la colline du sud. Il entend le heurt des armes, les hurlements des Gaulois, les cris des blessés. Il va vers les cohortes que Labienus doit engager, là où les Gaulois sont les plus menaçants.

Il parle, monté sur un rocher, dominant de la voix les bruits des combats.

— Il faut vaincre aujourd'hui ! crie-t-il, sinon toutes nos victoires précédentes seront englouties.

Il lève son glaive.

— À vous la gloire et le butin ! Chaque soldat recevra un Gaulois comme esclave.

Il saute du rocher. Il voit les hommes de Vercingétorix escalader la pente de la colline, combler avec de la terre et des claies les fossés, et à l'aide des faux pratiquer une ouverture dans la palissade puis submerger les défenseurs des tours, chassés sous une grêle de flèches et de javelots.

C'est le moment de partir au combat à la tête de trente-neuf cohortes rassemblées par Labienus. Il faut que légionnaires et Gaulois voient son manteau rouge en première ligne et sachent ainsi que c'est le combat décisif. Il donne l'ordre de lancer les cavaliers germains sur les arrières des Gaulois.

C'est la fin, malgré l'acharnement des Gaulois. Il sent qu'ils vont se briser comme un chêne frappé par la foudre. Certains commencent à fuir. César voit des centurions se saisir d'un chef, c'est Vercassivellaun. Il n'a pas su mourir au combat, il sera étranglé.

César regarde s'amonceler, à ses pieds, les enseignes des nations et des unités gauloises : soixante-quatorze.

Quand il lève les yeux, il voit de toutes parts des colonnes sur les pentes, et dans la plaine les cavaliers poursuivre les fuyards pour les égorger, ou les rassembler comme un troupeau.

Il remonte vers sa tente. L'odeur douceâtre du sang flotte dans l'air. Il ne se sent pas joyeux mais il a accompli son destin. Et tout aurait été plus simple sans la détermination, l'intelligence et en même temps l'aveuglement de ce Vercingétorix. Comment cet Arverne a-t-il pu imaginer qu'il réussirait à chasser de Gaule Caius Julius Caesar et ses légions ?

Et pendant qu'il a fallu lui faire la guerre, à Rome, Pompée a consolidé son pouvoir. C'est à lui qu'il faut penser.

Mais César enrage. On n'en a pas fini avec la Gaule ! Des messagers annoncent que les survivants de l'armée de secours se dirigent vers leurs peuples, qu'ils manifestent l'intention de les soulever. Qu'ont-ils donc en tête, ces Gaulois ? Qu'on les poursuive, qu'on les massacre ! On ne pourra décidément vaincre ce pays qu'en s'appuyant sur ses divisions et sur certains peuples... Il ordonne qu'on mette à part parmi les prisonniers Éduens et Arvernes, et qu'on les renvoie dans leur patrie. Ces peuples-là, il faut les ménager, les enrôler peut-être comme auxiliaires dans l'armée romaine. Mais que l'on distribue tous les autres prisonniers aux soldats, comme il l'a promis, à raison d'une tête par légionnaire !

Et maintenant, il faut recevoir les envoyés des assiégés d'Alésia.

Les combattants rassemblés dans la ville veulent se rendre, disent-ils. Vercingétorix a remis son sort entre leurs mains. Ils peuvent le tuer ou le livrer à César. C'est donc à Caius Julius Caesar de choisir.

— Que le chef vaincu vienne se soumettre ! Et qu'on livre les hommes et les armes.

Il donne ses ordres pour qu'on installe une estrade, isolée sur le retranchement, en avant du camp. On y accède par des marches.

Il va se tenir assis au sommet de ce qui ressemble à un sanctuaire. N'est-il pas, lui, Caius Julius Caesar, le *pontifex maximus* de Rome ? Il s'enveloppe dans son manteau pourpre. Il voit, au-delà des aigles des légions et des enseignes des cohortes, les remparts d'Alésia, les collines, la plaine couverts de cadavres au-dessus desquels planent les corbeaux. Plus loin sur les sommets des collines, serrés comme sur des gradins, se tiennent les cinquante mille légionnaires qui garnissent aussi les palissades et les tours.

Et voici que les portes d'Alésia s'ouvrent et que s'avance, seul sur son cheval, Vercingétorix. Il semble immense, le torse serré dans une cuirasse d'or, des bracelets et des colliers donnant à sa silhouette un air de conquête ou de fête. Son cheval est au pas. Ses armes et ses bijoux brillent. Brusquement, il prend le trot, fait faire à son cheval le tour de l'estrade. César est tenté de le suivre des yeux mais il ne faut pas bouger, ignorer le Barbare. Il est le Dieu romain, et Vercingétorix a commis un acte sacrilège que son humiliation et sa mort pourront seules effacer.

Vercingétorix s'immobilise. Il jette ses armes, saute de cheval, gravit les marches, s'agenouille et tend les mains pour marquer sa soumission.

César l'observe. Que croit-il, ce Gaulois, qu'il suffit de se soumettre pour que le sacrilège soit oublié ? Il imagine peut-être qu'il y a de la grandeur à se rendre après avoir vaillamment combattu !

César se sent provoqué, défié par l'attitude fière de cet homme à genoux qui ne baisse pas les yeux.

— Tu as trahi Caius Julius Caesar, qui t'avait accepté auprès de lui...

Vercingétorix ne bouge pas, et César doit se contenir pour ne pas donner l'ordre de tuer cet homme, là, pour que son sang lave toute cette insolence gauloise.

Mais non ! Il faut le garder en vie pour que le jour où sera célébré le triomphe à Rome soit exposé au peuple ce chef, presque roi de la Gaule, vaincu, humilié, chargé de chaînes.

Après seulement, on le tuera.

César détourne la tête. Que les centurions s'emparent du Gaulois et qu'on l'enferme.

XXXIX.

> Vercingétorix n'est plus que ce corps couché dans une cage, qu'un chariot transporte à la suite des légions…

César regarde autour de lui, mais les maisons de Bibracte, même les plus proches, disparaissent dans le brouillard. Cette mer grise et froide couvre tout le paysage, masquant les rivières, les pentes des collines dont seuls quelques sommets surgissent, pareils à des îles. Dans la plaine s'élèvent des bruits étouffés, voix de soldats, heurt des marteaux des forgerons qui dans le camp des légions forgent les lames. Et puis parfois des chants qui semblent glisser sur les flancs du mont Beuvray et atteindre Bibracte, cette ville éduenne dont il parcourt les ruelles.

Il sait qu'il ne peut pas se permettre de s'abandonner au repos. C'est maintenant, au contraire, qu'il faut rester vigilant, même s'il vient de vaincre et que Vercingétorix, membres entravés, vit recroquevillé dans une cage placée au centre du camp, alors qu'on lui jette des aliments comme on le fait à un fauve capturé qu'on attend de pousser dans l'arène. Mais c'est quand on est proche du sommet qu'on risque la chute. Et tout ce que l'on a gravi, si l'on tombe à quelques pas du but, devient inutile.

Point de repos alors. Il écrit. Il veut achever le livre VII de ses *Commentarii de Bello Gallico*, cette guerre des Gaules qui doit être la dernière marche vers la conquête du pouvoir à Rome.

Il faut que les magistrats, la plèbe, en Cisalpine et en Italie, dans chaque municipe et à Rome, connaissent par ces *Commentaires* ses exploits. Qui pourra alors résister à sa gloire ? Pompée ? Ses victoires sont anciennes, oubliées presque. Et le Sénat lui-même a dû décréter vingt jours de supplications pour célébrer la victoire d'Alésia, la capture de Vercingétorix.

Mais il ne doit pas se laisser griser. Ce sont les derniers pas qui sont les plus difficiles, les plus hasardeux. Il sent la lassitude des soldats même s'ils sont devenus ses clients, ils ont tous revendu le prisonnier gaulois qui a été attribué à chacun d'eux. Et ces colonnes d'esclaves sont parties vers les bords de la Méditerranée. Mais les soldats, Æmilius et Mamurra, les tribuns et les légats, auraient voulu eux aussi gagner le sud, au moins la Gaule cisalpine, ses villes paisibles, riches en tavernes et en lupanars. Alors qu'au contraire il a fallu à marches forcées gagner le pays éduen enseveli sous les brouillards, dresser le camp au pied du mont Beuvray et se contenter d'errer dans les ruelles de Bibracte, sombres et humides.

César croise ses hommes. Il va falloir se remettre en route dans quelques jours, après seulement un peu plus de deux mois de repos qu'il a passé à écrire, à recevoir la soumission des Éduens et des Arvernes, à déclarer ces peuples alliés de Rome. Les Éduens deviennent l'une des cités fédérées aux côtés des Rèmes et des Lingons, et les Arvernes une cité libre. Il a reçu leurs otages, garants de leur fidélité, les serments des chefs, ainsi celui de cet Arverne, Epathnact, qui a promis de livrer à Caius Julius Caesar tous ceux qui voudront se dresser contre Rome.

César écoute. Il n'y aura plus de grande levée gauloise, mais ici et là brûlent encore les flammes de la révolte. Il va falloir en plein hiver quitter Bibracte, marcher vers l'ouest, vers ce peuple des Bituriges et des Carnutes, vers cette région du centre de la Gaule où naquit la rébellion, où l'on massacra à Genabum les premiers citoyens romains. Et l'on dit que l'un des chefs carnutes d'alors, Gutuatr, a repris les armes.

Il faut disperser et piétiner ces braises avant que le vent de la folie et de l'orgueil gaulois ne les transporte aux quatre coins de la Gaule.

César parle aux soldats. Chacun d'eux recevra deux cents sesterces, et les centurions mille. Légats et tribuns auront une part de plus du butin, du tribut annuel de quarante millions de sesterces que la Gaule doit verser. C'est ainsi qu'on s'attache les hommes, et sans la fidélité et la force des légions rien n'est possible.

Il reçoit des lettres de Balbus resté à Rome. Non seulement Caton et les sénateurs hostiles n'ont pas désarmé, mais Caton s'en va répétant partout que, dès que César aura quitté son armée, il le fera décréter d'accusation pour les actes illégaux commis durant son consulat et son proconsulat.

La plèbe, heureusement, est d'un autre avis. Jamais elle n'a autant vénéré un *imperator*. Elle attend les jours du triomphe. Elle est flattée que César ait fait entreprendre puis achever avec le fruit de la guerre, rapines, butin, pillage des villes et des sanctuaires, la construction sur le Forum des basiliques Æmilia et Julia qui se font face, gigantesques. On attend les fêtes qu'il donnera à son retour, on sait qu'il a fait distribuer du grain au peuple, qu'il est désormais immensément riche, autant que l'était Crassus, et les créanciers, les manieurs d'argent le louent pour avoir remboursé toutes ses dettes.

— Tu es attendu à Rome, Caius Julius Caesar, la plèbe veut te couronner ! conclut Balbus.

César frémit. Il marche en avant des légions qui viennent de se remettre en route. Il pleut. Le vent semble soulever l'averse afin qu'elle frappe plus dru les poitrines et les visages. Ce n'est pas cela ni le froid qui le fait frissonner dans ces semaines de la fin décembre 52 et du mois de janvier 51, l'année de ses cinquante ans. Il pense à l'avenir qui peu à peu se dévoile et se rapproche. Les Dieux, Fortuna, Venus Victrix, Jupiter, l'ont guidé jusqu'ici. Il est vainqueur. Il est riche, il est *imperator*. Vercingétorix n'est plus que ce corps couché dans une cage, qu'un chariot transporte à la suite des légions. Rome est le seul but digne de sa gloire. Et c'est cela qui l'obsède.

Il hâte le pas. Il laisse son manteau pourpre flotter autour de lui cependant que le vent et la pluie l'enveloppent.

Il faut en finir avec ces révoltes gauloises, ces chefs alliés de Vercingétorix qui continuent la lutte : Lucter le Cadurque, Drappès le Sénon, Dumnac l'Ande, Gutuatr le Carnute, Sur l'Éduen, Comm l'Atrébate, Correus le Bellovaque, Ambiorix l'Éburon [1].

Il connaît nombre d'entre eux, Barbares obstinés, qui ont échappé à toutes les traques, tel Ambiorix. Mais il ne faut pas leur laisser de répit. Il faut marcher jusqu'à

---

1. Lucter le Cadurque : région du Lot. Drappès le Sénon : région de Sens. Dumnac l'Ande : région d'Angers. Gutuatr le Carnute : région d'Orléans. Sur l'Éduen : région de Bibracte et Nevers. Comm l'Atrébate : région d'Arras. Correus le Bellovaque : région de Beauvais. Ambiorix l'Éburon : régions de la Meuse et du Rhin, Liège.

Genabum, s'installer quelques semaines dans les ruines de la ville, piller, saccager la campagne des Carnutes, massacrer, et enfin exiger que toute la population recherche, capture, livre Gutuatr.

Le voici enfin déposé devant César comme une bête liée. Mais l'œil du Gaulois est encore vif. Et cet homme est l'un de ceux qui dirigeaient la révolte, aux origines.

Point de clémence pour lui ! Il faut faire un exemple.

On l'attache. Que chaque soldat qui, par la faute de ce Barbare, a souffert le frappe à coups de verge, qu'il obtienne ainsi le droit de vengeance, une part du sang de Gutuatr.

César est assis. L'armée est rassemblée. Chaque légionnaire s'avance, se saisit des verges, frappe. Et le sang jaillit et le corps de Gutuatr n'est plus bientôt qu'une plaie atroce, un tas de chair inerte. C'est d'elle qu'on tranchera la tête à la hache.

Maintenant on marche vers le nord et l'est, et il faut traquer Comm l'Atrébate, Correus le Bellovaque et Ambiorix l'Éburon.

César sent la rage s'emparer des soldats. Ils voudraient en finir avec cette guerre qui s'éternise, ces peuples qui ne cessent de se rebeller. Alors on brûle, on pille, on massacre. Correus est tué, Comm réussit à fuir avec quelques-uns des siens, s'exilant en Bretagne, Ambiorix résiste encore. Que pas une parcelle de son pays ne soit épargnée, que tout soit abattu, arbres, récoltes, maisons, hommes, femmes, enfants, vieillards. Pas de quartier ! Mais Ambiorix, comme Comm, échappe aux légions, s'exile sans doute.

Au pas, César parcourt les hameaux en ruine, et parfois les sabots de son cheval s'enfoncent dans cette boue rouge qu'est un corps mutilé. Mais on ne peut s'attarder, il faut marcher du nord au sud, dans la chaleur qui maintenant brûle la peau parce que l'été 51 est sec, et que Lucter le Cadurque s'est réfugié entre les rivières et les massifs du sud-ouest et qu'avec Drappès le Sénon il songe à pénétrer en Narbonnaise pour piller, détruire, au cours de courtes chevauchées guerrières.

Il faut les poursuivre, les enfermer par un siège implacable dans cette forteresse d'Uxellodunum (Capdenac, proche de la Dordogne) et les assoiffer en détournant les sources et les rivières. César se sent animé d'une énergie plus farouche encore que celle qui l'habitait devant Gergovie ou Alésia. Il parcourt les fortifications qui entourent ce Puy au sommet duquel Uxellodunum résiste toujours.

On doit creuser des mines, atteindre les sources, et attendre que la panique et la soif contraignent les Gaulois à demander grâce, à reconnaître que Caius Julius Caesar est l'allié des Dieux.

Enfin, ils se rendent.

Et ces prisonniers hirsutes défilent devant lui. Il s'interroge. Il pourrait être clément avec eux comme il l'a été avec les Éduens et les Arvernes, mais qui doute aujourd'hui qu'il puisse être clément ? Il a montré souvent qu'il savait pardonner, il n'est donc plus nécessaire de l'être. En revanche, il faut que les révoltes cessent. Et donc il faut épouvanter les autres peuples par un exemple terrible.

Il donne l'ordre de regrouper tous les prisonniers. Les soldats rassemblent ce troupeau silencieux de Gaulois aux yeux hagards.

Il appelle les centurions : qu'on installe des billots, qu'on tranche les mains de tous ceux des assiégés qui ont pris les armes, mais qu'on leur laisse la vie afin qu'ils aillent partout montrer leurs moignons et dire comment Caius Julius Caesar châtie les rebelles !

Il entend les premiers chocs sourds des haches et des glaives faisant éclater les os. Il entend les cris.

Il s'éloigne.

Il apprend que Drappès le Sénon, le compagnon de Lucter, fait prisonnier, s'est laissé mourir de faim, par crainte sans doute des supplices auxquels il était promis.

Lucter a réussi à fuir, quelques jours. On le traque, comptant sur les alliés qui doivent donner des preuves de leur fidélité. Mais il change de refuge chaque nuit. S'échappera-t-il, comme Ambiorix ou Comm ? Quel que soit son sort, la révolte gauloise est brisée. Néanmoins, le punir permettrait d'accroître encore l'épouvante que César découvre souvent dans les yeux des Gaulois qu'il fixe.

Un jour, il s'étonne de voir s'avancer le chef arverne Epathnact entouré de cavaliers. Au milieu d'eux, enchaîné, un prisonnier lié aux chevaux. C'est Lucter.

— Je suis un ami du peuple romain, dit Epathnact en poussant vers César son prisonnier que, à grands coups de javelot sur les jambes, les centurions forcent à s'agenouiller.

Qu'on le mette en cage, avec Vercingétorix, et qu'on le garde vivant jusqu'au triomphe.

César parcourt la Gaule de part en part, de la Narbonnaise au pays des Belges et des Atrébates, puis il visite les municipes et les colonies de Cisalpine. Et chaque fois qu'il entre dans ces villes, qu'il marche dans les rues pavées, il se sent chez lui. Et il rêve à cette Gaule Chevelue, où il vient de passer tant d'années, qu'il a enfin domptée et qui peut-être un jour, il le veut, deviendra semblable à la Gaule cisalpine ou à la Narbonnaise.

On l'acclame. Il est reçu par les magistrats avec respect, il lit sur les visages à la fois de la vénération et de la crainte. Il faut inspirer ces sentiments-là aux hommes pour les gouverner.

Il passe sous les arcs de triomphe. Les portes des villes ont été décorées. Puisque la Gaule Chevelue est conquise, la Cisalpine et la Narbonnaise admiratives, qui pourra l'empêcher d'atteindre, lui, Caius Julius Caesar, le pouvoir suprême ? Il dispose non seulement de l'appui de ces populations mais de la force des légions. Il songe à ces cavaliers gaulois, arvernes ou éduens, que déjà il a recrutés comme auxiliaires et dont il va utiliser, pour son destin et pour celui de Rome, le courage, l'impétuosité.

Il rentre à son quartier général de Nemetocenna (Arras).

Il a cinquante ans. Il se sait invincible.

NEUVIÈME PARTIE

XL.

Il ne se laissera pas écarter de ce pouvoir vers lequel il marche depuis qu'à sa naissance les Dieux l'ont choisi...

César sent la pluie glacée qui glisse le long de sa nuque, de son front, de ses joues, de son cou. Elle imprègne peu à peu le grand manteau pourpre qui s'alourdit, mais il ne veut pas bouger. Il doit rester debout, bras croisés, sur cette estrade, cependant que défilent devant lui, dans cette grande plaine ventée qui entoure Nemetocenna, les huit légions qu'il a rassemblées ici, dans la Gaule du Nord, pour tenir les Gaulois, et d'abord les Belges, en respect, assurer définitivement la paix.

Il a voulu cette parade, cette forêt d'aigles et d'enseignes, ce martèlement de pas cadencés couvert parfois par le son des cymbales, des trompettes et des tambours.

Il frissonne quand les cohortes en passant devant lui lancent leur «*Ave Caesar !*». Ces voix rauques roulent comme un tonnerre.

Qui pourrait résister à cette armée aguerrie, dévouée, fidèle, dont chaque homme sait ce qu'il doit à Caius Julius Caesar : l'argent, la gloire. C'est avec cette armée-là qu'il a conquis huit cents cités, tué plus de cent vingt mille Gaulois et réduit en esclavage plus d'un million d'autres ! C'est elle qui l'a fait *imperator*, elle qui l'a fait riche, elle qui lui a fait accorder par le Sénat plus de jours de supplications qu'aucun autre avant lui n'a jamais obtenu !

Il attend que la dernière cohorte soit passée pour se tourner vers Æmilius et les tribuns militaires qui se pressent sur l'estrade. Il suffit de les regarder pour lire dans leurs yeux qu'ils s'interrogent. Que faire ? Va-t-on laisser pourrir ici, inutiles, ces légions dans une Gaule agenouillée ? Que pouvons-nous attendre de l'avenir ?

César descend lentement de l'estrade, écarte le valet qui veut l'aider à enfourcher son cheval. Il a cinquante ans mais il se sent vif et plein d'énergie, souple et tranchant comme une lame affûtée.

Il fait avancer son cheval au pas.

Que peut-il espérer ? Il a tout obtenu, consulat, proconsulat et le titre d'*imperator*. Il est *pontifex maximus*. Il ne peut devenir maintenant que *princeps*, prince de Rome, roi. Et c'est de cela que la République a besoin. Voilà le défi qu'il lui faut relever. C'est le seul choix conforme à sa *dignitas*, à cette grandeur et à cette gloire que les Dieux lui ont accordées. L'auraient-ils distingué, Jupiter et Venus Victrix, Fortuna, pour qu'il se laisse, lui, Caius Julius Caesar, humilier, et qu'on l'empêche ainsi de servir Rome, de la sauver ?

Or c'est cela dont on le menace. Il le sait. Chaque jour, de Rome les messagers apportent les nouvelles des manœuvres et des calculs de Pompée, du consul Claudius Marcellus, de Caton, du beau-père de Pompée, Scipion, et des plus importants *optimates*, ces sénateurs qui veulent le dépouiller de son titre, de son armée, pour pouvoir l'accuser, le condamner. Parce qu'ils veulent conserver leur pouvoir, ce qu'ils appellent la *libertas*, c'est-à-dire le droit de gouverner

Rome à leur guise, sans se soucier de ce qui est nécessaire pour elle maintenant qu'elle est la tête d'un empire.

Heureusement, il y a des alliés !

Il entre dans la maison petite et sombre qu'il occupe au centre de Nemetocenna. Il se laisse déshabiller, envelopper de linges chauds, masser, guider vers ce bain brûlant dont la vapeur rend floues les silhouettes des jeunes esclaves qui s'affairent. On le lave. On le parfume. Il ferme les yeux.

Il peut compter à Rome sur le tribun de la plèbe Curion. L'homme est jeune, adroit, roué. Il a coûté cher : dix millions de sesterces ! Mais ce débauché cynique, qui a épousé la veuve de Clodius, est habile, et comme tribun de la plèbe il peut opposer son veto aux dispositions prises par le Sénat. Les *optimates* n'ont sans doute pas encore compris que Curion est à son service. Curion ne s'est pas dévoilé. Mais il faut maintenant qu'il agisse, brutalement, qu'il proclame qui il sert. Et il en va de même pour le consul Lucius Paulus, qui lui aussi a coûté cher : mille cinq cents talents !

Il n'est plus temps pour ces deux-là d'avancer masqués, car les sénateurs et Pompée multiplient les menaces, les attaques.

César, d'un mouvement vif, sort du bain. Il veut qu'on le frictionne plus rudement, souhaite que sa peau soit rougie par les brosses de crin.

Il revêt sa toge.

Qu'on appelle Æmilius et Hirtius, ses secrétaires. Il désire savoir quelles sont les dernières manœuvres de ses ennemis. Les messagers de Rome, porteurs des lettres de Balbus, de Curion ou de Paulus, ont dû arriver.

— Ils veulent te désarmer, dit Æmilius.

Il est debout, près du lit où César s'est allongé, sa joue appuyée sur sa paume droite.

— Si tu ne m'apprends que cela, murmure César.

Il se tourne vers Hirtius.

— Il ne se passe pas de jour qu'ils ne te défient, assure Hirtius, qu'ils ne cherchent à t'humilier, à te provoquer afin que tu n'aies le choix qu'entre te laisser dépouiller de ta force ou violer la loi. Ils veulent te contraindre à cela. Te soumettre ou t'obliger à devenir l'ennemi de la République.

César ne veut pas laisser éclater sa colère. Æmilius et Hirtius lui répètent ce qu'il sait ! Il pourrait même leur expliquer quelle est la manœuvre de Pompée et du Sénat. Pompée l'a avoué d'ailleurs, plein de présomption et de vanité : il n'acceptera pas que César soit chef d'une armée et consul. Or il est naturel qu'un proconsul accède à un deuxième consulat. Mais Pompée veut garder seul la réalité du pouvoir. Il va donc essayer, avec Caton, Scipion et la majorité des sénateurs, de décréter que César ne pourra rester proconsul, et donc ne bénéficiera pas de l'*imperium* et de la protection que donne cette charge, cette dignité. Ils sont d'accord sur ce point (même s'ils s'opposent sur la date : 1er mars 50 ou 1er janvier 49) : que César reste quelques mois sans pouvoir, sans magistrature, sans armée et sans protection légale. Il ne sera plus proconsul, et ne sera pas encore élu consul. Et simple citoyen, nu, on le jugera, on l'accusera d'avoir violé la loi, on le décrétera ennemi de Rome, on le contraindra à l'exil.

Pourquoi César accepterait-il cela alors que Rome a besoin d'être gouvernée par une main sûre, par un homme qui a fait ses preuves, que les Dieux ont choisi, dont la *dignitas* est éclatante et qui sait faire preuve de cruauté, s'il le faut, mais aussi d'*humanitas* et de *cle-*

mentia, par un proconsul qui a donné à Rome une grande province, cette Gaule Chevelue riche de villes et d'hommes ? D'un chef qui durant cette guerre des Gaules a su exterminer les peuples quand il était nécessaire d'épouvanter l'ennemi, et qui sait aussi pardonner...

Il ne se laissera pas écarter de ce pouvoir vers lequel il marche depuis qu'à sa naissance les Dieux l'ont choisi.

Mais il faut agir comme toujours avec prudence et, avant de tirer le glaive, de donner l'assaut, laisser l'ennemi dévoiler ses manœuvres.

— Que font-ils ? demande César d'une voix basse, presque indifférente.

— Chaque jour, Marcellus, avec l'autorité que lui donne sa charge de consul, cherche à t'atteindre. Et naturellement Caton, Scipion et dans l'ombre Pompée l'appuient et même le poussent à agir, reprend Æmilius.

— Que font-ils ? répète César.

Il veut des faits et non des allusions, des reflets d'intention.

Hirtius s'approche du lit, se penche. César a confiance en lui. Il l'a chargé d'écrire le livre VIII des *Commentaires*, qui racontera les dernières opérations de la guerre des Gaules, après Alésia.

— Le consul Marcellus a fait fustiger un citoyen de Novum Comun (Côme), l'un de ceux auxquels tu as accordé la citoyenneté. C'est une façon de proclamer que ce que tu as fait, avec l'accord du Sénat, n'a plus de valeur. D'ailleurs Marcellus a demandé ton rappel. Et c'est heureusement le consul Paulus, notre ami, qui s'est opposé à cette proposition. Mais Marcellus est revenu à la charge, demandant ton remplacement. Ils veulent, tu le sais, que tu sois dépourvu d'*imperium* pour pouvoir te juger. Et ta condamnation est déjà acquise !

Æmilius intervient :

— Pompée demande qu'il soit mis fin à ton *imperium* à la date du 13 novembre 50.

César ne veut ni commenter ni bouger. Mais la guerre est là, aussi sûre que s'il avait en face de lui toute une nation barbare. Pompée et les sénateurs veulent sa perte.

— Quoi d'autre ? demande-t-il.

— Ils exigent une légion, dit Hirtius.

César ferme les yeux. Ils touchent la chair vive. Faut-il déjà contre-attaquer ?

— Ils disent, ils prétendent, ajoute Hirtius, qu'ils ont besoin de cette légion pour organiser la lutte contre les Parthes. Ils assurent qu'ils demanderont aussi une contribution militaire à Pompée.

César est surpris par l'exclamation d'Æmilius.

— Sais-tu ce que te réclame Pompée ? dit Æmilius. La légion qu'il t'avait envoyée au moment de la rébellion gauloise ! C'est celle-là qu'il donnera pour les Parthes, et toi, Caius Julius Caesar, tu perdras ainsi deux légions !

César ne bouge toujours pas. Il faut les laisser avancer encore, leur ouvrir le chemin de ce piège qu'ils se tendent à eux-mêmes. Car César en est sûr, ils n'enverront pas ces deux légions lutter contre les Parthes. Ils les dirigeront sur Capoue, là où séjourne Pompée. Ils veulent à la fois affaiblir César et renforcer leur armée en vue de l'affrontement, de la guerre civile.

Il se lève lentement.

— Obéissons au Sénat. Que la XVe légion parte de Ravenne pour Rome et que l'on renvoie à Pompée sa légion.

Il regarde tour à tour Æmilius et Hirtius qui paraissent surpris, même désemparés.

— Tu acceptes ? interroge Æmilius, tu te laisses retirer...

César a l'impression qu'on le soufflette. Il foudroie Æmilius qui bégaie, se tait, baisse la tête.

César fait quelques pas.

— Tu rassembleras les centurions et les soldats, dit-il à Hirtius. Je leur parlerai.

Il se sent joyeux tout à coup ! Il a l'impression qu'il vient de creuser un trou sous les pas de ses adversaires. Ils vont avancer et s'empaler sur l'épieu placé au centre du piège.

Car il va expliquer à ses légionnaires qu'il les renvoie parce qu'il respecte scrupuleusement la loi de Rome, qui veut, prétendent les sénateurs, les faire combattre contre les Parthes. S'il en allait autrement, chaque centurion, chaque soldat saurait reconnaître qui trahit ou ne trahit pas Rome ! Lui, Caius Julius Caesar, a été heureux d'être à la tête d'hommes valeureux. Et c'est pour cela qu'il va leur faire attribuer par anticipation deux années de solde sur sa propre fortune, en signe de satisfaction pour leur bravoure.

Et il va recruter de nouvelles troupes, des fantassins d'Aquitaine, dix mille cavaliers arvernes et éduens, et des archers rutènes (région de Rodez).

Il prend le bras d'Æmilius.

— Tu oses croire, imaginer, que moi, Caius Julius Caesar, j'accepterais de me soumettre !

Il serre brusquement son bras. Il enfonce ses doigts dans le muscle et voit la grimace de douleur d'Æmilius.

— Nous aurons plus d'hommes encore, murmure-t-il, dents serrées.

Il lâche son bras.

— Et ceux que nous enverrons à Pompée nous resteront pour la plupart fidèles.

Il se tourne vers Hirtius. Que les centurions de ces

légions racontent à Pompée et aux sénateurs que l'armée de César est épuisée, qu'elle n'aspire qu'à être dissoute.

— On les croira, parce que c'est cela qu'ils espèrent.

Il demande qu'on lui apporte son manteau pourpre.

— Nous partons pour Ravenne ! Rassemble la XIIIe légion, Hirtius.

Hirtius sourit, s'incline.

Cette XIIIe légion est avec la Xe le glaive le plus acéré de César.

XLI

Il propose de déposer son commandement si Pompée fait de même. Il s'engage à passer l'année 49 loin de Rome...

Chaque matin, quand César fait ses premiers pas dans la chambre, il sent monter en lui l'impatience, une fébrilité qu'il doit maîtriser et dont aucun de ceux qui l'entourent n'est conscient.

Il s'efforce de n'avoir que des gestes lents, et impose ainsi le calme et même le silence à son entourage.

Il sent Æmilius, Mamurra et Hirtius, qui fait souvent le voyage de Ravenne à Rome et rentre toujours inquiet, désemparés devant cette inaction. Or les lettres de Balbus, les récits de Hirtius, du questeur Antoine, ou les messagers du tribun Curion et du consul Paulus confirment tous la détermination des sénateurs, du consul Marcellus, de Pompée et de son beau-père Scipion, à affaiblir, à condamner César.

Il faut paraître calme, sûr de soi, comme peut l'être un Dieu qui connaît l'avenir.

Parfois, quand la tension est trop forte, il s'éloigne, va chevaucher dans cette plaine des abords de Ravenne qui, dans les brouillards de l'hiver de cette année 50, se confond avec la mer.

Chaque fois, César se surprend à aller plus loin vers le sud, vers les berges de cette rivière, le Rubicon, la frontière au-delà de laquelle commence le territoire de la République romaine qu'aucun proconsul ne peut fouler accompagné de ses légions.

Il s'arrête. Il le sait. Le jour où il décidera de franchir le Rubicon, il jouera son destin. Ou bien il deviendra maître de Rome, ou bien il ne sera plus qu'un proscrit que la mort et le déshonneur poursuivront.

Il rentre à Ravenne, sa garde le suit à quelques encolures. Il serre ses mains dans son dos, il se tient droit. Et s'il ne traverse pas le Rubicon, que lui laissera-t-on de sa vie ? Sans doute n'a-t-il même pas à choisir tant ses adversaires sont décidés à l'affronter, à le contraindre à réagir.

Mais il écoutera son instinct, qui est la voix des Dieux. Il attendra le moment. Il le déterminera seul.

C'est le mois de décembre, celui des grandes averses et des vents froids qui coulent depuis les Alpes.

Hirtius arrive de Rome. Il ne peut s'empêcher de grelotter, ce qui donne à sa voix un tremblement angoissé.

— Ils sont comme des chiens enragés, dit-il. Le consul Marcellus mène la meute. Il a fait voter au Sénat la destitution de ta charge de proconsul, et Pompée conserverait au contraire tous ses pouvoirs !

Est-ce le moment d'agir ?

Hirtius reprend son souffle. Sa voix est plus assurée.

— Mais Curion, dès le lendemain, a obtenu que trois cent soixante-dix sénateurs décident que les deux *imperatores*, toi Caius Julius Caesar et Pompée, déposiez en même temps vos charges. Seuls vingt-deux d'entre eux ont voté contre.

— Curion est adroit, murmure César. Mais, tu l'as dit, ils sont enragés. Ils vont, et Marcellus d'abord, faire le siège de Pompée, et celui-ci qui me craint, qui veut tout le pouvoir pour lui seul, cédera.

— Que faire ? demande Æmilius.

— Attendre.

Il a l'impression que l'armée ennemie s'est encore rapprochée. Et il veut la laisser avancer avant de donner l'ordre aux archers de lancer leurs flèches, aux fantassins leurs javelots, aux frondeurs leurs pierres.

Même si l'ennemi est de plus en plus proche.

Marcellus a prétendu devant le Sénat que César avait franchi les Alpes à la tête de dix légions et qu'il s'apprêtait à marcher sur Rome. Il s'est rendu auprès de Pompée, à Capoue. Il lui a proposé de prendre le commandement des légions de Capoue et des autres garnisons d'Italie, avec la faculté de faire autant de levées que nécessaire.

— Pompée a hésité, conclut Hirtius.

— Il faut l'acculer à jeter le masque ! Je veux être jusqu'au dernier instant du côté de la loi.

Il écrit, le 26 décembre, au Sénat. Il propose de déposer son commandement si Pompée fait de même. Il s'engage à passer l'année 49 loin de Rome et de la Cisalpine, en Illyrie, avec une seule légion. N'est-ce pas là la preuve de sa bonne foi ?

Mais il sait qu'ils n'accepteront pas car ils veulent sa perte, ils veulent le réduire à l'état de simple citoyen pour pouvoir le frapper.

Le voilà qui chevauche encore vers les rives du Rubicon en attendant le retour de Hirtius qui s'est rendu de nouveau à Rome. Le vent, en ces premiers jours de janvier 49, nettoie souvent le ciel en le laissant d'un bleu vif comme celui d'une lame quand on la plonge dans les charbons ardents.

Lorsque César rentre dans l'atrium de la villa de Ravenne, on s'écarte devant lui non seulement avec le respect habituel, mais avec un empressement qui dévoile l'anxiété des hommes qui sont là, tribuns, légats, magistrats, et même quelques sénateurs. Et il a la surprise de découvrir Curion, Antoine, aux côtés de Hirtius.

Il doit ne montrer aucune impatience, à peine une curiosité tranquille. Il dit :

— Vous avez tous quitté Rome ?

C'est Curion qui s'avance et commence à parler avec l'autorité d'un tribun de la plèbe.

César l'interrompt dès les premiers mots.

— Tu es couvert de boue, Curion, tu trembles de froid et de fatigue ! Nous avons le temps, repose-toi, prends un bain chaud...

Il ne faut jamais laisser quelqu'un, même un allié le plus proche et le plus fidèle, imaginer qu'il peut prendre sur vous du pouvoir et que l'on dépend de lui.

Hirtius et Antoine peuvent aussi bien que Curion faire le récit des événements.

— Je t'écoute, dit César.

Il entraîne Hirtius dans le péristyle puis dans le jardin, malgré le vent qui plie les cyprès.

— Caius Julius Caesar, dit Hirtius, puis il s'interrompt.

César sourit.

— Je sais. Ils m'ont déposé, je ne suis plus proconsul. Qui me remplace ?

— Ils ont voté le 7 janvier, reprend Hirtius. Ils ont choisi Domitius Ahenobarbus...

César a le sentiment que sa bouche est pleine d'une salive amère. Ils ont choisi Ahenobarbus, le vieux rival d'il y a plus de dix ans, comme si rien pour eux ne s'était passé depuis, comme si la conquête de la Gaule n'avait pas eu lieu, comme si on pouvait encore comparer Caius Julius Caesar à Domitius Ahenobarbus et remplacer l'un par l'autre !

Il se sent blessé, atteint dans sa dignité.

— Curion, continue Hirtius, a opposé son veto de tribun de la plèbe à cette décision, mais le Sénat est passé outre, en proclamant le *senatus consulte ultimum*.

César s'éloigne de Hirtius. Ils ont choisi la guerre. Dans leur aveuglement haineux, dans leur désir de tout conserver, ils ne se sont même pas souciés des intérêts de Rome et des conséquences d'une guerre civile !

— Pompée ? interroge César.

— Il est arrivé à Rome depuis le 4 janvier. On dit qu'il a été, avec Caton et Scipion, à l'origine du rejet par le Sénat du veto de Curion.

— Ils m'ont donc déclaré ennemi public de Rome, murmure César.

Hirtius baisse la tête, approuve.

César pose la main sur l'épaule de Hirtius.

— Nous avons respecté la loi. Ils l'ont violée. Nous avons donné à Rome une province riche d'hommes et de biens mais ils sont prêts à mettre la République à feu et à sang ! Et ils disent que nous menaçons la *libertas* ! Nous avons le droit et les Dieux avec nous. Et nous avons la force !

Il ne sait pas encore quand il faudra l'employer. Mais qui peut croire à Rome qu'il se laissera proscrire ?

— Que les deux légions, la VIIIe et la XIIe, qui sont en garnison à Matisco (Mâcon) me rejoignent ici, à Ravenne, à marche forcée ! Et que les vingt-deux cohortes recrutées en Narbonnaise se mettent aussi en route.

— Nous franchissons le Rubicon ? demande Hirtius.

Il ne faut pas encore répondre. Il ne faut pas encore choisir, même si César a cette fois-ci le sentiment que l'ennemi est si proche qu'il voit ses traits, qu'il lit sa haine dans son regard. Il entend le sifflement des flèches et des javelots.

Il s'éloigne.

Ils veulent le tuer.

Comme si l'on pouvait arrêter son destin au moment où il va s'accomplir.

DIXIÈME PARTIE

XLII.

Il faut d'abord vaincre l'armée de Pompée, peut-être trente mille hommes, soutenue par le Sénat...

César se retourne, il regarde les eaux boueuses du Rubicon qu'il vient de franchir.
Alea jacta est.
Le sort en est jeté mais il n'a aucune inquiétude. Jamais même il ne s'est senti aussi sûr de lui, comme s'il venait de s'engager sur une route toute droite qu'il lui suffit de suivre.
Alea jacta est.
Il se souvient des propos que lui a adressés à Ravenne ce jeune homme au regard flamboyant, à l'éloquence enfiévrée, ce Salluste qui s'est précipité vers lui, écartant Æmilius, Mamurra, les gardes, et qui lui a lancé d'une voix exaltée : « Je te prie et te supplie, illustre *imperator*, après avoir soumis le peuple gaulois, de ne pas laisser le sublime et invincible peuple romain s'effondrer et succomber à des discordes intestines... Si tu parviens à préserver de la ruine la plus célèbre et la plus puissante de toutes les villes, qui donc sur toute l'étendue de la terre oserait se croire plus grand, plus victorieux que toi ? »
Il veut être celui-là, et maintenant qu'il marche sur l'autre rive du Rubicon vers cette ville d'Ariminum où l'attendent les soldats de la XIIIe légion qui ont traversé

le fleuve dans la nuit, il sait qu'il ne peut être que cet homme-là, Caius Julius Caesar, *imperator*, *pontifex maximus*, qui a franchi le Rubicon pour la plus grande gloire de Rome, pour l'arracher aux mains de ceux que Salluste appelle de «viles créatures».

Il faut qu'il parle aux soldats qui se pressent autour de lui, dans ces ruelles d'Ariminum où souffle le vent salé venu de la mer.

On le hisse sur un muret. Il voit les vagues grises rouler sur le sable des plages qui longent la ville. Et autour de lui les aigles et les enseignes, les casques, les cottes de mailles, les glaives, les javelots forment une masse mouvante qu'il doit tenir en son pouvoir comme une arme, pour la rendre vraiment tranchante.

Il dit d'une voix dure :

— J'avais fait de Pompée mon héritier. Voici le testament — il brandit un rouleau de papyrus — par lequel je lui léguais tout ce que je possédais, et surtout la mission de sauver Rome ! Et qu'a-t-il fait de cela ? Qu'a-t-il fait des lois ? Que sont devenus les Romains sous le gouvernement de Pompée et des vieillards avides qui sont ses alliés ? Ils ont été dépouillés de leur patrimoine, ils ont été contraints à l'oisiveté et à l'indolence ! Ce peuple qui autrefois commandait en maître à toutes les nations est tombé en déchéance, et chacun ne s'est plus occupé que de renforcer sa propre servitude !

Il écoute un instant la rumeur des vagues. Il regarde ces visages tendus vers lui.

— Pompée et ceux qui le soutiennent, reprend-il, veulent effacer vos victoires ! Que feront-ils de vous s'ils restent maîtres de Rome ? Des mendiants ? Leurs serviteurs et leurs esclaves ? Je refuse que votre courage, vos sacrifices, votre gloire, ceux de Rome, soient ainsi oubliés, immolés à de viles créatures, jalouses de votre renommée et de la protection que les Dieux m'accordent !

Il voit les glaives, les javelots, les aigles et les enseignes se dresser vers lui. On l'acclame.

— Il faut les vaincre, sauver Rome, et vous aurez conquis la plus grande des gloires ! dit-il encore. Avec moi, vous le savez, la victoire et la richesse vous sont acquises ! Nous sommes la loi de Rome, qu'ils ont violée. Et nous accueillerons avec clémence ceux qui viendront à nous, qui se repentiront de leurs erreurs. Nous voulons seulement la grandeur de Rome !

Il descend du muret, entend les soldats qui l'entourent. Il a l'impression que leurs voix le soulèvent, qu'elles vont le porter jusqu'au pouvoir suprême. Ils disent qu'ils sont prêts à le suivre là où il jugera nécessaire de les conduire, comme ils l'ont toujours fait.

L'un d'eux, vieux centurion au visage balafré, rappelle le passage des fleuves tumultueux, le Rhône et le Rhin. Un autre dit qu'il a affronté les vagues de l'Océan et qu'il a posé son pied, avec Caius Julius Caesar, là où jamais aucun Romain n'avait marché, sur l'île de la grande Bretagne. Et plusieurs parlent des forêts de Germanie, des combats de Gergovie et d'Alésia. Comment voudraient-ils, eux qui ont fait la gloire de Rome et de César, ne pas entrer avec lui à Rome afin de célébrer son triomphe ? Et quelqu'un crie, voix isolée mais forte : « Tu seras roi, Caius Julius Caesar ! »

Alea jacta est.

Il tressaille. Il ne veut plus écouter ni répondre. Il faut d'abord vaincre l'armée de Pompée, peut-être trente mille hommes, soutenue par le Sénat, plus forte encore hors d'Italie. Et le choix de Pompée, habile stratège, peut consister à abandonner Rome et l'Italie, à prendre la tête des légions d'Espagne, de Grèce, d'Afrique, d'Asie. Il faudra alors le poursuivre au-delà des mers, dans ces provinces qui sont le grenier à blé de Rome.

Il doit faire vite !

Il lance des ordres pour que les cohortes se dirigent vers Pisaurum (Pesaro), Fanum (Fano), Ancona, Arretium (Arezzo) et qu'ainsi elles contrôlent la côte Adriatique et les viae Cassia et Aurelia. Il faudra ensuite marcher sur Brindes où Pompée embarquera s'il veut gagner la Grèce, l'Asie ou l'Afrique.

César devine au visage grave d'Æmilius qu'il va entendre une mauvaise nouvelle. Il est prêt. La route est droite devant lui mais elle monte.

— Titus Labienus, dit seulement Æmilius.

César se détourne. Il ne veut pas montrer sa bouche qui se crispe, les rides qui se creusent à l'annonce de cette trahison. Labienus, le meilleur de ses tribuns militaires, celui qui a si souvent remporté des victoires en Gaule, vient de rejoindre Pompée.

— Il reste romain, répond César.

Il marche, les mains derrière le dos. Il dit qu'il faut frapper comme la foudre, et en même temps savoir être clément, humain. Ne pas oublier qu'on ne combat pas des Barbares mais des citoyens de Rome, auxquels il faut offrir le pardon. Ils peuvent s'ils le veulent rejoindre les légions de Caius Julius Caesar ! Et d'ailleurs, César veut que l'on envoie des messagers à Pompée et au Sénat, qu'on leur rappelle qu'il désire négocier. Mais en même temps que l'on frappe sans faiblesse !

Il suffit de quelques jours pour que l'Italie soit conquise. Seul résiste Domitius Ahenobarbus, qui s'enferme avec quatre mille recrues dans la ville de Corfinium (proche de Pentina).

Pendant ce temps, les troupes de Pompée marchent

vers Brindes. Elles abandonnent l'Italie, et les sénateurs qui lui sont fidèles fuient vers Capoue et vers Brindes, se disputent les litières, les chariots, les navires. Rome est à prendre ! Rome n'est plus défendue !

César a l'impression que tout cela est trop facile, et trop rapide. Il ne veut pas courir de risques inutiles. Avant de se diriger vers Rome, il faut d'abord que Domitius Ahenobarbus se rende, et pour cela il faut encercler Corfinium, épouvanter les défenseurs et promettre la vie sauve.

Il entend les protestations d'Æmilius, de Hirtius, de Mamurra, d'Antoine, de tous ses proches. Ahenobarbus est un ennemi résolu. Pourquoi faut-il lui laisser la vie, lui rendre son trésor, lui permettre de partir ? Ahenobarbus ne renoncera pas. On le retrouvera toujours dans les rangs de l'armée de Pompée !

— La clémence est une arme, dit César. Elle ronge l'ennemi comme l'eau creuse la terre.

Quelques jours plus tard, les soldats d'Ahenobarbus demandent à s'enrôler sous les aigles de Caius Julius Caesar. Et arrivent les envoyés des autres villes d'Italie, qui annoncent qu'elles se rallient, qu'elles ouvrent leurs portes.

À présent on peut marcher vers Brindes pour tenter d'empêcher Pompée de gagner la Grèce avec ses légions.

Il chevauche vers le sud. Il ne sent pas la fatigue. C'est comme si son corps n'existait plus et que tout en lui soit devenu volonté, désir d'atteindre le but. Et tout doit être subordonné à cela, son corps, les corps des soldats ! Enfin, il aperçoit les mâts des navires, et devine dans la poussière les légions de Pompée qui embarquent, alors qu'au large, sur ses autres bateaux, doivent déjà cingler vers Dyrrachium (Durazzo) les sénateurs, leurs familles, leurs trésors et leurs esclaves. Il avance. Il reçoit une nuée de flèches tirées depuis des tours à trois étages que Pompée a fait construire sur quelques navires ancrés au voisinage de la côte. On ne peut les atteindre, et donc empêcher les légions de quitter l'Italie !

Il doit maintenant faire face à la déception des tribuns militaires. Il les harangue. L'Italie et Rome sont à nous ! dit-il. Mais point de pillages, point de vengeance ! Il entend les murmures, mesure la déception. Les soldats rêvaient au butin... Il faut leur dire qu'une fois à Rome ils recevront une solde augmentée, mais il faut leur répéter aussi que leurs ennemis sont romains et qu'il ne faut pas qu'un flot de sang, comme au temps de Sylla, sépare les citoyens. Il faut faire montre de clémence pour assurer la puissance romaine.

Et détacher ainsi du parti de Pompée tous ceux qui, n'ayant pas à craindre la vengeance, ne penseront qu'à leurs intérêts, c'est-à-dire se rangeront du côté du plus fort.

Il n'est pas surpris de recevoir une lettre de Cicéron qui le félicite d'avoir su se montrer clément avec Domitius Ahenobarbus et ses soldats. Il répond, flatte cet homme influent mais si lâche !

« Rien n'est plus éloigné de moi que la cruauté, écrit-il à Cicéron. Et ton approbation me procure une grande joie. Je ne crains pas de voir ceux que j'ai laissés en liberté prendre à nouveau les armes contre moi. Je souhaite que chacun reste soi-même. Quant à toi, Cicéron, je désire que tu demeures aux portes de la ville afin que je puisse, comme je l'ai fait si souvent, faire appel à tes conseils et à ton aide... »

Il faudrait toutefois que Cicéron accepte de se rendre à Rome, au Sénat convoqué pour le 1er avril dans les formes légales, parce qu'à la force des légions, à l'arme de la clémence, il est nécessaire d'ajouter l'approbation de la loi !

Il doute que Cicéron accepte. L'avenir est incertain. Pompée, avec ses légions d'Espagne et de Grèce, d'Afrique et d'Asie, peut sembler avoir les moyens de l'emporter. Il doit pourtant essayer de convaincre Cicéron, et se rendre chez lui dans cette immense villa qu'il possède à Formies.

Cicéron est prévenant. Il parle d'abondance. Il l'écoute, sans se laisser prendre à ses flatteries littéraires.

— Tes *Commentaires* sont nus, simples et élégants, reconnaît Cicéron, dépouillés, comme on fait d'un vêtement, de tout ornement oratoire. Je te le dis, Caius Julius Caesar, tu as ôté l'envie d'écrire car il n'y a rien de plus agréable dans l'histoire qu'une brièveté pure et lumineuse.

César lève la tête.

— Viens au Sénat, répond-il seulement, et parle pour la paix. Tu seras écouté.

Cicéron minaude :

— Pourrai-je parler comme je le jugerai bon ?

— Comment oserais-je donner des instructions à quelqu'un comme toi ?

Cicéron secoue la tête.

— Tu ne peux accepter que je dise que le Sénat ne doit pas t'autoriser à partir pour l'Espagne, ni à faire passer des troupes en Grèce. Et même je déplorerai le destin de Pompée. Tu vois, il vaut mieux que je demeure ici.

César se lève. Il veut paraître indifférent, voire méprisant.

— Ton jardin est plein de fleurs, Cicéron ! Mais tu

regretteras peut-être de n'être pas venu respirer les odeurs de Rome.

Il sent Cicéron troublé, craignant sans doute d'avoir fait preuve de trop de prudence. Puis Cicéron se reprend.

— Je ne suis qu'un jardinier, je taille les phrases comme d'autres les rosiers...

César s'éloigne. Il faut que Cicéron tremble pour qu'il ne devienne pas un danger.

— Je consulterai d'autres conseillers, conclut César d'une voix cinglante.

Et il s'éloigne sans se retourner.

Il sait que le comportement de Cicéron annonce celui des sénateurs restés à Rome. Ils se déroberont, car ils craindront encore Pompée. Ce n'est que celui-ci vaincu qu'ils se rallieront.

César entre dans Rome, quittée depuis près de dix années, avec le sentiment qu'il ne s'agit là que d'une étape. Il faut se hâter de vaincre Pompée sinon il n'obtiendra jamais le pouvoir à Rome, même s'il y vit, même si ses soldats y font la loi et s'il a réussi à faire nommer des alliés à toutes les magistratures. Tant que le glaive de Pompée ne sera pas brisé, les prudents, les lâches, presque tous les hommes en somme, ne reconnaîtront pas comme maître Caius Julius Caesar.

Il parcourt lentement le Forum, voit la basilique et les portiques des comices dont il a payé la construction. La plèbe se presse autour de lui. Il a besoin d'elle. Il va lui faire distribuer du blé et de l'argent. On achète les hommes ainsi, et on les retient par la force et la peur, l'intérêt qu'ils trouvent à rester fidèles, et l'admiration qu'ils portent à leur chef.

Mais les sénateurs qu'il voit assis en face de lui sont des gens gavés qui ne veulent rien risquer de ce qu'ils possèdent. Il leur parle de paix nécessaire. Il dit qu'il veut négocier avec Pompée, et qu'il faudrait envoyer à Dyrrachium une ambassade composée de sénateurs. Et aucun sénateur ne se propose. Ils sont déjà suspects à Pompée, expliquent-ils, parce qu'ils ne l'ont pas suivi. Aller à lui serait un suicide !

Il n'insiste pas. Il leur impose pourtant une loi qui naturalise comme il l'a promis les habitants de la Transalpine — au-delà des Alpes. Il pourra ainsi puiser dans cette population vigoureuse pour recruter de nouveaux soldats, combler les rangs des légions, en composer de nouvelles. Car à la fin, c'est la force qui décidera.

Mais pour cela, il faut de l'argent.

Il apprend que, dans leur hâte à fuir, les consuls ont laissé le trésor entreposé dans le temple de Saturne.

Voilà un signe des Dieux !

Il traverse le Forum, entouré de centurions. Sur les marches du temple, il reconnaît le tribun Metellus qui veut protéger le trésor. Il l'écarte. Metellus crie, s'obstine. Qu'on le tue s'il résiste ! Les soldats lèvent leur glaive, et Metellus se retire.

César entre avec seulement quelques hommes. Il donne l'ordre de forcer les portes. Elles cèdent enfin.

César s'avance seul. Il découvre, brillant dans la pénombre, de larges et hautes pyramides constituées par un amoncellement de lingots d'or et d'argent. Elles occupent toute la pièce. Des coffres sont remplis de sesterces.

Il se sent un moment grisé, quand les soldats annoncent que l'on dénombre quinze mille lingots d'or et trente mille d'argent. Et trente millions de sesterces. Cela vaut toutes les victoires !

Il ne s'agit plus que de battre Pompée et ses lieutenants. Et rien ne pourra l'empêcher de le faire. Que Curion parte pour la Sicile et l'Afrique, et s'assure de ces deux provinces et des récoltes de blé. Que Dolabella constitue une flotte, et contrôle l'Adriatique, entre Brindes et Dyrrachium. Que Fabius passe les Pyrénées avec ses trois légions.

C'est l'Espagne qu'il faut d'abord conquérir. Car là sont les troupes de Pompée les plus aguerries, sous le commandement des tribuns militaires Afranius et Petreius... Il faut quitter Rome pour cette province. Quand il aura défait les légions de Pompée qui s'y trouvent, et qu'il aura ainsi ajouté l'Espagne à la Gaule narbonnaise, à la Gaule Chevelue, à la Gaule cisalpine et à l'Italie, qui, à Rome, osera encore s'opposer à lui ?

XLIII.

Mais Massalia ne cède pas ! Et les navires de Pompée ont été accueillis avec enthousiasme par les Marseillais...

Il ne se soucie ni du jour ni de la nuit. Il faut chevaucher vers l'Espagne et ne faire halte qu'au moment où les chevaux vacillent de fatigue et où il ne sert plus à rien de leur enfoncer les talons dans les flancs.

Il saute de sa monture. Il n'adresse pas un regard aux neuf cents cavaliers de sa garde personnelle, des Germains et des Gaulois qui constituent autour de lui une muraille infranchissable de muscles et de fer.

Il appelle Æmilius et Hirtius.

Que l'on envoie des messagers, que l'on sache ce qu'il en est de Massalia (Marseille). Les habitants ont-ils ouvert les portes de leur cité, ou bien, prétextant qu'ils sont les souverains de leur ville, une cité-État qui a gardé ses privilèges, refusent-ils de prendre parti dans la guerre civile qui commence ?

Il marche au milieu des chevaux, que leurs cavaliers frictionnent. Car ce vent de la fin de mars 49 est froid. Les cols des Alpes étaient encore couverts de neige et la pluie qui tombe sur la Narbonnaise est glaciale.

Les cavaliers germains, ces guerriers à la haute stature, s'écartent quand il approche, comme s'ils le craignaient. Et les Gaulois, avec un peu d'insolence, font de même. Il est Caius Julius Caesar, l'*imperator* victorieux, le protégé des Dieux, celui dont ils ont vu le manteau pourpre au milieu des batailles, sans que jamais aucune flèche, aucun javelot, aucune lame l'atteigne ! Il doit leur montrer par son énergie qu'il est un homme d'une autre espèce que la leur. Il lève le bras. On repart. Il veut arriver devant Marseille, et réduire cette ville si elle est hostile ou réticente, avant de continuer vers l'Espagne, car il ne peut laisser ouvert à son flanc un port puissant et riche qui refuserait de se soumettre.

Le légat Caius Trebonius qui commande les troupes devant Massalia a déjà fait parvenir des messages inquiets. Des navires de la flotte de Pompée, commandés par Domitius Ahenobarbus, seraient entrés dans le port.

On chevauche à nouveau. On passe à gué des rivières devant lesquelles les chevaux se cabrent parce que l'eau est glacée, tourbillonnante. Il faut s'enfoncer le premier, se retourner pour voir ces neuf cents cavaliers pousser leurs chevaux dont le poitrail soulève des gerbes d'écume. Et l'on grimpe déjà l'autre rive. Et l'on aperçoit les hautes fortifications de Massalia.

— Les Marseillais ont fait descendre des montagnes voisines les hommes des tribus albiques, annonce Trebonius. Ce sont des guerriers sauvages, ils nous harcèlent ! Et les archers nous empêchent d'approcher. On fait rouler sur nos machines de siège des blocs de pierre…

— Je veux voir les quinze anciens qui gouvernent Massalia, dit César. Je les assure de ma protection.

Ils se présentent dès le lendemain, pleins d'une fausse humilité qui ne réussit pas à dissimuler leur orgueil.

Les Marseillais voient que le peuple romain est divisé en deux partis, commence le plus âgé. Ils n'ont ni qualité ni pouvoir pour décider quel est celui qui a raison. Mais les chefs de ces partis s'appellent Pompée et César, l'un et l'autre patron de leur cité, l'un leur ayant donné les terres des Volques (région de Nîmes) et des Helviens (sud de l'Ardèche), l'autre leur ayant permis par la conquête de la Gaule d'augmenter leurs revenus. Leur devoir est d'accorder à ces bienfaiteurs égaux une reconnaissance égale. Ils ne peuvent ni aider l'un contre l'autre, ni recevoir dans leur ville ou dans leurs ports aucun d'eux.

Il faudrait s'emparer d'eux, les condamner pour perfidie et mensonge, car les bateaux de Pompée approchent du port. Mais il doit essayer de traiter encore, de ne pas ouvrir le premier les hostilités.

Il attend. Il s'impatiente. Chaque jour passé est gagné par Pompée, qui se renforce autour de Dyrrachium et dont les légions renforcent leur domination en Afrique, en Espagne.

Il se décide. Que l'on encercle Massalia ! Que l'on bâtisse des tours et des mantelets, et que l'on commande à Arles douze navires de guerre qui descendront le Rhône et attaqueront !

Mais il faut du bois pour les machines de guerre, la construction des bateaux. Que les soldats se transforment en bûcherons, abattent les arbres de toutes les forêts voisines.

César ne peut rester en place. Il parcourt les retranchements élevés par les légionnaires face aux murs de Marseille. Et parfois il voit rouler vers lui d'énormes fragments de rocs, et des chênes entiers embrasés qui obligent les légionnaires à reculer cependant que s'enflamment les tours et les mantelets. Ces Marseillais, ces Grecs sont déterminés et habiles !

Il se rend dans les forêts. Il veut que sa présence incite les légionnaires à travailler plus vite. Il se tient près d'eux, attendant le craquement du tronc blessé. Il avance au milieu des arbres abattus que l'on tire. Et tout à coup, le silence. Aucun des soldats ne bouge plus. Un centurion murmure, hésitant, que le bois est sacré, et que la malédiction s'abattra sur ceux qui touchent à ces arbres.

Il les regarde, hauts et droits.

Il saisit une hache, entre dans le bois sacré. Il s'arrête près d'un chêne au tronc large comme le fût d'une immense colonne. Il lève la tête, la cime de l'arbre semble toucher le ciel ! Il commence à frapper, à fendre cet arbre. Puis il tend sa hache au centurion.

— Maintenant, pour qu'aucun d'entre vous n'hésite à abattre la forêt, considérez que le sacrilège, c'est moi !

Il s'éloigne alors que le martèlement des coups de hache a repris. Entre la colère des Dieux et celle de Caius Julius Caesar, les soldats ont choisi.

Mais Massalia ne cède pas ! Et les navires de Pompée ont été accueillis avec enthousiasme par les Marseillais, qui défendent l'accès du port. Le siège va durer longtemps.

Il faut laisser Trebonius et trois légions autour de Marseille, et gagner vite l'Espagne.

César traversera toute la province de Narbonnaise puis, au milieu des bourrasques de neige, les Pyrénées au col du Perthus.

Durant plusieurs jours il n'entend que le hennissement des chevaux, les cris des neuf cents cavaliers germains et gaulois, et le battement des sabots sur la terre.

Les cinq légions des tribuns de Pompée, Afranius et Petreius sont retranchées dans la ville de Ilerda (Lérida) et sur les pentes des collines qui dominent la vallée du Sègre. Elles contrôlent ainsi le seul pont sur cette rivière.

— Ce sont des citoyens romains..., dit César.

Il faut les vaincre, mais sans que les flots de sang empêchent un jour de se rejoindre.

Il sent cependant monter la colère de ses centurions. Les légats lui rapportent les propos des officiers : quelle est cette guerre où l'on ne pille pas ? demandent-ils. Où les villes ouvrent leurs portes mais que César protège... Ainsi Cordoba et Gadès. Les soldats voudraient piller, réduire les populations en esclavage, se partager le butin comme ils l'ont fait en Gaule. Et ils ne peuvent même pas tuer leurs ennemis pour au moins s'emparer de leurs armes, de leurs casques et de leurs cottes de mailles ! Ils se sentent volés. Mais César doit leur imposer cela. La victoire sur Pompée est à ce prix, et surtout le gouvernement de Rome, après, ne sera possible que si la réconciliation a lieu entre adversaires de la guerre civile.

Il lui semble qu'il est seul à le comprendre. Ni Æmilius, ni Hirtius, ni Fabius n'acceptent facilement de voir les attaques annulées, les prisonniers relâchés, les soldats de Pompée accueillis dans le camp.

— C'est notre force ! assure César.

Il voit arriver dans les jours qui suivent des légionnaires blessés qui racontent que Petreius, ayant découvert que ses soldats fraternisaient avec ceux de César et les recevaient même sous leur tente, avait fait mettre à mort par sa garde barbare tous ceux qui avaient ainsi cessé de se battre. Et les soldats de César surpris avaient été publiquement égorgés.

— Cette rigueur, dit César, est la preuve de leur faiblesse !

Mais il ne changera pas d'avis. Il ordonne au contraire que tout centurion, tout chevalier de Pompée qui choisit de ne pas rejoindre son camp conserve son grade dans les légions de César.

389

Quant à Afranius et à Petreius, qu'on les encercle, qu'on leur interdise de s'approvisionner en vivres et en fourrage. Mais qu'on ne les attaque pas !

Il entend les protestations des centurions, et même celles des tribuns et des légats. Est-il donc le seul à se soucier de l'avenir et capable de l'imaginer ?

— Ce ne sont pas des Barbares, répète-t-il. Si nous les ménageons, ils se rendront, ils demanderont grâce, et nous aurons vaincu avec clémence.

D'un regard, il fait taire les murmures. Mais lorsqu'il décide de recevoir Afranius qui, acculé, vient de faire sa reddition, il sent à nouveau la réprobation des siens. Il exige qu'Afranius s'explique devant les deux armées réunies. Il faut que l'humiliation et le pardon soient publics.

César est assis. Afranius seul debout devant ses légions.

— Il ne faut pas m'en vouloir, dit-il, ni à moi ni à mes soldats, de ce que nous ayons tenu à rester fidèles à notre chef Pompée. Mais nous avons suffisamment bien rempli notre devoir. Enfermés telles des bêtes sauvages, nos corps ne peuvent plus supporter ces souffrances, nos âmes, cette honte ! Nous nous avouons vaincus, et nous prions, nous conjurons César, s'il est encore accessible à la pitié, de ne pas nous faire subir le dernier supplice !

César se lève. Il doit être cinglant et généreux. Il va accuser Afranius et Petreius, et innocenter les soldats.

— Seuls les chefs ont eu la paix en horreur, assène-t-il d'une voix rude. Ils ont fait égorger avec la dernière cruauté des hommes crédules... À présent, il leur arrive ce qui arrive généralement aux hommes trop entêtés et trop présomptueux : ils recherchent, sollicitent ce qui naguère ne leur inspirait que du dédain...

Il s'approche d'Afranius, qui baisse la tête. Il faut cette humiliation pour que l'armée frustrée de sa victoire soit satisfaite, pour qu'elle accepte la clémence.

— Je ne veux pas augmenter mes forces, reprend César. Et pourtant, contre moi, on viole les lois de Rome, mais je subirai tout cela avec patience. Que les armées qui ont obéi à Pompée quittent l'Espagne, voilà ma seule exigence, et que les chefs licencient leurs troupes sur la frontière de la Narbonnaise, au bord du Var. S'ils le font, aucun mal ne sera fait à personne. Telle est ma seule et ultime condition de paix !

Les soldats d'Afranius et de Petreius, après un instant d'hésitation, s'agenouillent, et certains commencent à saluer César, à demander qu'il arbitre dans les différends qui les opposent à leurs chefs. Ils réclament des vivres, leur paie qui n'a pas été versée.

César tend le bras. Il doit être celui qui juge et qui apaise, qui réconcilie et qui réunit. Que les soldats soient payés, dit-il, qu'on leur donne des vivres et qu'on leur rende même les objets qui ont été saisis pendant les affrontements. Et que l'on rembourse les soldats de mes légions qui s'en sont emparés.

Maintenant que l'Espagne est pacifiée, que les villes de Cordoba et de Gadès, les plus importantes, et tous les municipes renouvellent leur allégeance, il faut rentrer et recevoir au passage la reddition des Marseillais, que la situation en Espagne a persuadés de la défaite prochaine de Pompée.

César chevauche, entouré des neuf cents cavaliers de sa garde personnelle. L'été 49 se termine. À nouveau il pleut sur la Narbonnaise, mais qu'importent les intempéries ! Il ne peut se permettre de faire halte. Un messager vient de lui annoncer que le peuple de Rome l'a nommé dictateur, à l'initiative du consul Lepidus. Il assume ainsi dans le respect de la loi, et pour un temps limité, le gouvernement de Rome !

Il franchit les Alpes, rentre en Cisalpine. Les pluies ne cessent pas, les sabots des chevaux glissent sur les pavés de la via Cassia. Mais il est indifférent aux bourrasques. Il ne sent pas la fatigue. Il songe à ce qu'il fera quand il sera à Rome, sans doute au début de décembre 49. Il nommera ses proches, Lepidus, Decimus Brutus, l'un au gouvernement de l'Espagne, l'autre au proconsulat de la Gaule. Et il tentera de régler au bénéfice des endettés, sans pour autant spolier les créanciers, la question de ces dettes qui étranglent la plupart des citoyens romains. Il veut pacifier, rétablir la confiance, rassurer les plus pauvres que la hausse du prix du grain, puisque Pompée tient les provinces riches en blé, accable.

Il fera tout cela, comme dictateur, puis il se fera élire consul. Et c'est en magistrat régulier de Rome qu'il partira de Brindes pour aller vaincre Pompée en Grèce.

Tels sont ses projets.

Et il est sûr de les réaliser. N'a-t-il pas, en quelques mois, chassé les partisans de Pompée d'Italie et de Rome, réduit ceux d'Espagne et fait plier toutes les villes, y compris Massalia la plus rétive, désormais privée de toute sa puissance, occupée par deux légions et ayant dû renoncer à son indépendance ? Rome une nouvelle fois a vaincu une héritière de la Grèce !

Il se sent fier de ces campagnes victorieuses, marquées par la rapidité de l'éclair et la clémence.

Il sera celui par qui Rome, après des décennies de troubles, retrouve paix et unité, grandeur et gloire.

Tout à coup, venant à sa rencontre, il voit surgir deux légats et un porte-enseigne. Ils sont couverts de boue, essoufflés. Les cavaliers germains et gaulois de la garde les entourent, les surveillent. Que veulent-ils ?

— Tes légions, Caius Julius Caesar ! La IXe surtout,

et celles qui sont en garnison à Plaisance, que tu destines à tes futures campagnes, celles qui viennent d'arriver d'Espagne se sont mutinées, elles menacent même de passer à Pompée…

Il veut rester impassible, les mains derrière le dos, sur son cheval. Quelle nouvelle épreuve lui envoient les Dieux ? Veulent-ils lui faire comprendre que rien n'est acquis, que tout mortel reste un jouet entre leurs mains ?

Car s'il ne peut plus compter sur ses légions, il n'est plus rien. Et il a toujours veillé à les flatter, à les payer grassement, à les honorer, à les gratifier de primes à chaque acte de courage. Mais sans doute leurs regrets de n'avoir pu piller les villes d'Espagne, ni massacrer leurs adversaires et s'emparer de leurs biens, ni se saisir de l'immense butin que recelait Massalia, d'avoir dû respecter les Marseillais et leurs biens, les ont-ils aigries ? Et ne veulent-elles plus marcher vers des batailles lointaines, au-delà des mers ?

Il ne peut accepter cela ! Ces soldats vont connaître la colère de César.

Il tourne bride, et se rend à Plaisance.

Ils sont là, rassemblés devant lui, ces centurions et ces légionnaires. Avec eux il a été généreux et en retour ils lui ont prêté serment. Ils viennent de le violer en se mutinant, en refusant par avance de quitter Plaisance, d'embarquer à Brindes pour Dyrrachium. Et peut-être les agents de Pompée et des sénateurs réfugiés auprès de lui ont-ils attisé le mécontentement ?

Il passe entre les rangs des soldats. Il a déjà fait son enquête. Avec les légats et les tribuns, il a identifié cent vingt meneurs, et une douzaine d'entre eux qui constituent la tête de la rébellion. Ce sont ceux-là qu'il faut punir sans faiblesse. Ici point de clémence. Pour ceux-là, la mort !

Mais d'abord parler, laisser s'exprimer le mépris et la colère qui l'habitent.

— Vous voulez déserter ! crie-t-il. Vous voulez même rejoindre l'armée de celui qui met en péril Rome ? Eh bien, abandonnez mes enseignes, vous que je ne sais comment appeler ! Qui souhaite garder des soldats pareils ! Mais n'imaginez pas que Caius Julius Caesar va vous laisser agir à votre guise ! Les intérêts de la République doivent être sauvegardés, et les miens aussi parce qu'ils sont ceux de Rome ! Honte sur vous !

Il regarde ces hommes courageux qui, tout à coup, paraissent apeurés, s'agenouillent, sollicitent son pardon.

Il doit sévir. Il exige le silence. Il va lire cent vingt noms, ceux des coupables, et parmi ceux-là il fera tirer au sort les douze noms de ceux qui seront mis à mort.

— Telle est la peine et telle est ma clémence ! Douze d'entre vous seulement seront châtiés. Je n'applique la décimation qu'aux coupables !

Un tribun militaire lui tend la liste où déjà sont désignées les futures victimes.

Il est celui qui décide de la vie et de la mort. Ceux qui sont nommés pour mourir sortent des rangs, baissent la tête. L'un d'eux hurle, gesticule. Il était absent du camp pendant la mutinerie ! crie-t-il, il est victime de la vengeance d'un centurion !

— Qu'on enquête, dit César. Et que celui qui a menti périsse.

Les soldats l'acclament.

C'est ainsi qu'on mène les hommes.

Il quitte Plaisance après avoir donné l'ordre aux légions de marcher sur Brindes où elles embarqueront pour la Grèce afin d'y vaincre Pompée. Il sait qu'il n'a que quelques jours pour réaliser ses projets. Mais qui oserait lui résister ? Ni les *potestates* auxquels il est interdit de posséder plus de quinze mille sesterces en pièces, ni les créanciers, même si César a décidé de faire estimer les biens de leurs débiteurs à la valeur qu'ils avaient atteinte avant le début de la guerre civile, et sans qu'il soit possible de les faire tous saisir.

Il veut, entouré de sa garde personnelle, traverser à pied le Forum, se laisser acclamer et vénérer par la plèbe. Elle se rassemble dans les comices. Elle l'élit consul pour l'année 48, le deuxième consul étant Isauricus.

Il est désormais la loi de Rome. Tous ceux qui s'opposent à lui sont des rebelles ! Il n'aura été dictateur que onze jours. Il peut sans soulever de résistance s'emparer de toutes les offrandes rassemblées dans les sanctuaires, qui peuvent être vendues ou fondues. Et il veut que l'on frappe des monnaies à son nom et à son image, que l'on inscrive sur l'une des faces IMP II, *imperator* pour la deuxième fois.

— Je veux, dit-il à Æmilius, que mon départ soit célébré avec les fastes d'un triomphe !

Il faut que la plèbe lui soit maintenant reconnaissante.

Il fait distribuer du grain, des pièces. Et la foule se presse sur le Forum, où les augures guettent les signes favorables, ainsi le vol de ce milan qui lâche une couronne de laurier, et qu'elle tombe sur la tête d'un Gaulois de la garde personnelle n'a pas d'importance. Et si le taureau promis au sacrifice s'enfuit, c'est la preuve de la vigueur de Caius Julius Caesar !

César entend les acclamations et les cris de la plèbe.

Il est consul de Rome, *imperator*, *pontifex maximus*. Il va vaincre Pompée. Que pourra-t-il devenir sinon l'égal d'un roi, l'égal d'un Dieu ?

Il quitte le Forum suivi par la foule qui l'accompagne

jusqu'aux portes de la ville. Les neuf cents cavaliers de sa garde forment entre lui et la plèbe une escorte puissante.

Il aime les corps de ces Germains et de ces Gaulois qu'il a domptés et qui le servent, pour sa gloire et celle de Rome.

XLIV.

Nous n'avons que cela pour nous défendre, des pierres, Caesar ! Et ils sont des milliers d'archers !

César marche le long des quais de Brindes où sont amarrées les galères. Il s'arrête souvent. Il imagine ses centurions, ses fantassins, ses cavaliers en train de monter à bord. Il scrute les vagues, si hautes qu'elles passent par-dessus les digues, soulevant les navires dont les coques se heurtent dans un fracas sourd. Il reprend sa marche, courbé, pour affronter le vent violent de ces premiers jours de janvier 48.

Il est à Brindes depuis deux jours. Il se souvient des cris de la foule romaine qui courait autour de son escorte, et scandait « la paix ! la paix ! ». La plèbe ne veut pas de la guerre civile. Elle craint la disette, la hausse du prix du grain, la liberté laissée aux hordes et aux soldats de chaque camp de voler, de tuer, de violer. Et il a senti, dès son arrivée, les réticences des troupes.

Il a arpenté les allées du camp où sont assemblées douze légions et toute la cavalerie. Les centurions, même les plus aguerris, n'ont pas dissimulé leurs craintes. Ils ont montré le ciel bas, les lourdes lames noires et, à quelques encablures de la côte, les navires de Pompée. Ils sont six cents à sillonner l'Adriatique entre l'Italie et la Grèce, et c'est Bibulus qui les commande. L'homme est déterminé. Il veut se venger des humiliations subies alors qu'il était consul en même temps que César.

César saute sur l'une des galères. Il s'accroche aux cordages, monte sur la passerelle et fixe l'horizon où la mer et le ciel se rejoignent. S'il ne prend pas le risque de traverser, d'affronter Pompée, quel aura été le sens de tout ce qu'il a accompli, et pourquoi les Dieux lui auraient-ils permis de parvenir jusqu'à ce point pour qu'il renonce, parce que le vent souffle fort, creuse la mer, et qu'une flotte ennemie le menace ?

Il parcourt le pont. Il ne pourra jamais embarquer la totalité de ses troupes, peut-être seulement quinze mille fantassins et cinq cents cavaliers. Mais s'il réussit à passer, défiant la tempête et les navires de Bibulus, il aura prouvé à tous que les Dieux, Jupiter, Fortuna et Venus Victrix le protègent.

Il s'adresse aux légions rassemblées sur la place du camp. Il domine du haut de l'estrade cette masse d'hommes alignés derrière les aigles et les enseignes, et il sent leur angoisse. Il doit les rassurer, les entraîner, les faire rêver.

— Nous touchons au terme de nos épreuves et de nos peines. Nous allons proposer la paix. Mais il nous faut pour cela traverser la mer. Je l'ai décidé car je sais que les Dieux nous sont favorables... Vous laisserez ici, en Italie, les esclaves et les bagages, car en vous embarquant libres de toute charge, vous rendez possible le transport d'un plus grand nombre de soldats. Ainsi nous imposerons la loi de Rome. Faites confiance à la victoire et à ma générosité !

Le silence lui semble long. Puis brusquement la voix d'un centurion s'élève, bientôt accompagnée par des milliers d'autres.

— Que Caesar ordonne ce qui lui plaira ! Ce qu'il aura commandé sera exécuté sans la moindre hésitation.

Nuit. Vent. Vagues... Et soudain la côte de l'Épire, éclairée par le soleil levant. Aucun navire ennemi à l'horizon. On hisse les voiles pour profiter du souffle qui pousse vers la terre. Les soldats crient de joie, sautent sur la plage qui s'étend, déserte. Il faut envoyer des cavaliers en éclaireurs. On est proche de la cité de Palaeste (Palasa, au sud de Valona).

— Qu'on se forme en cohorte ! lance César.

Sa garde s'est rassemblée autour de lui. On va marcher vers Dyrrachium, contraindre Pompée à faire face. On l'encerclera. On l'obligera ou à se battre ou à se soumettre.

César chevauche la tête rejetée en arrière. Il ne se tourne même pas quand Æmilius lui indique que la flotte de Bibulus suit la côte, qu'elle attaque les galères.

— Nous sommes ici, murmure César. Les Dieux nous ont ouvert le passage.

— Bibulus a rassemblé les équipages de tous les navires dont il s'est emparé, esclaves, hommes, et même enfants. Il leur a infligé les supplices les plus cruels, puis il les a fait égorger.

César ne ressent rien. Bibulus se venge. Il enrage de ne pas avoir réussi à empêcher les légions de César de débarquer en Épire. Mais les actes de Bibulus ne comptent pas.

César regarde Æmilius : il va le surprendre, lui dicter cette lettre à Pompée qu'il médite depuis qu'il a quitté Rome, depuis qu'il a entendu la foule crier « la paix ! la paix ! », depuis qu'il a perçu la lassitude des légions. Il faut, lui qui maintenant représente comme consul la loi de Rome, qu'il montre à tous qu'il veut éviter la guerre civile. Æmilius comprendra-t-il que

Pompée, persuadé de sortir vainqueur de cette guerre, refusera cette offre ?

Il dicte :

« Pompée ! Nous devrions bien, toi et moi, mettre fin à notre différend, poser les armes et ne plus tenter la Fortune. Les pertes subies devraient nous servir de leçon et d'avertissement suffisant pour en craindre de nouvelles... Il est temps de songer enfin à la République et à notre propre sort ! Le meilleur moment pour négocier la paix est celui où les adversaires se sentent encore égaux en espérances et en forces. Il est dans l'intérêt de la République et dans notre propre intérêt que l'on s'engage par serment et devant le peuple à licencier les armées dans un délai de trois jours... »

Il s'interrompt, fixe Æmilius qui le dévisage, les yeux étonnés.

« Pour mieux convaincre Pompée, reprend-il, je serais prêt moi-même à renvoyer toute mon armée de terre, y compris les garnisons urbaines. »

— Toi, Caius Julius Caesar, toi ? s'écrie Æmilius.

Il pourrait lui confier que cette lettre et ces propositions ne sont qu'un leurre, et qu'il faut donc commencer à marcher vers Dyrrachium, demander à Antoine, resté à Brindes, de tenter lui aussi la traversée avec des renforts. Cependant, il se tait, faisant simplement un signe afin que les troupes se mettent en route.

Mais il ne doit pas renoncer à la possibilité de vaincre par la paix. Il arpente les lignes de fossés et de fortifications qu'il a fait établir sur une longueur de plus de trente mille pas autour des positions de Pompée, qui a abandonné Dyrrachium pour Pétra, dans une plaine que parcourt le fleuve Apsus (Semani). Il sait que ses soldats parlent à ceux de Pompée, et qu'ils ont convenu de n'échanger aucun trait pendant ces entretiens. Il veut qu'on aille plus loin. La guerre civile a séparé des parents, des compagnons d'armes, tous citoyens romains ! Qu'on se rencontre ! Il assiste d'une colline aux pourparlers. Il reconnaît parmi les pompéiens Labienus, et il pressent que l'accord ne pourra pas se faire. Ce dernier l'a abandonné pour Pompée, il doit craindre plus que tout la paix. Il n'est pire ennemi que celui qui fut votre ami.

César n'est pas surpris lorsque du camp adversaire on lance des flèches, des pierres. Et il entend la voix de Labienus qui hurle : « Cessez donc de parler de la paix ! Elle ne saurait être faite entre nous qu'au prix de la tête de César ! »

Il faut donc se battre.

César s'étonne du retard d'Antoine et des renforts. Pourquoi n'ont-ils pas quitté Brindes ? Peur de la tempête ou de la flotte de Bibulus ? À moins que ses légions demeurées en Italie ne refusent de traverser, qu'elles aient appris que, en Afrique, Curion a été vaincu et tué par les troupes de Pompée. Les hommes ne croient qu'à la force.

Il doit savoir, se rendre à Brindes. C'est imprudent, car la mer est forte, et les patrouilles ennemies nombreuses. Pourtant, il embarque avec quelques hommes sur un navire. Il reste à l'arrière enveloppé dans un manteau, soldat quelconque parmi les soldats. Mais les vagues sont trop violentes, elles menacent de couler le navire, dont le capitaine hésite à poursuivre. César intervient :

— Ne crains rien, dit-il. Tu as embarqué à ton bord Caius Julius Caesar que les Dieux protègent. Va, tu survivras, parce que je suis là.

Mais la mer est trop grosse. Il faut renoncer.

Il retourne au camp, tout à coup réellement inquiet.

Il apprend que deux cavaliers allobroges, qui le servent depuis les premiers jours de la guerre des Gaules, ont rejoint les lignes de Pompée avec plusieurs cavaliers gaulois. Que leur a-t-on promis ? Ont-ils été lassés par les privations, l'absence de butin, la nourriture rare où le pain manque, remplacé par un mélange de racine broyée et de lait ? Et pourtant la plupart des soldats répètent « qu'ils mangeraient l'écorce des arbres plutôt que de laisser échapper Pompée » ! Mais ces nobles Gaulois n'ont pas de fidélité, ils servent le plus offrant. Le grain et l'argent ne manquent pas chez Pompée, dont ils espèrent sans doute qu'il sera le vainqueur. Et comme ils peuvent lui livrer les secrets des lignes césariennes, on a dû les payer cher.

Heureusement, les renforts conduits par Antoine arrivent enfin ! Ils ont échappé à la flotte de Pompée, et l'on dit que Bibulus est mort d'avoir une nouvelle fois échoué dans sa mission de surveillance de la mer.

Mais César ne se sent pas rassuré. Il lui semble que les Dieux à nouveau veulent le mettre à l'épreuve.

Il inspecte les retranchements. Il a l'impression qu'il ne réussit pas à donner confiance aux soldats. Les hommes n'osent même pas lever les yeux vers lui, comme s'ils craignaient que leurs regards ne révèlent leur peur.

Il monte sur une hauteur, pour mieux découvrir l'ensemble du front. Et très vite, portés par le vent de la mer, il entend des cris. Les troupes de Pompée attaquent là où les fortifications sont inachevées. Il veut s'y rendre, mais il doit remonter le flot des légionnaires qui fuient, qui crient que les pompéiens sont arrivés sur des embarcations légères, que rien ne peut les arrêter, qu'ils ont entouré leurs casques d'osier, ce qui les protège contre les pierres. Et un soldat hurle :

— Nous n'avons que cela pour nous défendre, des pierres, Caesar ! Et ils sont des milliers d'archers !

Il écarte le bras pour tenter d'arrêter les fuyards saisis par l'épouvante. Et ce sont là ses soldats, ses porte-enseignes, ses centurions ! Il se précipite sur l'un d'eux, lui arrache l'enseigne, mais l'homme se débat et se sert de la hampe comme d'une arme. La mort est là, donnée par l'un de ses propres soldats... Brusquement l'homme s'effondre, la gorge tranchée. Un centurion de la garde l'a tué. César avance encore. Il voit les corps des siens entassés dans les fossés. Ils ne sont pas blessés, ils ont été piétinés par leurs camarades, ou par les chevaux qu'ils ont abandonnés dans leur sauve-qui-peut, leur panique. Il faut reculer pour ne pas être pris. Et il se sent à la fois envahi par la honte et la rage.

Mais il ne peut pas être vaincu ! C'est au soir d'une défaite qu'on juge de la valeur d'un chef.

Il rassemble ses troupes. Il doit se montrer calme, sûr de lui. Il faut que ses soldats sentent que la confiance en sa Fortune ne l'a pas quitté.

— Le bien sortira du mal, clame-t-il, comme cela est arrivé à Gergovie ! Et les poltrons demanderont d'eux-mêmes à marcher au combat. Souvenez-vous d'Alésia !

Il écoute néanmoins le récit d'un centurion qui vient de réussir à s'échapper du camp de Pompée.

— Je sais pardonner, dit-il. Mais ceux qui ont jeté leurs enseignes doivent être châtiés ! Ils n'auront plus la gloire de porter les aigles de Rome.

Il s'adresse au centurion :

— Dis ce que tu as vu là d'où tu viens...

L'homme hésite. César le pousse, l'écoute.

Il faut que la peur de l'ennemi soit telle que ces soldats préfèrent mourir que d'être pris.

— Labienus, dit César en reprenant le récit du centurion à haute voix, cet homme qui m'a trahi, s'est fait remettre tous les prisonniers. Il connaissait certains d'entre eux, il les a appelés «camarades». Il les a fait défiler devant lui, s'est moqué d'eux en leur demandant si c'était l'habitude des vétérans de prendre la fuite. Après quoi il les a fait égorger sous les yeux de tous.

Il laisse le silence écraser le camp. Jusqu'au moment où un centurion lance : « Vengeons-nous, attaquons-les maintenant ! »

Une vague de cris s'élève cependant que les glaives sont brandis. César lève la main.

— Après Gergovie, Alésia. Mais il faut le temps...

On quitte le camp de Pétra pour marcher vers le sud. César se retourne : la poussière qui voile le soleil, à l'ouest, vers la mer, signale que les troupes de Pompée le suivent. Comme en Gaule celles de Vercingétorix.

Il faut marcher plus vite, envoyer des courriers pour que toutes les légions se rassemblent dans la plaine de Pharsale (au sud de Larissa). C'est là qu'on livrera bataille.

Ils entrent en Thessalie, s'arrêtent devant les murs d'une première ville, Gomphi (au sud de Trikala).

Il doit redonner confiance à ses soldats affamés, amaigris. Il faut leur offrir du butin, des biens et des femmes.

— Prenez cette ville ! lance-t-il. Elle est riche, les vivres y abondent. Votre conquête fera trembler toutes les autres cités de Thessalie qui ouvriront leurs portes, alors que depuis votre fuite plus personne ne vous craint.

Les troupes s'élancent en hurlant. Qui pourrait résister à leur furie, à leurs appétits ? Il voit les Germains qui sont les premiers à entrer dans la ville, puis perçoit les cris d'effroi, le fracas des haches sur les portes.

Il est temps de laisser ces hommes se gaver de victuailles, s'abreuver de vins, posséder les femmes et souvent, après les avoir violées, les égorger ou les éventrer.

Il donne l'ordre du départ. Les cohortes se forment lentement. Les hommes titubent, continuant de boire. Il détourne la tête. Le vin leur fera oublier la défaite ! Ils se souviendront du pillage de Gomphi, et non de leur fuite infâme.

C'est ainsi qu'on mène une armée.

Et maintenant, dans la plaine de Pharsale, il passe lentement devant ses quatre-vingts cohortes alignées. Il souhaiterait pouvoir regarder droit dans les yeux chacun de ces vingt-deux mille hommes. Il veut les disposer sur trois lignes, puis donne l'ordre de retirer de chacune des légions de la troisième ligne une cohorte, afin de former une quatrième ligne qui surprendra l'ennemi.

Il fait reculer son cheval, respire profondément. Il faut que sa voix porte jusqu'à cette dernière ligne, et que chaque soldat l'entende.

— Vous allez vaincre pour la *dignitas* de Caius Julius Caesar et pour le peuple romain. Venus Victrix, qui ne m'a jamais abandonné, est à vos côtés ! Vous savez aussi que je n'ai jamais cessé de vous combler, vous avez encore dans la bouche le goût du vin de Gomphi ! Vous savez aussi que j'ai toujours été économe du sang de mes soldats, de votre sang. Et vous savez que j'ai toujours recherché la paix. Mais on a répondu par des grêles de flèches. Et quand j'ai été clément, on a égorgé vos camarades ! Il faut donc vaincre !

Les cris, l'impatience des soldats qui font tous un pas en avant, glaives et javelots levés, le rassurent. Il attend que le silence revienne, puis il lance :

— Frappez l'ennemi au visage et non, comme on le

fait, aux jambes et aux cuisses des cavaliers ! Ces beaux danseurs, ornés de fleurs, jaloux de conserver intactes leurs jolies figures, ne soutiendront pas l'éclat du fer qui brillera si près de leurs yeux. Soldats, frappez au visage !

D'un mouvement de tête, il donne l'ordre de faire sonner la trompette. Il voit un centurion de la Xe légion, dont il connaît le nom — Crastinus — et le courage, s'approcher de lui. Se tourner vers les hommes de sa centurie, crier : « Vous qui avez été mes soldats, suivez-moi et montrez le zèle que vous avez promis à votre général ! Ce combat, le dernier qu'il nous reste à livrer, lui rendra son rang et à nous la liberté ! »

Crastinus fait un pas :

— *Imperator* ! Mort ou vif, j'aurai aujourd'hui mon éloge fait par toi, Caius Julius Caesar !

Crastinus s'élance, le premier de l'aile droite, suivi par les soldats de sa centurie.

César se sent soulevé par une énergie puissante. Il va vaincre ! C'est le jour de la défaite de Pompée, ici, à Pharsale, en Thessalie, ce 9 août 48.

Il fait à nouveau sonner toutes les trompettes, donne partout l'ordre d'assaut alors que les troupes de Pompée restent alignées, immobiles. Pompée n'a pas compris qu'il faut utiliser l'impétuosité et l'enthousiasme des hommes, que le son des trompettes et les clameurs poussent en avant.

César suit ses troupes à quelques pas seulement. Il lance un ordre afin qu'elles s'arrêtent pour reprendre leur souffle, puis qu'elles repartent alors que les trompettes continuent de sonner !

Il voit sur l'aile gauche la cavalerie de Pompée s'élancer enfin, pour tenter d'endiguer le flot des assaillants. Elle y réussit, elle s'enfonce, elle l'emporte sur la cavalerie de César.

Que les cohortes de la quatrième ligne chargent! Les cavaliers de Pompée sont arrêtés. Ils s'enfuient. La panique est une épidémie qui se répand de l'aile gauche à l'aile droite de l'armée en déroute. Il ne faut pas s'arrêter!

— Soldats! Centurions! Profitez de l'occasion que vous offre la Fortune, suivez Venus Victrix, emparez-vous du camp de Pompée!

Tous se précipitent, le camp n'est défendu que par des auxiliaires barbares, des Thraces et quelques centurions qui bientôt se replient vers les montagnes proches.

Où sont Pompée, Labienus, Caton et même Marcus Brutus, le fils de Servilia? Qu'on protège ce dernier, que l'on ne touche pas à un seul de ses cheveux! C'est le fils de Caius Julius Caesar.

Il parcourt le camp de Pompée. Partout dans les tentes des généraux, il découvre une grande quantité de vaisselle d'argent. Les allées du camp sont ornées de tonnelles, le sol des tentes est couvert d'herbes fraîchement coupées et certaines tentes portent des guirlandes de lierre pour les protéger du soleil brûlant.

César ressent du mépris pour ces hommes qui croyaient si insolemment à leur victoire qu'ils se souciaient de vivre dans le luxe et le raffinement plutôt que de préparer la bataille.

Mais ce sont des citoyens romains. Maintenant qu'ils sont vaincus, il faut user de clémence à leur endroit.

César donne l'ordre aux soldats de Pompée qui s'étaient réfugiés dans la montagne de descendre dans la plaine et de rendre leurs armes. Ils obéissent. Ils se prosternent, les mains tendues, suppliant que Caius Julius Caesar leur laisse la vie.

— Vous êtes citoyens de Rome et je suis le consul, l'*imperator*, *pontifex maximus*, fils des Dieux. Je veux seulement la grandeur de Rome ! Je vous laisse la vie pour la plus grande gloire de la République.

Il s'éloigne. Il marche parmi les morts que les soldats dépouillent de leurs armes, de leurs casques, de leurs cottes de mailles. Combien sont-ils, ces morts romains, peut-être quinze mille ? On lui montre le corps percé de plusieurs coups de Domitius Ahenobarbus, le seul des chefs pompéiens à avoir succombé. Et voici que quatre centurions portent le corps de Crastinus.

César s'approche. Il faut élever une stèle au plus brave des soldats et il faut que toute l'armée se rassemble autour de sa dépouille, qu'il couronnera lui-même.

Il retourne au camp de Pompée. Il entre dans la tente de celui qui se croyait déjà vainqueur. Là, dans des coffres, reposent toutes les archives de ce dernier, les lettres de soutien des *potestates* de Rome, les preuves des trahisons des uns, de la vénalité des autres. Toutes ces pièces lui permettraient de poursuivre des centaines de Romains de sa vengeance, de les proscrire, de les faire condamner — comme l'a fait Sylla de ses ennemis.

Mais il ne le veut pas. Il appelle des centurions. Qu'on sorte les archives, qu'on fasse un grand feu et qu'on les détruise ! Il faut que cette guerre civile s'achève par la réconciliation de tous autour de lui... Alors Rome pacifiée sera prête pour une plus grande gloire, et il en sera l'artisan.

Mais pour atteindre ce but, il faut achever d'écraser ce qui n'est plus qu'une rébellion. Il faut poursuivre

Pompée, détruire ceux qui, comme Caton ou Labienus, ont réussi à fuir et veulent continuer à se battre.

César s'est assis dans la tente de Pompée. Il ouvre ses bras pour accueillir Marcus Brutus, rallié, qui semble enfin convaincu qu'il faut abandonner la cause de Pompée.

Voici des Grecs représentant des villes d'Asie qui viennent se soumettre, et qui racontent que dans les temples d'Antioche, de Ptolémaïs, dans celui de Tralles, le jour de la bataille de Pharsale, ce 9 août 48, les Dieux se sont manifestés. Leurs statues se sont retournées, regardant vers Pharsale. On a entendu un cliquetis d'armes et des sons de trompettes. Dans un temple de la Victoire, rapporte l'un de ces Grecs, « se dresse ta statue, Caesar ! Et le sol de la place qui entoure le temple, déjà fermé par lui-même, est encore pavé d'une pierre dure. Or de ce terrain nous avons, Caius Julius Caesar, vu s'élever un palmier vers le piédestal de ta statue ! ».

Il écoute. Il est l'égal des Dieux. Pourquoi craindrait-il encore les hommes ?

Il embarque à bord d'un petit navire qui prend le large, entouré de quelques autres embarcations légères. Il veut rejoindre avec ces faibles forces Pompée, dont les espions assurent qu'il se dirige vers l'Asie, vers Chypre, vers l'Égypte.

Il ne s'échappera pas et rien ne pourra le sauver !

De la vigie, on crie qu'une escadre romaine de dix navires les poursuit.

Que l'on vire de bord, que l'on se dirige vers le navire amiral ! Il est le consul vainqueur, et le tribun qui commande l'escadre doit se soumettre.

— S'il refuse, s'inquiète Æmilius, nous sommes si faibles, sa flotte peut nous détruire tous...

— Celui qui doute est déjà vaincu, répond César.

Il se porte à l'avant, assène d'une voix forte :

— Je suis Caius Julius Caesar, *imperator*, consul, *pontifex maximus* et vainqueur de Pompée. Tribun, je t'ordonne de te rendre et de venir à mon bord afin de te placer, toi et tes navires, sous mes ordres !

Et le tribun s'incline.

César peut maintenant poursuivre vers Ilion, là où sont les ruines de Troie. Il est ici dans le lieu où sont nés et ont vécu ses ancêtres. Il progresse au milieu des fûts de colonnes, de ces blocs de marbre. Il s'immobilise, baisse la tête. Il veut remercier les Dieux d'avoir donné naissance à sa lignée, et de l'avoir protégé.

— Le feu venu d'ici brille encore sur les autels de Rome. Je suis le descendant de la race des Iulii et je m'incline devant vos autels, moi qui suis le *pontifex maximus* de Rome, la cité que vous avez fondée...

Il a le sentiment que chaque élément qui compose le monde se met en place, pour que l'ordre soit assuré.

Et il est au centre de ce monde, le premier magistrat de la plus grande puissance. Un roi ? Il le sait, les citoyens de Rome détestent ce mot, cette dignité, mais ici, dans ces villes où il se rend sur les traces de Pompée, à Éphèse, dans les cités des îles de Rhodes ou de Chypre, les Grecs d'Asie Mineure l'accueillent comme un souverain, un grand prêtre, le descendant des Dieux.

À Chypre, il apprend que Pompée fait route vers l'Égypte. Sans doute espère-t-il l'appui du pharaon Ptolémée XII, qu'il avait aidé à retrouver son trône. Ignore-t-il qu'il est mort depuis plus de trois ans et que son successeur, Ptolémée XIII, un enfant de treize ans, est en conflit avec sa sœur Cléopâtre, son aînée de sept ans, avec son frère Ptolémée XIV et une dernière sœur, Arsinoé, qu'il est soumis à l'influence de ses conseillers, l'eunuque Pothéinos et le stratège Achillas ?

— Ils ne l'accueilleront pas, affirme César, je suis le vainqueur, ils craindront que je ne me venge. Ils redoutent que j'intervienne dans leurs querelles, ils vont rejeter Pompée. Ou me le livrer.

Il décide de faire cingler sa flotte vers Alexandrie. Il aperçoit, ce 2 octobre 48, dans le rougeoiement d'un crépuscule d'automne qui embrase le grand port d'Alexandrie, le gigantesque phare, le palais du pharaon, et les immenses bâtiments du théâtre et de la bibliothèque. Il a l'impression de découvrir une ville aussi vaste que Rome, et il en ressent une sorte de vertige, fait d'étonnement et de désir. Il faut, comme il le pense depuis longtemps, que cette ville, que toute l'Égypte, soient soumises à Rome, et que soit ainsi effacée l'ancienne grandeur de cette cité et de ce royaume.

Il descend à terre avec une escorte de licteurs qui doivent se frayer un passage au milieu de la foule hostile. Il entre dans le palais royal. Il voit s'avancer vers lui un homme petit, à la fois servile dans les attitudes et fier dans les paroles. C'est Théodose le Sophiste, conseiller du pharaon.

— Ton rival Pompée est mort, annonce-t-il.

César maîtrise ce mouvement de surprise joyeuse qui l'envahit. Il est le maître ! La guerre civile est finie, il va régner sur Rome.

— Des officiers romains l'ont égorgé devant son épouse, ici, dans le port, sur une barque qui le conduisait à terre, poursuit Théodose.

— Des Romains ? murmure César.

Théodose le Sophiste s'incline. Sans doute des Romains au service du pharaon.

— Tu parles, reprend César. Mais la parole porte la

vérité et le mensonge. Qui me fera décider de ce qui est vrai dans ce que tu dis ?

Théodose appelle un esclave qui pose devant César une boîte de dimensions réduites.

César l'ouvre.

Il a un mouvement de recul et de dégoût. C'est la tête de Pompée, déjà flétrie ! Son anneau, marqué d'un lion tenant dans sa patte un glaive, est placé près d'elle.

César se saisit de l'anneau. Il faudra le faire parvenir à Rome, pour que l'on ne doute pas de la mort de Pompée.

Puis il se détourne, il ne veut plus voir cette tête. D'un geste, il chasse Théodose le Sophiste, ce « scélérat ». Mais il faut montrer sa tristesse devant la mort d'un grand Romain. Il faut que l'on rapporte qu'il a été horrifié, et que l'on dise qu'il fera rechercher ceux qui ont tué Pompée.

Il dit d'une voix vibrante :

— Cette mort par trahison sera vengée...

Il aurait voulu faire œuvre de clémence à l'égard de Pompée. Et leur réconciliation aurait renforcé la République. Il faut que sa tête soit inhumée dans le temple de Némésis, la déesse de la vengeance.

Il contemple les eaux brunes du Nil. Il marche dans les grandes salles du palais royal aux énormes colonnes. Ici, il est sur une terre qui a vu naître les Dieux et les rois.

Il s'y sent bien. N'est-il pas l'un et l'autre ?

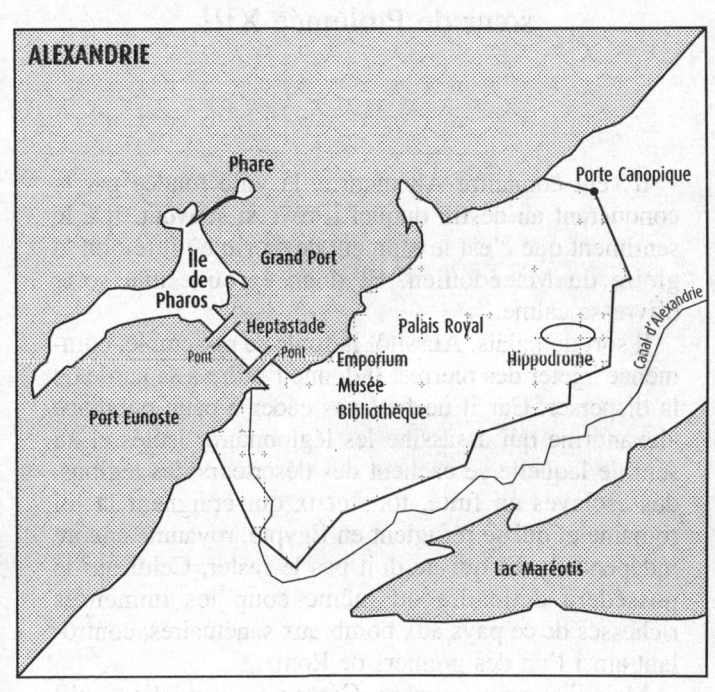

XLV.

Elle a les bras nus, qu'elle fait danser autour d'elle tout en parlant, disant qu'elle est Cléopâtre, sœur de Ptolémée XIII...

Il veut connaître Alexandrie, la ville fondée par le conquérant au destin duquel il rêve si souvent. Il a le sentiment que c'est le moment de sa vie où il rejoint la gloire du Macédonien. Et il en éprouve une sorte d'ivresse calme.

Il sort du palais. Aussitôt la foule se rassemble, commence à jeter des pierres. Il donne l'ordre à sa garde de la disperser. Car il ne faut pas céder à cette populace alexandrine qui assassine les légionnaires isolés et au sein de laquelle se cachent des déserteurs des légions, des esclaves en fuite, tous ceux qui craignent la loi romaine et qui se réfugient en Égypte, royaume encore indépendant. Et qui ne doit pas le rester. Celui qui le possédera détiendra du même coup les immenses richesses de ce pays aux nombreux sanctuaires, contrôlant ainsi l'un des greniers de Rome.

Mais il y a plus encore, César a la conviction qu'il doit conquérir ce royaume et cette ville parce qu'il est de la lignée des fondateurs d'Empire, des descendants des Dieux. Lorsqu'il parcourt ces longues rues perpendiculaires qui quadrillent la cité, il a l'impression de mettre ses pas dans des traces illustres, et d'être le successeur des grands pharaons et d'Alexandre. Il se sent pris par l'atmosphère de cette ville dorée par le soleil d'automne.

Il va jusqu'à la porte Canopique. Il découvre l'immense hippodrome, et ce canal qui entoure la ville. Puis il revient sur ses pas, longe les quais des deux ports protégés par l'île de Pharos. Ils sont séparés par un môle couvert de grands bâtiments, l'Heptastade. Aux extrémités de ce môle, deux vastes ponts relient le rivage à l'île. Les navires passent sous leurs arches d'un port à l'autre, du port Eunoste au Grand Port. Une digue étroite permet d'atteindre à partir de l'île de Pharos un îlot sur lequel se dresse le gigantesque phare.

César ne peut détacher son esprit du souvenir d'Alexandre. Il entre dans le musée et la bibliothèque qui contient, assurent les vieux Grecs qu'il interroge, plus de quatre cent mille volumes. Il est saisi par l'entassement des marchandises dans l'emporium, par la magnificence partout présente. Et envoûté par la beauté du site et la douceur de l'air.

Il est dans la ville d'Alexandre. Il veut la conquérir, en faire un élément de sa puissance, une source de sa fortune, un moyen de mieux dominer Rome, et aussi de donner à la République une possession de plus, essentielle, achevant de faire de la Méditerranée la mer romaine, *mare nostrum*.

Mais il faut pour cela agir avec détermination et habileté, et ne pas se laisser berner par les attentions des conseillers du pharaon, Pothéinos, Achillas, Ganymède, Théodose le Sophiste. Il doit demander l'envoi en renfort de plusieurs légions d'Asie. Il faut nouer des relations avec les Juifs Antipater et Hyrcan, l'administrateur et le grand prêtre de Judée, ennemis de Pompée depuis que celui-ci a détruit Jérusalem. Il faut même faire appel aux troupes barbares venues du royaume de Mithridate.

Car aux cinq cent mille habitants d'Alexandrie s'ajoute l'armée d'Achillas de vingt-deux mille hommes, souvent d'anciens soldats romains qui ont perdu le souvenir de Rome et de la discipline romaine, qui se sont mariés ici pour la plupart et ont des enfants. À eux s'ajoutent un ramassis de voleurs et de brigands de Syrie, de Cilicie et des régions voisines, d'esclaves fugitifs, sans compter une foule de gens condamnés à la peine capitale et de proscrits. Et il n'a que six mille hommes à opposer à cette plèbe, à cette armée.

Il retient Ptolémée XIII au palais royal. Il fait construire des retranchements, cependant que la foule harcèle les légionnaires, encercle le palais, s'insurge contre cet étranger qui a pris le pharaon en otage. César se tient assis dans une vaste salle sombre, d'où il aperçoit le phare.

Il pourrait opposer à Ptolémée XIII sa sœur Cléopâtre, sa rivale, et au besoin la placer sur le trône en même temps que son second frère Ptolémée XIV, en les mariant puisque telle est la coutume en ce pays. Et se débarrasser ainsi de Ptolémée XIII et de l'autre sœur, Arsinoé.

La partie est difficile mais il faut la jouer, commencer par renvoyer Ptolémée hors du palais pour tenter d'apaiser la foule, l'éloigner...

Mais il la voit au contraire se ruer sur les retranchements avec les troupes d'Achillas, bloquer toutes les issues ! Il faut rompre ce siège, parce que les vivres viennent à manquer, que les assaillants déversent dans les canalisations d'eau douce de l'eau de mer. Et que le palais royal peut être submergé par les assaillants !

Il contemple les ports. Celui qui tient l'île de Pharos et le grand phare les contrôle. Mais le Grand Port est rempli de navires égyptiens qui participent au siège, empêchent de gagner l'île. César rassemble les centurions.

— Le feu, dit-il, il faut incendier les navires avec de la poix enflammée !

Il attend que s'achève le long crépuscule, puis, quand le ciel enfin s'assombrit mais que l'on distingue encore les mâts et les coques, il donne l'ordre de lancer les flèches au bout desquelles brûle la poix.

Elles traversent le ciel comme des étoiles filantes et le Grand Port s'embrase. Les mâts s'effondrent dans un formidable craquement. Les flammes sont hautes, et brusquement elles se courbent car le vent s'est levé, soufflant vers la ville. Déjà, des foyers d'incendie apparaissent ici et là aux abords du palais royal, enveloppant d'un seul coup le musée et la bibliothèque qui se transforment en une immense torche jetée au centre de la ville.

César regarde longuement ces flammes.

La mémoire des quatre cent mille volumes s'en est allée... Mais il ne ressent rien. Le passé est toujours cendres. C'est l'avenir qui compte. Il fallait la destruction par le feu des navires égyptiens pour pouvoir enfin débarquer sur l'île de Pharos et s'emparer du phare. C'est fait.

Maintenant, il voudrait avec ces quelques milliers de centurions prendre le contrôle du môle de l'Heptastade, car, si on l'occupe, on pourra dominer les deux ports, et ainsi le palais royal sera à l'abri de toute attaque venue de la mer. Alors au contraire les renforts et les vivres pourront arriver, malgré le siège terrestre. Il s'élance à la tête des légionnaires. Il faut s'emparer de ce môle, de ces ponts qui permettent aux navires de passer d'un port à l'autre.

Il croit d'abord que le coup de main va réussir. Mais

déferlent des milliers d'hommes commandés par Ganymède, et César est entouré de toutes parts. Il voit les légionnaires fuir, abandonner leurs armes, se jeter dans le port pour gagner les navires romains à la nage.

Il dégrafe son manteau de commandement. Il plonge. Il guette le sifflement des flèches qui frappent l'eau autour de lui, nage vite vers une galère, se hisse à bord. À peine si on le reconnaît ! Le navire est surchargé. Les légionnaires et les rameurs paraissent saisis par la panique.

Il a la certitude que ce navire va couler. Il ne faut plus réfléchir, il faut agir. Il plonge encore, et nage vers l'île de Pharos quand il entend des hurlements. Il se retourne un instant. Le navire qu'il vient de quitter sombre et le pont grouille de silhouettes affolées.

Il recommence à nager. Il ne sent pas la fatigue. Une nouvelle fois les Dieux l'ont protégé mais ils ont voulu aussi lui montrer qu'il reste entre leurs mains, qu'il ne doit pas croire que ce qui l'attend soit facile.

Il prend enfin pied dans l'île. Les centurions l'entourent. Plus de huit cents légionnaires sont morts sur l'Heptastade dont les ponts restent entre les mains des soldats de Ganymède.

— Cet eunuque... lance Æmilius avec mépris.

— Il a vaincu, murmure César.

Et les Égyptiens vont pouvoir harceler depuis les ponts de l'Heptastade les navires romains qui voudront passer d'un port à l'autre.

Une clameur venue de l'Heptastade, comme les voix, le bruit des vagues. César regarde. Il aperçoit au-dessus d'une sorte de trophée hâtivement construit son grand manteau rouge de commandement qui a été hissé comme le drapeau de sa défaite. César serre ses mâchoires à les rendre douloureuses. A-t-il jamais subi pareille humiliation, lui à qui, dans les villes grecques, on élève des stèles où on le nomme roi, empereur et descendant des Dieux ?

Il montre, bras tendu, la ville, le palais royal.

Il a l'impression qu'on le pousse en avant, qu'on lui ordonne d'agir, de conquérir cette Égypte rétive. Il a vaincu Vercingétorix et Pompée, ce n'est pas un eunuque égyptien ou quelques Grecs conseillers d'un enfant qu'ils ont décrété pharaon qui peuvent l'empêcher d'atteindre son but !

Il va retourner au palais royal, s'y retrancher dans l'attente des renforts. Il dévisage les centurions qui l'entourent.

— Celui qui croit me vaincre et vaincre Rome paie de sa vie ce songe ! dit-il d'une voix forte.

Il a pu rejoindre le palais royal en traversant sur une galère le Grand Port. Mais de l'île de Pharos au palais, les archers égyptiens n'ont cessé de lancer leurs flèches. Maintenant, il est seul dans l'une des salles du palais. Le bâtiment est toujours encerclé par les troupes de Ganymède, on ne peut y accéder que par le port. Toutes les tentatives lancées pour briser les lignes égyptiennes ont échoué.

La population d'Alexandrie en furie est venue chaque fois appuyer l'armée, criant qu'elle voulait chasser les étrangers, ces Romains, afin que Ptolémée XIII pût effectivement assumer ses pouvoirs de pharaon.

Il faut donc attendre.

Des centurions de la garde entrent dans la salle. Ils entourent deux hommes qui portent un tapis roulé et attaché.

Ils le posent à terre. L'un d'eux s'avance, dit qu'il se nomme Appolodore de Sicile et qu'il vient de réussir, avec l'aide des Dieux, une entreprise qui peut changer le sort du monde, «et le tien, Caius Julius Caesar!».

Il se penche, tranche les cordes qui lient le tapis, l'ouvre.

Une jeune femme est là, allongée, vêtue de blanc, le corps svelte, le visage aux traits un peu lourds, les cheveux noirs retenus par un diadème. Appolodore s'incline, cependant que la jeune femme se dresse en souriant.

Elle a les bras nus, qu'elle fait danser autour d'elle tout en parlant, disant qu'elle est Cléopâtre, sœur de Ptolémée XIII, exilée par ce frère ingrat, usurpateur du pouvoir. Elle a utilisé ce stratagème pour franchir les lignes, parvenir jusqu'à Caius Julius Caesar.

— Je suis la reine d'Égypte, dit-elle, et si tu le veux je régnerai sur ce royaume et serai ton alliée, l'alliée de Rome.

Elle fait un pas, le frôle de ses ongles longs et peints.

— Je connais toutes les chambres de ce palais, ajoute-t-elle.

Il ne bouge pas. Est-ce Vénus qui lui envoie cette messagère? Il se souvient de ce que les conseillers de Ptolémée XIII lui ont dit de cette femme usée par la débauche, de cette putain couronnée, de cette Aphrodite qui s'attache tout entière à ses proies. Et c'est comme si le souvenir de toutes ces mises en garde faisait naître en lui le feu du désir.

Il soulève à peine la main pour intimer aux centurions et à Appolodore de Sicile de quitter la salle.

Cléopâtre s'assied à ses pieds. Et elle le frôle à nouveau.

Il a l'impression qu'il émane d'elle une chaleur de plus en plus intense.

Depuis combien de temps n'a-t-il pas touché un jeune corps? Celui de l'une de ces femmes expertes qui se nouent autour de vous si intimement qu'on ne sait plus que leur corps se confond avec le vôtre, jambes et bras mêlés, bouches unies ?

Il sent que la carapace durcie qui l'enveloppe depuis des mois, et dont il avait besoin pour combattre, repousser les flèches, les javelots, les glaives, la haine et la fureur de ses ennemis, se fend, s'émiette, et que le désir, si longtemps contenu, renaît et se déploie.

Il a cinquante-trois ans, et Cléopâtre à peine vingt.

Mais elle a la douceur et la mémoire, la science amoureuse de tout l'Orient. Elle est Vénus !

— Que veux-tu ?

— Être reine et te donner tout ce que je sais...

Il la laisse appuyer sa tête contre ses genoux, glisser sa main le long de ses cuisses. Il s'efforce de rester immobile, de ne pas laisser le plaisir devenir une lueur aveuglante.

Il veut penser à l'avenir. Cette femme qui s'offre, cette Vénus qui lui enlace les jambes, ce pourrait être en effet la reine d'Égypte, soumise à Rome, mariée comme il l'a déjà pensé à son plus jeune frère Ptolémée XIV, et lui, Caius Julius Caesar, serait le protecteur de ce couple royal, le maître en fait du royaume du Nil.

Il faudrait pour cela vaincre les Ganymède, les Achillas, les troupes qui assiègent le palais royal, et tuer Ptolémée XIII, écarter l'autre sœur, Arsinoé. L'Égypte appartiendrait à Rome, avec ses greniers, ses trésors. Et Cléopâtre serait comme ce pays, à lui !

Il se lève. Cléopâtre reste agrippée à ses jambes comme une plante souple.

— Guide-moi dans ce palais qui est le tien, dit-il.

Elle se dresse en glissant contre lui. Elle lui prend les mains, elle l'entraîne. Et il découvre des chambres aux plafonds lambrissés, aux tapis entassés, aux couches odorantes.

Le matin, il a l'impression que son corps n'est plus seulement fait de muscles durcis par les longues marches et les chevauchées interminables vers les champs de bataille de Gaule, d'Espagne ou d'Épire, mais la corde d'un arc tendue, qui vibre au souvenir des plaisirs que Cléopâtre lui a fait découvrir tout au long de cette nuit.

Elle repose, alanguie, mystérieuse comme une divinité couchée dans son temple.

Il la veut reine d'Égypte, soumise à son ambition et à ses désirs. Et il est sûr de vaincre ! Il rassemble les tribuns militaires. On lui apprend que les renforts sont arrivés d'Asie, que l'armée de Mithridate de Pergame se trouve au sud d'Alexandrie, que les Juifs d'Antipater et d'Hyrcan sont prêts à le rejoindre.

— Nous partons cette nuit ! Qu'on prépare les galères.

Il va tourner les lignes égyptiennes. Dès que la nuit sera tombée, il embarquera, tous feux allumés, pour qu'on le voie s'éloigner avec ses troupes puis, feux éteints, il débarquera au-delà du lac Maréotis, contournera Alexandrie, rejoindra le camp de Mithridate et livrera bataille. Après, l'ennemi défait, on rentrera dans Alexandrie, on soumettra la ville. Cléopâtre et Ptolémée XIV seront alors les nouveaux souverains d'Égypte.

— Tu seras le maître du royaume, chuchote Æmilius. Mais qui domptera cette femme ?

— D'abord vaincre les hommes.

Ils sont là, au sommet d'une dune, surpris de voir surgir les légions aux côtés des soldats de Mithridate de Pergame, qu'elles ont rejoints selon le plan prévu.

Il donne l'ordre de s'élancer à l'assaut de ces pentes

raides, parce qu'il veut terroriser l'ennemi par sa détermination et son audace. La panique emporte les Égyptiens, qui se précipitent vers les rives du Nil pour tenter de fuir sur leurs embarcations. On les rattrape, les cavaliers gaulois et germains les massacrent. Combien sont-ils à mourir ? Plus de vingt mille. Et parmi eux, ce jeune corps serré dans une cuirasse d'or est celui de Ptolémée XIII.

Maintenant, dans le soleil encore léger de ce mois de mars 47, on chevauche vers Alexandrie où l'on va prendre à revers ceux qui continuent d'assiéger le palais royal.

César se sent porté par le désir, celui de vaincre et celui de retrouver Cléopâtre.

Il fait brandir dès qu'il approche de la ville la cuirasse d'or. Et la nouvelle de la victoire sur le Nil et de la mort de Ptolémée XIII se répand. La population se prosterne, brandit les statues de ses Dieux, implore la clémence de Caius Julius Caesar, crie qu'elle se soumet. Il a vaincu ! Les retranchements qui entouraient le palais royal sont déserts. L'Égypte est à lui. Comme Cléopâtre.

Il rentre dans le palais.

Il a l'impression qu'il retrouve ses années de jeunesse, quand il laissait le fleuve de la vie l'entraîner des jours et des nuits durant et qu'il allait d'un plaisir à l'autre, d'un corps de jeune homme à un festin dans un lupanar, d'un corps de jeune femme à des soirées paresseuses passées à écouter des chanteurs, des poètes ou des philosophes.

Comme en ces temps-là, il ne compte pas les jours. Il laisse les rameurs et la brise d'avril 47 pousser le navire vers le haut Nil.

Depuis qu'il a embarqué avec Cléopâtre sur ce navire

thalamège dont la chambre nuptiale — *thalamos* —, vaste, aux larges baies, occupe toute la poupe, il s'abandonne aux plaisirs.

Il quitte rarement Cléopâtre, qui vit couchée, enveloppée de voiles qui dissimulent à peine son corps juvénile. Il ne se lasse pas de ses caresses, du gazouillis de sa voix. Elle peut employer le latin ou le grec, l'égyptien ou l'hébreu. Et parfois elle utilise d'autres langues, car elle en connaît huit. Le jour est léger en ces mois d'avril et de mai, la nuit est claire, plus fraîche, et le souffle du vent soulève les tentures.

Voilà plus de dix ans qu'il ne connaît pas une telle paix. Un plaisir aussi grand. C'est comme s'il s'accordait un triomphe intime, sans couronne, sans cortège ni acclamations. Des bateaux suivent le navire. Les esclaves sont diligents. Les mets nouveaux, les saveurs inattendues. Et Cléopâtre joue de son corps comme d'une lyre.

Il veut tout connaître d'elle comme il veut tout connaître de l'Égypte, puisque cette femme et ce royaume sont siens. Il se lève, écarte les tentures, regarde défiler les grands temples, les sphinx roux et les pyramides.

Il a visité à Alexandrie le tombeau d'Alexandre, non plus avec le sentiment de ne pouvoir égaler le jeune conquérant, mais avec la certitude qu'il a accompli plus que le Macédonien. Car ce qu'il a conquis, la Gaule et maintenant l'Égypte, restera dans son héritage, celui de Rome. Et il est, il sera le maître de la République.

Il ferme les yeux : sera-t-il roi, empereur ? Il sait qu'il lui faudra convaincre la plèbe et les magistrats romains de l'accepter pour souverain, avec des pouvoirs égaux à ceux d'un pharaon ou d'un roi d'Asie. Et cependant, comment la République pourrait-elle survivre sans la volonté d'un monarque qui ne serait plus, comme le sont aujourd'hui les consuls, soumis aux aléas d'un vote d'électeurs achetés, ou bien obligé de céder sa charge au bout d'un an ?

Il observe ces statues immenses taillées dans la pierre, ces tombeaux gigantesques, ces souverains qui furent l'égal des Dieux. N'est-ce pas ce qu'il faudrait à Rome ? Et si quelqu'un peut l'être, n'est-il pas celui-là ?

Il entend la voix de Cléopâtre. Elle l'appelle. Elle ouvre ses bras en écartant les voiles, et il a l'impression en s'approchant d'elle qu'elle est une source de jouvence, Vénus offerte par les Dieux, fille de la Fortune et de Venus Victrix, Cléopâtre devenue par sa volonté et celle des Dieux reine d'Égypte, épouse de Ptolémée XIV, un enfant de dix ans.

Il la prend. Comme il a pris l'Égypte. Puis il regarde défiler Memphis et Thèbes, Louksor et Karnak.

Tout cela — elle et ce pays — est à lui.

Voilà deux mois qu'il vogue ainsi sur le Nil dans le printemps égyptien. Et plus de huit mois qu'il séjourne sur cette terre. Souvent il interrompt ses longs festins nocturnes qui se prolongent dans la nuit claire pour donner un ordre, ou recevoir un messager.

Il veut qu'Arsinoé, la sœur de Cléopâtre, soit envoyée à Rome, et que, lorsqu'il quittera l'Égypte, trois légions restent dans le pays sous le commandement de Rufio, un fils d'affranchi en qui il a toute confiance. Il veut que les Juifs soient honorés, qu'Antipater devienne citoyen de Rome et que le grand prêtre Hyrcan soit déclaré ami de Rome. Et qu'enfin les Juifs puissent se rassembler en synagogues et construire un rempart autour de Jérusalem.

On arrive à la première cataracte, au-delà les terres sont comme l'Océan inconnu. Il faut maintenant redescendre le Nil, et sortir peu à peu de la paix voluptueuse, pour retrouver la guerre.

Les messagers racontent la défaite des légions en Asie, sur les bords du Pont-Euxin où Pharnace, le fils légitime de Mithridate, est entré en révolte.

Il faut partir. Car on ne peut jamais cesser de se battre et de vaincre, ces deux mois sur le Nil ayant été un don des Dieux qui maintenant, à nouveau, exigent que l'on prenne le glaive.

Il fait chaud à Alexandrie. Cléopâtre marche lentement dans le palais, le ventre gros. Elle le soutient de ses mains jointes. Elle dit : « C'est ton fils. Je le nommerai Ptolémée César Césarion ! »

Il rêve un instant en la regardant. Un fils du roi de Rome et de la reine d'Égypte...

Puis il se détourne. Il n'est pas encore temps de choisir sa descendance. Et Rome n'est pas prête à admettre que les fils succèdent aux pères à la tête de la République. D'ailleurs, il reste à vaincre les ennemis obstinés, tel Caton qui s'est réfugié en Afrique, et d'autres encore, Labienus, Scipion, qui furent tous aux côtés de Pompée et qui n'ont déposé ni la haine ni les armes. Il faut écraser également de nouveaux adversaires qui, tel Pharnace, imaginent qu'ils peuvent profiter de la guerre civile qui divise Rome pour se tailler à leur guise des royaumes dans les dépouilles de la République.

Il faut donc partir.

Il regarde s'estomper dans la lumière pourpre les palais d'Alexandrie. Bientôt, la nuit presque tombée, il ne reste plus à l'horizon que le grand phare, comme la silhouette d'un cyclope.

Guerre donc.

Il veut soumettre des cités. Athènes, qui avait pris le

parti de Pompée, maintenant s'agenouille, envoyant les plus anciens et les plus illustres de ses habitants demander la clémence de César.

Il les toise avec mépris.

— Faudra-t-il donc toujours que, méritant tellement la mort, vous deviez votre salut à la mémoire de vos ancêtres !

Il devra veiller toujours à ce que Rome, vaincue par un nouvel Empire, ne devienne pas à son tour une ville soumise, implorant la pitié, et épargnée seulement parce qu'elle fut grande. Et pour cela, il faut empêcher les ennemis de croître. Ainsi ce Pharnace qui ravage le royaume du Pont, pourtant province romaine.

Les messagers racontent avec effroi que tous les citoyens romains qui tombent entre les mains de ses soldats sont torturés, mutilés, dépecés, brûlés, et leurs biens pillés.

Alors il faut à marche forcée rejoindre la ville de Zéla, cette place forte du royaume du Pont où Pharnace s'est retiré, relevant les murailles de cette ancienne cité. Et le tenter, en installant le camp à moins de mille pas. La vanité, et peut-être les Dieux, peuvent rendre un homme aveugle. Pharnace peut le devenir.

César le pressent. Et il ne peut réprimer son rire quand il voit les chars armés de faux, les cavaliers, les fantassins de Pharnace, s'élancer à l'attaque sur des pentes raides où hommes et chevaux s'épuisent.

Il suffit de les repousser, de les rejeter dans les fossés au bas de la pente où ils s'entassent, mourants, s'écrasant les uns les autres.

Il voit les légionnaires les égorger, n'épargnant que quelques hommes. Il tend sa main vers la ville.

— Tout le butin aux soldats ! lance-t-il.

Une clameur le salue, cependant que les légionnaires se ruent vers la cité.

C'est le 2 août 47. La guerre a été courte, à peine cinq jours. Les Dieux ont été favorables !

Il se tourne vers Æmilius. Il dit :

— *Veni, vidi, vici*. Je suis venu, j'ai vu, j'ai vaincu !

Il peut rentrer à Rome.

XLVI.

Le Sénat lui a accordé le titre de consul pour cinq ans, et les compétences et les honneurs des tribuns jusqu'à sa mort...

Que veut Cicéron ?
César, l'écoute, l'observe. Il n'a pas été surpris de l'apercevoir sur le quai, à Tarente, entouré de ses esclaves, de ses affranchis et de sa garde. Il devait guetter là, depuis des jours, l'arrivée de la galère, renseigné par les clients qu'il a un peu partout, dans les provinces, dans les légions. Il s'est précipité, les bras ouverts. Comment éviter cette accolade, ces démonstrations d'affection, d'admiration, comment refuser à cet homme influent le droit de voyager dans la même litière jusqu'à Rome ?

— Octobre, assure-t-il, est la plus belle saison du sud de notre Italie. Tu reviens après vingt et un mois d'absence, Caius Julius Caesar, et tu vas rentrer dans Rome couronné de nouvelles gloires, de grandes conquêtes ! On dit...

Cicéron se penche, il tend son bras pour saisir l'épaule de César.

— On dit que la reine d'Égypte, cette Cléopâtre, n'est pas d'une beauté incomparable, mais que sa conversation est si aimable que l'on ne peut éviter d'être pris.

César ne répond pas. Il détourne la tête quand Cicéron le loue pour ses victoires sur le Nil et à Zéla. Il n'évoque ni Pompée ni la bataille de Pharsale. Et ce silence est bruyant. Comme à l'habitude, Cicéron veut ne se couper d'aucun camp. Il doit savoir que Caton, Labienus, Afranius, Petreius, et naturellement Scipion, le beau-père de Pompée, et Cnaeus Pompée fils de l'*imperator*, se sont retrouvés en Afrique, qu'ils ont l'appui du roi de Numidie, Juba Ier, qui a organisé ses troupes sur le modèle des légions romaines. Et le pays regorge de blé. Les légions des lieutenants de Pompée sont aguerries, nombreuses, peut-être plus de dix. Cicéron pense sans doute, et ils doivent être plusieurs à Rome à partager cette opinion, que malgré la mort de Pompée et la conquête de l'Égypte, rien n'est perdu pour les *optimates*. En Afrique, espèrent-ils, César peut être battu. Ainsi, Labienus ou Caton, Scipion ou Cnaeus Pompée peuvent même venir le défier ici, en débarquant en Italie.

Sous la rumeur des mots de Cicéron, il semble à César qu'il entend les pensées et les calculs de l'orateur. Mais il se tait. Il a hâte de retrouver Rome en cette mi-octobre 47. Il contemple le paysage apaisé qui se déroule de part et d'autre de la via Latina. Il songe à la dureté des paysages d'Asie autour de Zéla, à l'aridité du désert d'Égypte le long de ce sillon bienfaisant du Nil. Rome est bien la ville des Dieux, placée dans cet écrin qu'est l'Italie.

— On dit que tu repartiras bientôt en campagne, reprend Cicéron. Le bruit en a couru sur le Forum, puis il s'est répandu chez les vétérans de tes légions. Crois-tu qu'ils soient prêts à recommencer la guerre ?

Cicéron sait donc que les *milites* — les soldats — de la Xe légion se sont mutinés. Ils ont chassé à coups de pierres ceux qui leur transmettaient les ordres de César d'avoir à se tenir prêts pour un départ vers la Sicile et de là vers l'Afrique.

Ils ont hurlé, proclamé qu'ils n'obéiraient pas, qu'ils veulent obtenir, comme Caius Julius Caesar le leur a promis, des lopins de terre et des primes. Ils veulent être licenciés. Ils en ont assez de la guerre. Ils ont bu, mangé tout leur butin, payé des femmes dans les lupanars. Leurs bourses sont vides. Mais ils veulent qu'on les remplisse sans qu'ils aient besoin de risquer leur vie à nouveau. Ils ont combattu en Gaule, à Pharsale, cela suffit !

— Ils seront prêts, répond César. Et crois-tu que les recrues manquent ? Qui refuserait de servir sous les ordres de Caius Julius Caesar, dont on sait qu'il donne à ses légions la victoire, et donc le butin ?

Cicéron incline la tête.

— Tu es le plus illustre, Caius Julius Caesar, tout est soumis à ta volonté.

C'est vrai, telle est l'apparence. Le Sénat lui a accordé le titre de consul pour cinq ans, et les compétences et les honneurs des tribuns jusqu'à sa mort. Il peut décider seul de la paix ou de la guerre. Et il désigne en fait tous les magistrats.

La plèbe l'acclame. Il annonce qu'il veut lui offrir tout ce dont elle a besoin, de l'argent et du grain, des jeux et la gloire. Mais il lui suffit de regarder Cicéron pour lire dans ses yeux — que pourtant il tient le plus souvent baissés, comme s'il craignait de se livrer — la jalousie et même la haine.

Il n'est pas le seul. César rentre au Sénat et ce sont les mêmes sentiments qu'il découvre sur les visages des *optimates*. Et peut-il être sûr des citoyens les plus humbles ? Il étouffe et enivre la plèbe avec des dons, des combats de gladiateurs, avec des festins offerts à tous, néanmoins elle est là à réclamer toujours davantage, l'abolition de toutes les dettes, un moratoire sur les loyers...

Il se refuse à effacer tout ce que l'on doit. Il veut trouver une solution qui protège les intérêts du créancier et la vie du débiteur, afin que les rues de Rome ne soient plus parcourues par des bandes opposées et exigeantes, les unes réclamant qu'on les libère de leurs créanciers, les autres qu'on fasse respecter leurs droits.

Comment accepter cela dans une ville qui est la souveraine du monde ? Comment admettre que le tribun de la plèbe Publius Cornelius Dolabella ait pris la tête de l'une de ces bandes, et qu'Antoine, le *magister equitum* — le maître de cavalerie —, n'ait pu rétablir l'ordre qu'après avoir tué plus de huit cents citoyens romains !

Il connaît ces deux jeunes hommes. Il se souvient d'eux puisqu'ils lui ont été fidèles en Gaule, et qu'en Épire ils furent des adversaires résolus de Pompée. Mais peut-on compter sur eux ?

L'un, Dolabella, est le gendre de Cicéron. Mais il néglige son épouse Tullia, la trompe avec la femme d'Antoine, une rouée qui a été déjà l'épouse de Clodius et de Curion et qui passe de bras en bras. Et pour sa part, Antoine s'est approprié les biens et les esclaves de Pompée. Son avidité, son goût du plaisir et de la débauche, des femmes et des jeunes gens, du vin, scandalisent. Comment après cela Antoine pourrait-il se faire entendre des soldats mutins, qui rêvent de l'imiter et non de combattre ?

César se souvient des propos que lui a tenus autrefois Salluste :

— Consacre une particulière attention à faire revivre les bonnes mœurs... avait-il dit. Le plus grand bien que tu pourras faire à ton pays, à tes concitoyens, à toi-même, à tes enfants, bref, au genre humain tout entier, c'est de détruire l'amour de l'argent ou du moins d'en atténuer la puissance... Car la cupidité est une bête féroce, un monstre dévorant tout sur son passage, elle cause des ravages... Elle ne respecte rien : ni le divin ni l'humain. Rien ne peut lui résister, ni armes ni murailles. Réputation, honneur, patrie, famille, elle nous fait tout sacrifier. Mais enlève à l'argent sa puissance et les bonnes mœurs triompheront sans peine...

Salluste s'illusionne. Il faut prendre les hommes tels qu'ils sont, utiliser leur cupidité et leur avidité, et obtenir d'eux qu'ils obéissent, qu'ils soient fidèles à celui qui sait, à celui qui peut, que les Dieux ont désigné, lui, Caius Julius Caesar. Il saura se servir d'eux pour la plus grande gloire de Rome, qui se confond avec la sienne.

Il cherche des hommes nouveaux sur lesquels il pourra s'appuyer. Il désigne ceux qui accéderont aux différentes magistratures et personne n'ose s'opposer à lui. Il ignore les visages crispés des sénateurs quand ils apprennent qu'il a multiplié le nombre des préteurs — dix au lieu de deux — et celui des prêtres qui célèbrent les cultes des Dieux et accompagnent les magistrats, ou bien qu'il fait élire Lepidus au consulat pour l'année 46.

Si l'on veut exercer le pouvoir, il faut s'emparer de tous les pouvoirs ! Si l'on veut réformer les mœurs de Rome, unir les citoyens, il doit être le souverain indiscuté, et donc s'appuyer sur des hommes dévoués, devrait-on pour cela les acheter... Et il en va de même avec la plèbe.

Mais il ne faut tolérer aucune résistance et donc briser les derniers partisans de Pompée, qui conservent à Rome des alliés, même si pour l'instant ils se terrent, dissimulant leur haine sous des louanges.

Il doit donc partir pour l'Afrique, en finir avec Caton, Cnaeus Pompée, Labienus et les autres chefs militaires qui imaginent encore pouvoir lui tenir tête. Et pour cela, le tranchant du glaive doit être affûté, c'est-à-dire que les soldats mutinés doivent être ramenés à l'obéissance.

Il se présente seul, sans armes, sans garde personnelle, sur le champ de Mars où sont rassemblés les mutins de la Xe légion. Il regarde cette foule bruyante et tumultueuse, qui ne l'a pas encore vu. Tout à coup, on le découvre. Les premiers rangs refluent. Des cris s'élèvent, on vocifère, on exige. Ils ne veulent plus servir ! disent-ils. Ils ne veulent pas partir pour la Sicile et l'Afrique. Ils ont trop combattu, trop souffert, trop marché ! Que César leur donne congé.

Il bondit sur un mur. Il est à la merci d'un remous, d'un jet de pierre. Et si une seule est lancée, tous le lapideront.

— Je vous licencie, annonce-t-il d'une voix forte mais calme.

Brusquement le silence. Il faut s'engouffrer, les flageller.

— *Quirites* — citoyens !

Ils ne sont plus des *milites* — des soldats.

— *Quirites*, tout ce que je vous ai promis, je vous le donnerai, lorsque avec d'autres je célébrerai mon triomphe. *Quirites*...

Il faut que ce mot les frappe comme une insulte, eux qui se vivent comme des *milites*.

Il sent et voit leur surprise. Elle fige leur visage.

Il croise les bras.

Un cri jaillit de cette multitude :

— *Milites*, soldats, nous sommes tes soldats toujours !

Ils se pressent autour de lui, lui jurent fidélité. Ils veulent combattre. Ils le suivront là où il jugera bon d'aller.

Il tend le bras. Il dit :
— Vous êtes à nouveau *milites* !
On l'acclame.
Il ne sévira pas. Mais il y a tant de moyens, dans une guerre, de faire mourir les hommes rebelles. Il connaîtra leurs noms. Et ils seront désignés pour être la première vague d'assaut, ceux que même les Dieux ne peuvent sauver de la mort.
Il quitte le champ de Mars.
Il peut partir pour la Sicile avec ses légions, et de là, embarquer pour l'Afrique.

XLVII.

> Il lance en faisant glisser le sable entre ses mains : « Afrique, je te tiens ! »

César aperçoit, au-delà des dunes qui surplombent la plage, les cimes des palmiers. Il écarte les légionnaires qui se pressent sur le pont de la galère et va vers la proue.

Il veut sauter le premier du navire sur cette terre africaine qui, depuis des jours, paraît se dérober.

Tout avait paru propice au départ de Lilybée (Marsala), sur la côte sud-ouest de la Sicile. Les six légions et les deux mille cavaliers avaient embarqué non seulement en bon ordre, mais avec une sorte de hâte, comme si les soldats avaient voulu faire oublier leur mutinerie, leurs réticences à partir de nouveau en guerre. Mais avant que commencent à battre les tambours qui rythment l'effort des rameurs, les augures avaient souhaité faire un sacrifice, égorger un taureau qui se trouvait entravé à l'avant de la galère amirale. Au moment où les prêtres s'étaient approchés pour l'égorger, l'animal dans une sorte de spasme peureux avait brisé ses liens et, renversant les soldats, s'était précipité par-dessus le bastingage. On avait aperçu sa tête noire marquée en son milieu d'une étoile blanche se diriger vers le rivage.

César avait aussitôt senti peser sur lui le silence et les

regards angoissés des soldats, dont certains avaient été blessés par le taureau. Il s'était retourné. Il avait vu leurs corps sanglants étendus sur le pont. Les augures se taisaient, comme s'ils n'osaient pas donner le sens néfaste de cet événement, mais leurs visages étaient marqués par l'effroi.

César était monté sur la passerelle.

— Les Dieux nous avertissent ! avait-il lancé. Une armée qui désobéit est une armée vaincue. Je n'ai pas voulu punir les mutins. Les Dieux l'ont fait. Ils sont avec moi.

Il avait senti l'hésitation et avait donné l'ordre aux tambours de commencer à battre, et la galère avait volé sur la crête des vagues.

C'était le premier jour. On s'était dirigé vers le royaume de Numidie, là où Juba Ier avait rassemblé ses quatre légions, aux côtés des dix de Metellus Scipion, de Cnaeus Pompée, de Caton, d'Afranius, de Petreius, de Labienus. On devait toucher terre à Hadrumète. Mais à l'aube du deuxième matin, la tempête s'était levée, et en pleine journée le ciel était si noir, la pluie si drue, que l'on n'avait plus vu les galères de la flotte. Et quand enfin le ciel était redevenu clair, la plupart avaient disparu, coulées ou égarées.

Et maintenant, au moment de sauter sur la terre africaine, César examine autour de lui les navires restants, à bord desquels il y a tout au plus trois mille fantassins et cent cinquante cavaliers. Pourtant, il ne faut pas attendre que le reste de l'armée, s'il n'a pas été noyé, arrive. Il faut prendre l'ennemi par surprise.

César, dès que la coque dans un long crissement touche le fond, fait signe qu'on jette la passerelle.

Il s'avance et, au moment où il saute pour prendre pied, il sent qu'il va tomber. Il fait un effort. Il imagine ce que ses soldats vont penser de sa chute, y découvrir à nouveau un mauvais présage après la fuite du taureau et la tempête.

Il se laisser aller. Il veut que sa chute apparaisse comme un mouvement volontaire. Il touche brutalement le sol et reste ainsi agenouillé, enfonçant ses bras dans le sable humide comme s'il voulait prendre cette terre contre lui, et il lance en faisant glisser le sable entre ses mains : « Afrique, je te tiens ! »

Il se redresse. Il marche d'un pas rapide jusqu'au sommet de la dune, observe ce paysage ocre où il doit vaincre, et se retourne. Les cohortes se sont rassemblées derrière leurs enseignes. Il lève le bras. Il faut se diriger vers le sud, vers Thapsus (Ras-Dimass) où se sont rassemblées les légions de Metellus Scipion, puis on remontera vers Utique, la citadelle dans laquelle s'est enfermé Caton.

Il faut marcher, malgré le harcèlement des cavaliers de Labienus. Il faut marcher malgré la chaleur déjà forte en ce mois de mars 46, marcher malgré la soif et la faim, car les vivres commencent à manquer. Et nourrir les chevaux avec du varech dessalé. Il sent monter la colère mêlée de désespoir des soldats. Il ordonne que l'on arrête les cohortes, là, face à Thapsus où se dresse le camp de Scipion.

Il découvre que ce ne sont pas seulement la fatigue et la lassitude ou la hargne qui écrasent ses soldats, mais aussi l'épouvante. Ils regardent autour d'eux avec des yeux effrayés. Ils craignent les troupes de Juba Ier, les supplices infligés aux prisonniers qui font espérer la mort au combat.

Il s'adresse aux cohortes :

— Sachez que dans très peu de jours, le roi sera devant vous avec dix légions, trente mille cavaliers, cent mille soldats légèrement armés, et trois cents éléphants.

Il s'interrompt. Il faut nommer les raisons de la peur pour mieux pouvoir la combattre.

— Que certains d'entre vous cessent donc de chercher plus loin, reprend-il, ou de faire des conjonctures, et qu'ils s'en rapportent à moi qui suis bien renseigné, sinon je les ferai embarquer sur le plus vieux de mes navires et ils iront au gré des vents aborder où ils pourront.

Il montre l'horizon.

— Pour les autres, les braves *milites*, la gloire et la fortune, tout le butin, le trésor des Numides, les armes des soldats et les parts de la terre d'ici, riche en blé! Pour les autres, la protection des Dieux! Fortuna, Jupiter et Venus Victrix sont à mes côtés.

Il entend monter les acclamations, puis il a brusquement l'impression que le sol se met à bouger, à se rapprocher. Il a l'impression que ses jambes vacillent et qu'en même temps il tremble et se raidit. C'est le mal qu'il a déjà éprouvé à deux ou trois reprises. Il résiste pour ne pas tomber, embrasser cette terre, et sembler vouloir s'y enfoncer tout en se débattant.

Il sent que sa gorge se serre, que bientôt il ne va plus pouvoir parler, comme si sa langue se retournait, l'étouffait. Il ferme les yeux, appelle Æmilius.

— Prends-moi, porte-moi dans l'une des tours, murmure-t-il.

Elles sont encore inachevées. Elles marquent à peine le début des retranchements qu'il a ordonné d'élever autour de Thapsus.

On l'allonge. Et il entend des voix qui se chevauchent autour de lui. Les légats demandent qu'on lance l'attaque contre Thapsus sans attendre ; les centurions et les *milites* le réclament, disent-ils.

Il secoue la tête. Il ne veut pas d'une attaque brusquée. Il faut finir de creuser les fossés, d'élever les tours qui encercleront Thapsus et les légions de Scipion.

Mais il perçoit soudain le son aigu d'une trompette.

— Les cohortes n'ont pas attendu les ordres ! crie Æmilius. Elles s'ébranlent !

César se dresse. Il doit maîtriser son corps, monter à cheval et prendre la tête des légions. Il lance un mot : « *Felicitas !* » Ce sera le cri de ralliement.

Voilà les troupes de Scipion. Les éléphants sont placés à l'aile droite. César chevauche vers eux, donne l'ordre que les archers et les frondeurs tirent sans s'arrêter sur ces animaux. Il faut les affoler, les rendre furieux.

Il les voit enfin se retourner, écraser les fantassins de Scipion qui les suivent, se précipiter dans un martèlement sourd vers le camp de Thapsus, semer la panique. Les cavaliers maures s'enfuient à leur tour. Plus rien ne peut sauver Scipion !

César retient son cheval. Il aperçoit un centurion qu'un éléphant a saisi dans sa trompe et qu'il soulève du sol. L'homme ne perd pas son sang-froid, se met à frapper sans arrêt de son épée la trompe qui l'étreint, jusqu'à ce que l'éléphant vaincu par la douleur lâche prise et s'échappe, lui aussi.

César cherche des yeux les légats et les tribuns militaires. Il crie qu'il faut être clément. C'est l'ordre qu'il donne.

Mais l'odeur du sang est déjà partout répandue. Les légionnaires ressemblent à des bêtes affamées qui ont enfin trouvé leurs proies. Ils égorgent, sans se soucier de savoir qui ils tuent, l'homme qui se rend ou celui qui résiste. Ils pillent. Ils menacent même leurs officiers qui tentent de les retenir, de leur transmettre les ordres de

César : « Clémence ! Clémence ! » Ils brandissent leurs glaives.

César s'approche. Ils sont menaçants. Ils veulent ne laisser aucun survivant.

Il voit un groupe de soldats de Scipion qui saluent comme le font les légionnaires, bras levé, rappelant ainsi qu'ils sont eux aussi citoyens romains. Mais ils tombent sous les coups de glaives et de javelots.

Pas de clémence. La mort et le butin.

Tels sont les hommes ! Des animaux sauvages qui vivent dans une arène et se livrent sans fin des combats à mort.

César avance lentement au pas de son cheval. Il voudrait que cela cesse. Il faut que sa victoire n'ouvre pas les portes de la vengeance. Il doit gouverner par le rassemblement de tous autour de lui. Il veut que l'on se réconcilie, pour mieux assurer la domination et la gloire de Rome.

Il apprend que Caton à Utique s'est suicidé en s'enfonçant son glaive dans la poitrine. Il écoute Æmilius, qui rapporte que Caton a passé la nuit à lire le volume de Platon qui évoque la survie de l'âme après la mort du corps. Il aurait dit : « Vertu, tu n'es qu'un mot. »

César baisse la tête. La pensée de l'homme ne peut agir qu'autant que le sang coule dans ses veines. Après, c'est l'affaire des Dieux, et eux seuls savent ce qu'il en est.

Mais puisque Caton est mort, après Pompée, la guerre civile n'est plus qu'un tas de cendres dispersées. Labienus s'est enfui en Espagne en compagnie des fils de Pompée, il faudra aller lui donner la chasse. Scipion, le beau-père de Pompée, a mis fin à ses jours en se lardant le corps de coups de poignard. Et le roi Juba Ier et Petreius se sont livrés un duel à mort, succombant l'un et l'autre comme ils le désiraient. Afranius est tombé au combat.

Il songe à Labienus, son ancien lieutenant, devenu le plus irréductible de ses ennemis.

Pour les autres, il n'a pas eu à lever le glaive sur leur gorge.

— Ô Caton, j'envie ta mort, murmure César. Car tu m'as enlevé l'occasion de te faire grâce, de te sauver la vie.

Il va rentrer à Rome. Les Dieux ont été généreux, il a vaincu. Et ses ennemis sont morts sans que sa main soit teintée de leur sang.

Il regarde depuis la passerelle de la galère embarquer les coffres où sont entassés les trésors du roi Juba Ier. Le royaume de ce souverain est devenu l'Africa Nova. Il le tient bien serré dans ses mains comme il tient l'Égypte.

Il pense à Cléopâtre, à cette longue navigation sur le Nil dans le plaisir. Il souhaite que la reine d'Égypte vienne à Rome assister à ses triomphes. Car il peut, maintenant qu'il ne reste que Labienus, célébrer ses victoires. Il détient tout le pouvoir ! Il a récompensé avec des terres de Numidie ses vétérans, déjà riches de butin. Il a fixé le tribut des cités de Numidie. Elles livreront blé et huile, or et argent.

D'un signe, il donne l'ordre aux tambours de commencer à battre. La terre africaine s'éloigne...

Il a eu raison de ne pas se laisser arrêter par les signes que tous autour de lui croyaient néfastes. Les Dieux, il en est persuadé, laissent l'homme choisir entre plusieurs routes qu'ils ouvrent devant lui. Et ils abandonnent et condamnent ceux qui se trompent d'itinéraire.

Mais ils aident celui qui emprunte la bonne voie. À lui seul de décider.

Il a fait le bon choix. Et les Dieux l'ont protégé.

Il regarde cette ligne noire qui souligne l'horizon : l'Afrique. Dans quelques semaines, sans doute à la fin de juillet 46, il sera de retour à Rome.

Il a cinquante-cinq ans.

XLVIII.

Il faudrait fixer une nouvelle durée aux années : elles pourraient compter 365 jours…

César se penche hors de la litière. Il aperçoit les nuques des porteurs couvertes de sueur. Ils se déhanchent afin d'emprunter le passage que les licteurs et les gardes ouvrent dans la foule bruyante qui a envahi le Forum. Les acclamations jaillissent, des cris aigus, presque des hurlements : « Caesar Imperator ! Caesar, Caesar Imperator ! »

César recule, laisse retomber les rideaux qui masquent l'intérieur de la litière. Mais les cris continuent. Et il en est satisfait. Depuis cette fin du mois de juillet 46, le 25, jour de son arrivée à Rome, il ne se lasse pas de ces marques d'adoration que lui prodigue la plèbe.

« Tu es l'égal d'un Dieu ! » lui a-t-on même crié.

Et Cicéron, les lèvres pincées, a commenté :

— La gloire que tu viens d'acquérir, Caesar, tu ne la partages avec personne…

Il écarte à nouveau le rideau de cuir. Il veut que l'on avance plus vite. Il a hâte de rejoindre la villa placée au centre de ces immenses jardins qu'il possède désormais, sur l'autre rive du Tibre. C'est là qu'il a logé Cléopâtre et son fils, qu'elle appelle Césarion et dont elle répète avec orgueil qu'il est le fils du roi de Rome et de la reine d'Égypte.

Il est pressé de la retrouver. Elle est comme le témoignage de ce qu'il a vécu, loin de Rome, dans les fastes lascifs de l'Orient, dans la gloire des victoires. Que sait-on ici de ce qu'ont été pour lui les dix années qu'il a passées dans les provinces à combattre, des forêts de Germanie à l'Océan, du Pont-Euxin aux colonnes d'Hercule, d'Alexandrie à l'île de Bretagne ?

Cicéron a raison, cette gloire n'est qu'à lui ! Et il faut bien que les sénateurs la lui reconnaissent. Ils le font d'ailleurs, parce qu'il détient la force et la richesse. Ils ont ordonné d'inscrire son nom au fronton du temple de Jupiter Capitolin. C'est la juste reconnaissance de ce qu'il a fait pour Rome, en même temps qu'un hommage rendu à sa lignée.

Il reste impassible lorsqu'il entend Æmilius lui annoncer qu'il a été décidé de placer dans ce temple de Jupiter sa statue...

— La tienne, Caius Julius Caesar ! Tu conduis un char placé sur un globe. Sais-tu ce que l'on a choisi comme dédicace ?

César garde les yeux clos, bras croisés.

— « À Caius Julius Caesar, demi-dieu. »

Il a une bouffée d'orgueil. Il est bien devenu le maître de Rome, nommé dictateur pour dix ans, siégeant au Sénat entre les deux consuls et pouvant toujours prendre la parole le premier. Il est accompagné quand il se déplace par soixante-douze licteurs. C'est lui qui, au Circus Maximus ou bien dans l'arène, donne le signal de départ des courses de chars ou déclare ouverts les combats de gladiateurs. Lui que l'on a désigné d'un nouveau titre, *praefectus morum*, le préfet des mœurs. Et il vient de décider que l'usage des litières serait limité, comme le port des vêtements de couleur pourpre et celui d'habits rehaussés de pierres précieuses. Peut-être ainsi pourra-t-on retrouver les vertus de Rome, au lieu de laisser l'argent et la débauche régner.

Il fait le droit, il fait la loi, mais lui est d'une autre race, celle des descendants des Dieux.

Personne ne peut le juger ni le contraindre. Il agit à sa guise pour le bien de Rome.

Il entre dans les jardins de sa villa.

Il sait qu'on lui reproche cette liaison qu'il affiche avec Cléopâtre, mais personne n'ose le critiquer à haute voix. Caton n'est plus, qui aurait eu l'audace de l'interpeller au Sénat et peut-être même de l'accuser de vouloir comme un roi d'Orient instituer à son profit la polygamie en épousant Cléopâtre alors que vit toujours Calpurnia, son épouse romaine.

Il y pense, il est vrai. Qui l'en empêcherait s'il le décidait ? Et ne serait-ce pas le meilleur moyen de faire de l'Égypte une pièce essentielle de l'empire de Rome ? Et son bien personnel, à lui Caius Julius Caesar ! Et s'il était roi, souverain d'Égypte et de Rome, cela ne permettrait-il pas de s'opposer au roi des Parthes qui, en Asie, continue de menacer les provinces romaines ? Car comment imposer son autorité aux peuples d'Asie si l'on n'est pas roi, alors qu'ils ne respectent que cette dignité-là ?

À Rome, certes, César sait bien que l'idée d'une royauté suscite des résistances. Il faudra les vaincre. Et ce sera entre lui et les opposants une lutte sournoise où l'on essaiera de l'isoler, de le flatter hors de toute mesure pour mieux le déconsidérer auprès de la plèbe, qui elle aussi hésite à se soumettre à l'autorité d'un monarque parce qu'elle préfère vendre ses suffrages à ceux qui espèrent être élus consul ou tribun et qui l'achètent, la courtisent, lui distribuent des boisseaux de blé et de l'argent.

Il le fait aussi. Il a décidé, pour célébrer les quatre triomphes qui doivent honorer ses victoires en Gaule, en Égypte, dans le royaume du Pont contre Pharnace, et en Afrique — *Triumphus Gallicus*, *Alexandrinus*, *Ponticus*, *Africanus* —, de faire dresser vingt-deux mille tables et de faire servir six mille murènes, et une amphore de vin de Falerne pour neuf citoyens, de quoi se faire applaudir, de quoi se faire aimer. Et il offrira en plus dix boisseaux de blé, dix litres d'huile d'olive, cent sesterces, et le loyer d'un logement pour une année, par personne ! Et cinq mille sesterces à chaque *milite*, et le double à chaque centurion ! Et des parcelles de terre à ces vétérans. Et il veut que des jeux gigantesques étonnent les Romains. Il faut créer un lac artificiel sur lequel des navires et quatre mille rameurs livreront un combat naval. Il fera venir d'Afrique quatre cents lions pour que l'on organise une chasse sous les yeux des citoyens. Et naturellement un combat de plusieurs centaines de gladiateurs !

Il voit s'avancer Cléopâtre, entourée de ses esclaves. Elle a les cheveux relevés en un haut chignon, si bien que son visage paraît plus fin alors qu'elle a les traits lourds. César s'arrête afin de la laisser marcher vers lui. Il aime le mouvement de son corps. Lorsqu'elle tend les bras vers lui, que la peau brune de ses épaules apparaît sous les voiles qui se sont écartés, il se souvient de ces jours et de ces nuits, si souvent confondus, alors que le navire thalamège remontait le Nil. Aucune femme depuis n'a pu lui faire oublier ces instants, la maîtrise savante de Cléopâtre, son invention, son apparente candeur dans la perversité, et ce plaisir, si aigu qu'il en devenait douloureux, qu'elle lui avait fait découvrir.

Aucune femme...

Alors que Cléopâtre s'incline devant lui sans le quitter des yeux, il pense à Servilia, qu'il a retrouvée vieillie, et à sa fille Tertia, toute jeune, qu'elle avait fait entrer une nuit dans leur chambre. Servilia s'était retirée, et Tertia s'était approchée, faisant glisser sa tunique, restant nue devant lui. Il avait été attiré par sa jeunesse maladroite, qu'elle avait compensée par un élan et une volonté de le satisfaire qui l'avaient ravi. Mais ce n'était pas Cléopâtre ! Et si Servilia avait imaginé, comme d'autres femmes romaines, qu'il suffisait de lui placer entre les bras de jeunes corps, des esclaves vierges, des Numides ou des Espagnoles brunes aux mouvements harmonieux, des Barbares blondes aux formes sculpturales, pour qu'il se détourne de Cléopâtre, elle se trompait !

Cléopâtre lui tend les mains. Il les saisit, elle l'entraîne. Il marche à son pas.

Il va lui abandonner quelques heures de cette journée torride de l'été, où la chaleur est plus lourde, plus humide, plus étouffante ici, même dans ces jardins des bords du Tibre, qu'en Numidie ou sur les rives du Nil.

Maintenant, revenu chez lui, là où il est le *pontifex maximus*, l'*imperator*, le dictateur pour dix années, le préfet des mœurs, il écoute Æmilius.

— On murmure contre toi, dit ce dernier. La plèbe entend ceux qui te reprochent de te comporter comme un roi oriental, d'avoir oublié que tu es d'abord un magistrat romain, époux de Calpurnia, père adoptif de Marcus Brutus et *pontifex maximus*...

Æmilius s'interrompt. César sent le regard hésitant de son secrétaire, comme s'il n'osait poursuivre.

César baisse la tête, murmure.

— Æmilius, si tu m'aimes, dis tout ce que tu entends, tout ce que tu sais. J'ai entendu siffler tant de flèches, tant de javelots, vu si souvent des glaives me menacer, crois-tu que je puisse craindre les mots de quelques citoyens de Rome ?

Æmilius sourit, reprend :

— On dit que les derniers fidèles de Pompée, ses fils Cnaeus et Sextus Pompée, ainsi que Labienus et Varrus, ont rassemblé treize légions en Espagne. Et que ceux-là sont capables de te battre. Les sénateurs l'espèrent encore !

César ne répond même pas. Il a la certitude que personne ne peut le vaincre sur un champ de bataille. Les éléphants de Juba Ier eux-mêmes et ses impitoyables cavaliers maures se sont enfuis de Thapsus.

— Quoi d'autre ? demande-t-il.

Æmilius tout à coup parle avec fougue, comme un torrent qui a réussi à franchir les obstacles accumulés, la peur de déplaire, et celle de blesser.

— Les statues que tu as fait dresser, la tienne au temple de Jupiter Capitolin, et celle de Cléopâtre au temple de Venus Genitrix... Et cette inscription : « À Caius Julius Caesar, demi-dieu »...

César ferme les yeux.

Peut-être les Romains ne comprendront-ils jamais que leur ville ne peut plus être gouvernée comme au temps de sa fondation. Ils ne connaissent pas sa puissance. Ils ignorent ce que c'est que Rome lorsque l'on vit sous son autorité à Corduba, à Bibracte, à Éphèse ou à Alexandrie. Cette plèbe romaine, ces *potestates* surtout, qui s'accrochent au passé, sont pourtant satisfaits de recevoir les bienfaits des conquêtes dont ils refusent de mesurer le poids sur les institutions.

César se lève. Du péristyle, il aperçoit le forum Julium et sa longue colonnade qu'il a fait construire avec les trésors rapportés de Gaule ou d'Asie. Et ce temple de Genitrix, et cette grande basilique Julia que l'on est en train d'achever, cette nouvelle Rome où chaque citoyen peut admirer les portiques, déambuler devant les boutiques qui se sont ouvertes sur le forum Julium, ou bien aller s'incliner devant les Dieux dans ces nouveaux temples et ces nouvelles basiliques, c'est à lui qu'on les doit.

— Je change Rome, dit-il en se tournant vers Æmilius. Je change le monde.

Il ne veut plus de l'ancien mode de gouvernement. Qu'il reste en place comme la coquille vide d'une noix ! Mais il faut supprimer les clans, les partis qui se constituaient. Le pouvoir des sénateurs doit être réduit, divisé. Il suffit pour cela d'augmenter leur nombre, qu'ils soient neuf cents, et ils ne seront plus qu'une volière bruyante et impuissante !

Rome a besoin d'un maître unique, lui, Caius Julius Caesar, qui soit seul juge des intérêts de l'Empire, parce qu'il a montré face aux ennemis que les Dieux le protègent, qu'ils l'ont choisi.

Et lui, le moment venu, désignera son successeur, peut-être Octavius, son neveu, dont la beauté et la retenue, la détermination et même la sagesse l'ont séduit alors qu'il ne s'agit que d'un jeune homme qui n'a pas vingt ans.

— Je change Rome, Æmilius ! répète César.

Mais il ne veut point, comme ceux qui furent dictateur avant lui, Marius ou Sylla, représenter un seul camp. Il ne veut pas être au service des pauvres contre les riches, des débiteurs contre les créanciers. Il veut créer un juste équilibre qui servira la gloire et la grandeur de Rome.

Il a reçu Salluste quelques jours auparavant, toujours aussi déterminé, intransigeant et convaincu.

— Tu dois te défier des usuriers, a-t-il dit, de ceux

qui ont pris l'habitude de ne pouvoir passer la nuit sans avoir une prostituée dans leur lit, de ceux qui remplissent leur ventre deux fois par jour, ceux-là ont avili leur esprit. Tu dois donc veiller à ce que le peuple, qui est démoralisé par les largesses et par les distributions gratuites du blé, ait du travail qui l'occupe en le détournant d'activités nuisibles à la société. Il faut que nos jeunes gens prennent goût au travail et à la vertu, et non aux extravagances et à la cupidité.

Il n'a pas répondu. Salluste croit que l'on peut conquérir les hommes par la vertu.

— Sévis contre le dérèglement de nos mœurs, a-t-il continué, extirpe du sein de notre jeunesse les mauvaises passions...

César a essayé. Il a édicté des règles pour que la richesse soit moins ostentatoire : ni litière, ni vêtements pourpres, ni pierres précieuses. Et il sait déjà qu'aucune de ces règles n'est respectée ! Mais il serait fou de vouloir envoyer sa garde pour châtier ceux qui les violent ! L'homme est ainsi fait qu'il veut jouir de ce qu'il possède, qu'il veut ce qu'il peut acheter, et que le plaisir, le désir de jouir sont ses lois.

Pour parvenir à l'union et à la paix entre citoyens de Rome, il a voulu la clémence. Et cela, même Cicéron, l'adversaire, l'hypocrite, le lâche, le flatteur, le reconnaît :

— Tu es le seul, Caius Julius Caesar, je le dis très haut, dont la victoire n'a coûté la vie qu'à des combattants ! Ce que nous avons dû subir chaque fois à la fin victorieuse d'une guerre civile, nous ne l'avons pas trouvé avec toi comme vainqueur.

Il pourra changer Rome. Et il pourra aussi changer le monde. Il faut au monde, du Rhin à l'Océan, de l'île de Bretagne au Pont-Euxin, une même loi, celle de Rome.

Et il faut que tous les peuples réunis sous son autorité vivent au même rythme.

Il convoque les astronomes d'Alexandrie, les savants de Rhodes, ceux qui suivent le mouvement des planètes et savent quand la lune est pleine, et combien dure la course du soleil suivant les saisons.

— Je veux changer le monde, a-t-il annoncé. Mettre de l'ordre.

Il faut en finir avec ce calendrier qui court après les astres. Il écoute Sosigénès, un astronome d'Alexandrie, lui expliquer qu'il faudrait fixer une nouvelle durée aux années : elles pourraient compter 365 jours, la durée exacte d'une année lorsqu'elle est calée sur le mouvement des planètes étant de 365 jours un quart. Et tous les quatre ans, on rattraperait son retard en ajoutant un 366e jour, ce serait une année bissextile.

— Ton nom serait attaché pour toujours, jusqu'à la fin des temps, à ce calendrier, car il n'en est point d'autre possible, dit Sosigénès. Mais tu dois d'abord effacer les erreurs. Il te suffit d'ajouter 67 jours à cette année, entre les mois de novembre et décembre 46, ainsi le 1er janvier 45 serait-il celui du commencement de l'ordre nouveau dans l'écriture du temps.

César aime cette idée. L'année 46 comptera 445 jours ! Et l'on oubliera peut-être Caius Julius Caesar vainqueur à Pharsale et à Thapsus, mais on se souviendra toujours de son calendrier !

— Je change le visage de Rome et celui du monde, Æmilius ! s'exclame-t-il.

Il est l'égal d'un demi-dieu, quoi que puissent en penser ses adversaires. Et quand il aura vaincu les derniers fidèles de Pompée, il sera libre de tout vouloir, de tout pouvoir !

Comment ne les vaincrait-il pas ?

Il est debout sur son char tiré par quatre chevaux blancs. C'est un privilège, car seul Jupiter est représenté ainsi, tenant les rênes d'un pareil attelage.

Il porte la robe pourpre des anciens rois de Rome. Une couronne de laurier ceint son front, et un esclave tient à deux mains au-dessus de sa tête la couronne des triomphateurs.

Parce qu'il célèbre ses quatre triomphes au milieu de la foule qui l'acclame, rassemblée sur le champ de Mars et le Capitole. Elle voit passer, avançant d'un pas lent, les sénateurs et les magistrats qui ouvrent le cortège. Puis viennent les centaines de trompettes remplissant Rome de leur musique aiguë. Et voici les trésors arrachés aux sanctuaires et aux rois ennemis, entassés sur des centaines de chars. On dénombre près de trois mille couronnes d'or ! Les troupes suivent avec leurs enseignes et leurs aigles, leurs armures et leurs casques brillants. Enfin viennent les soixante-douze licteurs.

César regarde cela qui le précède.

Il serre le sceptre en forme d'aigle qu'il tient dans sa main droite et la branche de laurier qu'il tient dans sa main gauche.

Il entend le son aigrelet des flûtes et des cithares dont les joueurs marchent derrière lui. Suivent les esclaves qui soutiennent, torse et bras nus, des coupes où brûle l'encens. Et, après les taureaux blancs voués au sacrifice, apparaissent enchaînés et agenouillés les vaincus, Vercingétorix, que l'on étranglera dans la prison du Tullianum dès la fin du cortège, et Arsinoé, la sœur de Cléopâtre.

Parfois s'élèvent des rangs des soldats les chansons ironiques que la foule reprend dans un grand éclat de rire. Parce que tels sont les Romains, sacrilèges.

*Romains, cachez toutes vos femmes,
Car voici qu'arrive le séducteur chauve
Qui a forniqué en Gaule avec l'or emprunté à
   Rome...*

César ne bouge pas. Il laisse caracoler ses quatre chevaux blancs. Mais il détecte soudain un bruit étrange, et en même temps son char penche sur le côté gauche, celui des mauvais présages. Un essieu s'est brisé. Le cortège est interrompu.

Et les voix des soldats s'élèvent plus fortes, plus insolentes :

*Rome, voici Caius Julius Caesar qui a soumis la
   Gaule,
Qui a soumis l'Espagne et l'Égypte !
Rome, voici le triomphe de Caius Julius Caesar
Qui a soumis tous les Barbares !
Mais où est le roi de Bithynie,
Où est le triomphe de Nicomède,
Lui qui a soumis Caius Julius Caesar !*

César a l'impression que son corps est si tendu qu'il va se briser. Mais il ne faut pas paraître blessé, il faut sembler ne pas entendre. Être le rocher dressé que frappent en vain les vagues. Et plus elles sont furieuses, et plus le rocher est brillant !

L'écume sert ce qui est fort.

Il saute de son char. L'esclave qui porte la couronne d'or le suit.

La foule à présent est silencieuse, comme les soldats qui ne chantent plus. Seules les trompettes, les flûtes et les cithares continuent de jouer.

César se dirige vers le Capitole. Il faut pour gouverner un peuple le soumettre, savoir aussi montrer qu'on est soi-même obéissant à ceux qui règnent au-dessus de vous, les Dieux, et que l'on respecte les traditions.

Il faut savoir s'agenouiller si l'on veut obtenir la soumission des autres.

Il s'agenouille. Et commence à gravir ainsi, marche après marche, la pierre inscrivant sa marque dans ses genoux, la colline du Capitole qui s'élève vers le temple de Jupiter.

XLIX.

Il a décidé de se rendre en Espagne avec quatre-vingts cohortes et huit mille cavaliers…

César pose les mains sur ses reins. Il voudrait s'étirer, mais la litière placée sur une charrette à laquelle sont attelés deux chevaux est exiguë. Et voilà vingt-sept jours qu'il vit ainsi, depuis ce départ de Rome, sous une pluie d'averse, le dernier jour du mois de novembre 46. Il a l'impression que tout son corps est endolori. A-t-il jamais, en toutes ces années de guerre, connu une telle fatigue ? Est-ce l'âge qui pèse ? Bientôt cinquante-six ans ! Ou bien le fait qu'il ait voulu que l'on marche en ne faisant que de courtes haltes, pour atteindre enfin cette Espagne où les fils de Pompée, Cnaeus et Sextus Pompée, ainsi que Labienus et Varrus prolongent la guerre civile, assiégeant des villes, attaquant les légions des proconsuls fidèles, et rassemblant autour d'eux treize légions, des milliers de cavaliers et six mille fantassins légers. Il ne peut laisser ouverte cette plaie qui suppure.

Cnaeus Pompée et ses fidèles massacrent, pillent et attirent parce qu'ils demeurent impunis. L'écho de leurs exploits résonne à Rome. Voici que Cicéron, toujours à l'écoute des rumeurs, toujours prêt à trahir, rêvant encore de rendre au Sénat ses pouvoirs et de s'en attribuer la gloire et donc les bénéfices, s'en va dans ses écrits exalter Caton, raconter le suicide du « grand vertueux », du « stoïcien » à Utique. « Tout en lui, affirme-t-il, était plus grand que sa réputation. »

César veut en finir de ces oppositions armées ou masquées. Et c'est pour cela que, malgré les pluies d'hiver, malgré la neige qui rend difficile le passage des cols des Alpes et des Pyrénées, il a décidé de se rendre en Espagne avec quatre-vingts cohortes et huit mille cavaliers.

Il n'a pas écouté tout au long de la route Æmilius, les tribuns et les légats venus souvent, presque chaque jour, lui dire que les soldats rechignaient, que les marches étaient harassantes, la pluie et le froid cruels. Et que lors des courtes haltes les *milites* n'avaient pour s'abriter que des tentes déchirées qui ne les protégeaient pas. Il a seulement dit que les soldats, après la victoire, seraient libres de piller, de tout prendre, les biens et les femmes, qu'il n'y aurait pas de clémence pour les vaincus, ces rebelles qui s'obstinaient.

Et il a exigé que l'on continue la route.

Il dicte au secrétaire recroquevillé à ses pieds dans la litière.

Il a d'abord, les premiers jours, composé des vers sur ce voyage, sur cette via Aurelia dont il a si souvent parcouru les paysages, au point qu'il n'ouvre même plus les yeux pour les apercevoir. La pluie d'ailleurs les voile. Il préfère tenter de contenir la colère qu'il sent monter en lui en recherchant des mots légers qui forment à la fin ce récit de voyage qu'il récite.

Mais la colère est la plus forte. Il en veut à ces hommes qui continuent de le combattre et donc d'affaiblir Rome. Ils doivent être vaincus ! Ils le seront. Comment ces aveugles peuvent-ils douter de l'issue de la bataille ? Ne savent-ils pas qu'il a terrassé les Gaulois, les armées du Grand Pompée, les Égyptiens et les

Numides de Juba Ier ? Veulent-ils connaître le destin de Pompée et de Caton d'Utique ?

Il s'indigne. Pourquoi ces combats inutiles qui saignent Rome alors que le roi des Parthes menace, et que c'est contre ce puissant, cet orgueilleux Barbare qu'il faudrait se dresser ? Qu'imaginent-ils, ces défenseurs d'un ordre ancien, qu'ils vont faire revivre une République romaine aristocratique, alors que les temps ont changé ?

Il en veut à Cicéron de continuer à tresser des louanges à Caton, à faire de lui un héros digne de légende : Caton d'Utique !

César commence à dicter un *Anticato*, pour que l'on sache que Caton le vertueux était aussi corrompu, aveuglé par les passions, recherchant les jouissances, un homme qui avançait masqué, qui se donnait le visage d'un philosophe et n'était qu'un ambitieux rageur et envieux !

Il dicte d'une voix sèche.

C'est cette colère aussi, cette rage même d'avoir encore, après tant de victoires, à livrer une nouvelle guerre contre les mêmes adversaires, qui le harassent, qui brisent son corps bien plus que les cahots du chemin.

Vingt-sept jours de route... Jamais il n'a été aussi vite ! Jamais il n'a été aussi résolu !

Ce sont les derniers pas avant le sommet de sa vie.

La charrette s'immobilise. Il saute à terre. Le ciel est dégagé, il fait presque beau. On est à Obulco (Procuna), non loin de Corduba et d'Ategua (Teba La Vieja), ces deux dernières cités tenues par les troupes de Cnaeus Pompée.

— Qu'on mette le siège autour d'Ategua ! lance-t-il. Et que l'on tue tous ceux qui résisteront ! Qu'on coupe les mains à tous les courriers de Pompée dont on s'emparera, puis qu'on les laisse repartir afin que leurs moignons sanglants soient vus de tous, et que l'on sache ainsi quels sont l'humeur et le message de Caius Julius Caesar.

Il veut vaincre rapidement, en finir une fois pour toutes avec cette guerre civile que, depuis Pharsale et la mort de Pompée, il croyait avoir éteinte et qui renaît ici, en Hispanie.

Il entend les cris de la population d'Ategua que les soldats pompéiens égorgent parce que sans doute elle veut se rendre. Comme si cette cruauté pouvait les servir ! Il faudra bientôt qu'ils ouvrent les portes d'Ategua, qu'ils se soumettent.

Qu'ils soient traités en bandits, dépouillés de leurs armes, égorgés ! L'heure n'est plus à la *Clementia Caesaris*... Qu'on les tue ! Qu'on poursuive les survivants, qu'on les massacre !

Il prend la tête des légions. On se dirige vers Munda (Montilla), dans la région de Corduba. Les troupes de Pompée, de Labienus et de Varrus sont rangées sur les pentes d'une hauteur et dominent ainsi les Xe et V^e légions, l'une à l'aile droite, l'autre à l'aile gauche, dont César parcourt les rangs.

Mais il ne donne pas l'ordre de l'attaque, le corps tout à coup saisi par un tremblement si fort qu'il claque des dents et qu'il est couvert de sueur. Ses yeux se ferment malgré lui. Ce corps auquel il a tant demandé, marchant dans les forêts humides et dans le désert torride, plongeant dans l'eau du port d'Alexandrie ou traversant les fleuves glacés de Gaule et de Germanie, cette machine, aussi robuste qu'une catapulte de siège, se briserait-elle ?

On le porte. On l'allonge. Il serre les mâchoires à se briser les dents.

Il perçoit avec peine les voix des tribuns militaires et des légats qui disent que les centurions veulent attaquer, en dépit de leur mauvaise position de départ qui les force à remonter la pente. Mais ce ne serait pas la première fois.

César se redresse. Il faut qu'il se domine. Il reste un instant assis, s'appuyant sur ses paumes, puis il se lève. Il marche, un peu titubant.

Il sent peser sur lui tous ces regards. Il s'arrête. Il faut que son âme, sa volonté soient comme un épieu qui soutient son corps. Et que celui-ci soit aussi tranchant que la lame du glaive. Il tend la main, se saisit de l'arme. Il la lève. Que la bataille commence !

Il écoute maintenant le cri de guerre des légions puis, alors qu'il s'avance hors de la tente, ce sont les clameurs des combattants qui se heurtent, bouclier contre bouclier, glaive contre glaive, qui éclatent, roulant depuis les pentes, envahissant la plaine de Munda en ce 17 mars 45.

Il voit les cohortes céder sous les charges des cavaliers et des *milites* pompéiens. Ce doit être Labienus qui commande cet assaut. Il reconnaît la manière talentueuse et courageuse de cet ancien fidèle, si précieuse durant la guerre des Gaules. Il faut le repousser.

César s'élance vers les premières lignes. Il ne sent plus sa faiblesse, il saisit le bouclier d'un soldat, le brandit et le tient fermement quand les premiers javelots le heurtent. Et il entraîne les cohortes derrière lui.

Il frappe, il tue. Il se bat comme jamais il ne l'a fait. Et aux vociférations qu'il entend, dont sa tête se remplit, il sait qu'il en est ainsi pour chaque combattant parce que c'est la dernière bataille.

Il marche sur les corps morts ou ceux des blessés que

l'on va égorger. Il abaisse un peu son bouclier, il aperçoit sur les pentes les troupes pompéiennes qui commencent à reculer vers la crête. Il pousse un cri : Il faut faire donner la cavalerie ! C'est le moment, quand soudain la volonté de vaincre ou de résister se fendille et qu'il suffit alors d'un effort de plus pour qu'elle se brise, comme un verre dont on n'a pas aperçu la fêlure.

Tuer ! Tuer !

Il entend ce mot répété. Les fuyards sont rejoints, ils s'agenouillent comme des bêtes enfin soumises et qui ne se dérobent plus à leur sort. Combien sont-ils à avoir succombé dans cette bataille ? Plus de trente mille, et parmi eux Labienus et Varrus. Cnaeus Pompée a réussi à fuir. Mais on l'a vu blessé à l'épaule et au talon. Il suffira de le traquer, de le cerner comme un animal qui se cache dans une grotte, puis de lui trancher la gorge. Il sait, il pressent cela !

Il n'est donc pas surpris lorsque l'on dépose devant lui sa tête tranchée. Celle du fils, après celle du père.

Il la regarde longuement. Il murmure :

— Souvent j'ai combattu pour la victoire, aujourd'hui pour la première fois je me suis battu pour ma vie.

Il a la certitude que les Dieux lui ont infligé cette épreuve ultime pour qu'il n'accède à son but qu'après la plus sanglante et la plus périlleuse des batailles.

À présent, les forces ennemies se sont réduites à quelques débris qui se sont réfugiés dans Munda.

Il se tourne vers les tribuns et les légats.

— Souvenez-vous des Gaulois, dit-il. Avant de donner l'assaut à une ville, ils plantent tout autour des piques surmontées des cadavres de leurs ennemis. Faisons de même !

Il surveille les *milites* en train de construire autour de Munda une palissade faite avec les cadavres des pompéiens. Ils percent les corps avec des épées, des piques, des javelots au bout desquels ils ont placé des têtes coupées dont la face est tournée vers les murs de la ville.

Ainsi l'ennemi saura quel sort lui est réservé !

Munda ne résiste pas longtemps. Puis se rendront toutes les autres villes passées aux pompéiens, Gadès, Corduba, Hispalis (Séville).

Et les derniers rebelles se suicident, ou, comme le fils cadet de Pompée, Sextus, s'enfuient, errant sans avenir.

César entre dans chacune de ces villes soumises, pillées, et dont la plus grande partie de la population a été massacrée ou réduite en esclavage. Ceux qui restent devront payer un implacable tribut.

Il se rend dans le temple d'Hercule, à Gadès. Il contemple la statue d'Alexandre devant laquelle, au temps de sa jeunesse, il avait éprouvé un sentiment de désespoir, craignant de ne jamais parvenir à égaler le conquérant macédonien... Il peut maintenant regarder cette statue sans avoir à baisser les yeux !

Il peut même défier ce souvenir. Il ordonne que toutes les offrandes précieuses déposées dans ce temple fassent partie de son butin.

C'est l'été 45. La guerre a été brève, il a vaincu. Quel citoyen romain oserait désormais se dresser contre lui ?

César va prendre la route du retour. Qui à Rome, au Sénat, aura l'audace de s'opposer à ses projets ? Qui refusera de s'incliner devant lui alors que les légions viennent de lui décerner pour la troisième fois le titre d'*imperator* après la prise de Munda ? Qui ne s'associera pas à ce cinquième triomphe qu'il veut organiser pour célébrer la défaite des derniers pompéiens ?

Il peut se diriger lentement vers Rome, présider des assemblées dans les villes traversées, décider de créer des colonies qui seront la trace vivante de Caius Julius

Caesar. Là s'établiront des vétérans auxquels il fait distribuer des parcelles de terre. Là naîtront Olisipio (Lisbonne), Carthago Nove (Carthagène), Tarraco (Tarragone), dont les habitants auront les mêmes privilèges que les citoyens romains.

Il entre en Narbonnaise, et voit s'avancer vers lui Marcus Junius Brutus. Il lui tend les mains. Ce fils adoptif a bien gouverné la Gaule depuis son ralliement. Il l'écoute affirmer sa volonté d'être fidèle à Rome.

César approuve. Néanmoins, il sait que Marcus Brutus vient d'épouser Porcia, la fille de Caton, la veuve de ce consul Bibulus qui fut toujours un rival et l'allié déterminé de Pompée. Mais il veut chasser ces pensées de son esprit. Il faut en finir avec les guerres entre citoyens romains ! Caius Julius Caesar est le maître. Autour de lui, tous doivent se rassembler.

Caius Julius Caesar ne veut plus avoir d'ennemis à Rome.

Et qui oserait l'être ?

L.

Ils prétendent que tu veux être roi. Ils disent même que tu veux aller te faire couronner à Alexandrie...

Il n'est pas pressé d'arriver à Rome. En ce mois d'août 45, la chaleur doit y être accablante, et l'air est plus léger en Campanie où il a l'intention de s'attarder quelques semaines sous les grands pins parasols des jardins de ces villes où on le reçoit à l'égal d'un roi.

Et puis il faut savoir se faire attendre, que de l'incertitude sur ses intentions naisse l'inquiétude... Chaque sénateur, chaque magistrat, et même le plus humble des citoyens, sait maintenant que Caius Julius Caesar est l'homme le plus puissant de Rome, et donc du monde. Qu'il ne craint plus personne. Il est à la tête d'une armée de vingt-six légions, et il est le plus riche de toute la République. Il murmure une nouvelle fois « et donc du monde ! ».

Il va s'installer pour quelques semaines dans sa villa de Labicum.

Il marche lentement dans les allées du parc. Il fait doux, la brise de la mer, le soir, fait osciller les lauriers et froisse les branches des pins, parfois même le vent courbe la cime des cyprès.

Il s'assied. Il écoute Æmilius qui revient de Rome où il s'était rendu en éclaireur. Il a recueilli toutes les rumeurs, il a interrogé. Il dit que les sénateurs ont, dès le lendemain de l'annonce de la victoire de Munda, le 20 avril, décidé de lui accorder de nouveaux honneurs : cinquante jours de supplications, le droit de porter comme prénom le titre d'*imperator*, et pour commémorer sa victoire une course de chars sera organisée en son honneur, chaque année le 21 avril, jour de la fondation de Rome.

Il ne bouge pas. Il est Rome.

— Il y a quelques jours, poursuit Æmilius, ils ont célébré la fête de la victoire à ta gloire, Caius Julius Caesar. Tu as été honoré par la présence en tête du cortège d'une statue en ivoire, ta statue, Caius Julius Caesar, de la même taille que celle qui représente Romulus, le fondateur de Rome !

Æmilius s'interrompt, hésite. César le fixe, l'interroge du regard.

— Les spectateurs ont été saisis, reprend Æmilius. Ils ont regardé passer ta statue en silence.

Il n'est pas surpris, la plèbe n'aime pas les rois ! Mais elle craint les Dieux. Il faut qu'il soit l'égal d'un Dieu. N'est-il pas le sauveur, le général invincible à l'égal d'Alexandre, le père de la patrie, le Liberator autant que l'Imperator ? N'a-t-il pas été accompagné tout au long de son destin par Fortuna et Felicitas, guidé par Venus Victrix ? Il faut qu'on l'honore pour cela, que l'on s'incline devant la *Victoria Caesaris*, que l'on reconnaisse le *Genius Caesaris*, que l'on décrète son inviolabilité telle celle dont bénéficient les Dieux et qu'il y ait des prêtres pour célébrer son culte.

— Le mois de ta naissance, Caius Julius Caesar, portera ton nom, Iulius, ils en ont décidé ainsi, et ce mois-là sera celui de grandes fêtes qui dureront onze jours. Tu revêtiras ta toge de pourpre et d'or, tu seras toujours précédé de licteurs, tu prendras place dans un siège doré. Et tu pourras transmettre ta dignité de *pontifex maximus* à ton héritier.

César se lève. Le crépuscule a teinté le ciel de rouge. Il fait quelques pas. La mort seule, en effet, peut interrompre sa course... Et il doit penser à elle, à celui qui lui succédera. Il a déjà choisi, mais il va profiter de ces quelques jours pour rédiger son testament, faire du petit-fils de sa sœur, Caius Octavius, son principal héritier. Il héritera de la plupart de ses biens. Il lui fera attribuer les dignités qui lui permettront, le jour venu, de lui succéder. Il en fera son fils adoptif.

Quant à Marcus Brutus, le fils de Servilia, également son fils adoptif, il aura sa part, mais limitée. Il y a parfois dans le regard de Marcus Brutus comme une hésitation, un doute, peut-être le rêve de voir rétablir le pouvoir du Sénat ? Brutus n'a-t-il pas un temps choisi de servir Pompée ? C'est un homme influençable. Mais qui peut aujourd'hui menacer Caius Julius Caesar ?

César se tourne vers Æmilius, qui le suit à deux pas.

— Je n'ai donc que des alliés à Rome...

Æmilius se rapproche.

— Ils te couvrent d'honneurs ! Ils te célèbrent comme un Dieu et un roi. Mais ils te craignent, Caesar. Ils veulent t'étouffer sous les couronnes de laurier. Ils espèrent que la jalousie, l'envie susciteront la révolte contre toi. Ils te hissent le plus haut qu'ils peuvent pour que tu sois exposé aux flèches de tous ceux qui, à Rome, refusent un roi. Plus tu seras haut et plus, pensent-ils, ta chute sera aisée ! La peur qu'ils ont de toi rend leur haine souterraine et d'autant plus forte. Prends garde à toi !

— Les Dieux décident, Æmilius.

Et il a confiance dans les Dieux. N'est-il pas leur descendant ? Aujourd'hui les Romains ne l'ont-ils pas reconnu l'égal d'une divinité ? Qui oserait porter la main sur celui qu'on a nommé *Deo Invicto*, Dieu invaincu ? César n'imagine pas qu'il puisse exister à Rome un homme capable d'accomplir un tel sacrilège.

Et pourquoi se dresserait-on contre lui ? Il a réduit les pouvoirs politiques des *optimates*, mais il n'a touché ni à leur fortune ni à leur dignité. Il a donné aux vétérans des parcelles de terre en Campanie, en Espagne, en Afrique, en Sicile. Les habitants des colonies qu'il a créées — et les dernières, Arelate (Arles) et Forum Julii (Fréjus), sont en Gaule narbonnaise — bénéficient du droit de cité romain. Mais il a voulu que Rome reste le joyau privilégié...

Lorsqu'il pénètre dans sa ville, au mois d'octobre 45, lorsqu'il arpente le Forum et qu'il découvre les nouvelles constructions surgies de terre, à son initiative, grâce à ses dons, il éprouve le sentiment d'avoir modelé le visage de Rome.

Il traverse le champ de Mars, précédé par les licteurs, escorté par sa garde composée de centurions espagnols. Il veut faire encore plus pour Rome, ne pas se contenter du forum Julium, des temples et des basiliques, il souhaiterait un théâtre, et une bibliothèque qui effacerait le souvenir de celle d'Alexandrie. Car Rome est le centre du monde !

Il plonge les mains dans ces coffres où s'entassent les pièces frappées à son effigie.

Il est cet homme-là, au visage maigre, au cou long sur lequel le sculpteur a gravé les plis de la peau. Il est cet homme vieilli, chauve, mais dont la vigueur osseuse des pommettes et du front haut, en partie caché par une couronne de laurier, dit la détermination. Que l'on ose s'en prendre à lui !

En cette journée d'octobre 45, il défie du regard les sénateurs et les tribuns qui assistent à son cinquième triomphe, long cortège pour célébrer sa victoire en Espagne.

Il est debout sur son char, enveloppé dans sa toge pourpre, tenant son sceptre qu'un aigle couronne. Il sait bien que, parmi les *optimates* qui se lèvent pour le saluer, beaucoup regrettent ce triomphe qui leur rappelle les combats sanglants des Romains contre des Romains. Ces sénateurs étaient partisans de Pompée… Mais ils doivent accepter. Et se féliciter qu'il n'exerce aucune vengeance et qu'il soit prêt à accueillir ceux qui l'ont combattu pendant la guerre civile s'ils se repentent.

Il aperçoit tout à coup, dans l'alignement blanc des tribuns, un vide. Un tribun ne s'est pas levé, manifestant ainsi sa réprobation.

Il veut connaître cet homme, non pour se venger de lui, le faire tuer ou le proscrire, ce serait si facile, il n'aurait qu'un regard à lancer, mais pour lui manifester son mépris, lui faire comprendre que les temps ont changé, que Caius Julius Caesar est désormais le maître.

Il s'approche de ce tribun dont il devine à la fois le courage et la peur.

— Eh bien, tribun Pontius Aquila, que veux-tu ?

Aquila ne répond pas, figé, muré dans le silence.

— Eh bien, redemande-moi donc la République ! reprend César.

Il se tourne vers les autres tribuns, les sénateurs. Il annonce qu'il va promulguer la *lex Julia Municipalis* permettant la création de nouvelles colonies…

— Si toutefois, ajoute-t-il d'une voix goguenarde, le tribun Aquila le permet !

Il veut aussi que le nombre des assistés qui, à Rome,

vivent des distributions de blé soit réduit. Il faut leur donner du travail et donc des terres, et non l'aumône.

— Si toutefois le tribun Aquila le permet ! répète-t-il.

Les rires des sénateurs et des tribuns éclatent. Pontius Aquila baisse la tête.

Il n'est pas nécessaire de tuer un homme pour le vaincre.

Il écarte Æmilius d'un mouvement de la main, comme on le fait quand on veut éloigner un insecte gênant. Mais dans l'atrium de la Domus Publica, il doit écouter Æmilius qui marche près de lui, visage grave, voix étouffée, regards lancés de part et d'autre comme s'il craignait qu'on ne l'entende.

César s'arrête. Il ne se débarrassera pas de lui, dévoué et obstiné.

— Que veux-tu ?

— Te mettre en garde à nouveau, Caius Julius Caesar ! Tu blesses sans tuer... Tu sais pourtant qu'un homme est comme un animal, la douleur et l'humiliation le rendent furieux. Ils sont nombreux, ceux que ton autorité blesse ! Ils prétendent que tu veux être roi. Ils disent même que tu veux aller te faire couronner à Alexandrie, ou faire de cette ville la capitale en lieu et place de Rome. Ils murmurent que si tu reviens vainqueur de la guerre que tu veux conduire contre les Parthes, plus rien ne pourra t'arrêter, que tu seras devenu un roi d'Orient !

César s'assied sur le bloc de marbre qui se trouve en face de l'autel des Dieux Lares.

Il observe Æmilius, qui s'est tu. Toute son attitude révèle à la fois sa sincérité et son inquiétude. Æmilius ne peut imaginer ce que l'on éprouve, ce que l'on pense quand on est *imperator*, maître de Rome, *pontifex maximus*, vénéré comme un Dieu.

— Personne ne peut rien contre moi, répond César. Les divinités décideront. Elles savent, et les Romains aussi, que si l'on me frappe, c'est Rome qui sera blessée. La guerre civile reprendra aussitôt ! Comment veux-tu, Æmilius, que l'on renverse la colonne qui tient tout l'édifice ? Même mes ennemis silencieux et blessés le reconnaissent.

Il se lève, prend le bras d'Æmilius, l'entraîne dans le parc de la Domus Publica, situé au cœur sacré de Rome.

— Dans quelques mois, sans doute le 18 mars, j'ai décidé de quitter Rome avec seize légions et dix mille cavaliers. Les Parthes continuent de harceler nos provinces d'Asie, je veux entrer dans leur royaume, aller jusqu'en Arménie, contourner la mer Caspienne, soumettre les Daces et rejoindre la Germanie, la vaincre, et revenir à Rome après avoir traversé la Gaule. Une longue marche autour des possessions de Rome pour établir définitivement la paix sur nos frontières. Qui peut m'empêcher de faire cela, sinon les Dieux !

— Que sera Rome quand tu reviendras, Caius Julius Caesar ?

César s'arrête.

— Si tu reviens...

— Les Dieux décident, Æmilius. Mais après les trois années que durera ma campagne...

— Trois années ? interrompt Æmilius.

— ... j'aurai fait ce que je dois pour Rome et pour ma gloire.

Il pose familièrement son bras sur l'épaule d'Æmilius.

— D'ici mon départ, que veux-tu que je craigne ? J'ai même décidé de sortir sans ma garde espagnole, de laisser ainsi mon destin entre les mains des Romains et celles des Dieux.

— Ne sois pas arrogant, Caius Julius Caesar, s'insurge Æmilius, ne lance pas des défis aux Dieux et à tes ennemis ! On murmure à Rome que certains qui te jalousent se réunissent en secret et projettent de te tuer. Et tu veux ne plus te faire accompagner par ta garde ? Que cherches-tu, Caesar ?

César croise les bras, marche à pas lents.

— Rien n'est plus fatal que d'être continuellement sur ses gardes, Æmilius. C'est bon pour celui qui a toujours peur.

Il se tourne vers Æmilius, qui se tient à deux pas derrière lui.

— Je n'ai jamais eu peur, Æmilius. J'ai toujours su que les Dieux me protégeraient jusqu'au bout du chemin si j'avais assez de force pour l'emprunter et le parcourir.

— Souviens-toi, Caius Julius Caesar, de la rage et de la haine des animaux blessés ! Ce tribun que tu viens d'humilier...

— L'aigle vole sans se soucier des vautours.

Il traverse le Forum, allongé sur sa litière. La plèbe se presse, l'acclame. Des quémandeurs s'approchent, lui remettent des suppliques dont ses secrétaires et ses esclaves se saisissent. Qui oserait le frapper au milieu de cette foule enthousiaste ?

Il passe parfois quelques heures chez Servilia en compagnie de Tertia, mais il ressent de la lassitude, comme si, après les plaisirs que lui a donnés Cléopâtre, l'experte, la rouée, les femmes romaines, même les plus jeunes, n'étaient plus capables de lui apporter cette jouissance aiguë que maintenant il recherche.

Il se rend chez Cléopâtre. Elle s'incline devant lui,

s'offre. Et il s'étonne d'éprouver le même ennui que chez Servilia. Est-il déjà entré dans ce royaume de l'indifférence ? À moins qu'il ne soit plus sensible qu'aux honneurs et à la jouissance que donne le pouvoir.

Il quitte Rome au moment où la ville, en cette deuxième quinzaine de décembre 45, est parcourue par les cortèges bruyants des esclaves, des affranchis et de la plèbe qui célèbrent les Saturnales. On crie, on joue, on danse, les maîtres servent les esclaves dans cet ordre social renversé pour quelques jours. On se rend dans les temples pour inviter les Dieux à faire sortir de terre où il s'est enfoui le soleil, afin que les jours de nouveau s'allongent.

Cette débauche de bruits, de chants, de danses, de libations, ce désordre l'ennuient.

Il s'installe en Campanie, à Puteoli, non loin de la demeure de Cicéron, dans la villa du beau-père d'Octave, Lucius Marcius Philippus. Il n'a pu empêcher tous ces courtisans qui par centaines se pressent autour de lui de le suivre. Ils ont envahi les villas voisines, les parcs, la plage sur laquelle il aime se rendre afin de marcher dans l'écume des vagues. À plusieurs reprises, il entre dans la mer, nage longuement, avec un sentiment de plénitude et de puissance à sentir ses muscles frapper l'eau froide de décembre.

Il aime que son corps glacé soit massé, enveloppé de tissus brûlants, que l'huile parfumée pénètre chacun de ses pores, et après l'effort de la nage il a l'impression d'habiter un corps rajeuni, épuré.

Il peut rendre visite à Cicéron et accepter l'invitation à dîner de cet hôte servile, mais dont le regard est aux aguets.

Les tables sont immenses, les mets servis par une multitude de jeunes esclaves. Il écoute Cicéron affirmer qu'il ne se soucie que d'art littéraire et de philosophie. Il faut répondre, écarter tous les sujets politiques, donner le change, puisque telle est la règle du jeu.

Et ne pas montrer ce que l'on ressent lorsqu'un messager apporte la nouvelle de la mort de Mamurra. Lever à peine la main pour éloigner l'intrus. La mort n'est qu'une ride à la surface de la vie, qui continue de battre comme la mer contre les rochers.

Il en est ainsi de sa propre mort...

Il rentre à Rome. Ce sont les derniers jours de l'année 45, celle de ses cinquante-six ans. Il s'étonne souvent du désir qui l'habite de quitter la ville au plus tôt, dès que les légions seront rassemblées, le 18ᵉ jour de mars, ainsi qu'il l'a fixé. Il a hâte de retrouver les paysages vierges où l'on s'enfonce et d'entendre les clameurs de la guerre, ce moment où l'on contraint les Dieux à choisir qui sera le victorieux.

Et l'on avance poitrine nue contre les glaives et les javelots. Et la vie recommence à battre intensément !

Ici, ce 31 décembre sur le champ de Mars, il ne préside que des assemblées électorales. Naturellement, tout est déjà joué. Le consul désigné pour trois mois sera Fabius Maximus. Et lui, César, a renoncé à cette dignité pour le dernier trimestre de 44 ! Il y a quelques murmures, comme si la plèbe et les sénateurs avaient été humiliés de le voir ainsi dédaigner cette charge, la plus haute. Mais il se sent au-dessus de ce jeu traditionnel. Qu'est-ce qu'un consul ?

Un messager s'approche : Fabius Maximus est mort dans la matinée. On doit donc pourvoir à sa charge... Pourquoi respecter ces règles surannées, ces procédures, alors que chacun sait que les électeurs sont achetés ?

Il faut arracher les masques, en finir avec l'hypocrisie. Il est le maître ! Il a déjà décidé que les consuls ne siégeraient que trois mois. Eh bien, il va nommer consul jusqu'au 1ᵉʳ janvier 44, pour une demi-journée, l'un de ses officiers, Caninius Rebilus.

Et que devient le vote ? Et que deviennent les augures, le déchiffrement des auspices, tout ce rituel qui accompagne l'élection du consul ? Est-ce à dire que César méprise les institutions de Rome ?

Il devine plus qu'il n'entend ces questions, ces reproches. Il lit dans les regards la réprobation et la colère. Mais que peuvent-ils ? Il est la puissance, le *pontifex maximus*, l'*imperator* ! Et s'il juge que le consulat n'est plus qu'un titre vide, une apparence, pourquoi ne le manifesterait-il pas ? Il faudra bien que Rome s'habitue à cette nouvelle organisation des pouvoirs, qu'elle accepte d'être dirigée par un seul, égal d'un roi et d'un Dieu, désignant, comme il l'a fait avec Octave, son successeur.

Et qu'importe si cet homme-là, moi, Caius Julius Caesar, ne suis pas désigné par le titre de « rex » !

C'est la pulpe du fruit et son suc qui comptent d'abord, et non la couleur de sa peau.

Il revient à la Domus Publica. Æmilius est là, toujours préoccupé.

— On… commence-t-il.

— Qui ?

— Une main anonyme, reprend-il, a déposé sur ta statue dans le temple de Jupiter Capitolin un diadème et une couronne de laurier.

— Qui ? demande de nouveau César.

Des ennemis peuvent, pour dresser la plèbe contre lui, multiplier ainsi les louanges excessives ou prématurées.

— Les tribuns de la plèbe ont donné l'ordre de retirer le diadème et la couronne qui te faisaient l'égal d'un roi et du dieu Dionysos.

Il ne répond pas. Que peuvent les complots des hommes contre la volonté des Dieux ?

Ce sont eux qui décident. Ils l'ont conduit jusqu'ici. Pourquoi maintenant l'abandonneraient-ils ?

Mais il sent qu'il doit quitter Rome, pour livrer sa dernière guerre et ne pas s'enliser dans le marécage des intrigues, des complots, ces jeux vains d'une cité qui ne sait pas encore qu'elle représente le monde et qu'elle doit le diriger.

LI.

> Il pense à Cassius et à Brutus qui se sont avancés vers lui dans ses cauchemars de la nuit...

César tire sur les rênes de son cheval qui hennit, secoue sa longue crinière blanche, se cabre, irrité par les acclamations de la plèbe qui, ce 26 janvier 44, se presse sur le Forum. Des chaînes ont été tendues pour contenir la foule qui attend le cortège du *pontifex maximus*, de l'*imperator*, du dictateur et du consul, Caius Julius Caesar, qui rentre, entouré par ses licteurs, d'une longue tournée dans les monts Albains.

Il a parcouru les petites villes alliées à Rome et qui sont les sœurs de la cité, Arpinum, Albe, Praeneste, Tibur, Tusculum. Partout il a été accueilli avec enthousiasme et vénération, il est le descendant des Dieux, fondateur de Rome.

Le cheval se dresse sur ses postérieurs, et César lui serre les flancs. Il éprouve du plaisir à sentir le corps de sa monture, cette masse blanche de muscles et d'énergie. Et les cris de la foule le grisent un peu.

Il écarte les pans de sa toge pourpre brodée d'or. Ses jambes sont prises dans des brodequins de peau teinte en rouge, décorés d'arabesques dorées.

Il se tourne, maintenant que son cheval est dompté. Il aperçoit ce long cortège où se retrouvent les sénateurs, les magistrats et ses proches, Balbus, Æmilius.

Devant eux s'avancent des joueurs de flûte. Il reconnaît parmi les magistrats Dolabella et Antoine qui occupent cette année la charge consulaire. Il voit aussi Decimus Brutus Albinus, auquel il a promis le consulat pour 42. Il a confiance dans cet homme qui a participé au siège de Marseille sous les ordres de Trebonius. Celui-ci a été de toutes les guerres, tribun militaire courageux, efficace et habile. Il espère être désigné comme proconsul d'Asie. Et puis voici les frères Casca, qu'il a aidés l'un et l'autre par ses prêts.

Il distingue, marchant à quelques pas devant ce groupe, Caius Cassius Longinus et Brutus, tous deux ayant combattu à Pharsale aux côtés de Pompée. À l'un il a fait donner la préture, à l'autre, son fils adoptif, il a promis le consulat. Et, selon Æmilius, les deux hommes se sont opposés, Cassius étant jaloux de Marcus Brutus.

Près d'eux marche le tribun Pontius Aquila qui a refusé de se lever lors du triomphe célébrant les victoires en Espagne. Pourquoi est-il aux côtés de Brutus et de Cassius ? Fomentent-ils l'un de ces complots dont la rumeur chaque jour se répand à Rome, où tout se dit, où tout est possible ?

César tient son cheval immobile, regardant défiler ces sénateurs et ces magistrats qui s'inclinent cérémonieusement, et même Pontius Aquila baisse la tête. Qui, parmi ces hommes-là, ne rêve de lui reprendre le pouvoir et les dignités que l'on a dû lui concéder ?

Brusquement, une voix forte domine les clameurs.

César examine tous les visages, les corps qui se pressent contre les chaînes et que les soldats repoussent.

La voix s'élève à nouveau : « *Rex !* Roi ! lance-t-elle. Tu es roi, Caius Julius Caesar ! »

Et d'autres voix crient : « *Rex !* Roi ! »

Il tressaille. Le silence s'est presque établi comme

pour laisser la voix clamer à nouveau, distinctement :
« Roi, tu es roi... »

Alors s'élèvent des murmures hostiles.

Est-ce un piège qu'on lui tend pour pouvoir l'accuser devant la plèbe d'aspirer à la royauté, de violer ainsi la loi de Rome, de rêver de devenir un tyran à la manière des rois de l'Orient ? Contre lui, dès lors, le tyrannicide devient légitime !

Mais qui oserait lever la main sur lui ? Quel Dieu laisserait faire ?

Et si le crime s'accomplit cependant, c'est qu'en effet les Dieux en auront décidé ainsi, alors pourquoi se soucier des assassins ? Pour autant, il ne doit pas leur faciliter la tâche.

Il se redresse. Il crie :

— Je m'appelle Caius Julius Caesar, et non pas roi !

Il y a un tumulte, des acclamations. Il voit les tribuns de la plèbe fendre la foule, arrêter l'un des citoyens qui avaient crié. Peut-être s'agit-il en effet d'un homme sincère, qui exprime son désir !

Il ne peut le laisser juger et condamner. Il va exiger du Sénat qu'il destitue ces deux tribuns, des adversaires.

Et le Sénat s'inclinera.

Quelques jours plus tard, le 14 février 44, alors qu'une averse s'abat sur Rome, il regarde les sénateurs entrer, leur toge imbibée de pluie, dans le temple de Vénus.

Il est assis. Cornelius Balbus, qui se tient debout près de lui, se penche :

— Si tu ne te lèves pas pour les accueillir, Caius Julius Caesar, ils seront humiliés, ils te jugeront arrogant. Ils te haïront encore davantage. Sois sur tes gardes, Caesar, ce sont souvent ceux qui te doivent tout, auxquels tu as pardonné leur trahison, qui te sont le plus hostiles !

César ne bouge pas. Il restera assis, et si cette délégation de sénateurs le juge arrogant, s'ils s'en vont répéter à Rome qu'il les a traités comme on le fait avec des esclaves, des débiteurs venant demander l'aumône, peu lui importe. Ces hommes-là, à l'âme servile, imaginent-ils qu'ils sont les égaux de Caius Julius Caesar et qu'il leur doit des égards ? Et s'ils se sentent outragés par son attitude, qu'ils découvrent ainsi ce qu'ils sont et ce qu'il est devenu !

Il les laisse s'approcher. Les sénateurs déposent devant lui une tablette d'or et d'argent sur laquelle est gravé le décret pris en son absence par le Sénat, le nommant *dictator perpetuo*, dictateur à vie.

Il ne répond pas à leur hommage, il ne bouge pas les yeux. Il veut que son regard soit vide, que son corps soit immobile. Comme le sont ceux des Dieux. Il faut que les sénateurs comprennent qu'un autre temps a commencé. Que lui, Caius Julius Caesar, vient de poser les fondations d'une nouvelle période de l'histoire de Rome.

Il est le *Divus Julius*. Et la guerre qu'il va entreprendre, partant le 18 mars de Rome pour l'Asie, ces victoires qu'il va remporter contre les Parthes, les Daces, les Germains, donneront à cette nouvelle Rome des frontières sûres, des richesses, des peuples, des provinces, une plus grande gloire.

Il semble ne pas voir les sénateurs qui sortent, silencieux, du temple de Vénus.

Il rentre à la Domus Publica. Il se sent las. Il a l'impression que sa tête est serrée par des poignes de fer et qu'elle va se rompre. Il titube, pris de vertiges. Il s'enfonce avec délices dans l'eau chaude du bain puis il se laisse masser, oindre d'huile, cependant que Cornelius Balbus et Æmilius lui rapportent les propos rageurs des sénateurs, les rumeurs qu'ils répandent, reprenant jour après jour les mêmes éléments en les amplifiant. Les augures, disent-ils, auraient déclaré que seul un roi pourrait vaincre les Parthes, et c'est pour cela que Caius Julius Caesar voudrait être couronné avant de quitter Rome, le 18 mars. Et peut-être la cérémonie aurait-elle lieu aux ides de mars, le 15 de ce mois, puisqu'il doit participer à une assemblée du Sénat dans la Curie de Pompée, ce grand édifice du Forum. Là survit le souvenir de Pompée, puisque César n'a pas voulu que soit détruite sa statue. On dit qu'Aurelius Cotta procédera au couronnement, parce qu'il est l'oncle de César. On assure que Caius Julius Caesar hésite entre deux villes, Alexandrie, la cité de Cléopâtre, et Ilion-Troie, la ville d'Énée son ascendant, pour en faire la nouvelle capitale de la République. Et cela après avoir vidé les trésors de Rome et épuisé l'Italie par des levées de troupes.

— Sais-tu, dit Balbus, que Caius Cassius Longinus a refusé au Sénat de voter en faveur de ta désignation comme dictateur perpétuel ? On le voit souvent en conciliabules avec Marcus Brutus, ton fils adoptif. Les frères Casca, Trebonius, le tribun de la plèbe, Pontius Aquila se joignent à eux. Ils ajoutent leurs rancœurs, leurs jalousies, leurs souvenirs. N'oublie pas, Caesar, que Brutus et Cassius étaient à Pharsale avec Pompée ! Tu les as laissés en vie, tu leur as pardonné, ils ne t'en savent pas gré. Au contraire ! Ils disent qu'ils veulent sauver la République. Et Brutus prétend être le descendant du Brutus qui a chassé le tyran Tarquin et fondé la République. Tu sais qu'il a épousé Porcia, la fille de Caton...

Cornelius Balbus secoue la tête.

— Tu es pour eux un remords. Ils n'ont pas eu le

courage de Caton à Utique. Tu es là, vainqueur, ils ont survécu à Pompée. Tu es la preuve de leur lâcheté. Ils ne seront en paix que si tu meurs.

César écarte les esclaves qui le massent. Il se sent reposé.

— Pourquoi veux-tu que je meure, Balbus ?
— S'ils te tuent…
— Ils sont lâches, as-tu dit !

Il a un peu dormi, le sommeil souvent interrompu par des cauchemars. Il a vu Cassius et Brutus s'avancer vers lui, menaçants, et au moment où il tentait de se défendre, Antoine et Dolabella, ses fidèles pourtant, sur lesquels il comptait pour le défendre, ont sorti leurs poignards.

Il se lève ce 15 février 44 pour en finir avec ces songes. Mais la fatigue que le bain et les massages avaient effacée la veille est revenue. Pendant que les esclaves nouent ses brodequins rouge et or, puis lui présentent la toge pourpre brodée d'or, il a de nouveau la sensation que le sol se dérobe. Ces visions, ces vertiges sont-ils des signes des Dieux ?

Mais si les Dieux ont choisi de lui lancer un nouveau défi, il doit le relever ! Il se rend sur le Forum, sans escorte, et s'assied sur un trône d'or placé sur la tribune des Rostres. Il aperçoit au loin, sur l'autre rive du Tibre, les jardins où peut-être à cette heure Cléopâtre se promène en compagnie de ses esclaves. Quand il regarde autour de lui, il voit à sa gauche le forum Julium, la basilique Æmilia qu'il a fait construire, et à sa droite le temple de Saturne et la basilique Julia, cette dernière élevée aussi sur son ordre et avec ses fonds. Devant lui le Forum, et au loin le Circus Maximus.

Il se retourne. La Curie de Pompée se dresse adossée à une construction massive. Le 15 mars, il sera là, face aux sénateurs, dans la Curie. Et trois jours plus tard, si les Dieux le veulent, il prendra la tête des seize légions et des dix mille cavaliers rassemblés pour combattre les Parthes.

Il entend les premiers cris des coureurs qui, en ce jour de fêtes des Lupercales, s'élancent le corps huilé, nus, les reins ceints seulement d'une peau de bouc. Ils célèbrent Lupercus, le dieu loup-cervier qui, comme le dieu Pan des Grecs, préside aux fêtes de la Fécondité, protège les bergers contre les loups.

Les coureurs se rapprochent, frappent avec des lanières en cuir de bouc ceux ou celles qui, le long du Forum, désirent des enfants, des troupeaux, de bonnes récoltes.

César reconnaît Antoine qui court vers lui, monte les marches de la tribune des Rostres. Sous l'huile, son corps paraît encore plus gros. Il est essoufflé. Il dévoile des objets qu'on lui a remis. C'est un diadème et une guirlande de laurier. Il s'avance, bras tendu, présentant le diadème et la couronne.

Que veut Antoine ?

César le fixe. Ce couronnement qu'Antoine lui propose en ce jour des Lupercales, qu'est-ce ? Un piège ? Un geste pour le contraindre à accepter la dignité royale par surprise ?

On ne surprend pas Caius Julius Caesar !

Il se recule, écarte le diadème et la couronne, repousse Antoine.

Il voit à son expression étonnée que celui-ci a agi avec sincérité, pour forcer la main au destin et aux magistrats, à Rome et à son peuple. César entend les murmures de la foule qui couvrent rapidement quelques cris d'approbation à Antoine.

Celui-ci hésite, présente de nouveau le diadème et la couronne qui sont la marque d'une royauté orientale.

Comment Antoine ne saisit-il pas que Caius Julius Caesar ne veut pas être un souverain d'Asie ou un héritier des Grecs, un roi hellénistique, mais un *imperator* romain !

Il rejette une nouvelle fois ces emblèmes, et la foule l'approuve dans une grande clameur.

Puis il se saisit de la couronne de laurier, la lance au milieu de la plèbe, et il affirme d'une voix forte qu'il veut que le diadème soit porté au Capitole pour honorer Jupiter, et qu'il désire que l'on inscrive que lui, Caius Julius Caesar, a refusé cette dignité royale-là !

Alors il quitte la tribune des Rostres, Balbus et Æmilius marchant à ses côtés.

— Je l'avais dit, marmonne Balbus. Tu dois te méfier d'Antoine et de Dolabella...

César ne tourne pas la tête, il répond en remuant à peine les lèvres :

— Je ne crains pas ces gens gras et chevelus, mais plutôt ceux qui sont pâles et maigres.

Il pense à Cassius et à Brutus qui se sont avancés vers lui dans ses cauchemars de la nuit.

Épilogue

C'est comme si la nuit tombait sur toute son existence...
— *Tu quoque, mi fili !* Toi aussi, mon fils !

César voit cette main qui, ouverte, le sollicite. Il sent qu'il ne peut pas résister, qu'il va la saisir, la serrer, et cependant il voudrait se dérober à cette invite, mais il ne le peut pas.

Il entend les gémissements de Calpurnia. Son épouse, comme presque chaque nuit depuis cette fin du mois de février 44, a le sommeil troublé. Elle pleure. Elle se plaint. Elle a peur. Elle se serre contre lui, comme pour le retenir et le protéger, et il en est chaque fois ému. Il la rassure. Elle est pourtant anxieuse, quoi qu'il dise. Elle le force à écouter battre les portes et les fenêtres. Elle dit qu'elle a vu en rêve le faîte de la maison arraché par le vent. Et il est vrai qu'en ces premiers jours de mars les rafales sont violentes, les averses et même les tornades fréquentes, et que les nuits sont traversées par des orages brefs comme des cris du ciel.

César prend cette main qu'il sent aussitôt douce et impérieuse. Il tente de retirer la sienne, mais la main l'en empêche, serrant fort, et il se sent emporté, haut, vite. Il se retourne. Il est déjà loin au-dessus de sa maison, la Domus Publica. Il aperçoit, comme si les murs n'existaient pas, Calpurnia qui s'est redressée sur le lit, qui le cherche. Il voit la Regia, là où sont déposés et vénérés les boucliers de Mars. Il les entend s'entrechoquer, et pense qu'il s'agit d'un mauvais présage. Et soudain il est ébloui par le soleil naissant, vers lequel il vole au-dessus de Rome et des monts Albains, au-dessus de la mer. Il lui semble reconnaître les côtes et les montagnes de Grèce, le mont Olympe, et il découvre que cette main qu'il tient est celle de Jupiter, que c'est le Dieu qui l'entraîne dans les cieux, au-dessus et loin des hommes.

Il va vivre parmi les Dieux. Il est mort.

Il se réveille.

Il s'assied sur le lit. Calpurnia est près de lui, recroquevillée. Sa respiration est une longue plainte entrecoupée de soupirs.

Il se lève, mais ses jambes sont douloureuses. Il trébuche, vacille. Ses vertiges reviennent presque chaque matin. Il s'appuie à la cloison de la chambre. Il étouffe tant son cœur bat fort sans qu'il puisse lui imposer le calme et la paix.

Il ferme les yeux. Il revoit chaque moment de son rêve. C'est un signe de plus. Car l'apothéose qu'il vient de vivre dans le sommeil signifie aussi qu'il va mourir. Que Jupiter et les Dieux ont choisi de mettre fin à son destin.

Quand ? Comment ?

Il a reçu, il y a quelques jours, la visite de l'haruspice Spurinna. Il n'aime pas ce devin cauteleux, prétentieux, qui parle les yeux mi-clos et la tête levée, comme s'il écoutait les voix des Dieux. Spurinna a répété plusieurs fois, et il se souvient de chaque inflexion de la voix de l'haruspice :

— Prends garde, Caius Julius Caesar, à un péril qui ne sera pas reculé au-delà des ides de mars !

César l'a éloigné avec — il s'en souvient aussi — un

geste de mépris. Mais il vu les visages d'Æmilius et de Cornelius Balbus se contracter comme s'ils venaient d'éprouver une douleur, que leur corps avait été atteint d'une flèche.

— Méfie-toi, Caesar, a dit une nouvelle fois Balbus. Les ides de mars sont proches ! Tu dois ce jour-là, le 15, à la Curie de Pompée, présider l'assemblée du Sénat. Ne t'y rends qu'entouré de ta garde espagnole...

— Ils veulent ta mort, ajoute Æmilius. Sais-tu ce que l'on peut lire au pied de la statue de Lucius Brutus : « Ah, si vous viviez, Brutus, vous tueriez le tyran ! » Pour eux, Caesar, tu es le nouveau tyran, le Tarquin d'aujourd'hui, et l'on dit que ton fils adoptif Brutus reçoit chaque jour des lettres qui lui rappellent qu'il descend du grand Brutus, fondateur de la République, et qu'il doit égaler son ancêtre. Comment ? En le tuant, Caius Julius Caesar, comme son ancêtre a tué Tarquin !

Balbus s'est approché.

— Ils te désignent. Au pied de ta statue, ils ont écrit : « Brutus, pour avoir chassé les rois, a le premier été fait consul. Cet homme, Caesar, pour avoir chassé les consuls, a été fait roi. » Entoure-toi à nouveau de ta garde, Caius Julius Caesar !

Il se sent las. Parfois il se demande si ces vertiges, cette lourdeur dans ses membres, ne sont pas eux aussi les signes que la vie se retire, et qu'il doit la quitter avant de n'être plus qu'une dépouille souffrante. Il ne convoquera pas sa garde qui marchait auprès de lui les glaives hors des fourreaux. Il dit à Æmilius :

— L'État est plus intéressé que moi à mon salut.

Il s'interrompt. Il éprouve souvent une sorte d'ennui, comme si chaque chose de ce monde, et même les corps de Tertia et de Cléopâtre étaient enveloppés d'une brume grise, tel un voile qui les éloigne et l'empêche d'éprouver à leur endroit ces passions vives et fortes d'autrefois.

— Pour ma part, reprend-il, depuis longtemps j'ai atteint le comble de la puissance et de la gloire, mais s'il m'arrive malheur, l'État, loin d'avoir le repos, souffrira bien davantage et sera en butte aux guerres civiles.

Æmilius et Balbus paraissent accablés par ses propos. Personne parmi ceux qui haïssent César, disent-ils, ne songe à ce qu'il adviendra de Rome après lui. Ils veulent simplement l'empêcher de régner. Ils regrettent leurs pouvoirs perdus. Ils ne mesurent pas ce que la République est devenue, et comment Rome si elle veut gouverner les provinces qu'elle a conquises doit changer d'institutions.

— On dit dans la plèbe que tu préfères les Barbares aux Romains, murmure Æmilius. Que tu crées des colonies où les vaincus deviennent citoyens romains. On chante à Rome ce refrain-là, écoute-le, Caius Julius Caesar, tu mesureras les reproches que l'on te fait.

Æmilius se penche, récite :
Après avoir triomphé des Gaulois, César les fait entrer à la Curie !
Les Gaulois ont quitté leurs braies pour prendre le laticlave !

César imagine un instant Vercingétorix enveloppé dans la tunique à bande pourpre verticale des sénateurs. Et pourquoi pas ? Si le chef gaulois ne s'était pas obstiné, n'avait pas pris la tête de la révolte et avait au contraire continué de servir Rome, il eût pu en effet siéger à la Curie au lieu de mourir étranglé, comme un esclave, dans le cachot du Tullianum.

Il reste un instant silencieux. Il ne veut pas mourir ainsi, après avoir longuement attendu l'instant ultime.

— Ils ne veulent pas de la République telle que tu la bâtis, reprend Æmilius. Et ils ne veulent pas d'un roi.

César fait quelques pas.

— La République n'est plus qu'un vain mot, sans consistance ni réalité, répond-il.

Il a fait ce qu'il devait pour faire comprendre cela et imposer les changements que dicte la puissance même de Rome. Il regarde les basiliques Æmilia et Julia, le forum Julium qu'il a bâti. Cela restera, comme demeureront ces colonies peuplées de citoyens romains qui sont comme autant de germes féconds dans toutes les provinces. Personne, il en est sûr, ne pourra oublier Caius Julius Caesar ! Et son héritier Octave sera un successeur fidèle. « Après ma mort... », murmure-t-il.

César voudrait chasser hors de lui la pensée de sa disparition, et néanmoins chaque jour un signe nouveau l'annonce.

Il écoute Cornelius Balbus.

— À Capoue, les colons, en vertu de ta *lex Julia Municipalis*, démolissent des tombeaux très anciens pour construire des maisons de campagne. Ils le font avec d'autant plus d'ardeur qu'ils découvrent dans leurs fouilles des vases anciens, précieux, grecs souvent. Ils ont trouvé dans le sépulcre de Capys, le fondateur de Capoue, une tablette de bronze portant une inscription en caractères grecs.

Balbus s'interrompt et César sent le regard de son conseiller qui le guette.

Il ne faut montrer que de l'indifférence.

— Tu y as lu l'annonce de ma mort.

Il éprouve, au visage surpris de Balbus, un court instant de plaisir. D'un geste du bout des doigts, il l'invite à poursuivre.

— On lit sur la plaquette : « *Quand on aura découvert les ossements de Capys, un descendant de Iule tom-*

bera sous les coups de ses proches et bientôt l'Italie expiera sa mort par de terribles désastres. »

Il a Iule pour ancêtre.

Il veut rester seul dans la bibliothèque de la Domus Publica. Il marche seul dans le parc, s'arrête pour observer les bâtiments de la Regia où, lui a-t-on répété, les boucliers de Mars s'entrechoquent comme pour annoncer le retour de la guerre civile.

Il pense à tous ces signes que chaque jour on lui rapporte. L'haruspice Spurinna, qui s'obstine dans ses prédictions : les ides de mars sont le moment du danger ! répète-t-il. Et il y a ces troupeaux de chevaux que César avait consacrés au Dieu du fleuve en franchissant le Rubicon, qu'il avait laissés libres d'errer sans gardien, et dont on dit que depuis ce début du mois de mars ils se privent de nourriture et pleurent, avec des hennissements qui remplissent le ciel. Et l'on a vu des hommes enveloppés de flammes s'affronter, et un valet de soldat jetant de sa main des flammes sans que celles-ci brûlent sa paume.

Et puis il y a ce roitelet que l'on a vu serrant dans son bec un rameau de laurier. Il a volé jusqu'à la Curie de Pompée, s'y est posé, et à cet instant des oiseaux de différentes espèces ont quitté les arbres voisins pour se précipiter sur lui et le mettre en pièces.

— C'est là, Caius Julius Caesar, que le 15 mars, demain, tu dois te rendre, insiste Æmilius.

Le soir du 14 mars, il va en litière chez Marcus Lepidus. Il comprend, en entrant dans la salle où se tient le banquet, que chacun ici connaît les signes qui se sont accumulés ces derniers jours. Et on sait même qu'ayant sacrifié aux Dieux, cet après-midi, il a cherché en vain dans le taureau égorgé et dont le sang n'avait pas encore séché sur les dalles du temple de la Felicitas le cœur de l'animal. C'était là, ont dit les prêtres, une monstruosité inquiétante, un signe de plus.

Il s'allonge près de la table. Il boit, contrairement à ses habitudes, pour effacer un peu, non pas l'anxiété, mais cette attente de demain, ces ides de mars.

En face de lui, il y a Decimus Brutus Albinus, dont on dit qu'il est de ceux qui complotent avec Cassius et Marcus Brutus. Decimus Brutus Albinus lève son verre. Il y a dans l'attitude de cet homme du défi.

— Quelle serait pour toi la meilleure mort, Caius Julius Caesar ? lance-t-il.

César sent tout à coup peser le silence dans cette salle jusqu'à ce moment bruyante.

— J'ai lu dans Xénophon, répond-il, que le roi Cyrus, durant sa dernière maladie, avait pris des dispositions pour ses funérailles. Je ne voudrais pas de cette mort lente et à laquelle on se prépare. La meilleure mort, Decimus Brutus, est la moins attendue.

Il se lève lentement et quitte la salle.

C'est donc le matin des ides de mars. Et il est à nouveau saisi par cette sensation de vertige. Il oscille.

Il entend un cri. C'est Calpurnia qui vient de se réveiller en sursaut, qui se précipite vers lui, le serre contre elle. Elle l'interroge. A-t-il entendu le fracas des portes et des fenêtres ? Elle a rêvé une nouvelle fois que le toit de la maison était emporté par le vent. Elle gémit. Il lui caresse les cheveux, il se sent si étranger à ses terreurs... Il faut se soumettre à la volonté des Dieux, et en même temps agir comme si les Dieux laissaient l'homme libre de décider de son destin.

Il écoute Calpurnia, elle tremble en parlant. Elle dit que cette nuit elle l'a recueilli entre ses bras alors qu'il s'effondrait, elle s'est rendu compte avec effroi qu'il avait le corps couvert de sang, et bientôt elle était aussi tachée de rouge.

Elle s'agenouille en s'accrochant aux pans de sa toge. Elle pleure. Elle supplie. Il ne répond pas quand elle l'adjure de ne pas se rendre ce matin à la Curie de Pompée devant les sénateurs. Les Dieux l'ont avertie de mille façons, dit-elle, elle est leurs voix. S'il se rend à la Curie, c'est qu'il veut marcher à la mort.

Il hésite. Voici Æmilius qui le prend à part, lui apprend que Porcia, l'épouse de Marcus Brutus, la fille de Caton, a envoyé des messagers à de nombreux sénateurs. On dit que près de soixante d'entre eux font partie du complot dont le but est de tuer Caius Julius Caesar. Marcus Brutus reçoit chaque jour des lettres qui font appel aux vertus de sa famille : « Où est le grand Brutus qui sauvera Rome du tyran ? lui écrit-on. As-tu oublié ton ancêtre ? » Et il y a ce sénateur, Tullius Cimber, qui veut obtenir le pardon pour son frère, lequel a servi sous Pompée, et qui se plaint que César ait oublié la *Clementia Caesaris*.

Les sénateurs sont réunis depuis le lever du soleil, à sept heures.

— Caesar, ajoute Æmilius, pourquoi te rendre à la Curie ? Il est déjà tard. Ne défie pas les Dieux, ne néglige pas les signes qu'ils t'envoient !

César s'éloigne de quelques pas.

Il ne craint ni les hommes ni les Dieux. Il s'est avancé si souvent au-devant des ennemis, offrant sa poitrine à la grêle des flèches, des javelots et des pierres. Il n'éprouve aucune peur. Mais ses jambes sont lourdes. Il a envie de rester seul et non d'avoir à affronter les regards de neuf cents sénateurs rassemblés sur ces gradins de la Curie de Pompée qui permettent d'accéder au temple de Venus Genitrix et servent aussi pour les spectateurs, lors de représentations théâtrales.

Il les imagine, avec leurs bottines de cuir rouge décorées d'un croissant d'or, leur toge barrée d'une bande verticale et l'anneau d'or au doigt, se pressant autour de lui pour lui remettre leurs suppliques. Avec Tullius Cimber insistant pour obtenir le pardon de son frère.

Voici à présent Antoine, qui lui aussi conseille de ne pas se rendre à la Curie. Il faut les laisser croupir...

— Ils ramperont vers toi, Caesar, dit-il, pourquoi aller contre tous les présages ?

César hésite encore. Il n'aime pas se soumettre aux prêtres, aux songes, aux signes, aux devins. Les Dieux sont plus secrets que ne le croient les hommes. Et ils aiment tromper, mesurer le courage de celui qu'ils ont choisi.

Il est déjà plus de neuf heures, il est tard pour se présenter à la Curie de Pompée.

Il n'ira pas...

Mais des éclats de voix montent dans le vestibule de la Domus Publica. César s'approche. Decimus Brutus se précipite vers lui, bousculant Calpurnia, Æmilius, ignorant Antoine.

— Tu ne peux pas outrager à nouveau les sénateurs ! s'écrie-t-il. Si tu veux remettre la séance dont tu as toi-même fixé la date d'aujourd'hui, rends-toi auprès d'eux pour le leur annoncer. Mais ne leur laisse pas croire que toi, Caius Julius Caesar, tu t'inclines devant les propos d'un devin ou que tu crois les fables des femmes et des prêtres, toi Caesar, *cosmocrator*, maître du monde !

César s'enveloppe de sa toge. Il ira à la Curie de Pompée en litière. Qu'on l'avance !

Il fait quelques pas, se dirigeant vers le péristyle. Et

tout à coup, peut-être bousculée par un esclave, sa statue placée à droite de l'entrée tombe, et se brise.

Calpurnia étouffe un cri. César ne se retourne pas.

Si les Dieux et les hommes veulent une fois de plus l'éprouver, il va relever ce défi.

Il monte dans la litière et donne aux quatre esclaves qui vont la porter le signal du départ.

Il est dix heures du matin ce jour des ides de mars, 15 du mois en l'année 44.

César s'appuie au montant de sa litière. Il n'a pas réussi à chasser cette fatigue qui s'agrippe à lui, pèse sur ses épaules comme un vêtement lourd, incommode et sale. Il ferme les yeux. Il n'a pas envie de demander aux porteurs d'aller plus vite. Comment le pourrait-il d'ailleurs ?

Il ouvre les yeux. La litière est engagée sur le clivus Argentarium qui, entre les collines du Capitole et le Quirinal, conduit à l'immense bâtiment que Pompée a fait édifier en 55 à sa gloire. La voie est étroite. La plèbe s'y presse.

Il répond d'une inclination de tête ou d'un geste de la main aux acclamations. Il ne bouge pas quand il voit se détacher de la foule un inconnu qui bouscule les licteurs, s'approche, dit quelques mots, lui remet une supplique avant que les secrétaires, Balbus et Æmilius, qui marchent près de la litière, ne l'aient repoussé.

La litière s'arrête. La foule est dense. Elle a envahi la chaussée et les licteurs doivent s'ouvrir un passage. César se penche. Le clivus Argentarium est bordé par des tavernes et des échoppes. Des clameurs s'élèvent.

Il entend crier les mots « Imperator ! », « Dictator ! ». Les voix sont aiguës. On dirait des voix de femmes. Et il se souvient un instant de ces cris de guerre lancés par les centurions quand ils marchent à l'ennemi. Bientôt, il va à nouveau connaître cela, et il en est heureux. Il éprouve ici, dans cette ville surpeuplée, une sensation d'étouffement.

Il sursaute, un homme s'est approché de la litière, lui présentant une feuille roulée.

— Mon maître Artémidore de Cnide, que tu connais, Caius Julius Caesar, te demande de lire ce mémoire.

César prend la feuille, veut la donner à l'un de ses secrétaires qui se tient près de la litière. L'homme tend la main pour empêcher le geste de César.

— Lis cela, seul, promptement ! Mon maître Artémidore de Cnide, qui t'a hébergé quand tu étais un jeune patricien et que tu écoutais l'enseignement des rhéteurs grecs, te demande de l'écouter encore. Dans ce mémoire, tu trouveras de grandes choses qui te touchent de près. Lis, Caius Julius Caesar !

La voix de l'homme est pressante. César se souvient d'Artémidore de Cnide qui jadis vivait en Asie Mineure avec son père, tous deux rhéteurs célèbres. César garde la feuille dans sa main. Il voudrait la lire. Peut-être lui dévoile-t-on un guet-apens ? Mais on lui parle, et on arrive devant l'entrée de la Curie.

Les licteurs forment une allée d'honneur. Il doit descendre. Il aperçoit les visages maigres et pâles de Cassius et de Marcus Brutus qui paraissent le guetter, avec de l'angoisse dans les attitudes et le regard quand ils voient un sénateur, Popilius Laenas, s'avancer.

Que craignent-ils ? César n'entend même pas ce que lui chuchote Laenas. Il ne peut détacher ses yeux des visages de Cassius et de Marcus Brutus. Jamais il n'a pas vu son fils adoptif avec des traits aussi tirés, une peau si blême.

Il fait un pas, aperçoit Spurinna.

— Tu m'avais dit les ides de mars, lance-t-il à l'haruspice. Nous y voici, et je suis là, sans mal !

Spurinna tord sa bouche, la tête penchée sur l'épaule.

— Elles sont bien arrivées, Caius Julius Caesar, répond-il, mais elles ne sont pas passées.

César entre dans la salle. Il voit la statue de Pompée, *cosmocrator*, impérieux, hostile. Dans la pénombre, il distingue la foule des sénateurs et a l'impression de s'enfoncer, en avançant vers son trône d'or, dans un brouhaha menaçant comme une marée qui monte inéluctablement.

Mais à chaque pas qu'il fait, il lui semble qu'il la fait reculer. Et il se sent fort, comme si la fatigue et l'ennui s'étaient dissipés.

Il s'assoit.

Il est onze heures, le 15 mars 44.

Il ressent brusquement une impression d'étouffement. Un groupe de sénateurs l'entoure. Il voit Tillus Cimber s'agenouiller devant lui, saisir les bords de sa toge. Il l'entend une fois de plus implorer le pardon pour son frère. Il devine les visages des deux Casca, et ces figures maigres de Cassius et de Brutus. D'autres encore, ainsi Trebonius et Pontius Aquila. Où est Antoine ? Il le cherche des yeux. Il n'a pas répondu à Tillus Cimber...

Et celui-ci se redresse brutalement, saisit le haut de sa toge et s'arrange pour lui immobiliser les bras.

— Cette fois, c'est de la violence ! s'écrie César.

En lui la rage. Il tente de repousser Cimber, de lui faire lâcher prise. Et il l'entend hurler :

— Qu'est-ce que vous attendez, mes amis !

Au même moment, cette douleur dans le dos, qui glisse le long de l'omoplate, superficielle, comme si une lame avait effleuré la peau et n'avait pu se plonger à la base du cou, là où l'on égorge à coup sûr.

Il se retourne. Servilius Casca est là, le poignard à la main, les yeux remplis d'effroi parce qu'il n'a pas tué.

— Ô traître ! Méchant Casca, scélérat, que fais-tu ? s'exclame César.

— Mon frère, aide-moi ! crie Casca.

Une arme, une arme ! César plante le stylet avec lequel il allait écrire sur les tablettes de cire dans le bras de son agresseur. Il s'élance en avant, hurle à son tour. Il faut briser ce cercle d'hommes qui maintenant brandissent leurs poignards, commencent à frapper !

Il se débat. Il faut atteindre la porte de la Curie. Que font donc ces centaines de sénateurs dont la plupart ont été nommés par lui ? Lâches ! Il sent le sang couler, les lames s'enfoncer, une douleur vive au flanc.

Peut-être va-t-il mourir...

Il s'adosse à la statue de Pompée pour qu'on ne puisse pas le frapper dans le dos. Mais la douleur gagne de l'aine au ventre. Là est la blessure par où la vie s'échappe.

Il voit tout à coup aux côtés de Cassius le visage de Marcus Brutus. La main de son fils adoptif se lève, serrant le poignard.

C'est comme si la nuit tombait sur toute son existence, comme s'il était retourné dans les lointains de l'enfance, quand il parlait grec. Il dit d'une voix sourde.

— Kaï sù Tèknon[1]... *Tu quoque, mi fili !* Toi aussi, mon fils !

Il sent sur lui se répandre un liquide tiède qui coule le long de son ventre, de sa poitrine, de ses jambes, de ses bras.

La vie se ferme.

---

1. Le surnom grec donné à Brutus par César.

Il faut sauver son visage, celui sur lequel on posera les masques mortuaires de cire que l'on placera dans la galerie des ancêtres, et dont les sculpteurs s'inspireront quand ils tailleront le marbre des statues et des bustes.

Il s'enveloppe le visage avec le pan de sa toge.

La mort, c'est donc cela, cette douleur qui envahit le corps et ces grands coups de gong qui font naître la souffrance à chaque fois que les poignards s'enfoncent, déchirant le tissu imbibé de sang et lacérant les chairs.

Il glisse le long de la statue de Pompée.

Tout est noir.

Il ne faut pas que la mort s'empare d'un corps qui s'abandonne à l'indécence ! Il saisit le bord de sa toge afin qu'elle ne se retrousse pas. Il dissimule ainsi son corps blessé, mourant.

Il est digne.

Il cache sa mort. Mais il sait qu'elle l'emporte.

Viens, Jupiter, voici ma main, prends-la !

Suétone, l'auteur des *Vies des douze Césars*, écrit :
« Il fut ainsi percé de vingt-trois blessures, n'ayant poussé qu'un gémissement au premier coup, sans une parole... Les assassins s'enfuyant tous en désordre, assez longtemps il resta sur le sol, privé de vie, puis on le déposa sur une civière, un bras pendant, et trois simples esclaves le rapportèrent chez lui...

« Il mourut dans sa cinquante-sixième année et fut mis au nombre des Dieux... Au cours des premiers jeux que célébrait en son honneur, après son apothéose, Auguste son héritier, une comète qui apparaissait vers la onzième heure brilla pendant sept jours consécutifs et l'on crut que c'était l'âme de César admise au ciel : voilà pourquoi on le représente avec une étoile au-dessus de sa tête.

« On décida de murer la Curie où il avait été assassiné, de nommer les Ides de Mars "Jour parricide", et d'interdire à tout jamais au Sénat de se réunir à cette date-là.

« Quant à ses meurtriers, aucun, ou peu s'en faut, ne lui survécut plus de trois ans et ne périt de mort naturelle... Quelques-uns se donnèrent la mort avec le même poignard dont ils n'avaient pas craint de le frapper[1]. »

---

1. Traduction de Henri Ailloud, Les Belles Lettres, 1931, 1932.

Table

PROLOGUE. *Allons où nous appellent les signes des Dieux et l'injustice de nos ennemis! Alea jacta est!* 13

PREMIÈRE PARTIE

I. *Tu ne dois pas seulement apprendre à te battre avec tes bras mais aussi avec ta parole et ton esprit...* 23

II. *Il n'a pas seize ans... Il sait déjà que l'argent est, avec le glaive et la parole, l'une des sources du pouvoir.* 30

III. *Qui peut se fier à la parole de Sylla, qui vient de se déclarer dictateur?* 37

IV. *C'est la première fois que sa vie est menacée, la première fois qu'il est allé au-devant de la décision des Dieux...* 44

DEUXIÈME PARTIE

V. *Il brûle d'intervenir. On hausse les épaules. Il n'a que dix-neuf ans, aucune expérience de la guerre...* 53

VI. *Vis comme tu l'entends, tout est pour toi ici si tu le veux, dit Nicomède en s'allongeant près de lui...* 60

VII. *Telle est la loi. Le vaincu meurt ou devient esclave. Quiconque se dresse contre Rome doit connaître ce sort...* 65

TROISIÈME PARTIE

III. *C'est Pompée qu'il faudra vaincre! Quand il sera à terre, le glaive brisé, le Sénat sera sans pouvoir...* 73

IX. *Il faut que le peuple romain sache que Caius Julius Caesar est bien le descendant orgueilleux de Vénus...* 82

X. *Tu dois réclamer mille huit cents kilos d'or. Car tu m'insultes en exigeant si peu!* 89

QUATRIÈME PARTIE

XI. *La plèbe crie qu'elle veut un autre combat. Alors il faut lancer, debout, tourné vers elle : « Citoyens de Rome, je vous l'offre! »* 99

XII. *Ils ont mis en déroute plusieurs milliers de soldats... Ils ont choisi pour chef un ancien berger thrace, Spartacus!* 107

XIII. *Mon frère ne t'aime pas, tu es, dit Caton, le débauché, le Grec, la reine de Bithynie, tu veux être roi à Rome...* 114

CINQUIÈME PARTIE

XIV. *Il pense tout à coup qu'Alexandre avait déjà accompli son destin glorieux, presque divin, à trente-trois ans...* 125

XV. *Tu peux choisir seul ta route, Brutus. Tu le dois, mais sache qu'elle te mènera vers moi...* . 132

XVI. *Même Cicéron... le préteur qui défend la noblesse contre la plèbe, prononce un discours à la gloire de Pompée!* 140

XVII. *L'Égypte, il est vrai, est un joyau, un grenier. À chaque pas de l'or, à chaque pas du blé...* .. 149

XVIII. *Ma mère, ce soir vous me saurez grand pontife ou banni de Rome et fugitif...* 158

XIX. *Il est le* pontifex maximus, *le fils des Dieux et des rois. Lorsqu'il agit pour lui, il agit pour Rome...* 163

SIXIÈME PARTIE

XX. *Peut-être Pompée a-t-il appris dans les provinces d'Asie ce que c'est qu'être roi et veut-il instituer la monarchie ?* 177

XXI. *Les miens, la femme de César, ne doivent pas, ne peuvent pas, être soupçonnés !* 187

XXII. *Il ne reste plus qu'à conquérir la gloire. Et pour cela, il faut une guerre, qui sera aussi moisson de butin...* 192

XXIII. *Si nous sommes tous les trois unis, un triumvirat, personne ne pourra nous imposer sa loi !* 200

XXIV. *Rome est pleine de chiens errants, sauvages ! Ils sont efflanqués, affamés. Je suis consul, je peux les nourrir...* 207

SEPTIÈME PARTIE

XXV. *Qu'ils viennent chercher Caius Julius Caesar, proconsul de la Gaule cisalpine, de l'Illyrie et de la Narbonnaise !* 225

XXVI. *Enfin, il commande à des milliers d'hommes qui dressent leurs javelots. Il les dispose sur le flanc d'une colline...* 231

XXVII. *Les Arvernes et les Séquanes ont fait venir des mercenaires germains en Gaule. Quinze mille ont franchi le Rhin...* 239

XXVIII. *De tous les peuples de la Gaule, dit César, les Belges sont les plus courageux. Ils descendent des Germains...* 247

XXIX. *Il doit faire la guerre pour la grandeur de Rome, pour ajouter à ses possessions la Gaule Chevelue...* 257

XXX. *Maintenant il marche à la tête de la Xe légion le long de cette rivière qui porte le nom de Loire...* 264

XXXI. *Il a vu ce jeune Arverne au regard fier, Vercingétorix, le fils du roi Celtill. Et il a reconnu Celtill comme un ami de Rome...* 273

XXXII. *Il veut qu'à Rome on ne doute pas de sa victoire en grande Bretagne, et que l'on célèbre son passage du Rhin...* 282

XXXIII. *Il avait décidé d'utiliser un éléphant, qu'il avait fait transborder de Gaule en grande Bretagne...* 288

HUITIÈME PARTIE

XXXIV. *Ces Gaulois sont courageux, intrépides même! Vercingétorix tente de les discipliner, ils sont donc dangereux...* 301

XXXV. *Une nuit, des éclaireurs annoncent que les troupes de Vercingétorix se sont éloignées de leur camp. Piège? Fuite?* 315

XXXVI. *L'Allier est franchi. Et Vercingétorix se dérobe. Les rôles sont inversés, c'est lui qu'on suit!* .. 325

XXXVII. *Ils sont plus nombreux que nous. Ils peuvent venir de toute la Gaule, ici, par centaines de milliers!* 338

XXXVIII. *Les flèches sifflent. Les trompettes retentissent dans Alésia. Vercingétorix pousse ses troupes hors de la ville...* 348

XXXIX. *Vercingétorix n'est plus que ce corps couché dans une cage, qu'un chariot transporte à la suite des légions...* 355

NEUVIÈME PARTIE

XL. *Il ne se laissera pas écarter de ce pouvoir vers lequel il marche depuis qu'à sa naissance les Dieux l'ont choisi...* 365

XLI. *Il propose de déposer son commandement si Pompée fait de même. Il s'engage à passer l'année 49 loin de Rome...* 373

DIXIÈME PARTIE

XLII. *Il faut d'abord vaincre l'armée de Pompée, peut-être trente mille hommes, soutenue par le Sénat...* 381

XLIII. *Mais Massalia ne cède pas ! Et les navires de Pompée ont été accueillis avec enthousiasme par les Marseillais...* 391

XLIV. *Nous n'avons que cela pour nous défendre, des pierres, Caesar ! Et ils sont des milliers d'archers !* 403

XLV. *Elle a les bras nus, qu'elle fait danser autour d'elle tout en parlant, disant qu'elle est Cléopâtre, sœur de Ptolémée XIII...* 420

XLVI. *Le Sénat lui a accordé le titre de consul pour cinq ans, et les compétences et les honneurs des tribuns jusqu'à sa mort...* 435

XLVII. *Il lance en faisant glisser le sable entre ses mains : « Afrique, je te tiens ! »* 442

XLVIII. *Il faudrait fixer une nouvelle durée aux années : elles pourraient compter 365 jours...* . 450

XLIX. *Il a décidé de se rendre en Espagne avec quatre-vingts cohortes et huit mille cavaliers...* 462

L. *Ils prétendent que tu veux être roi. Ils disent même que tu veux aller te faire couronner à Alexandrie...* 470

LI. *Il pense à Cassius et à Brutus qui se sont avancés vers lui dans ses cauchemars de la nuit...* 482

ÉPILOGUE. *C'est comme si la nuit tombait sur toute son existence...*
— Tu quoque, mi fili ! *Toi aussi, mon fils !* ... 491

Un homme de l'histoire

Victor Hugo
Max Gallo

Tout le monde connaît Victor Hugo, mais que sait-on vraiment de lui ? Adulé par ses contemporains, il jouit d'une renommée qui a traversé les siècles et les continents. Dans ce portrait fascinant que nous dresse Max Gallo, nous apprenons tout des victoires de l'écrivain, mais aussi des revers connus par l'homme. Année après année, nous découvrons les différentes facettes de ce poète qui n'a cessé de se dépasser pour donner un véritable sens à sa vie et une force incontestable à son œuvre.

t.1 - Je suis une force qui va ! (Pocket n° 11696)
t.2 - Je serai celui-là ! (Pocket n° 11697)

Il y a toujours un Pocket à découvrir

Nice, ville lumière

La Baie des anges
Max Gallo

La chronique de l'émigration italienne à travers l'histoire des frères Revelli et celle de leur descendants. Ils sont des centaines à quitter la misère du Piémont en cette année 1880 pour venir tenter leur chance à Nice. Population pauvre et laborieuse, certains réussiront à gagner les lumières de la ville, les uns par le travail, les autres par la tricherie. À eux tous, ils feront de la « Riviera » un nouvel Eldorado.

T.1 - La Baie des anges (Pocket n° 10787)
T.2 - Le palais des fêtes (Pocket n° 10788)
T.3 - La promenade des Anglais (Pocket n° 10789)

Il y a toujours un Pocket à découvrir

« C'était à moi d'assumer la France »

De Gaulle
Max Gallo

De l'adolescent qui, en 1905, rêve de sauver son pays au vénérable général qui s'éteint en novembre 1970, il y a l'histoire de toute une nation. Jusque dans les heures les plus sombres du XXe siècle, de Gaulle a voulu incarner le destin de son pays. Une personnalité exceptionnelle, souvent déconcertante, inspirée par « une certaine idée de la France » ; le portrait d'un homme qui, à l'égal des héros de l'histoire, devient un personnage hors du temps, une légende vivante.

t.1 - L'appel du destin (Pocket n° 10641)
t.2 - La solitude du combattant (Pocket n° 10642)
t.3 - Le premier des Français (Pocket n° 10643)
t.3 - La statue du commandeur (Pocket n° 10644)

Il y a toujours un Pocket à découvrir

Achevé d'imprimer sur les presses de

BUSSIÈRE
GROUPE CPI

*à Saint-Amand-Montrond (Cher)
en janvier 2005*

Mise en pages : Bussière

POCKET - 12, avenue d'Italie - 75627 Paris Cedex 13
Tél. : 01-44-16-05-00

— N° d'imp. : 44862. —
Dépôt légal : janvier 2005.

Imprimé en France